Wolf G. Winning

Der Wilde vom Yellowstone

Der Wilde vom Yellowstone

Historischer Roman
von
Wolf G. Winning

TraumFänger Verlag

FSC www.fsc.org
MIX
Papier aus verantwortungsvollen Quellen
FSC® C083411

Impressum

Der Wilde vom Yellowstone, Wolf G. Winning
TraumFänger Verlag Hohenthann, 2022
ISBN 978-3-948878-23-8
Lektorat: Michael Krämer
Satz und Layout: Janis Sonnberger, merkMal Verlag
Druck und Bindung: CPI - Clausen & Bosse, Leck
Titelbild: Alfredo Rodriguez
1. Auflage Oktober 2022

1.

Der Fluss zieht stetig und ohne Eile dahin und nimmt keine Notiz von Wachstum und Verfall an seinen Ufern, nicht vom Kommen und Gehen und nicht vom Leben und Sterben. Er hat hier schon viele Meilen hinter sich, auf denen er wild und ungestüm über Steine rauschte, mal eingeengt und wieder frei, sich hier und da donnernd in die Tiefe stürzend, um weiterzueilen, auf seinem vorbestimmten Weg in die Plains, der ihn in weiter Ferne schließlich mit dem Missouri vereinen wird. Doch hier fließt er ruhiger unter dem duldsamen Blick des gewaltigen Berges, der einmal den Namen Mount Cowen erhalten soll, der sich majestätisch jenseits seines südöstlichen Ufers erhebt, als hätte er sich dazu auserkoren, über die kleine braune Hütte zu wachen, die sich etwa hundert Schritte vom nordwestlichen Ufer des Flusses entfernt zwischen mächtigen Bäumen niedergelassen hatte, als wollte sie sich von einem langen Marsch ausruhen.

Als Jacob Cabe zum ersten Mal in dieses Tal hinabgeblickt hatte, war er sofort wie verzaubert gewesen, und er hatte gewusst: Hier ist mein Zuhause, hier werde ich bleiben. Es war das Land der majestätischen Berge, der großen Flüsse, die man Missouri, Snake River und Yellowstone nannte, und der weiten Ebenen im Osten, wo die Welt zu enden schien.

Die Lakota-Indianer, bei denen er einige Zeit gelebt hatte, nannten ihn wegen seiner Größe und seiner Körperkräfte Tatanka witko, und bei den Weißen, die ihn kannten, war er Mad Buffalo, wozu letztlich auch sein unberechenbares Temperament und seine Wildheit beigetragen hatten. Und seither nannte ihn alle Welt so.

Als Mad Buffalo Cabe den Oberlauf des Green River erreichte, lagen die wilden Berge bereits hinter ihm, und das mit Fellen schwer beladene Muli schien wohl der Meinung zu sein, dass es nun weit genug sei, denn es trottete müde und widerwillig dahin. Ungeduldig zog Jacob Cabe an der Longe und blickte ärgerlich über die Schulter.

„Komm schon, altes Faultier, wir sind noch lange nicht da!“, brummte er. „Hast 'n ganzes Jahr Ruhe gehabt, verdammt noch mal, und solltest eigentlich froh sein, mal wieder Gesellschaft zu bekommen. Also beeil dich, und lass dich gefälligst nicht so ziehen!“

Der Fluss strömte leise rauschend zwischen den steinigen Ufern entlang und suchte sich seinen Weg nach Süden, um sich schließlich dort irgendwo in den Colorado River zu ergießen.

Das Muli hinter ihm schüttelte missbilligend den Kopf, so dass seine langen Lauscher nur so wackelten, und gab einen verächtlich klingenden Ton von sich. Ohne seine Gangart zu beschleunigen ließ es sich an der straff gespannten Longe zwischen den Bäumen hindurch zum Flussufer ziehen.

Jake Cabe hatte eigentlich vorgehabt, kurz anzuhalten und die Tiere zu tränken, aber das Auftauchen eines einzelnen Reiters auf der gegenüberliegenden Flussseite veranlasste ihn, seinen Ritt vorerst fortzusetzen.

„Jake“, murmelte er leise vor sich hin. Diesen Namen hatte er schon seit seiner Kindheit nicht mehr gehört. Damals hatte er auch noch nicht mit sich selber geredet. „Sei vorsichtig. Du hast eine gute Jagd gehabt in diesem Winter und bist mit deinem gesamten Ertrag an Fellen unterwegs.“

Dieser Indianer auf der anderen Seite war, so glaubte er, wohl ein Crow, aber was bedeutete das schon. Diesen Brüdern war der Tauschwert guter Pelze durchaus bekannt. Aber was, zum Teufel, beabsichtigte der Kerl damit, sich so offen sehen zu lassen?

„Die Händler beim großen Rendezvous am Unterlauf des Flusses zahlen jedenfalls mit Barem oder brauchbaren Waren und nicht mit Blei oder einem Pfeil in den Rücken wie diese roten Halsabschneider“, setzte Jake Cabe sein Selbstgespräch fort. „Und obendrein behältst du dort auch noch deinen Skalp.“

Das Klappern der Hufe auf dem steinigen, mit Geröll bedeckten Uferstreifen tönte durch das leise Rauschen des Wassers bis zu Cabe herüber.

Der Krieger schaute scheinbar ohne besonderes Interesse zu ihm her und ritt gemächlich mit ihm in gleicher Richtung. Die Federn am Schaft seiner Lanze tanzten leicht im schwachen Wind.

Cabes bärtiges Gesicht unter der Mütze aus Wolfsfell wandte sich hierhin und dorthin, und der hinten herabhängende Schwanz wischte dabei über seine breiten Schultern.

Diese Burschen streiften selten allein umher, und dass er nur einen von ihnen sah, ließ ihn Gefahr wittern. Er lebte lange genug hier draußen, um dafür ein Gespür zu haben. Ein einzelner Mann mit einer Ladung Felle stellte eine allzu lohnende Beute dar.

Er spuckte einen Strahl Tabaksaft zielsicher am Kopf seines Pferdes, das er Buddy nannte, vorbei und wollte gerade vom Ufer weg zu den Bäumen hinüberreiten, als von dort her ein Schuss fiel.

Das Muli hinter Mad Buffalo Cabe brach auf der Stelle zusammen. Das Echo des Schusses war noch nicht zwischen Wald und Felsen verhallt, da war der Mountain Man bereits aus dem Sattel und schwenkte sein altes, langläufiges Gewehr über den Pferderücken. In diesem Moment fiel ein weiterer Schuss, und die Kugel, die zischend die Mähne des Braunen streifte, erschreckte das Tier so sehr, dass es wiehernd davonstürmte. Diese plötzliche Bewegung riss Cabes Gewehr zur Seite, und das Vorbeizischen einer dritten Kugel veranlasste ihn, da er jetzt ohne Deckung war, sich einfach zu Boden fallen zu lassen, so, als sei er tödlich getroffen worden. Dabei achtete er darauf, dass seine Hand nahe der Kentuckypistole verblieb, die hinter seinem Gürtel steckte.

Er lag still und blinzelte zu dem lichten Baumbestand hinüber, der sich einen Hang hinaufzog und zwischen dessen Stämmen noch der graue Pulverrauch hing. Von dem Reiter jenseits des Flusses konnte er aus dieser Position nichts sehen, aber er würde ihn hören, wenn er herüberkäme.

Das tote Muli lag nur wenige Schritte von Mad Buffalo entfernt, und er hätte dahinter in Deckung gehen können. Jedoch hielt er es für besser, wenn sie glaubten, ihn erledigt zu haben, denn er befand sich zwischen zwei Feuern. Vielleicht hatte er noch eine Chance, wenn sie kamen, um ihre Beute zu holen. Es hing davon ab, wie viele es waren.

Es waren drei, und sie kamen durch den sich langsam auflösenden Rauch ihrer eigenen Schüsse. Ihre Gewehre konnten sie noch nicht nachgeladen haben, denn niemand, auch wenn er noch so geübt war, konnte in solch kurzer Zeit Pulver und Blei in den Lauf hinunterbringen. Offensichtlich handelte es sich um junge Krieger, die sich ihre erste Kriegsbeute und ihr erstes Ansehen erwerben wollten. Erfahrene Krieger hätten ihre Deckung nicht verlassen, ohne vorher ihre Waffen wieder zu laden. Leichtfüßig und schnell kamen sie näher, als wollte keiner dem anderen den Skalp dieses weißen Mannes überlassen, oder als hofften sie, noch einen Coup zu landen, bevor ihr Gegner tot war.

Es kostete Nerven, einfach so dazuliegen und zu warten, während sie rasch näherkamen, aber Jacob Cabe hatte schon oft ähnliche Situationen durchgestanden. Kalten Blutes wartete er, sie mit blinzelnden Augen beobachtend, bis der Erste von ihnen nur noch zehn Schritte von ihm entfernt war. In diesem Moment riss er mit einer plötzlichen Bewegung seine Pistole heraus und schoss diesem mitten in die Brust. Der Getroffene stolperte in vollem Lauf und stürzte dicht vor Cabe hin, der die Pistole fallen ließ und mit einem Hechtsprung sein Gewehr erreichte.

Die anderen beiden stoppten ihren Lauf. Die Erkenntnis ihres verhängnisvollen Fehlers traf sie völlig unvorbereitet, und das war ihr nächster Fehler.

Cabe warf sich mit seinem Gewehr herum, während Feuer und Rauch den beiden Crow entgegenschossen. Den einen riss es mit einem gewaltigen Schlag nach hinten von den Beinen, und sein Tomahawk klirrte hell auf die Steine. Der andere rannte von Entsetzen gepackt zurück, den Bäumen entgegen. Mad Buffalo stieß das Messer in die Scheide zurück, aus der er es erst halb hervorgezogen hatte, grapschte nach dem Gewehr und kam blitzschnell auf die Füße.

Mit noch leicht zitternder Hand setzte er das Pulverhorn an die Mündung und ließ etwas Pulver in den Lauf rieseln. Mit schnellen, flüssigen Bewegungen, die langjährige Übung verrieten, setzte er die Kugel an und ließ sie in den Lauf hinabrollen, wobei er den Vorgang unterstützte, indem er den Kolben der Waffe auf den Boden zu seinen Füßen stauchte. Das Gewehr kam hoch, und er zog den Hahn mit dem Flintstein zurück und schüttete aus dem kleinen Horn, das an einer dünnen Lederschnur vor seiner Brust hing, eine Prise Zündkraut auf die Pulverpfanne, und während er sie zuklappte, hob er das Gewehr an die Schulter. Doch als er den Rücken des fliehenden Feindes im Visier hatte, zögerte er.

Der konnte ihm nicht mehr gefährlich werden, aber da war noch dieser Reiter jenseits des Flusses gewesen. Doch der schlug bereits hastig mit der Peitsche auf das Hinterteil seines Pferdes ein und machte sich ebenfalls aus dem Staub. Daraufhin setzte Jake Cabe die Flinte ab und brach in ein lautes, dröhnendes Gelächter aus, das seinem Namen alle Ehre machte.

Als der letzte Indianer längst zwischen den Bäumen verschwunden war und der Hufschlag des Reiters jenseits des Green River verklang, hallte sein bärenstarkes Lachen noch immer zum Wald hin und über den Fluss und zersprang in tausend Echos.

„Habt ihr euch so gedacht, Mad Buffalo Cabe seine Felle abzujagen, ihr Halunken“, murmelte er vor sich hin. „Mit euch werde ich noch allemal fertig, ihr rothäutigen Stümper!“, grollte es hinter ihnen her. Die mit vom Rauch unzähliger Feuer gegerbtem Hirschleder bekleideten Beine stemmten sich auf den Boden, und er feuerte die Kugel aus seinem Gewehr in den mit blassen Wolkenschleiern bedeckten Himmel. Dann drehte er sich um, schaute zu seinem toten Muli hin und murmelte ärgerlich: „Eins ausgewischt haben sie mir doch, diese verdammten Spitzbuben.“

Er lud Pistole und Gewehr wieder, diesmal mit Verdämmung und Schusspflaster, und schlurfte dann auf seinen aus dem dicken Nackenleder eines Elches gefertigten Mokassins um den Ballen Felle herum, unter dem nicht viel mehr als Kopf und Beine des erschossenen Tieres zu sehen waren, und zeterte: „Das hast du nun davon, weil du so langsam warst. Wir hätten schon längst bei Smoky Voice Turtle und seiner verflixten Fähre sein können. Stattdessen musst du dich von diesen schlitzohrigen Crow erwischen lassen. Und was jetzt? Soll ich diesen ganzen Kram vielleicht auf meinen Schultern tragen?“

Er stand einen Moment ziemlich ratlos da, dann wischte er sich schnaufend unter der Nase entlang und ließ einen aufmerksamen Blick über den Wald, die vereinzelten Büsche und die felsigen Hänge hinter dem anderen Ufer wandern. Möglich, dass noch andere Rothäute in der Nähe waren, und deshalb war es ratsam, nicht unnötig lange hier herumzustehen. Eigentlich war er mit den Crow ausgekommen, wenn sie ihre Nasen nicht zu dicht zusammenbrachten – genauso wie mit den Blackfeet, indem er es möglichst vermied, ihnen über den Weg zu laufen. Aber jetzt hatte er zwei dieser jungen Heißsporne der Crow getötet, und das könnte andere, die sich vielleicht hier herumtrieben, auf den Plan rufen.

Er wischte mit dem speckigen Ärmel seiner Jacke beinahe zärtlich den Schmutz vom Schaft seines langen Gewehres, das vor mehr als dreißig Jahren von einem Büchsenmacher in Pennsylvania gefertigt worden war und das er als einziges Erbstück von seinem Vater bekommen hatte, ehe er sich vor langer Zeit auf den Weg nach Westen machte. Dann holte er Buddy, der neben einem Felshöcker stehen geblieben war und aus dieser Entfernung den Verlauf des kurzen Kampfes beobachtet hatte, lud ihm die Last des Mulis auf und zog es am Zügel hinter sich her.

***

2.

Dort, wo der Green River eine seichte Schleife nach Süden beschrieb und sich nicht ganz so tief zwischen seinen Ufern eingefressen hatte wie anderswo, duckte sich zwischen einigen hohen Espen eine aus behauenen Stämmen erbaute Blockhütte von beachtlicher Größe, in der Caleb Smoky Voice Turtle seit unzähligen Wintern hauste. Das Innere dieser Hütte bestand aus einer kleinen Schlafkammer und einem größeren Wohnraum, der ebenso als Lager für alle möglichen Waren wie auch als Tausch- und Schankraum für selten durchziehende Reisende diente. Daneben befand sich noch eine Scheune, die mit einem Stall kombiniert war.

Caleb Turtle trieb Handel mit den Indianern und auch gelegentlich auftauchenden Trappern der Region, schenkte schlechten Whiskey aus und betrieb außerdem eine kleine, brüchige Fähre – nicht mehr als ein Floß mit niedrigen Seitenborden, das jedoch die meiste Zeit des Sommers vertäut am Ufer vor sich hin moderte, bis einmal jemand kam und sich auf seine verrotteten Planken wagte.

Jetzt schienen seine Dienste mal wieder gebraucht zu werden, wie der drängende Ruf vom anderen Ufer her verkündete. Turtle, der gerade beim Essen gewesen war, lief noch kauend nach draußen und wischte sich die fettigen Hände an seinen ohnehin schon speckigen Beinkleidern ab.

„He, was ist los?“, grollte er mit seiner rauen Stimme. „Seit letztem Jahr hat niemand mehr über den verdammten Fluss gewollt, und nun kann man nicht mal in Ruhe essen. Wer bist du denn, dass du es so eilig hast?“ Sein haariger Handrücken fuhr ihm über den glänzenden Mund, und er stapfte zum Ufer hinunter, beschattete dann mit der anderen Hand seine Augen und spähte zur gegenüberliegenden Seite hinüber. Die zu beiden Seiten herabhängenden Hosenträger hatten zwei dunkle Streifen auf seinem verblassten, jetzt hellroten Unterhemd hinterlassen. Jetzt, als er das Flussufer erreichte, erkannte er die verwilderte Gestalt mit dem struppigen Bart, der zerzausten Wolfsmütze und dem mit Fransen besetzten Hirschlederhemd und schlug sich krachend auf die Schenkel.

„Mad Buffalo Cabe! Da soll mich doch gleich der Geier fressen", brüllte er mit einer Stimme, die seinem Beinamen alle Ehre machte, über den Fluss. „Alter Indianerfresser, wird langsam Zeit, dass du dich auf den Weg machst – sonst haben die Händler unten am Fluss ihre Wagen voll, ehe du mit deinen durchlöcherten, räudigen Stinktierhäuten dort auftauchst." Er machte ein verwundertes Gesicht. „Wo hast du denn das langohrige, zänkische Biest gelassen, das sonst immer deine Felle schleppen musste?"

„Hat sich mit einigen Crow angelegt und dabei den Kürzeren gezogen, 'nen halben Tag von hier", brüllte Mad Buffalo zurück. „Nun lass endlich deinen Brennholzstapel zu Wasser! Will mich nicht gerade auf dem Fluss von ihnen erwischen lassen."

Der Wind spielte mit Caleb Turtles schütterem Haar, während sich sein feistes Gesicht zu einem breiten Grinsen verzog.

„Kostet zwei Biberfelle. Hast du welche?"

„Hab' 'ne ganze Ladung davon, aber letztes Jahr hast du dich noch mit zwei Wieseln begnügt, du Halsabschneider."

Turtle ließ ein kehlig dröhnendes Lachen über den Fluss schallen. „Da waren auch keine Rothäute hinter dir her."

Auf der anderen Seite schüttelte Mad Buffalo seine Faust. „Du bist ein ausgekochter Hundesohn! Man sollte dich windelweich prügeln."

„Willst du nun herüber oder nicht?", fragte Turtle ungerührt.

„Das sage ich doch schon die ganze Zeit", fauchte Mad Buffalo. „Haben die Rothäute dir die Ohren abgeschnitten, nachdem an deinem Skalp nicht mehr viel dran ist?"

Turtle kletterte auf das Floß und löste das Tau vom Haltepfahl.

„Noch eine solche Beleidigung, und du musst drei Biberfelle rausrücken", brüllte er, dass das Fett an seinem Hals zitterte, und stieß sich mit der Stange vom Ufer ab.

Der Jäger aus den Bergen wartete schweigend, bis das Floß vor ihm ans Ufer stieß, und zog dann den schwer beladenen Braunen auf die in ihrer Altersschwäche bedrohlich ächzenden und schwankenden Planken. „Beim Leibhaftigen", murmelte er, als das Floß wieder ablegte und in die Strömung gedrückt wurde, „eigentlich müsstest du dafür bezahlen, dass auf diesem Ding jemand sein Leben riskiert."

„Red nicht so viel, und hilf mit lieber beim Ziehen", brummte der Fährmann heiser. „Für das, was dein Gaul in diesem Jahr wiegt, sind zwei Felle noch zu wenig."

Pferd und Mann waren heilfroh, endlich auf der anderen Seite wieder festen Boden unter sich zu spüren.

„Soso, die Crow." Turtle kratzte sich hinter dem Ohr. „Treiben sich schon 'ne ganze Zeit hier in der Gegend rum, haben aber bis jetzt nie die Zähne gezeigt." Er schaute in Mad Buffalos bärtiges Gesicht. „Willst du jetzt bis zum Rendezvous laufen?"

Cabes Grinsen war unter dem Haargeflecht nur am leichten Verengen seiner Augen zu erkennen. „Du könntest mir dein Kanu leihen. Dann lasse ich den Gaul so lange bei dir und fahre den Fluss hinunter."

Der Fährmann grinste zurück und schlug dem Jäger auf die Schulter. „Komm rein, und lass uns erst mal darauf einen zu uns nehmen, dass du deine Haare noch bei dir hast."

Draußen war es längst dunkel geworden. Der Whiskey hatte Jake Cabes Bauch gewärmt und seine Sinne umnebelt. Er warf den Kaninchenknochen, den er gerade abgenagt hatte, auf den Tisch und wischte sich die Finger an seinem Jagdhemd ab.

„Warum willst du dir überhaupt den weiten Weg bis zu diesem Treffen aufbürden?", hatte Caleb Turtle gerade gefragt. „Du kannst den ganzen Packen hierlassen. Ich gebe dir 'nen guten Preis, und du brauchst dich nicht mit den Gaunern der American Fur rumärgern."

Mad Buffalo Cabe ließ ein sattes Grunzen hören. „Diese Gauner zahlen immerhin beinahe doppelt so viel, wie du bietest, altes Whiskeyloch."

Turtle schob ihm die Flasche über den Tisch und fegte mit einer Handbewegung die abgenagten Knochen auf den Fußboden. „Aber du bist jedes Risiko los und sparst obendrein noch die Miete für das Kanu. Du könntest unterwegs deine ganze Ladung verlieren und den Skalp dazu."

Cabe nahm einen Schluck aus der Flasche, stellte sie wieder hin und reckte seinen mächtigen Körper etwas in die Höhe.

„Bis jetzt ist alles gutgegangen, und das wird auch so bleiben. Das hier ist nahe am Piegan-Land, und die Blackfeet haben bis jetzt Frieden gehalten."

„Darauf würde ich mich nicht verlassen. Du hast doch gerade erlebt, wie die Roten reagieren, wenn sie einem einzelnen Mann begegnen, der so viele Felle und ein gutes Gewehr hat. Weiter südlich von hier könntest du noch öfter auf Crow treffen, die sich dort rumtreiben."

„Mach dir nur darüber keine Sorgen. Mit denen wird Mad Buffalo schon fertig." Er rülpste laut und fuhr fort. „Gib dir keine Mühe, Smoky Voice, du kannst mir meine Felle doch nicht abluchsen."

Caleb Turtle machte zunächst ein enttäuschtes Gesicht, dann wechselte der Ausdruck zu einem verschlagenen Grinsen. „Ich weiß schon, weshalb du unbedingt dahin willst." Er zog kurz die Nase hoch. „Wegen der Weiber."

Mad Buffalo verzog die eine Gesichtshälfte und schenkte seinem Gegenüber einen listigen Blick. „Nun ja", meinte er und zog die beiden Worte genüsslich in die Länge, „wenn man so lange da draußen in der Wildnis hockt, wo einem nur weibliche Geschöpfe mit vier Beinen über den Weg laufen, lässt man sich gern mal wieder mit einem dieser Shoshone-Weiber ein."

Das Grinsen in Turtles Gesicht vertiefte sich. „Diese Art von Weibern meine ich nicht."

„Andere gibt's da nicht", schnaufte Mad Buffalo. „Worauf willst du mit deinem Gefasel hinaus?"

„Spiel nicht den Unwissenden." Turtle beugte sich über den Tisch nach vorn. „Da kamen doch gestern zwei Figuren hier vorbei, und vielleicht sind sie dir auch begegnet ..."

„Komm endlich zur Sache", unterbrach ihn Mad Buffalo. „Mir sind keine Figuren begegnet."

„Na schön, wie dem auch sei. Die beiden behaupteten jedenfalls, ein sehr findiger Pelzhändler hätte da eine clevere Idee gehabt und 'ne weiße Lady mitgebracht, die in einem Extra-Zelt wohnt. Und wer genügend Geld hat, könnte sie sogar besuchen. Verstehst du jetzt?"

In Mad Buffalos Bartgeflecht entstand ein dunkles Loch, als sein Unterkiefer herabsank.

„Ne richtige weiße Frau?", fragte er schließlich, als hätte er den Mann auf der anderen Seite des Tisches nicht richtig verstanden. Dieser nickte jedenfalls eifrig.

„Das haben die beiden jedenfalls behauptet. Sie soll sogar schöne Kleider tragen und nach Parfüm riechen – und blaue Augen hätte sie, so groß wie Abalone-Muscheln."

„Geld hätte ich wohl, wenn ich meine Felle verkauft habe", sagte Mad Buffalo, indem er seine Augen irgendwohin richtete, wo es eigentlich nichts zu sehen gab. „Eine richtige weiße Frau, hast du gesagt?"

„Nicht ich. Die beiden Kerle haben das gesagt."

„Allmächtiger, ich weiß nicht mehr, wann ich das letzte Mal eine gesehen habe. Ich glaube, es war damals, als ich in St. Lou war." Er schüttelte mit noch immer abwesendem Blick seinen bärtigen Kopf. „Mit richtiger weißer Haut?"

„Was für 'ne Haut soll denn 'ne weiße Lady sonst haben?", fuhr Turtle seinen Gast an, offensichtlich genervt über dessen Begriffsstutzigkeit. „Die Welt verändert sich allmählich auch hier. Du solltest deine Nase mal wieder in sie hineinstecken."

„Eben wolltest du mich noch daran hindern", knurrte Jake Cabe. Er griff noch einmal zur Flasche und nahm einen kräftigen Schluck, während Turtle weiterredete.

„Es sollen sogar schon diese Dampfboote den Missouri hinauffahren."

„Dampfboote?"

„Ja. Die Indianer nennen sie Feuerkanus. Sie werden mit Feuer und Dampf betrieben."

„Wie soll man denn mit Feuer und Dampf fahren können?"

„Weiß ich auch nicht", erklärte Caleb Turtle bedeutungsvoll. „Jedenfalls sollen sie über hundert Fuß lang sein und stoßen grässliche Wolken aus.“

Mad Buffalo strich sich mit den Fingern den Bart aus den Mundwinkeln und nickte, jetzt wieder auf Turtle konzentriert. „Ich glaube, ich habe solch ein Ding schon mal gesehen, unten in St. Louis. Jetzt, wo du es sagst, fällt mir's wieder ein.“

***

3.

Am frühen Morgen schon hatte Jacob Cabe das leichte Rindenkanu beladen. Während er vom Ufer abstieß, rief Turtle ihm nach: „Gib auf das Boot Acht; der Fluss hat tückische Stellen. Und lass dich nicht von diesem Weib ausnehmen."

Mad Buffalo Cabe winkte mit dem Ruder, ohne sich umzudrehen. Vor ihm stapelten sich die Bündel seiner Felle und drückten das leichte Boot tief ins Wasser. Seine lange Pennsylvania-Rifle lag griffbereit neben ihm auf dem Boden, und er beobachtete aufmerksam die Ufer, die rasch an ihm vorbeiglitten, da er mit der Strömung flussabwärts fuhr.

Als Mad Buffalo am nächsten Tag das Gebiet erreichte, an dem das diesjährige Treffen der Trapper, Händler und anderer Abenteurer stattfand, stellte er fest, dass vor ihm schon viele der Jäger und Mountain Men angekommen waren. Auch die Agenten der meisten Fur-Companies waren bereits da, und abseits, ein Stück flussabwärts, bemerkte er eine Ansammlung von Tipis, zwischen denen zahlreiche Indianer verschiedener Stammeszugehörigkeit herumlungerten. Männer auf Pferden ritten hin und her, wohl auf der Suche nach jemandem, den sie hier zu treffen hofften. Auch etliche Trapper mit ihren indianischen Familien waren gekommen. Überall rauchten Feuer, von verwildert aussehenden Gestalten umlagert, die kräftig dem Alkohol zusprachen und ihre überstandenen Kämpfe zum Besten gaben; meistens fantasievoll ausgeschmückt oder sogar frei erfunden.

Am Rande des Geschehens bemerkte Jake Cabe, dass dieses Mal ein geräumiges Zelt aufgebaut war, in dessen Innerem es laut herging, und ständig gingen dort Männer ein und aus – einzeln oder zu zweit oder dritt – die sich lebhaft unterhielten. Ein Stück abseits bemerkt er ein noch seltsameres quadratisches Zelt, mit einem spitzen Dach, das offensichtlich von einem Mittelmast gestützt wurde, und senkrechten Wänden. Daneben befand sich ein kesselartig aussehender Ofen mit einem Kaminrohr, aus dem, so wie es aussah, Dampf aufzusteigen schien.

Mad Buffalo Cabe wurde seine Pelze zu einem achtbaren Preis an Chouteau & Company los. Nur für die Biber war der Erlös drastisch eingebrochen. Danach wollte er sich, von der Neugier angetrieben, die Smoky Voice Turtle in ihm geweckt hatte, unter das bunte Treiben mischen und sehen, was sich so bieten würde. Aber da er von seinem unberechenbaren Temperament wusste, wollte er zuerst jenen Teil seiner Waren, die er in Naturalien und die wichtigsten Dingen eingetauscht hatte, die er am meisten benötigte, in Sicherheit bringen. Darunter waren vor allem eine Menge Pulver und Blei. Er brachte es in seinem Kanu unter, das am Flussufer lag, und warf seine Decke darüber.

Als er schließlich zurückschlenderte, um sich bei anderen an irgendeinem Feuer niederzulassen und vielleicht nützliche Neuigkeiten zu erfahren, hörte er hinter sich eine tiefe Stimme, die ihn anrief: „He, Mad Buffalo!"– und jemand schlug ihm auf die Schulter, dass er das Gefühl hatte, ein Grizzly hätte ihn mit seiner Tatze erwischt. „Da will ich doch gleich verdammt sein!"

Cabe drehte sich um und sah sich einem seltsamen Paar gegenüber. Der eine trug eine abgeschabte und speckige Büffellederjacke und war ein Riese mit breiten Schultern, der sogar Crazy Cabe um einen halben Kopf überragte. Der andere war von eher kleiner und hagerer Statur, hatte ein spitzes Mäusegesicht und kleine, flinke Augen.

„Hallo, Big Holly", entfuhr es Cabe, „willst du mir die Knochen zerschlagen?"

Holly ließ ein dröhnendes Lachen hören und zeige dabei eine Reihe gelber Zähne. „Warum hast du eigentlich deine Haare noch? Ich hörte, dich hätten letzten Sommer schon die Blackfeet erwischt."

„Alles Gerüchte, wie du siehst." Cabe ließ sein langes Gewehr in die Armbeuge gleiten. „Aber wen hast du denn da bei dir?"

„Das ist Pelletier, er ist Franco-Kanadier. Wir waren mit 'ner Gruppe am Milk River unterwegs."

„Bist du schon lange hier?", wollte Cabe wissen.

Holly spuckte einen Strahl Tabaksaft auf den Boden. „Lange

genug, um wieder zu verschwinden. Das hier wird immer größer und lauter. Ich will doch gleich verdammt sein, wenn ich so viele Menschen jemals schon auf einem Haufen gesehen habe." Er machte eine weit ausladende Armbewegung. „Und es zieht immer mehr Spitzbuben an, die dir mit allen möglichen Tricks das Fell über die Ohren ziehen, bevor du dich rumgedreht hast. Bin froh, wenn ich erst wieder da draußen bin, wo du den Wind hören kannst, der durch die Berge streicht, und wo dir nicht dauernd irgendwelche Leute über den Weg laufen. Du kannst mir glauben, ich bin nicht traurig, weil das hier das letzte Mal gewesen sein soll."

„Wieso das letzte Mal?", fragte Mad Buffalo verwundert.

Big Holly wies mit dem Kopf auf das Schankzelt am Rande des Lagerplatzes. „Da drin erzählen sie, die Aufkäufer hätten verlauten lassen, es lohne sich für sie der weite Weg nicht mehr. Es arte nur zu einem Saufgelage aus, und die Pelze würden immer weniger. Außerdem will niemand mehr Biberfelle haben, seitdem in London und Paris die Mode gewechselt hat und die Männer diese Hüte aus Raupengespinst vorziehen, statt einem ordentlichen Biberfilz."

„Und wo sollen wir, verdammt noch mal, künftig unser Pelze verkaufen?"

Holly zuckte mit den breiten Schultern, und Pelletier meinte: „Bei den Trading Posts. Fort Union zum Beispiel."

Holly nickte dazu. „Wie ich hörte, sollen sie am Oberlauf des Missouri einen neuen Posten planen. Dann können sie von dort aus die Pelze mit Booten nach St. Lou transportieren. Aber jetzt lass uns erst mal was zur Brust nehmen. Mir ist schon vom vielen Reden die Kehle ganz trocken, schätze ich."

Sie wandten sich dem quirligen Treiben drüben beim Schankzelt zu.

„Was machen die Biber oben am Yellowstone?", fragte Big Holly während er neben Cabe herlief.

„Wenn man die richtigen Plätze findet, geht's noch", brummte Mad Buffalo zurück. „Aber es sieht so aus, als wolle sie niemand mehr haben."

Plötzlich blieb er stehen und starrte eine junge Frau an, die an ihnen vorbeikam. Sie war wohl fast noch ein Mädchen, und ihr goldblondes Haar, dessen Fülle sie im Nacken zusammengerafft trug, von wo aus es in neckisch tanzenden Locken über Schultern und Rücken fiel, glänzte in der Sonne.

Jake Cabe konnte sich nicht erinnern, jemals so blonde Haare gesehen zu haben. Sie kam so dicht an ihm vorbei, dass er den eigenartig fremden Duft riechen konnte, der sie umgab. Er gefiel ihm nicht besonders, denn er war so fremd und ungewöhnlich, dass man sich wohl erst daran gewöhnen musste – aber er betörte ihn, so wie Brandy, der die Sinne leicht macht.

Die Frau bemerkte seinen verwunderten Blick und verhielt kurz den Schritt vor ihm – mit ihren blauen Augen, die tatsächlich beinahe so groß wie Abalone-Muscheln waren und sonstige Unzulänglichkeiten in ihrem Gesicht vertuschten. Sie lächelte einladend zu ihm hoch, und Mad Buffalo spürte, wie ihm das Blut stockte. Sie war so nahe bei ihm, dass er in dem großzügigen Dekolleté ihres himmelblauen Kleides die zarte, weiße Haut ihres Brustansatzes sehen konnte.

Ehe seine Verwirrung schwand und er schlucken konnte, war sie schon wieder weg, und er starrte ihr nach, als sie zu diesem seltsamen quadratischen Zelt hinüberging.

„Allmächtiger!", stöhnte Mad Buffalo.

Das enge Kleid ließ jede Form ihrer Figur erkennen, und sie bewegte sich in einer Weise, die dem Mann aus den einsamen und wilden Bergen den Hals strohtrocken machte.

Big Holly stieß ihn unsanft an und holte ihn somit wieder auf die Erde herunter. „Nun glotz nicht so. Das war Nancy Blue", erklärte er beiläufig. „Blue wegen ihrer ungewöhnlich blauen Augen. Damit zieht sie den armen Hunden das Geld aus der Tasche. Sie kostet zehn Dollar, aber du kannst für 'ne alte Decke oder eine Handvoll bunter Perlen eine von den Shoshone-Weibern haben, die es genauso gut können."

Natürlich glaubte Mad Buffalo ihm das nicht. Das, was er soeben gesehen hatte, konnte es kein zweites Mal geben.

Nancy Blue war längst in jenem Zelt verschwunden, als er Big Holly und Pelletier hinterhertrottete.

Rauch und Whiskeydunst umhüllten sie und machten den Duft von eben zur fernen, unwirklichen Erinnerung. Der Whiskey steigerte die Erregung noch, die von Mad Buffalo Besitz ergriffen hatte. Das Fantasiebild ihres entblößten Busens schwebte wie ein halb durchsichtiger Schleier vor seinen Augen, wohin er auch schaute.

„Hallo, Mad Buffalo Cabe!", brüllte eine trunkene Stimme von irgendwoher. „Was machen die Squaws bei den Lakota? Sind sie noch immer so wild?"

Mad Buffalo nickte nur, ohne den Rufer zu beachten.

„Die sind jetzt bei ihm unten durch", röhrte Big Holly heiser. „Er hat soeben Nancy Blue gesehen."

Dröhnendes Gelächter umbrandete ihn wie eine Meereswoge.

„Pass auf", grölte jemand, „bei der kannst du mehr als nur den Skalp loswerden."

Das raue Lachen schwoll zu einem Sturm an. Crazy Cabe goss den dritten Whiskey in sich hinein und schrie: „Macht eure dreckigen Mäuler zu, verdammt noch mal!"

„Zum Teufel, vergiss sie wieder", grunzte Big Holly dicht neben ihm. „Du wirst bei ihr nur dein Geld los, und für uns taugen doch nur die Squaws was. Vor Jahren hatte ich eine von den Crow weiter im Süden, als ich in den Wind-River-Bergen war. Die war zehn Nancys wert. Ein bisschen fett, zugegeben, aber das ist gut für die kalten Winternächte, sage ich dir – und sie hat mich nur 'ne bunte Decke und ein Pound Pulver gekostet."

Die Heiterkeit der anderen, die auf seine Kosten ging, reizte Jake Cabe. Fluchend riss er seine Pistole aus dem Gürtel und feuerte so dicht über ihre Köpfe, dass einige von ihnen zusammenzuckten, weil sie meinten, den Luftzug der Kugel zu spüren.

„Ich schieße euch Idioten die Köpfe von den Schultern, wenn ihr nicht eure gottverdammten Schnapslöcher zumacht!", brüllte er wie ein wütender Grizzly und verließ das Zelt.

Draußen war die Luft besser, und er blieb einen Augenblick stehen. Der genossene Alkohol machte ihn unternehmungslustig; und wenn Nancy Blue das Doppelte kostete – verdammt noch mal, er wollte sie haben!

Hinter ihm blieb der Tumult zurück. „Der war schon immer ein bisschen verrückt“, knurrte Big Holly und wandte sich wieder seinem Glas zu.

***

4.

Cabes Mokassins tapsten wie die Tatzen eines großen Bären über den festgetrampelten Boden, während er zu diesem komischen Zelt hinüberlief, neben dem fortwährend dieser seltsame Behälter dampfte. Noch immer wütend über das dämliche Gelächter der anderen, wischte er den Zelteingang beiseite und schob sich hinein. Dort sah er sich unvermittelt einem etwas dürren Kerl gegenüber, der unschlüssig fast mitten im Raum stand und zu ihm herumfuhr. Mad Buffalo packte ihn kurzerhand am Kragen und beförderte ihn hinter sich in Richtung Ausgang. „Mach, dass du rauskommst!", blaffte er ihn an, und der Kerl verschwand hastig wie eine verscheuchte Fliege.

Mad Buffalo schaute sich im Raum um.

Da befand sich rechts von ihm ein Holzbett mit einer richtigen Matratze, das ihn nebulös an seine Kindheit erinnerte. Links neben dem Eingang entdeckte er eine Zinkwanne, deren oberer Rand auf einer Seite in die Höhe ragte. An der Wand gerade ihm gegenüber bemerkte er in dem dämmrigen Licht, das hier drinnen herrschte, eine Art Kommode aus gehobelten Brettern und daneben ein Regal, in dem richtige Handtücher lagen.

Er holte tief Luft, und das Zelt schien zu erzittern, als er brüllte: „Nancy Blue!"

Hinter ihm wurde der Eingang aufgezogen, und das Gesicht des Kerls, den er kurz zuvor rausgeschmissen hatte, wurde sichtbar, und er schaute mit nervös flatterndem Blick herein.

„Heißt du Nancy Blue?", donnerte Mad Buffalo los, und das Gesicht verschwand so hastig wie vorhin der ganze Kerl. Dann wurde der Eingang wieder geöffnet, diesmal mit einer energischen Bewegung, und Nancy trat herein. Die blauen Augen schauten ihn an, größer denn je, und sie stemmte die Fäuste in die Hüften.

„Musst du so herumbrüllen?"

Das undurchdringliche Bartgestrüpp zog sich etwas in die Breite und zeigte das Grinsen an, das sich darunter abspielte.

„Ich hatte keine Lust, lange nach dir zu suchen."

„Nun, jetzt bin ich ja hier." Sie kam näher und schaute abschätzend an seiner großen, zottigen Gestalt hoch. Sein langes Haar trug er zu zwei Zöpfen geflochten, die ihm rechts und links bis auf die Brust hingen und unten mit roten Stoffstreifen zusammengehalten wurden. „Ein Leisetreter bist du nicht gerade, aber du scheinst aus der tiefsten Wildnis zu kommen."

„Da, wo richtige Männer eben herkommen." Er nickte und lehnte sein Gewehr gegen die Kommode hinter sich. Dann wandte er sich ihr wieder zu. „Mein Name ist Jacob Cabe. Die Indianer nennen mich Tatanka witko, Verrückter Bison, weil ich manchmal über die Stränge schlage."

„Mir scheint, diese Indianer haben einen Sinn für treffende Namen." Nancy Blue rümpfte die Nase. „Riechen tust du aber eher wie ein Ziegenbock. Ich werde dich zuerst mal in den Badezuber stecken müssen, um deine Flöhe zu ersäufen." Ihr Gesicht nahm schnell einen engelhaften Ausdruck an. „Hast du überhaupt Geld bei dir?"

„Das will ich doch meinen."

„Dann zieh dich aus und wirf deine Sachen da hinten in die Ecke." Sie huschte mit graziösen Bewegungen zum Eingang und rief nach draußen: „He, Joe, bring heißes Wasser rein!"

„Zum Geier", schnaufte Mad Buffalo unmutig, „ich habe mich den ganzen Winter nicht gewaschen, und ich bin nicht zum Baden hergekommen."

Nancy Blue stieß abermals ihre kleinen Fäuste in die Seiten, so dass ihre Brüste im Ausschnitt ihres Kleides erbebten, und ihre Augen loderten ihn an. „Glaubst du vielleicht, ich lege mich mit jedem stinkenden Bock hin?"

„Tatsächlich. So groß wie Abalone-Muscheln", grinste er.

„Was sagst du?"

„Nichts. Du gefällst mir."

„Da bist du der Erste", sagte sie und schenkte ihm ein ironisches Lächeln.

„Und ich werde sogar baden, wenn du es willst." Er löste den Gürtel, ließ Messer, Pistole und Tasche fallen und zog sich das abgewetzte Hirschlederhemd über den Kopf. „Sag mal, wie viel müsste man bezahlen, wenn man dich ganz haben will?"

Ein unsicheres Lächeln umspielte ihren Mund. „Du bekommst mich schon ganz für dein Geld."

„Ich meine, wenn ich dich ... mitnehme ... für ganz. Verdammt, du wärst die richtige Squaw für meine Hütte."

Nancy lachte und betrachtete seinen muskulösen Oberkörper, das Spiel der Muskeln und Sehnen unter der weißen Haut.

„Du bist wirklich stark wie ein Bulle, und verrückt bist du auch."

„Also, kommst du mit?" In seinen Augen leuchtete es hoffnungsvoll auf.

Aber Nancy lachte noch immer. „Wohin denn? Soll ich vielleicht in irgendeinem stinkenden Indianerzelt hausen und für dich Felle gerben und nachts dem Geheul der Wölfe lauschen und ein paar halbwilde Kinder großziehen, die rohes Fleisch essen wie Tiere?" Sie drehte sich um und schob den Waschzuber ein Stück von der Wand weg. „Nein, großer Büffel, ich habe andere Pläne. Hast du schon mal von New Orleans gehört?"

Mad Buffalo schüttelte leicht den Kopf. „Nur ein bisschen", gab er zu.

„Das ist eine Stadt am Mississippi, in der zivilisierte Menschen leben und die Damen in Kutschen spazieren fahren. Und im Winter wird es nicht so kalt, dass man sich die Zehen erfriert."

„Entsetzlich", stöhnte Mad Buffalo. „Dann ist diese Stadt wohl noch größer als St. Louis."

Ihr Gespräch wurde unterbrochen, als Joe mit zwei großen Eimern dampfenden Wassers hereinkam, sie keuchend zum Bottich schleppte, hineingoss und wieder verschwand.

Mad Buffalo streifte Mokassins und Hose von den Beinen und tapste unlustig auf das dampfende Gefäß zu.

„Bei mir brauchst du keine verdreckten Kerle zu baden, um leben zu können", hielt er ihr vor. „Und niemand, den du nicht magst, geht dir auf die Nerven – und die Luft ist klar und still da oben, und niemand ist da, der dir vorschreiben könnte, was du tun und lassen darfst."

„Gerade das würde mir bald auf die Nerven gehen."

„Das verstehe ich nicht." Er stieg in den Zuber und setzte sich rasch hin, weil er sich vor dieser weißen Lady genierte. Aber mit einem kurzen, impulsiven Knurren fuhr er so heftig wieder auf, dass seine Männlichkeit in die Höhe hüpfte und das Wasser herumspritzte.

„Verdammt, willst du mich kochen!?", schrie er. Aber ihr Lachen veranlasste ihn rasch, die Hände vor seinen Schoß zu halten. Nancy nahm einen hölzernen Eimer, der mit kaltem Wasser gefüllt bereitstand, und goss seinen Inhalt in das heiße Wasser. Sofort setzte Mad Buffalo sich wieder hin.

„Hoffentlich ist das Wasser nicht kalt, ehe der Dreck an dir aufgeweicht ist", schalt sie. Sie zog ihr himmelblaues Kleid aus und kam – nur mit Unterwäsche bekleidet und einer langstieligen Bürste in der Hand – zu ihm hin, um ihn abzuschrubben. Die zarten Spitzen, die ihre Hosenbeine dicht unterhalb der Knie abschlossen, fand er eigenartig und sehr reizvoll …

Innerhalb der nächsten Stunde entdeckte er noch mehr Reizvolles an ihr, und er wusste, dass er diese Stunde mit ihr in seinem ganzen Leben nicht mehr vergessen würde. Denn die Wildnis, in der er lebte, war am wenigsten geeignet, derartiges vergessen zu lassen. Doch Nancy hatte auch sein nochmaliges Angebot ausgeschlagen und stattdessen von einem grässlichen Leben zwischen Häusern und Menschen geschwärmt. Und so war er enttäuscht und missmutig in das Schankzelt zurückgekehrt, um seinen Kummer in einem See von Whiskey zu ersäufen.

Vom Himmel leuchtete tausendfach das Blau ihrer Augen auf ihn herunter, und an seinen Handflächen spürte er noch die warme Zartheit ihres Körpers. In einer Stimmung, am liebsten dieses ganze verdammte Schankzelt niederzureißen, drängelte er sich bis an den Tresen durch und rief laut nach einem Whiskey.

Nachdem er eine Flut davon durch seine Kehle geschüttet hatte, spottete jemand hinter ihm: „Sie scheint dich aber nicht glücklich gemacht zu haben, Mad Buffalo. War wohl nichts mit ihr?"

Cabe fuhr herum wie ein angeschossener Bär und schlug dem

Sprecher seine Faust zwischen die Zähne. Der Mann fiel anderen gegen die Beine und blieb zu deren Füßen liegen. Cabe riss mit einer wütenden Bewegung sein Messer aus der Rohlederscheide und schrie: „Verschwindet, verdammte Schlangenbrut, oder ich schlitze ein paar von euch auf!" Seine Augen funkelten böse wie die eines gereizten Bisonbullen, und die Männer wichen zurück. Niemand hatte Lust, herauszufinden, ob Mad Buffalo seine Androhung auch wirklich in die Tat umsetzen würde.

„Mad Buffalo spielt wieder mal verrückt", murmelte jemand weiter hinten – so leise, dass der Gemeinte es nicht verstehen konnte. „Bei Gott, ich möchte nicht zu denen gehören, die ihm in den nächsten Tagen versehentlich auf den Fuß treten."

Das Brett, das über einer Reihe von Fässern lag und somit als Bar diente, blieb für die nächste Zeit überwiegend Mad Buffalo vorbehalten. Er trank so lange, bis er schließlich beim Leeren des letzten Glases hintenüber fiel und kein Glied mehr rührte.

Big Holly und einige andere schleppten ihn hinaus und legten ihn und sein Gewehr unweit des Flusses unter einen Baum, wo er in der herabsinkenden Dunkelheit laut schnarchend liegen blieb.

***

5.

An diesem Abend verschaffte sich noch ein weiterer Besucher Zutritt zu Nancy Blues Arbeits- und Wohnbereich.

Brad Tucker war ein übler Bursche. Zusammen mit seinen beiden Brüdern Joshua und Angus und einem Partner namens Steve Fisher bildeten sie eine eigene Trappergruppe, die für die American Fur gearbeitet hatte, bevor diese in den Besitz von Pratte, Chouteau & Company übergegangen war. Seitdem, so wurde gemunkelt, hatten sie sich zusammen mit ihrem Vater verselbstständigt und weiter im Norden einen eigenen Handelsposten errichtet, der jedoch nicht viel abwerfen sollte, da sie alle im Grunde genommen faule Hunde waren.

Im Allgemeinen ging man dieser Gruppe aus dem Weg, denn es waren streitsüchtige Burschen, die schnell mit Messer und Pistole bei der Hand waren. Man munkelte, dass mancher Weiße, mit dessen spurlosem Verschwinden man das Konto der Indianer belastete, von ihnen umgebracht und ausgeraubt worden sei. Doch niemand sagte so etwas laut – es sei denn, er war gewillt, es mit diesen vier gefährlichen Männern aufzunehmen.

Jacob Cabe war mit ihnen vor ein paar Jahren oben am Milk River aneinander geraten, und es wäre zweifellos übel für ihn ausgegangen, wenn nicht just zu diesem Zeitpunkt einige Blackfeet aufgetaucht wären, die den Tucker-Brüdern plötzlich ihre ganz eigenen Probleme bereitet hatten.

Dieser Brad Tucker war nun, lange nachdem Jacob Cabe gegangen war, in Nancy Blues Zelt gekommen. Er hatte sich verächtlich lachend geweigert, ein Bad zu nehmen, und war mit der Brutalität eines Wilden über sie hergefallen und hatte sie genommen, so wie es ihm passte.

Nun hockte Nancy schluchzend und bebend vor Zorn auf ihrem Bett. Solch ein widerlicher Kerl war ihr in der ganzen Zeit, da sie diesem Gewerbe nachging, nicht begegnet. Wenn sie ein Mann wäre, hätte sie ihn zum Zelt hinausgeprügelt, anstatt ihn an sich heranzulassen. Doch stattdessen hatte er sie geschlagen, als sie sich gewehrt hatte, und sie angeherrscht: „Was glaubst du wohl, zu was eine Hure da ist!"

Die dunkle Schwellung neben ihrem linken Auge strahlte einen dumpf pochenden Schmerz aus, der das Brennen in ihrem Unterleib übertönte.

„Du bist mir noch das Geld schuldig", sagte Nancy mit zitternder Stimme, während sie sich schließlich ankleidete. Obwohl sie alles an ihm hasste, wollte sie ihn nicht auch noch so davonkommen lassen.

Brad Tucker lachte ihr kalt ins Gesicht, doch seine Augen funkelten böse. „Bezahlen soll ich dich auch noch dafür, dass ich mir nehmen musste, was du mir hättest freiwillig geben müssen?"

Nancy Blue starrte diesen Kerl mit klopfendem Herzen an, während der Zorn über ihre Ohnmacht sie fast zu ersticken drohte. Sie musste sich Tag für Tag erniedrigen, sich mit Kerlen abgeben, die ihr nichts bedeuteten und oft auch noch zuwider waren. Und jedes Mal hoffte sie, ihrem Ziel ein Stück näher zu kommen, diesem Leben endlich den Rücken kehren und in der angenehmen eleganten Welt einer Stadt wie New Orleans oder Philadelphia neu beginnen zu können – als eine Frau, vor der die Männer den Hut zögen. Und dann kam so ein aufgeblasener, stinkender Widerling und versuchte, sie um ihren sauer verdienten Lohn zu betrügen.

„Du wirst noch mehr Arbeit bekommen", erklärte Brad Tucker ihr hämisch. „Drüben in dieser Whiskey-Bude warten meine Brüder nur darauf, dass ich hier fertig bin. Vielleicht bezahlt dir einer von ihnen was, wenn du dich ein wenig besser anstellst."

Er nahm seine schmutzige Hose vom Stuhl und stieg hinein, wobei er sie noch immer höhnisch angrinste.

Nancys Blick fiel dabei auf den Paterson-Colt, der unter der Hose gelegen hatte. Dort, woher sie kam, waren ihr solche Waffen, mit denen man mehrmals schießen konnte, bereits wiederholt zu Gesicht gekommen. Einmal hatte sie sogar beobachtet, wie jemand eine solche benutzt hatte.

Einem plötzlichen Impuls folgend, den die in ihr gärende Wut auslöste, beugte sie sich nach vorn und schnappte mit der

Hand danach. Hastig fuhr sie etwas zurück und richtete die Waffe mit beiden Händen haltend auf den Mann, der schlagartig seine Tätigkeit unterbrach, und sein Grinsen huschte davon wie eine Maus vor dem Sturzflug eines Falken.

Nancy spürte mit ihrem Finger keinen Abzug an der Waffe, aber das störte sie nicht. Sie hatte nicht die Absicht, zu schießen, sondern setzte nur auf die Abschreckung.

„Leg das Ding weg!", knurrte Brad Tucker drohend zwischen den Zähnen hindurch, und sein Blick schien sich in sie hineinbohren zu wollen.

Nancy fühlte, wie sie leicht zu zittern begann, und ihr Herz schlug bis zum Hals hinauf. Doch anstatt dieser Aufforderung nachzukommen, spannte sie den Hahn – und jetzt, durch diese Aktion, war plötzlich ein Abzugshahn da, der direkt unter ihrem Zeigefinger hervorgekommen war.

„Du wirst jetzt augenblicklich verschwinden", sagte sie trotzig mit leicht zitternder Stimme, konnte aber dadurch ihre Unsicherheit nicht verbergen. „Diese Waffe wird wohl ihre zehn Dollar wert sein. Also hau ab!"

Ein Zug von kalter Bosheit ließ die Züge in Tuckers Gesicht erstarren. „Du bist übergeschnappt, du dreckige kleine Hure. Diese Waffe ist ein Vielfaches davon wert. Gib sie sofort her!"

„Hast du dreckig gesagt, du stinkender Köter?", fragte Nancy mit schmalen Lippen.

„Jetzt ist's aber genug!" Tucker, schnappte seinen Gurt vom Stuhl und schlug Nancy das harte Leder mit einer blitzschnellen Bewegung seitlich ins Gesicht. Der Schlag ließ helle Funken vor ihren Augen aufsprühen. Sie zuckte zurück, und die Waffe in ihren Händen ging dabei los. Der Donner dröhnte hart in ihren Ohren, und sie riss erschrocken die Augen auf.

Hinter der Wolke beißenden Pulverrauches sah sie Brad Tucker mit weit aufgerissenen Augen rückwärts taumeln. Er krachte mit dem Rücken gegen die primitive Kommode, hatte die Hände auf seinen Magen gepresst und kreischte: „Du Miststück, du gottverdammtes, elendes ..." Er ging wie in Zeitlupe zu Boden, und sein Geschrei schmolz zu einem jammervollen Stöhnen zusammen, mit dem er sich am Boden herumwälzte. Blut quoll über seine zuckenden Lippen und zwischen seinen Fingern hervor, die er noch immer auf seinen Bauch gepresst hielt.

Vor Schreck stand Nancy wie erstarrt da. Sie hielt noch immer den rauchenden Revolver in den Händen, als wäre er der einzige Halt, an dem sie sich festklammern konnte. Mit offenem Mund starrte sie wie gebannt auf den sterbenden Mann hinunter, und der Gestank von verbranntem Schwefel und Salpeter erfüllte das kleine Zelt. Irgendjemand schrie draußen etwas, was sie nicht verstand.

Der Gedanke an Tuckers Brüder fuhr wie ein heißer Strom durch ihren gesamten Körper, und sie war durch eine zu harte Schule gegangen, um sich jetzt im Zustand des Entsetzens ihrem Schicksal zu ergeben wie eine zum Tode Verurteilte. Wenn diese Männer sie hier erwischten und von der Art ihres Bruder waren, dann würde man sie totschlagen wie einen tollwütigen Straßenköter. Denn mehr war sie in den Augen solcher Typen nicht wert.

Kaum, dass dieser Gedanke von ihr Besitz ergriffen hatte, war sie bereits draußen und huschte halbnackt in ihrer zerrissenen Unterwäsche in die Dunkelheit neben dem Zelt und hielt inne.

Wohin sollte sie …? Gab es überhaupt ein Entrinnen?

Dort, dieser Brennholzstapel – das Holz für die Heißwasserbereitung. Schnell huschte sie dorthin, wo man sie nicht sehen konnte. Aber wie lange noch? Sie hockte hinter dem Holzstapel und machte sich so klein, wie es ging.

„Das war Brads Revolver, oder ich will verdammt sein …", hörte sie jemanden durch den allgemeinen Lärm rufen. Die Männer waren aus dem Schankzelt gekommen und liefen zu Nancys Behausung hinüber. „Hoffentlich hat er die Hure nicht abgeknallt. Wir wollten doch auch noch …" Mehr konnte Nancy nicht verstehen, denn die Männer verschwanden in ihrem Zelt. Ihr eigener Herzschlag dröhnte in ihren Ohren, und ihre Gedanken jagten wie im Fieber durch ihren Kopf. Was sollte sie tun? Sie war eine Dirne, die einen Mann umgebracht hatte, der ein paar Brüder zurückließ. Es gab keine Hilfe für sie.

Oder doch …?

Dieser verrückte Kerl, der sie mitnehmen wollte! Der sie angestarrt hatte, als wäre etwas Geheimnisvolles an ihr, das nur er sehen konnte. Nur der wäre verrückt genug, einem des Mordes verdächtigten Straßenmädchen zu helfen und selbst dabei Kopf und Kragen zu riskieren. Zum Teufel mit New Orleans und all ihren Plänen; wenn sie tot war, dann blieben diese für immer begraben. Wie hieß er? Cabe oder so … Mad Cabe? Aber wo, um alles in der Welt, sollte sie ihn finden? Sie konnte doch nicht in ihrem jetzigen Aufzug in diese Schnapshöhle dort drüben gehen. Aber bestimmt war er dort drin! Vielleicht sollte sie mal heimlich einen Blick reinwerfen? Sie schaute verzweifelt in diese Richtung, doch dort fiel der schwache Lichtschein nach draußen, und man würde sie unweigerlich sehen.

Nach einem Moment gefährlicher Stille in ihrem Zelt brüllten alle durcheinander. „Das Luder hat ihn umgebracht", hörte sie eine der Stimmen die anderen übertönen. „Mit seiner eigenen Kanone! Oder ist sie hier irgendwo …? Sieh mal nach, Josh!"

Das Geschrei ebbte ab. Dann kreischte jemand: „Diese Sau! Die muss ihn mitgenommen haben. Der Knaller ist jedenfalls nicht da."

Ohne weiter nachzudenken huschte Nancy zum Schankzelt hinüber. Sie musste weg hier – egal wie. Ein Stück neben dem Eingang blieb sie stehen; hier schimmerte nur wenig Licht durch die Zeltwand, und die meisten Männer waren wieder nach drinnen gegangen. Dass hier geschossen wurde, war nichts Besonderes und schien niemanden aufzuregen. In diesem Moment kam ein riesiger Kerl nach draußen. Nancy schreckte zurück, wollte machen, dass sie wegkam – doch dann stutzte sie. Das war doch einer von denen, die sie am Nachmittag mit diesem Mad Cabe zusammen gesehen hatte. Als der Mann gerade an ihr vorbei wollte, griff sie instinktiv zu und hielt ihn am Ärmel fest.

Der Mann blieb mit einem Ruck stehen und starrte sie an. Aus dem Licht kommend hatte er sie offenbar nicht bemerkt.

„Ich brauche jemanden, der mir hilft", flüsterte Nancy hastig.

„Ach, du bist das?", knurrte der Mann verwundert. „Nancy

Blue, nicht wahr?"

Sie nickte in der fast völligen Dunkelheit, nicht wissend, ob er es sehen konnte.

„Hast du da geschossen?", fragte er in einem fast heiteren Ton. „Einer von den verdammten Tuckers, wie? Hoffentlich hast du dem Kerl die Eier weggepustet! Verdient hätte das ein jeder von dehnen."

„Hör mal." Nancy rüttelte an seinem Arm. „Ich muss unbedingt wissen, wo Mister Cabe steckt. Ist er da drin?"

„Mad Buffalo?" Big Holly ließ ein kurzes Lachen hören. „Was willst du denn von dem?"

„Ich habe keine Zeit für Erklärungen", drängte Nancy. „Ich muss wissen, wo er ist."

„Als ich ihn das letzte Mal sah, da lag er unter einem großen Hickory-Baum und schnarchte." Er wies mit einer Kopfbewegung zum Fluss hinüber.

Nancy wollte losrennen, doch dieses Mal hielt er sie fest. „Hör mal, Mädchen, das wird nichts. Der Kerl ist voll Whiskey bis unter die Schädeldecke."

Gerade kamen die Tuckers aus dem Zelt ins Freie. „Die muss hier irgendwo sein", sagte einer – mit einer Stimme, die nichts Gutes ahnen ließ. „Wir werden diese Kanaille finden, und wenn wir die ganze Nacht suchen."

Nancy riss sich los, und rannte gehetzt in Richtung Fluss. Nur weg! Egal, was mich dort erwartet, dachte sie, weiter reichte es nicht.

„Sie ist bestimmt runter zum Fluss", sagte Angus Tucker gepresst. „Nur dort kann sie versuchen, irgendein Boot zu klauen und zu verschwinden."

„He, du!", rief Joshua Big Holly an. „Hast du dieses Miststück Nancy Blue gesehen?"

„Weiß nicht. Habe da drüben nur jemanden rennen gesehen", antwortete Big Holly und gab mit einer Handbewegung die entgegengesetzte Richtung an als die, in der Nancy Blue verschwunden war.

Joshua Tucker feuerte einen sinnlosen Schuss in diese Richtung ab und schrie: „Los, hinterher!“

***

6.

Nancy Blue stolperte in der Dunkelheit und schürfte sich auf dem steinigen Boden die Hände und Knie auf. Keuchend kam sie wieder auf die Beine und hastete weiter. Ein paar Gestalten, die hier unter freiem Himmel nächtigten, fuhren ihretwegen in die Höhe. Jemand fluchte und warf einen Gegenstand nach ihr. Irgendwo hörte sie Männer schreiend umherlaufen.

Nancy Blue hielt Tuckers Revolver noch immer in der Hand, und sie schaute nach rückwärts. Man suchte sie, und wenn diese Teufelsbrut sie fand, dann war es wohl das Beste, wenn sie die letzte Kugel für sich selbst aufhob. Noch aber war es nicht so weit, und sie hoffte inständig, diesen verrückten Kerl zu finden, der sie mit in die Wildnis nehmen wollte – sie, Nancy Blue! Bei diesem Gedanken erschauerte sie, aber nicht für lange. Vorläufig ging es ums nackte Überleben –und was tat man nicht alles dafür!

Sie erschrak als der Mond aufging, und vom instinktiven Verlangen nach Schutz getrieben, lenkte sie ihre unsicheren Schritte auf den schwarzen Schatten eines einzeln stehenden großen Baumes zu. Die Worte des riesigen Trappers fielen ihr wieder ein, aber sie konnte nicht sagen, ob es ein Hickory war. Doch irgendwo in dieser Richtung musste sich der Fluss befinden. Sie vernahm bereits ab und zu jenes leise Platschen, mit dem seine Wellen an das dunkle Ufer leckten.

Während sie durch den tiefen Schatten eilte, stießen ihre nackten, zerschundenen Füße gegen ein unsichtbares Hindernis. Sie stolperte und konnte sich gerade noch am Stamm des Baumes festhalten.

Jemand fluchte maulend vor sich hin, ohne dabei ein verständliches Wort herauszubringen. Nancy Blue hielt inne und versuchte, in der Finsternis zu ihren Füßen etwas zu erkennen.

„Wer bist du?“, flüsterte sie, bemühte sich, ihren keuchenden Atem zu unterdrücken, und lauschte. Aber es kam nur ein unartikuliertes Grunzen zurück, und dann war es wieder still. Sie tastete hastig nach der am Boden liegenden Gestalt. Widerlicher

Whiskeygestank strömte ihr entgegen. Das konnte stimmen. Voll bis unter die Schädeldecke. So oder ähnlich hatte dieser Trapper sich ausgedrückt. Ihre zitternde Hand ertastete weichgegerbtes Leder, das sich speckig anfühlte, und dann ein bärtiges Gesicht unter dem Fell einer Mütze.

„Cabe, bist du das?“ Ihre Stimme klang wie ein Flehen, doch abermals folgte daraufhin lediglich ein unwilliger Grunzlaut. Sie rüttelte ihn verzweifelt. „So sag doch was! Du musst doch dieser stinkende Ziegenbock von heute Nachmittag sein.“

Wieder nichts. Was, wenn er es nun doch nicht war, und sie verlor hier wertvolle Zeit?

Die wütenden Stimmen der suchenden Männer schienen näher heranzurücken.

Nancy schob ihre Arme unter seinen Achseln hindurch und schleifte seinen schweren Körper keuchend aus dem Schatten in das hell schimmernde Mondlicht.

Kein Zweifel: Dieser Mann hier war Mad Buffalo Cabe, und er war so betrunken, dass er wohl vorläufig nicht aus seinem Koma wachzubekommen war. Sie schlug die Hände vors Gesicht und dachte: Alles aus!

Die Rufe, der nach ihr suchenden Männer, kamen tatsächlich näher.

Verzweifelt trommelte Nancy mit den Fäusten auf Mad Buffalos Brust. „So wach doch endlich auf, du verdammter Kerl!“, flehte sie mit zitternder Stimme und den Tränen nahe. „Weshalb, zum Teufel, musstest du dich so besaufen!“

Mad Buffalo jedoch wälzte sich nur lallend und fluchend hin und her, ohne dass sein Verstand zu begreifen schien, was ihn da gerade störte.

Wasser, schoss es ihr durch den Kopf. Der Fluss plätscherte ganz in der Nähe, aber es gab kein Gefäß, in dem sie welches hätte holen können. Ihr blieb, verdammt noch mal, keine Zeit mehr, um zu warten, bis diese Schnapsleiche wieder zu leben begann.

Als sie in ihrer Verzweiflung an seinem Ohr reißen wollte, fühlten ihre Finger erneut die Mütze aus Wolfsfell, und sie zerrte sie ihm entschlossen vom Kopf. Sie ließ den Revolver neben ihm liegen, rannte zum Ufer, schöpfte Wasser mit der Mütze und lief zurück. Ohne zu zögern goss sie dem am Boden liegenden Mann das kalte Wasser ins Gesicht.

Mad Buffalo fuhr prustend in die Höhe, spuckte Wasser aus und glotzte aus mühsam aufgerissenen Augen um sich.

„Was, zum Henker ...!", schnaufte er und wischte sich mit einer Hand ungeschickt über den triefenden Bart. „Wer bist du denn? Ich ... ich kenne dich nicht", lallte er, dann fiel sein Kopf wieder zurück, und die Augen schlossen sich.

Nancy schüttelte ihn heftig durch. „Ich bin Nancy Blue. Erinnerst du dich nicht? Du wolltest mich doch mitnehmen!"

Sie hielt ihr Gesicht so, dass es voll vom Mondlicht getroffen wurde. Doch es dauerte eine geraume Weile, bis er seinen fahrigen Blick darauf konzentrieren konnte und seine vom vielen Whiskey umnebelten Sinne etwas begriffen.

„Nancy ... B...Blue", stammelte der verwirrt – mit einer Zunge, die zu groß für seinen Mund zu schein schien. Dann bemerkte er die dunklen Schwellungen in ihrem Gesicht, und sein Verstand schien langsam klarer zu werden. „Was ... was ist das für ein Gesicht ...?"

„Na, meines! So begreif doch endlich – wir müssen hier weg!"

„W...weg? Was, zum ... was ist denn passiert, verdammt?"

„Ein Kerl namens Brad Tucker", versuchte sie zu erklären und schaute hastig nach rückwärts. „Wir haben keine Zeit zu verlieren! Schnell!"

Mad Buffalos Versuch, auf die Füße zu kommen, scheiterte kläglich.

„Ich bringe d-ie-s-en Sch ... Sch-trolch um", lallte er.

„Das habe ich schon getan. So hör doch ...!" Sie rüttelte ihn, und ihre Stimme klang verzweifelt. „Jetzt ist 'ne ganze Meute hinter mir her. Heilige Mutter, und du sitzt hier rum und bekommst deinen Hintern nicht hoch."

Mad Buffalo riss ihr das triefende Wolfsfell aus der Hand und stülpte es sich über den Schädel. Es rutschte, als er es losließ, über sein Gesicht, und er schob es wieder hoch, glotzte sie unter der schief sitzenden Mütze hervor mit hochgezogenen Brauen an.

„Mann, tut das gut", stöhnte er dabei. „Bei allen indianischen Geistern – ich war wohl schon lange nicht mehr so … so besoffen wie jetzt."

„Du kannst dich später bemitleiden", drängte Nancy. „Wo ist dein Kanu?"

„Im Fluss natürlich – wo … wo denn sonst?" Er tastete mit seiner fahrigen Hand auf dem Boden herum. „Mein Gewehr ... Ist mein Gewehr hier?" Er begann auf allen vieren herumzukriechen. „Ohne mein Gewehr … kann ich nicht fort, nicht um … um alles in der Welt."

Nancy hob den Revolver wieder auf.

„Wir haben jetzt keine Zeit, nach deinem Gewehr zu suchen. Vielleicht hat es jemand gestohlen, während du schliefst." Ihr Kopf ruckte herum, und sie blickte über die Schulter wie ein gehetztes Tier. „Dort kommen sie schon!"

„Hier ist es ja", ächzte Mad Buffalo im selben Moment. Langsam wie ein alter Mann stemmte er sich an seiner langen Büchse in die Höhe.

„Wird auch höchste Zeit." Nancy fasste den schwankenden Mann am Arm und zog ihn mit sich fort. Doch bereits nach wenigen Schritten fiel Mad Buffalo wieder hin und riss Nancy Blue mit sich. Sein Gewehr schepperte auf den steinigen Boden.

„Da hinten!", rief eine keuchende Stimme. „Sie läuft zum Fluss hinunter!"

Fluchend kam Mad Buffalo auf die Knie und richtete sich abermals an seinem Gewehr auf. „Da soll mich doch gleich der Geier fressen", schnaufte er. „Diese verdammten Knochen sind doch noch nicht so alt, dass man sich nicht mehr auf sie verlassen kann!"

„Aber voll Whiskey", stieß Nancy anklagend hervor und zog an seinem Arm.

„Du hast recht", lallte Mad Buffalo. „Zur Hölle, wenn ich gewusst hätte …"

Ein Schuss donnerte durch die Nacht, und die Kugel prasselte durch die Weiden am Ufer. „So komm doch!", flehte Nancy. „Wir schaffen es sonst nicht mehr."

Mad Buffalo taumelte keuchend auf die Weidenbüsche zu und hatte Mühe, auf den Füßen zu bleiben. Dann blieb er plötzlich wieder stehen. Das Gewicht seines vom Alkohol umnebelten Kopfes zog ihn etwas zur Seite. Er drehte sich taumelnd entgegen Nancys eindringlichen Protest herum, und der noch immer triefend nasse Wolfsschwanz, der hinten von seiner Mütze herabhing, wischte kalt durch Nancys Gesicht.

„Es ziemt sich einfach nicht, dass Mad Buffalo Cabe vor ein paar Aasgeiern davonläuft“, knurrte er eigensinnig und hob seine lange Büchse, wobei er mit dem Daumen das Schloss spannte.

„Was tust du, um Himmels willen?“, zeterte Nancy von Panik getrieben und zog an seinem Ärmel. „Sie bringen mich um – und dich noch dazu.“

Er riss sich mit einem Ruck los und fuhr sie mit der Trotzigkeit eines Betrunkenen an: „So kann ich nicht schießen, ver… verdammt noch mal!“

Nancy stampfte bebend vor Angst und Wut mit dem Fuß auf. „Heute Nachmittag dachte ich noch, dir läge was an mir, du verdammter, betrunkener Hinterwäldler.“

Das Aufflammen des Zündkrauts riss für einen winzigen Moment sein verkniffenes Gesicht aus der Schwärze der Nacht. Der Schuss löste sich mit brüllendem Donner, schleuderte Feuer und Rauch in die Dunkelheit und trieb ein paar huschende Schatten in die Deckungen. Dann wandte er den Kopf nach ihr.

„Und ob mir was an dir liegt! Siehst du nicht, dass ich für dich kämpfe, zum Teufel!“

Nancy packte ihn ungeduldig am Arm und zischte ihn an: „Ich will lebend von hier wegkommen! Begreifst du das nicht?“

„Gott im Himmel, ist mir schlecht“, stöhnte Mad Buffalo und wankte mit breitbeinigen, Halt suchenden Schritten am Ufer entlang.

Nancy folgte ihm hastig und von der Furcht ergriffen, er könnte wieder umfallen und liegen bleiben.

Der Liegeplatz des Kanus befand sich nur unweit der Stelle, an der Nancy vorhin Wasser geschöpft hatte. Sie sprang in das schwankende Gefährt und duckte sich rasch, als hinter ihnen ein

Schuss krachte. Mad Buffalo folgte ihr und erinnerte sie eher an einen Bären, wie er platschend in das seichte Wasser stapfte, sich in das leichte Kanu wälzte und es mit seinem Körpergewicht beinahe zum Kentern brachte. Nancy stieß einen Schrei aus, ließ den Revolver los und hielt sich mit beiden Händen an den dünnen Bootswänden fest. Mad Buffalo zog seine triefenden Mokassins über den Rand und griff nach dem Ruder. Kugeln fetzten durch die spärlichen Weidenbüsche und zischten gurrend ins Wasser.

„So rudere doch, verdammt noch mal!", kreischte Nancy verängstigt. „Wenn sie uns das Boot durchlöchern, saufen wir beide ab. Ich kann nämlich nicht schwimmen, und du bist viel zu betrunken dazu."

Mad Buffalo stieß sich mit dem Ruder vom Ufer ab und trieb das leichte Boot mit kräftigen, aber unsicheren Stößen nahe am Ufer entlang stromaufwärts. Die aus der Dunkelheit aufspringenden Mündungsblitze folgten ihnen beharrlich.

Vor Angst zitternd tasteten Nancys Hände auf dem Bootsboden nach dem Revolver und hoben ihn auf. Sie spannte den Hahn und feuerte zurück – einmal, zweimal, dreimal …

„Beim Geier, was hast du denn da für ein verteufeltes Ding?" knurrte der Trapper verblüfft.

Nancy ließ die Waffe wieder sinken. Die Schüsse vom Ufer her waren verstummt.

„Man nennt es, glaube ich, Revolver", erklärte sie außer Atem. „Aber, zum Teufel, jetzt rudere, als wäre der Leibhaftige hinter uns her, sonst schaffen wir es nicht."

Das Kanu gewann daraufhin an Fahrt. Das Ufer blieb zurück, und der Bug des Bootes durchschnitt das im schwachen Mondlicht schimmernde Wasser. Auch die Geräusche entfernten sich und verstummten; die Stille der nächtlichen Wildnis nahm sie auf mit ihrem unheimlichen, düsteren Schweigen.

Nach ungefähr vier Meilen wurden Mad Buffalos Ruderschläge wieder langsamer. Wenig später sanken seine Augenlider herab, und er fiel mit einem Grunzlaut hintenüber in das Heck des Kanus, während seine Hände noch immer das Ruder umklammert hielten.

Nancy schrie ihn an, aber er reagierte nicht mehr darauf. Keuchend kroch sie durch das schlingernde Boot und entriss ihm mit verzweifelter Entschlossenheit das Ruder. Noch nie hatte sie solch ein Ding in den Händen gehabt, aber sie tauchte es tapfer ins Wasser und versuchte, den Bug des Kanus gegen die schwache Strömung zu halten.

***

7.

Erschöpft und zitternd vor Kälte hockte Nancy Blue im Boot und hielt sich an den Zweigen eines tief über das Ufer hängenden Weidenbusches fest. Die mit Blasen dekorierten Handflächen brannten wie Feuer und schienen die einzigen warmen Stellen ihres Körpers zu sein. Die Unterwäsche, die noch immer ihre einzige Kleidung darstellte, war zerrissen und schmutzig und vermochte nicht, sie vor der feuchten Kälte der Nacht zu schützen.

Sie hatte das Kanu so lange gegen die schwache Strömung vorangebracht, bis ihre Kräfte erlahmten und ihre wundgescheuerten Handflächen das Ruder nicht mehr halten konnten. Völlig verausgabt hatte sie keine andere Möglichkeit gesehen, als das Boot zum jenseitigen Ufer zu lenken und sich dort an überhängenden Zweigen festzuklammern, um zu verhindern, wieder abgetrieben zu werden. Den Tränen nahe hatte sie den Kopf gegen ihre Hände sinken lassen, mit denen sie die dünnen, biegsamen Zweige umklammert hielt, und mit fest zusammengepressten Lippen auf das dunkle Etwas des schlafenden Trappers gestarrt.

Hin und wieder war der Wunsch, einfach aufzugeben, in ihr aufgekommen, aber sie musste durchhalten, auch wenn sie mit steigender Intensität den Eindruck gewann, als würden ihre Fingernägel in das Fleisch ihrer Handballen hineinwachsen. Und immer wieder hatte sich die Frage in ihre Gedanken gedrängt, ob es sich wirklich lohnte, all das auf sich zu nehmen – für das, was sie in dieser schrecklichen Wildnis noch alles erwarten würde. Aber schließlich siegte doch der Wille zum Überleben, denn noch mehr als alles andere, fürchtete sie sich vor der Unumkehrbarkeit des Todes.

Blass und klamm kletterte der Morgen über den bleiern schimmernden Fluss, und Nebel dampfte in grauen Schwaden über dem Wasser. Sie schreckte aus ihrer Lethargie auf, als irgendwo schrill eine Ente kreischte und mit hastig ruderndem Flügelschlag das graue Gespinst durcheilte. Ein Otter kam zum Ufer und glitt geschmeidig mit einem leise schlappenden Geräusch in den Fluss herab. Ein Vogel piepste im Wald auf der anderen Seite. Langsam erwachte der Tag.

Nancy wusste nicht, ob es die Geräusche des anbrechenden Morgens oder das Klappern ihrer Zähne waren, die Jacob Cabe endlich veranlassten, die Augen zu öffnen und den Kopf zu heben.

Zunächst starrte er sie einen Moment an, ohne zu begreifen. Dann fuhr er sich mit der Hand über das bärtige Gesicht und grunzte: „Da soll mich doch gleich der Teufel holen."

„Das wäre mir auch recht", versetzte Nancy ärgerlich, „denn bis jetzt habe ich noch nicht feststellen können, zu was du nützlich bist."

Mad Buffalo rappelte sich mit einem gequälten Laut auf und brachte sich in eine sitzende Haltung. „Wie, zum Kuckuck, kommst du denn hierher, und was hast du da an?"

Nancy verdrehte die Augen. „O Gott, dachte ich's mir doch. Ich bin Nancy Blue, falls du auch das nicht mehr weißt."

„Ich weiß, wer du bist", grollte er. Dann versuchte er, so etwas wie ein Lächeln in seine Züge zu zaubern, doch es entglitt ihm immer wieder. „Wer kann denn so was vergessen", sagte er während dieser misslingenden Versuche. Es sollte wohl schwärmerisch klingen, aber Nancys Ohren waren für derlei Töne nicht aufnahmefähig. Und dann berichtete sie schnell und knapp, was sich gestern nach Mad Buffalos Weggang ereignet hatte. Sie schloss mit den Worten: „Und jetzt nimm endlich das Ruder und sieh zu, dass du dieses gottverdammte Kanu weiterbekommst, oder willst du hier auch noch die nächste Nacht verbringen?"

Mad Buffalo beugte sich vor und griff sich dabei stöhnend an den Kopf. Schließlich zog er ein rotes Blanket mit schwarzen Streifen unter sich vom Boden des Kanus hoch, das Nancy in der Dunkelheit gar nicht bemerkt hatte, und hielt es ihr mit den Worten hin: „Ich an deiner Stelle würde mir dieses Ding umhängen."

Unwirsch riss sie ihm die Decke aus der Hand und hüllte sich schlotternd vor Kälte darin ein. Währenddessen trieb Mad Buffalo das Boot vom Ufer weg und weiter den Fluss hinauf.

Die Sonne ging hinter ihnen auf und vertrieb die dünnen Nebelbänke. Allmählich wärmten ihre Strahlen Nancys Körper, und sie begann, die Müdigkeit zu spüren. Sie legte sich auf den Boden und verfiel in einen leichten, unruhigen Schlaf. Wie aus weiter Ferne hörte sie den improvisierten unmelodischen Gesang dieses Mannes hinter sich, mit dem er sein sorgloses Leben in der Wildnis besang – von strömenden Flüssen, schweigenden Wäldern, hohen Bergen und alten Großvätern …

Großer Gott, dachte Nancy in der Dämmerung ihres Schlummers, während sie ungewollt dem tiefen Bass-Bariton lauschte, diesen primitiven Hinterwäldler scheint nichts umzubringen.

Die folgende Nacht verbrachten sie am Ufer. Mad Buffalo Cabe hatte schon am späten Nachmittag Halt gemacht, weil er noch etwas zu essen beschaffen wollte, wie er sagte. Das klang zunächst gut in Nancys Ohren, denn sie wusste selbst nicht mehr genau, wann sie das letzte Mal etwas zwischen die Zähne bekommen hatte, und bei ihrem plötzlichen Aufbruch hatte sie keinerlei Vorräte mitnehmen können. Mad Buffalo hatte unterwegs in diesem Zusammenhang einen gewissen Smoky Voice erwähnt, einen Halsabschneider, bei dem er sich nun mit all diesen Dingen eindecken musste. Als sie jedoch allein zurückblieb, begann die Stille dieser einsamen Wildnis ein schleichendes Angstgefühl in ihr auszulösen.

Mit gemischten Empfindungen wanderte ihr Blick über den Fluss, der gemächlich an ihr vorbeizog, bis hinüber zum anderen Ufer und zu dem schweigenden Wald. Diese totale Ruhe, das Fehlen menschlicher Stimmen und Geräusche, die sich nicht auf irgendetwas einordnen ließen, war sie nicht gewöhnt, und der Gedanke, dieser Jacob Cabe oder Mad Buffalo, wie man ihn nannte, könnte vielleicht nicht zurückkommen, machte ihr Angst. Schließlich, so dachte sie, lauerten ja in dieser Wildnis überall Gefahren.

Die schlanken Wipfel der Nadelbäume bewegten sich unter gelegentlichen Windböen leicht schwankend hin und her, und Nancys Fantasie gaukelte ihr auch noch andere geheimnisvolle

Bewegungen in der Dämmerung zwischen den Stämmen vor.

Plötzlich ruckte ihr Kopf herum. Da war ein Geräusch, rechts von ihr, dessen Ursprung sie nicht erklären konnte. Auch die Entfernung konnte sie nicht einschätzen. Ein leichter Pfeifton von irgendwo. Vielleicht ein Tier.

Oder ein Mensch ...?

Egal, ob Mensch oder Tier – es bedeutete in jedem Fall Gefahr. Waren sie schon wieder hinter ihnen her? Hatte jemand sie hier bemerkt und einem anderen ein Zeichen gegeben?

Und sie war allein!

Vielleicht kam Mad Buffalo schon wieder zurück? Imaginäres Kopfschütteln. Nein. Mad Buffalo müsste aus der anderen Richtung kommen. Es lief ihr kalt den Rücken herunter. Sie blickte angespannt in diese Richtung, aus der sie glaubte, dieses Geräusch gehört zu haben, und lauschte. Aber sie hörte nichts mehr. Vielleicht hatte sie sich geirrt, und ihre gereizten Nerven hatten ihr einen Streich gespielt, versuchte sie sich zu trösten.

Ach, wenn doch dieser Kerl nur hier wäre!

* * *

8.

Noch ehe es völlig dunkel wurde, kehrte Mad Buffalo zurück. Gott sei Dank. Er brachte ein Kaninchen mit, das er vor Nancy in die Höhe hielt, und sagte: „Das war schon das Allererste, was ich erlegt habe, als ich damals, vor langer Zeit, in die Wildnis kam."

Nancy betrachtete die Jagdbeute mit einem distanzierten Blick. „Wie lange lebst du denn schon hier?", wollte sie wissen.

Mad Buffalo dachte einen Moment nach. „So ganz genau weiß ich das nicht mehr, aber es können wohl zwanzig Winter zusammenkommen."

Zwanzig Winter? Sie konnte damit nichts anfangen. Schien denn hier, in diesem verdammten Land, das Leben nur aus Wintern zu bestehen?

Er hockte sich hin und legte das Kaninchen neben sich, zeigte dann auf den Revolver, den Nancy neben sich auf der Decke liegen hatte. „Was ist das für ein hässliches Ding. Der Teufel mag wissen, wie man so etwas laden kann." Er nahm die Waffe und drehte sie ratlos in den Händen herum.

„Ich habe es mal gesehen, weiß es aber nicht mehr genau. Ich glaube, mich zu erinnern, dass jemand dabei ein spezielles Werkzeug benutzt hatte. Auf jeden Fall kamen Pulver und Kugel von vorn her in die Löcher der Trommel."

„Du musst es ja wissen. Hast schon damit rumgeballert", bemerkte Mad Buffalo.

„Ist ganz einfach. Wenn man den Hahn spannt, dreht sich die Trommel um eine Stellung weiter."

Mad Buffalo betrachtete die Waffe noch immer ein wenig skeptisch und kratzte sich den Bart. „Und die Kugeln gehen alle durch denselben Lauf?"

„Ich sehe jedenfalls keinen anderen", bemerkte Nancy sarkastisch.

„Mann", staunte Mad Buffalo begeistert. „Die Crow oder auch Blackfeet werden sich wundern, wenn ich ihnen damit vor die Nase springe." Er spannte staunend den Hahn und hielt die Waffe schräg gegen sich. „Hmh", brummte er dann enttäuscht. „Scheint aber ein verdammt kleines Kaliber zu haben. Die Kugeln für mein Gewehr und auch die Pistole sind vom Kaliber .50 und gehen da nicht rein." Er fasste den Revolver am Lauf und sagte: „Wenn du ordentlich damit zuhaust, kannst du immerhin jemandem den Schädel einschlagen." Er gab die Waffe an Nancy zurück, und damit schien sich für ihn das Kapitel Revolver erledigt zu haben.

Aus seiner Tasche holte er ein paar Dinge hervor, deren Verwendungszweck für Nancy unklar war. Dann schlug er damit Funken, die auf etwas Schwarzes fielen, das zu glimmen begann und in einem Knäuel dürren Grases zwischen seinen großen Händen verschwand. Mad Buffalo blies dann kräftig hinein, und nach wenigen Augenblicken schon schossen daraus Flammen empor. Rasch legte er das brennende Zeug auf den Boden und deckte etwas Birkenrinde und dünne Zweige darüber. Staunend hatte Nancy ihm dabei zugesehen, und nickte anerkennend, als er sie anwies: „Wenn das Feuer richtig brennt, legst du ein paar dickere Scheite auf."

Dann zog er das Kaninchen zu sich heran und trennte mit einigen sicheren Schnitten seines Messers den Kopf vom Rumpf und weidete diesen aus.

In Nancys Magen begann es zu würgen, und sie schluckte ein paar Mal.

„Schau nicht hin, wenn du es nicht vertragen kannst", murmelte er und fuhr in seiner Tätigkeit fort. Er ging zunächst zu einer jungen Eiche, die einige Schritte entfernt wuchs, und band dort die Hinterläufe des Tiers mit dünnen Lederschnüren an den untersten Ast. Dann schlitzte er mit der scharfen Klinge das Fell auf und fuhr mit kreisenden Schnitten um die Hinterläufe herum und zog das blutige Fell vom Balg herunter.

Jetzt wandte Nancy rasch den Kopf, blickte in die unruhig tanzenden Flammen und legte mit leicht unruhigen Händen zwei dickere Aststücke auf. Ihr Hungergefühl schien sich plötzlich verflüchtigt zu haben. Erst als das Kaninchen schließlich, auf einen grünen Stock gespießt, seinen Platz über dem Feuer gefunden hatte, das jetzt mit kleinen, tanzenden Flämmchen über einer dicken Schicht flimmernder Glut emporzüngelte, hatte sie das Vorspiel zu diesem Akt wieder verdrängt. Kleine Perlen des aus dem Fleisch hervortretenden Fettes tropften zischend in die Glut. Dünner grauer Rauch stieg vom Feuer in die windstille Luft, und ein köstlicher Duft, der sogar das Wasser in Nancys Mund zusammenrinnen ließ, verbreitete sich in der Luft.

Es war bereits dunkel geworden, als der Braten fertig war, und Nancy verschlang heißhungrig einen großen Teil davon und leckte sich danach die fettigen Finger ab.

Mad Buffalo grinste dazu und sagte: „Vielleicht bist du Besseres gewöhnt, da, von wo du kommst, aber der Hunger verlangt nun mal danach, gestillt zu werden."

Nancy wunderte sich dabei über die merkwürdige Veränderung, die in ihr vorgegangen war. Noch vor zwei Tagen hätte sie es für unmöglich gehalten, wie ein Tier über ein ungewürztes gebratenes Kaninchen herfallen zu können. Aber der Mann auf der anderen Seite des Feuers hatte wohl recht: Der Hunger kann ein harter Geselle sein, der seinen Tribut fordert.

Aus Ermangelung einer zweiten Decke hüllten sie sich zum Schutz vor der Kühle der Nacht beide in dieselbe. Und diesmal störte es Nancy Blue nicht einmal, dass dieser verwilderte Mann aus den Bergen vorher kein Bad genommen hatte. Die Wildnis hatte ihr bereits am ersten Tag so viel abverlangt, dass sich gegenüber derlei Dingen eine gewisse Gleichgültigkeit einstellte.

Noch ehe sie ausgeschlafen hatte, war Mad Buffalo Cabe bereits wieder auf den Beinen und drängte zum Aufbruch. Es gab kein Frühstück, und Nancy fühlte sich übermüdet und schon wieder hungrig. Sie spürte jeden Knochen ihres Körpers und sehnte sich nach ihrem Bett und der bequemen Matratze.

In die rote Hudson-Bay-Decke gehüllt und mit wirr herunterhängendem Haar stieg sie apathisch in das Kanu und ließ sich weiter den Fluss hinaufrudern. Sie war ein derartig strapaziöses Leben nicht gewöhnt, und allmählich stellte sich eine gewisse Bewunderung für diesen Mann ein, den sie zwar immer noch für einen Wilden hielt, dessen Kräfte aber nie zu erlahmen schienen und der sich bei allem eine unerschütterliche Fröhlichkeit bewahrte. Immer wieder musste sie, während sie im Boot hockte und im Halbschlaf dahindämmerte, jenes einfältige Lied von seinem Haus am Fluss hören, von Wäldern und freiem Leben in der Wildnis – so lange, bis es ihr nicht mehr aus dem Sinn wollte und sie sich dabei ertappte, wie sie es in Gedanken mitsang.

Am Ende dieses Tages erreichten sie die Fähre von Caleb Smoky Voice Turtle, und Nancy war froh, endlich wieder so etwas wie eine menschliche Behausung zu erblicken, die ein Nachtlager versprach, das nicht aus dem harten Boden bestand.

Der Besitzer dieser Heimstätte starrte sie an, als würde er ein Pferd mit zwei Köpfen vor sich haben, und er schien nicht zu wissen, ob er seinen Augen trauen konnte.

„He, ich war doch gestern nicht besoffen und bin es auch heute nicht", krächzte er mit seiner rauen Stimme vor sich hin. „Beim Geier, bin ich übergeschnappt – oder hast du da tatsächlich ein blondhaariges Weibsbild bei dir?"

Mad Buffalo sah ihn mit einem Blick an, der an eine dunkle Gewitterwolke erinnerte. „Red nicht so viel, und mach uns was zu essen, alte Flussratte. Wir sind so wölfisch hungrig, dass wir 'nen halben Ochsen verzehren könnten."

Smoky Voice schüttelte noch immer verwundert seinen runden Kopf. „Ich glaube, ich habe dich unterschätzt, Mad Buffalo Cabe. Ist sie freiwillig mit dir gegangen, oder hast du sie entführt?"

„Glaubst du vielleicht, auf mich fliegen keine Weiber mehr?", fuhr Mad Buffalo ihn an. „Die Hälse verrenken sie sich nach mir."

„Ja", Smoky Voice lachte, „sind alle furchtbar wild darauf, mit dir da oben in dieser gottverdammten Wildnis die Tage zu zählen, die sie noch zu leben haben."

Mad Buffalo lehnte sein Gewehr an die Wand.

„Ich brauche auch Vorräte", sagte er verdrossen. „Alles, was man so nötig hat. Habe dort unten bei diesem verdammten Rendezvous versäumt, mir was zu besorgen. Hast du auch Seife?"

Smoky Voice grinste über das ganze fette Gesicht. „Hab' ich doch richtig vermutet."

„Hast du dir jetzt genug über mich den Kopf zerbrochen, Dicker?" Nancys große blaue Augen sprühten im schwachen Licht der Kerzenflamme. „Sag mir lieber, ob es in dieser Behausung 'nen Spiegel gibt. Ich muss ja furchtbar aussehen."

Smoky Voice Turtle schaute Mad Buffalo bedeutungsvoll an.

„Mit der wirst du da oben nicht viel Freude haben, schätze ich – nicht ohne Spiegel, Kamm und Seife." Er presste ein dumpfes Lachen durch seinen dicken Hals, das an fernes Donnergrollen erinnerte.

Am nächsten Morgen hatte die Sonne bereits den Himmel erobert und konkurrierte mit ein paar dunklen Wolken, die sich aufplusterten wie balzende Birkhähne, als sie aufbrachen. Mad Buffalo hatte der jungen Frau noch etwas Ruhe gönnen wollen. Schließlich hatten sie es ja nicht so eilig. Niemand erwartete sie dort draußen, wo er am Yellowstone seine Hütte bewohnte.

Er hatte von Caleb Turtle ein altes, graumäuliges Muli gekauft. Da er für Nancy Blue unbedingt ein Reittier brauchte und er sie nicht für eine geschickte Reiterin hielt, erschien ihm dieses alte, ruhige Tier geeignet. Die Vorräte, die hauptsächlich aus Mehl, Salz und Speck bestanden, hatte er nach Indianerart auf ein Travois geladen und dem Muli angehängt. Außerdem hatte er dem alten Gauner noch eine weitere Decke abgetrotzt, damit Nancy nun ihre eigene besaß, und eine Bahn roten Wollstoff nebst Nähgarn und etliche Nadeln, um sich daraus ein Kleid anzufertigen. Schließlich konnte sie nicht ständig in ihrer desolaten Unterwäsche herumlaufen.

„Kannst du nähen?", hatte er sie gefragt, worauf sie ihm einen nicht gerade begeisterten Blick schenkte.

„Früher habe ich's mal gemacht", hatte sie unlustig geantwortet, „aber das ist lange her."

Schließlich hatten sie sich von Smoky Voice mit seiner alten, klapprigen Fähre über den Fluss setzen lassen.

„Dann wünsche ich euch einen ungetrübten Honeymoon zwischen Bären und Wölfen", rief Turtle ihnen lachend zu, als er mit seinem Floß wieder vom Ufer ablegte. „Und gib auf deine Haare Acht, und besonders auf die deiner goldblonden Squaw." Sein heiseres, unnachahmliches Lachen folgte diesen Worten nicht gerade wie ein gutgemeinter Rat.

„Was meint er damit?", fragte Nancy unsicher und blickte Mad Buffalo von der Seite an.

„Komm schon", forderte dieser sie auf. Und während er sein Tier neben das ihre lenkte, erklärte er ihr beiläufig: „Er meint, wir sollen uns vor den Indianern hüten."

„Gibt es dort Indianer, wo du mich hinbringst?", wollte Nancy wissen, und ein besorgter Ausdruck zuckte in ihrem Gesicht auf.

Mad Buffalo lachte kurz und trieb sein Pferd vorwärts. „Es gibt hier überall welche, mein Herz."

Nancy schickte ein Stoßgebet zum Himmel und folgte dem Mann, der scheinbar sorglos vor ihr her ritt. Es schien ihr, als geriete sie von einer Misere in die nächste. Dazu kam noch dieses grässliche Biest, auf dem sie saß und das dieses blöde Stangengestell hinter sich her zog, mit dem sie mehr schlecht als recht umzugehen wusste. Sie folgten so etwas wie einem fast unsichtbaren Trampelpfad, den irgendwelche Tiere hinterlassen haben mochten und der vom Fluss weg durch ein Zederngehölz führte, wo er sich schließlich verlor. Nancy maulte leise und schimpfte auf den Mann vor sich, der ihr das zumutete, und dennoch versuchte sie, möglichst nahe an ihm dranzubleiben, da ihre Fantasie fast überzeugt davon war, dass sich hinter jedem Baum um sie herum ein blutrünstiger Indianer versteckte und nur auf eine Gelegenheit wartete, sie zu ermorden. Jede Vogelstimme und jeder knackende Zweig ließ sie zusammenzucken.

Sie atmete auf, als der Wald endlich hinter ihnen zurückblieb und sie eine mit Büschen bewachsene Grasfläche überquerten. Der Himmel war blau und leer. Der einsame Schrei eines Bussards wehte klagend zu ihnen herab. Nancy schaute nach oben, erkannte aber nur einen braunen Schatten, der schräg nach unten sauste wie eine erloschene Sternschnuppe. Bevor sie erschrecken konnte, war dieses dunkle Etwas zwischen den Büschen verschwunden, von wo ein kaum wahrnehmbares Rascheln kam, als huschte dort etwas verzweifelt fliehend durch trockene Blätter.

Dann schlugen dunkle Flügel um sich, und der gefiederte Jäger erhob sich mit seinem Opfer in den Fängen über das Gewirr aus Zweigen und Blättern. Bevor sie recht begriff, was geschehen war, verschwand der Vogel mit mächtigem Schlag seiner Schwingen aus ihrem Blickfeld.

„Auf der Hut sein und Schnelligkeit sind alles, was hier draußen zählt", bemerkte Mad Buffalo, der den Vorfall ebenfalls beobachtet hatte.

Nancy Blue holte tief Luft. „Ich werde es mir merken."

Das Gelände wurde allmählich offener, und die Berge in der Ferne wurden sichtbar. Sie erreichten eine halbmondförmige Felsbarriere, von welcher aus eine baumlose Senke einzusehen war, und Mad Buffalo zügelte unvermittelt sein Pferd. Nancy musste rasch das Muli zur Seite nehmen, um nicht gegen ihn zu stoßen. Mad Buffalo deutete mit ausgestrecktem Arm über die dunklen Felsen hinweg.

Ein einzelner Reiter durchquerte die Senke in gestrecktem Galopp und zog eine kleine Gruppe von sechs Verfolgern hinter sich her, die das Letzte aus ihren Tieren herausholten, um den einzelnen Reiter einzuholen. Nancy Blue beobachtete die wilde Szene mit angstvoller Miene. „Sind das feindliche Indianer?"

„Ich werde mal da rüberreiten und sie fragen", versetzte Mad Buffalo ruhig. „Der da vorn, hinter dem die anderen her sind, ist jedenfalls ein Blackfoot. Und diejenigen, die ihm an die Haare wollen, sind Crow." Er ließ noch einen unverständlich gemurmelten Fluch folgen. Er wollte seine Mokassins fressen, wenn da nicht einige dabei waren, die ihm vor einigen Tagen sein Muli weggeschossen hatten. „Du solltest mal solange hier bleiben. Aber lass dich nicht sehen."

***

9.

Nancy erschrak heftig. „Du willst dich doch nicht etwa da einmischen?“

Mad Buffalo grinste breit. „Die Blackfeet haben mich bisher geduldet, weil ich ihnen nicht zu nahe gekommen bin. Das hier ist die beste Gelegenheit, mit ihnen in freundschaftliche Berührung zu kommen. Es gibt nur wenige Weiße, denen das bisher gelungen ist. Und mit diesen nichtsnutzigen Crow dort habe ich sowieso noch 'ne Rechnung zu begleichen.“

„Und was, zum Teufel, wird aus mir, wenn sie dich umbringen?“

„So schnell werden die mit Mad Buffalo nicht fertig.“ Seine Worte wurden hastiger. „Du wirst sehen: Nichts bringt sie so sehr durcheinander wie Überraschungen, und die werde ich ihnen jetzt bieten. Aber nun muss ich los.“ Er zog Buddy herum und rief ihr dabei noch zu: „Wenn alles vorbei ist, kannst du runterkommen.“ Er duckte sich bis auf den Hals seines Pferdes und jagte den Braunen im Schutz der Felsbarriere entlang. Zum Glück war der Boden, über den er ritt, mit spärlichem Gras bewachsen, das kaum Staub aufsteigen ließ und gleichzeitig den Hufschlag dämpfte, so dass er von dem Lärm, den die Rothäute mit ihrer wilden Reiterei verursachten, übertönt wurde.

An der Richtung, die der fliehende Blackfoot eingeschlagen hatte, vermutete Mad Buffalo, dass dieser die Felsen am Ende der halbmondförmigen Erhebung zu erreichen suchte, um sich dort dem ungleichen Kampf zu stellen. Wenn er Glück hatte, konnte er einen oder zwei von seinen Verfolgern mit ins Jenseits nehmen. Aber eine andere Chance hatte er gegen sechs Crow nicht zu erwarten.

Mad Buffalo holte alles aus Buddy heraus, um rechtzeitig zur Stelle zu sein. Von der anderen Seite der Felsen hörte er den Hufschlag und das Geschrei der Reiter rasch näherkommen. Er erreichte das Ende der dunklen Felsleiste in dem Augenblick, da der Schecke des Blackfoot mit einem wilden Satz über die letzten

Ausläufer derselben hinwegsetzte. Cabe sprang aus dem Sattel, ehe er den Braunen zum Stehen bringen konnte. Auf das, was der Blackfoot hinter ihm tat, konnte er nicht mehr achten; er vernahm nur das ängstliche Schnauben des Tieres. Ob dessen Reiter weiterritt oder sich dem Kampf stellte, konnte er nicht überprüfen, denn dessen Verfolger waren bereits zu nahe.

Mad Buffalo feuerte seine Flinte ab, und die Kugel riss den ersten der heranpreschenden Reiter vom Pferd. Mit einem wilden Schrei sprang er sofort nach dem Schuss aus seiner Deckung heraus und zog seine Kentucky-Pistole. Die Explosion einer Kanonenkugel hätte keine größere Wirkung haben können, als sein plötzliches und unverhofftes Auftauchen. Ein weißer Mann, der groß und brüllend wie ein angreifender Grizzly aus dem Nichts vor den Nüstern ihrer Ponys emporschnellte, versetzte die erschreckten Tiere dermaßen in Panik, dass sie nach allen Seiten hin ausbrachen. Es entstand ein wirres Knäuel durcheinanderdrängender Pferdekörper und wild gestikulierender Reiter, in das Mad Buffalo einfach hineinfeuerte. Ein totales Durcheinander aus geöffneten Pferdemäulern, entsetzt rollenden Augen, stampfenden Hufen und peitschenden Mähnen, aus schreienden Kriegern, herumwehenden Fransen und Haaren umgab ihn, das sich allmählich auseinanderzog.

Zwei der Crow lagen bereits am Boden, als Mad Buffalo neben sich einen gellenden Schrei hörte, mit dem der Blackfootkrieger sich in das Kampfgetümmel stürzte, einen weiteren Crow vom Pferd riss und ihn mit seiner Steinkopfkeule erschlug. Ein anderer, der von seinem Pony gestürzt war, kam dem Blackfoot in den Rücken, doch Mad Buffalo versetzte ihm mit seiner mächtigen Faust einen harten Schlag, der ihn zu Boden schmetterte, als hätte ihm jemand die Beine weggezogen. Die Letzten der Crow hatten mittlerweile ihre Tiere unter Kontrolle und suchten ihr Heil in der Flucht. Drei reiterlose Pferde schlossen sich ihnen an, eines lag indessen sterbend am Boden.

Der Blackfoot drehte sich zu Mad Buffalo um und deutete auf die noch geballte Faust des Trappers. „Starke Medizin", sagte er und nickte anerkennend. „Viel Kraft."

Er trug Lendenschurz und Leggings, und über den nackten Oberkörper hatte er ein Wolfsfell wie einen Poncho gehängt, indem er in dessen Mitte ein Loch geschnitten hatte, um den Kopf hindurchzustecken. Sein Gesicht zeigte einen stolzen und zugleich finsteren Ausdruck, als er die Gestalt des Mountain-Man musterte. Keine Spur von Dankbarkeit war darin zu entdecken. Er versuchte ihm etwas klarzumachen, aber seine Kenntnisse der Sprache des Weißen Mannes waren dafür zu begrenzt. So gab er Mad Buffalo durch Handzeichen zu verstehen, dass er es nicht schätzte, wenn ein weißer Mann ihm seine Feinde wegnahm.

„Immerhin habe ich dir das Leben gerettet", hielt Mad Buffalo ihm entgegen und ergänzte seine Worte mit den nötigen Gesten, die der andere offenbar verstand. Dessen Blick wurde allerdings dadurch nicht freundlicher.

Was sei das Leben eines Siksika-Kriegers schon wert, versuchte er ihm klarzumachen, wenn er es einem weißen Mann verdanke. Aber er, der weiße Mann, habe tapfer gekämpft; er sei ein großer Krieger, und das mache die Schande geringer, so dass er damit leben könne.

Du bist mir vielleicht ein Schlitzohr, dachte Mad Buffalo bei sich und grinste ihn an. „Du hast immerhin einen davon getötet und zwei in die Flucht geschlagen."

Er wusste nicht, ob der Indianer ihn verstanden hatte, denn dieser verzog keine Miene. Er schaute an dem weißen Jäger vorbei, dorthin, wo Nancy Blue soeben mit dem Maultier auftauchte.

Sie hatte die Szene von ihrer Warte aus mit banger Aufmerksamkeit verfolgt und musste erleichtert feststellen, dass Mad Buffalo ein ganzer Kerl war – ein Mann, der aussah, als wüsste er genau, was er wollte, und es auch bekam, groß und stark wie ein Grizzly, und er konnte ebenso schnell sein. Wenn er nicht gerade betrunken war.

Die langen Stangen des Travois sprangen mit ihren Enden über den unebenen Boden, denn sie ritt recht schnell. Offenbar war es ihr nicht geheuer gewesen, dort allein hinter den Felsen zu bleiben.

„Ah-ké?", fragte der Blackfoot. Er deutete dabei auf Mad Buffalo, und ein Hauch von Interesse stahl sich in seine Augen.

Diesmal verstand Mad Buffalo so viel davon, dass er mit Ah-ké sein Weib meinte.

Nancy kam näher und hatte Mühe, das so angetriebene Muli zum Stehen zu bringen. Ihr Gesicht war vor Aufregung gerötet, und sie musterte den Indianer mit ängstlicher Neugier. Dieser ließ keinen Blick von der Frau und fragte den weißen Mann, woher er diese blauäugige Frau habe.

„Von dem Handelsplatz der weißen Männer, wohin wir unsere Felle bringen."

Diese Antwort brachte einen fast theatralisch erstaunten Ausdruck in die Züge des Kriegers, und er gab Mad Buffalo zu verstehen, er habe nicht gewusst, dass man dort auch mit Frauen handelt.

Er trat dicht an das Muli heran, hob die Hand und griff in Nancys Haar. Er zog ihren Kopf etwas auf die Seite und sagte dabei in einem Gemisch aus Englisch und Blackfoot-Algonkin, von dem Mad Buffalo nur einige Brocken verstand: „Ich habe noch nie ein Ah-ké mit gelbem Haar gesehen."

Nancy Blue versuchte sich loszureißen und verzog schmerzvoll das Gesicht. „Au!", schrie sie, und an Mad Buffalo gewandt: „Warum lässt du zu, dass er so was mit mir macht?"

Mad Buffalo lächelte unter seinem Bart hervor. „Er will nur sehen, ob deine Haare echt sind."

Nancy zerrte weiter. „He, nimm deine Pfoten weg!"

Der Blackfoot ließ sie los. „Sie gefällt mir. Was will der weiße Mann für sie haben?"

„Ich behalte sie", erwiderte Mad Buffalo schnell und entschieden. „Du wirst bestimmt eine andere finden."

„Ich will diese", beharrte der Indianer mit einem drohenden Unterton. Er hielt zwei Finger hoch sagte dabei: „ Nahtokam Ponokamitach." Guter Preis für Ah-ké."

Mad Buffalo schüttelte den Kopf.

Diesmal hob er mit brüsker Geste drei Finger hoch und erhöhte damit sein Angebot auf drei Pferde. „Newokiskam Ponokamitach." Und als Mad Buffalo abermals den Kopf schüttelte, fügte er mit schmalen Lippen noch hinzu: „Und eine Decke."

„Du bist mein Freund, ich habe mit dir gegen die Crowhunde gekämpft. Aber du weißt, wie einsam es da oben in den Bergen ist und wie lang die Nächte im Winter sind. Du lebst bei deinem Volk." Mad Buffalo schlug sich gegen die Brust. „Aber ich lebe allein. Ich brauche eine Frau."

Die Augen seines Gegenübers blitzen ihn finster aus dem dunklen Gesicht heraus an. Auch er schlug sich auf die Brust. „Ich Sikaapéhs. Kein weißer Mann kann Freund von Sikaapéhs sein", sagte er stolz. „Wir nur handeln." Seine Hände wiederholten das Angebot von drei Pferden und einer Decke, und er fügte noch eine Frau hinzu, die er vor zwei Wintern von den Crow erbeutet hatte. „Sehr jung, festes Fleisch."

Nancys Blicke sprangen in einem Gemisch aus Zorn und Angst zwischen den beiden Männern hin und her. Ihr Herz klopfte in unruhigem Takt.

„Feilscht der Kerl da etwa um mich?"

„Du gefällst ihm, und er will dich unbedingt haben", klärte Mad Buffalo sie auf.

„Oh!", schnaufte Nancy, und er konnte nicht feststellen, ob Furcht oder Empörung hinter diesem Ausruf stand. „Zeig diesem Kerl, wie viel ich wert bin, und schieß ihm 'ne Kugel in den Kopf."

„Ich fürchte, meine Pistole ist leer." Er grinste sie an. „Und ich denke, deine Wunderwaffe auch, Blauauge."

Grauer Wolf verstand offenbar nichts von dem, was die beiden Weißen da redeten. Er schwieg abwartend und schaute, als sie geendet hatten, erwartungsvoll auf Mad Buffalo Cabe.

Dieser zuckte mit den breiten Schultern und machte dem Indianer klar, dass aus diesem Handel nichts werden könne. „Ich behalte die Frau und Grauer Wolf seine Pferde. Und wir trennen uns in Frieden."

Die Lippen des Blackfootkriegers wurden noch schmaler, als sie ohnehin schon waren, doch mit einem Blick in die harten und entschlossenen Augen des weißen Mannes gelang es ihm, seinen Zorn unter Kontrolle zu halten.

Der weiße Mann werde Sikaapéhs wiedersehen, sagten seine Hände, dann werde er ihm ein anderes Angebot machen.

In diesem Moment begann der Crow, den Mad Buffalo niedergeschlagen hatte, sich zu bewegen. Grauer Wolf ging zu ihm hin und zertrümmerte ihm mit seiner Steinkeule den Schädel. Dann drehte er sich langsam zu Mad Buffalo um und starrte ihn mit einem arroganten Blick an.

„Sein Skalp gehört dem weißen Mann." Ohne sich noch einmal nach dem weißen Jäger und der gelbhaarigen Frau umzusehen, schritt er zu seinem Pferd, saß auf und ritt davon.

„Das war der Graue Wolf", erklärte Mad Buffalo, ohne seiner Stimme eine besondere Betonung zu verleihen. „Merke dir den Namen, denn falls es ihm gelingt, mich zu töten, wird er dein nächster Mann."

***

10.

Sie saßen am Feuer und lauschten den anheimelnden Geräuschen der Flammen, die sich knisternd und knackend durch das frisch aufgelegte Kiefernholz fraßen. Durch die wabernd aufsteigende Hitze hindurch beobachtete Nancy Blue den in ihren Augen verwilderten Mountain-Man, wie er mit den Zähnen die letzten Fleischreste vom Schenkelknochen eines Dachses riss, den er am Vormittag geschossen hatte. Sie selbst hatte ihren Hunger bereits mit wenig Appetit gestillt, denn der Anblick erlegter Tiere und deren frisch abgehäuteter Körper erzeugte in ihr einen Widerwillen, dem sie sich noch immer nicht entziehen konnte.

Mad Buffalo warf schließlich den abgenagten Knochen hinter sich ins Gebüsch und rülpste zufrieden.

„Du musst mehr essen, Nancy", riet er ihr und wischte sich dabei die fettigen Hände an dem Hirschleder ab, das seine Schenkel bedeckte. „Hier draußen ist alles anders als dort, woher du kommst. Hier brauchst du was Ordentliches im Magen, damit dein Körper den Strapazen gewachsen ist. Bei unserem letzten Lager am Wind River hast du nur einen Fisch gegessen, obwohl ich vier davon gefangen hatte, und jetzt war es auch nur wenig von dem wohlschmeckenden Fleisch."

Das Wort „wohlschmeckend" empfand sie in dem Zusammenhang als zynisch – es sei denn, man wäre kurz vor dem Verhungern. In ihrem ganzen bisherigen Leben hatte sie noch nie Fleisch von einem solchen Tier essen müssen, vor dem ihr schauderte.

„An diese Art zu essen muss ich mich erst gewöhnen", sagte sie ausweichend, aber sie glaubte nicht daran, dass ihr das jemals gelänge.

„Sieh an, die kleine Lady aus der anderen Welt, die sie zivilisiert nennt." Mad Buffalo schlug sich lachend aufs Knie und zwinkerte ihr aufmunternd zu. „Du wirst das noch lernen, und ich werde dir auch noch viele andere Dinge beibringen müssen, von denen du nichts weißt."

Nancy schaute nachdenklich über Mad Buffalos Schulter hinweg in die Ferne. Seit Tagesanbruch waren sie nach Norden gezogen, und die wärmende Sonne war inzwischen längst hinter einer grauen Wolkenwand verschwunden, die aus den Bergen aufzusteigen schien. Eine klamme Kühle stieg aus dem Boden auf und zog sich um das Feuer zusammen. So weit das Auge reichte, nichts anderes als Baumwipfel unter einem endlosen Himmel, steile Hänge, felsige Wände und Einsamkeit, die ihr aufs Gemüt schlug.

„Ich glaube einfach, ich gehöre nicht in dieses Land, in das du mich schleppst", kam es leise über ihre Lippen.

Die Augen des Mannes hinter dem Rauchschleier des Feuers vergrößerten sich bedenklich und funkelten zu ihr herüber. „Ich schleppe dich?", brach es aus ihm heraus. „Du hast mich doch gewaltsam dazu gebracht, als ich krank und hilflos am Boden lag."

„Du warst betrunken", erinnerte sie ihn mit deutlich nüchterner Stimme.

„Na, wenn schon. Als ich zu mir kam, hattest jedenfalls du mich in mein Boot geschleppt und konntest gar nicht schnell genug wegkommen. Und jetzt behauptest du, ich hätte dich verschleppt."

„Das war eine Notsituation."

„Die jetzt vorbei ist, wie?"

Nancy Blue hielt sich die Hände vors Gesicht, um weder diesen Menschen noch irgendetwas anderes von dieser Welt sehen zu müssen.

„Nein", flüsterte sie nach einer Weile, nahm die Hände wieder herunter und sah ihn an. „Du hast schon recht. Ich weiß nur nicht, ob ich das jemals schaffe, so zu leben wie du."

Mad Buffalo kroch um das Feuer herum, hockte sich neben sie hin, legte etwas unbeholfen seinen Arm um sie und seine Hand landete behutsam wie die Tatze eines Bären auf ihrer Schulter.

„Das haben schon viele gedacht, die dieses Land noch nicht kannten", redete er tröstend auf sie ein. „Du wirst sehen, alles wird gut werden. Ich werde dir beibringen, wie man Häute gerbt, wie man die Haare mit einem Schaber von der Fellseite entfernt –

und alles, was man in der Wildnis können muss. Du musst offen sein dafür und es nicht schon von vornherein verdammen. Lass es einfach an dich heran, kleine Lady."

Sie drehte den Kopf zu ihm hin und betrachtete forschend dieses bärtige, etwas grob wirkende Gesicht, das ihr jetzt ganz nah war. Häute gerben ... Haare abschaben. Der Kerl muss tatsächlich verrückt sein. Aber er hat mich ‚kleine Lady' genannt – trotz allem, was er über mich weiß.

Sie wurde einfach nicht klug aus ihm. Er hatte den herben Geruch eines Mannes an sich, der in der Wildnis lebte. Sie nahm den Rauch unzähliger Feuer wahr, an denen er sich gewärmt haben mochte, spürte den Geschmack versengten Fleisches und einen Hauch seines Körperschweißes.

„Ich werde es versuchen", sagte sie kleinlaut und wusste, dass es ihr nicht gelingen würde.

Am anderen Morgen fachte Mad Buffalo das Feuer wieder an und kochte Kaffee. Diesen Luxus wollte er seiner Begleiterin zukommen lassen, solange der Vorrat reichte, den er von Smoky Voice Turtle mitgenommen hatte.

Es war ein kühler Morgen, und die Sonne würde es schwer haben, die hellgraue Hochnebeldecke zu durchbrechen. Nancy wärmte sich die klammen Finger an ihrem Becher und nahm hin und wieder einen Schluck daraus, während sie Mad Buffalo Cabe aufmerksam beobachtete, wie er mit flinken Händen ihre wenigen Habseligkeiten zusammenpackte und dabei leise vor sich hin summte. Dieser Mann, so dachte sie, würde mit allem fertig werden, was ihm hier draußen in diesem Land auch begegnen mochte. Schließlich lebte er schon lange hier. Sie schnüffelte unter der Decke an ihrer verschwitzen Wäsche herum.

„Ich fange an zu stinken", jammerte sie widerwillig. „Mir fehlt ein heißes Bad. Alles stinkt und klebt an mir."

Mad Buffalo, der gerade ihre Utensilien auf dem Travois verstaute, drehte sich zu ihr um. „Warum hast du nicht im Wind River gebadet, als wir dort waren?"

Sie blickte ihn an wie ein trotziges Kind. „Ich sagte: heißes Bad.

Dieser verdammte Fluss war eiskalt. Ich hätte mir 'ne Lungenentzündung holen können."

„Gut, Lady", sagte Mad Buffalo mit einem schelmischen Unterton, der nicht recht zu seiner Stimme passen wollte. „Warte nur noch ein bisschen, aber diesmal werde ich dich baden." Er lachte, wohl im Vorgefühl einer Szene, die er sich auszudenken schien.

Nancy erhob sich und goss ärgerlich den Rest ihres Kaffees in die aufzischende Glut. „Ich hasse leere Versprechungen, Mister Mad Buffalo."

Als sie ihren Weg fortsetzten, fühlte sich Nancy Blue einigermaßen ausgeruht. Dennoch nahm sie das immer weitere Vordringen in diese Wildnis mit zwiespältigen Gefühlen wahr.

Gewaltige Felsmassive hoben sich aus dichtem Fichtenbestand heraus, als wollten sie den Himmel erstürmen. An ihren schroffen Wänden krallte sich hier und da verkrüppeltes Buschwerk fest, wo auch nur die kleinste Spalte oder Furche eine Voraussetzung dafür bot. In dieser Welt schien alles auf den Kampf ums Überleben ausgerichtet zu sein, und nur wer dazu in der Lage war, hatte hier seine Chance.

Eine Krähe flog vor ihnen davon wie ein schwarzer Schatten, der mit seinen Flügeln die helle Wolkendecke zerreißen wollte.

Als sie weiterritten, spekulierte Nancy darüber, ob sie jemals wieder aus dieser vertrackten Lage herauskommen würde. Ihre Gedanken flatterten zurück wie ein Vogel, der in einen geschlossenen Raum geraten ist und keinen Ausweg mehr findet. Anfangs hatte sie es eher belustigend gefunden, als dieser verrückte Mann vor ihr mit diesem albernen Vorschlag herauskam, sie, Nancy Blue, mitnehmen zu wollen.

Und dann dieser andere Kerl, der nicht verrückt, aber dafür brutal war. Sie hatte ihn nicht töten wollen – sie wollte nie jemanden töten; aber es war einfach so gekommen – ganz wie von selbst. Und von da an hatten sich die Ereignisse überschlagen, und sie hatte vollkommen die Übersicht verloren, war mit diesem Wilden aus den Bergen in dessen Boot gelandet und Hals über Kopf vor der nackten Gewalt geflohen, die sie unweigerlich das Leben gekostet hätte.

Und nun ...? Immerhin war sie noch am Leben, auch wenn sie hier in dieser vertrackten Situation gelandet war, aus der sie keinen Ausweg mehr wusste.

Das Land wurde immer wilder. Sie ritten über eine Anhöhe, und meilenweit war nichts als ein wogendes Meer aus Bäumen zu sehen, bis sich in der Ferne der Horizont in einem dunstigen grauen Nichts auflöste. Die einzigen Geräusche, die sie umgaben, waren die dumpfen Schritte ihrer Tiere und das Schleifen des Travois'. Der Atem des Waldes brachte den Geruch von Frische und gleichsam von Verfall mit sich. Nancy folgte Meile um Meile dem wortlos voranreitenden Mann, und allmählich setzte sich der Gedanke in ihr fest, nie irgendwo anzukommen. Zu ihrer Linken wuchsen mächtige Berge aus dunklem Kiefernbestand empor. Hoch über deren Gipfel kam jetzt eine golden leuchtende Sonne hervor, aber hier unten verdeckten die Berge das Licht.

Es musste schon einige Stunden nach Mittag sein, als Mad Buffalo Halt machte und sich im Sattel nach Nancy umdrehte.

„Nettes Plätzchen hier", sagte er, „aber ich hatte eigentlich vor, noch ein Stück weiterzureiten, um für die Nacht zu bleiben. Kannst du noch?"

Sie hielt das Muli neben ihm an und schaute sich um. Es war das erste Mal, dass es ihn interessiert hatte, ob sie noch weiterkonnte oder nicht.

„In der Nähe sehen die Berge bedrohlich aus", sagte sie mit tonloser Stimme. „Und diese Bäume sind düster und unheimlich."

„Du musst dich erst an sie gewöhnen. Irgendwann werden sie deine Freunde sein." Dann nickte er. „Gut, lass uns noch ein Stück weiterziehen; da wird das Gelände etwas offener."

Sie kamen an eine mit Schotter bedeckte Lichtung, und nachdem sie diese überquert hatten, erreichten sie eine mit Gras und niederem Gesträuch bewachsene, sanft gewellte Ebene.

Nancy Blue schaute fasziniert in die Ferne, wo Dampfwolken wie aus dem Schlot einer Lokomotive in die Luft pufften und sich auflösten. Felsige Hügel schimmerten golden im Schein der schon tiefstehenden Sonne.

„Ich habe so was noch nie gesehen", staunte sie. „Ist das da tatsächlich Gold?"

Cabe lächelte in seinen Bart hinein. „Wenn das Gold wäre, wären wir nicht allein hier, das kannst du mir glauben. Stinkendes Zeug ist es, das aus der Erde kommt. Ist 'ne seltsame Gegend, aber hier sind wir sicher, solange wir diesen Dampfwolken und den stinkenden Felsen nicht zu nahe kommen. Die Indianer meiden diesen Teil des Landes, weil sie glauben, dass böse Kräfte in der Erde wohnen. Bisher waren auch nur wenige Weiße hier."

Nancy schauderte leicht. „Es ist unheimlich."

„Kannst dich beruhigen. Hat nichts mit Geistern zu tun. Irgend so ein Kerl, der sich für besonders gescheit hielt, hat mir mal in St. Lou' erzählt, die Erde sei in ihrem Innern noch glühend heiß, und hier sei die Schicht darüber besonders dünn." Er lachte. „Vielleicht ist das genauso unsinnig wie das, was die Indianer glauben. Ich war schon mehrmals hier, und weder bin ich irgendwelchen Geistern begegnet, noch hat mich die Erde verschlungen."

Er lenkte Buddy zu einer seichten Mulde hin, die, von Buschwerk umstanden, einen geschützten Lagerplatz versprach. Auch dem Braunen erschien die Umgebung nicht ganz geheuer, denn er warf einige Male den Kopf hoch und schnaubte unwillig. Das alte Muli, auf dem Nancy saß, schleppte dagegen mit stoischem Gleichmut das Travois hinter sich her, ohne sich um etwas zu kümmern.

Mad Buffalo befreite das Tier von der Last und ließ die Stangen zu Boden gleiten. Dann nahm er auch Buddy den Sattel ab, warf ihn neben sich hin und schaute sich um. Hier in der Senke wuchs saftiges Gras, und so konnte er die Tiere sich selbst überlassen.

„Haben wir noch was zu essen?", fragte Nancy. „Ich habe Hunger. Du etwa nicht?"

„Doch. Aber das hat noch Zeit. Du wolltest doch baden."

Ihre großen blauen Augen richteten sich mit einem Ausdruck auf ihn, als zweifelte sie an seinem Verstand. „Ja, aber nicht im Gras."

Cabe lachte glucksend in sich hinein. „Das leuchtet mir ein, obgleich ich ganz gern zugesehen hätte, wie du dich nackt im Gras wälzt. Dann komm mal mit." Er unterstrich seine Worte mit einer Handbewegung, die sie aufforderte, ihm zu folgen, zögerte dann und sagte: „Lass die Decke hier. Zum Baden brauchst du sie nicht."

Ihr blauer Blick war noch immer zweifelnd.

„Falls du hier irgendwo Wasser finden solltest, werde ich sie brauchen, um mich nachher darin zu wärmen."

Mad Buffalo Cabe zuckte mit den Schultern. „Wie du willst", meinte er und ging voran.

Nancy schaute noch immer misstrauisch zu den in der Ferne aufsteigenden Dampfwolken hin, während sie schweigend mit ihren nackten Füßen hinter ihm her über steinigen Boden balancierte. Zwischen einigen Felsbrocken, die dalagen, als wären sie von einer Riesenhand hingestreut worden, blieb er stehen und wartete auf sie.

Staunend blickte Nancy auf eine ovale, grünlich schimmernde Wasserfläche, die in einem Felsenbecken auf sie wartete, dessen Ränder mit Moos oder seltsamen Flechten bewachsen waren.

„Deine Badewanne", stellte Mad Buffalo den Tümpel vor, der die Größe hatte, als könnte ein Rudel Hirsche darin baden. „Etwas geräumiger als der Zuber, in dem du mich kochen wolltest", grinste er.

Vorsichtig näherte Nancy sich der kühl schillernden Wasserfläche, auf der leichte Nebelschwaden waberten, und tauchte misstrauisch einen Fuß hinein. Sofort fuhr sie zu Cabe herum. „Das ist ja warm, beinahe heiß", entfuhr es ihr.

„Nun, dann hinein mit dir. Ich denke mir, ein heißes Bad wird dir guttun."

Nancy legte das Stück Seife, das sie mitgenommen hatte, auf einen flachen Stein am Beckenrand, warf die Decke hinter sich, und ohne sich ihrer Unterwäsche zu entledigen glitt sie hinein bis nur noch ihr Kopf herausragte. Dabei ließ sie einen wohlgefälligen Seufzer hören. „Aah, tut das gut!" Sie paddelte etwas ungeschickt hin und her, und Cabe dachte: Eine gute Schwimmerin ist sie wirklich nicht.

„Wie kann das Wasser hier so warm sein?“, wollte sie wissen.

Mad Buffalo lachte. „Vielleicht hatte der Kerl in St. Lou doch recht.“ Er setzte sich an den Rand des Beckens und sah ihr dabei zu, wie sie im Wasser ihre Unterhose auszog, die ihr bis unterhalb der Knie reichte, dann Unterrock und Mieder. Nachdem sie das warme Wasser um sich herum eine Weile genossen hatte, näherte sie sich wieder dem Rand, wo sie Grund unter den Füßen fand, und seifte die Kleidungsstücke ein. Nachdem sie diese genug gespült und ausgewrungen glaubte, warf sie eins nach dem anderen Cabe zu, der sie etwas irritiert auffing.

„Häng sie bitte irgendwo auf, damit sie trocknen. Viel ist damit nicht mehr los, aber ich besitze ja nichts anderes.“

Er legte sie ausgebreitet auf einen dunklen Felsbrocken von der Größe eines ruhenden Bisons, wo sie noch etwas von der tief stehenden Sonne profitierten, dann hockte er sich wieder hin und beobachtete die Frau im Wasser.

„Warum kommst du nicht auch rein?“, fragte sie mit einem leicht frivolen Unterton und bemerkte, wie er verlegen wurde und ein Hauch von Röte unter seinem Bart hervorkroch. Innerlich musste sie lachen über diesen großen, wilden Burschen, den sonst nichts erschüttern konnte; aber sie zeigte es nicht.

„Ich mag kein so warmes Wasser, das hast du doch schon gemerkt. Es raubt mir die Luft, wenn es mir bis zum Hals reicht.“

„Aber wenigstens waschen könntest du dich, sonst werden noch die Wölfe hinter dir herschnüffeln.“

Er schien einen Moment abzuwägen, dann nickte er. „Darauf könnten wir uns einigen. Auf irgendeine Weise müssen wir uns ja zusammenraufen.“

Zusammenraufen! Für einen winzigen Moment zuckte das Verlangen in ihr hoch, einfach wegzutauchen und nicht wieder an die Oberfläche zu kommen. Aber schließlich hielt sie das für keine gute Idee. Irgendwann, so hoffte sie, würde ihr noch eine bessere Lösung einfallen.

* * *

11.

„Allmächtiger!“, seufzte Nancy Blue erleichtert, als sie endlich das Tal des Yellowstone erreichten. „Das ist wirklich am Ende der Welt. Ich hatte schon befürchtet, wir kämen niemals irgendwo an.“

„Nun, wir haben noch ein paar Meilen vor uns“, belehrte Mad Buffalo Cabe sie. „Das hier ist nur weit und breit die einzige Stelle, wo wir mit dem Travois übersetzen können.“

Sie seufzte wieder, diesmal verdrossen. „Mir tut schon der Hintern weh.“

Cabe trieb den Braunen weiter. „Dann komm, damit du es bald hinter dir hast.“

Sie überquerten den Fluss, in dessen Mitte eine langgezogene Kiesbank aus dem flachen Wasser hervorlugte. Nancy folgte dem schweigend vorausreitenden Trapper, bis weit im Hintergrund auf der Flussseite, die sie vor kurzem verlassen hatten, gewaltige Bergmassive auftauchten, deren Gipfel sich in den wolkenlosen Himmel erhoben, als trügen sie den Thron irgendeines Gottes. Dort verhielt Mad Buffalo sein Pferd, als wollte er diesen Anblick festhalten.

„Ist es nicht herrlich?“ Er schaute mit blinzelnden Augen zu den majestätischen Massiven hin, die sich in der Ferne weiß gekrönt aus dem Grün des Tales bis in das strahlende Blau des unendlichen Himmels emporhoben. „Diese alten Großväter. Wenn man vor ihnen steht und zu ihnen aufblickt, fühlt man sich wie eine Ameise.“

Nancy jedoch hatte wenig Sinn für die von ihm gepriesene Schönheit.

„Im Moment bin ich zu müde, um die Aussicht zu genießen“, gestand sie und zog fröstelnd die Decke höher um ihre Schultern. „Da oben ist es noch Winter.“

Endlich kam die Hütte in Sicht. Von weitem sah sie aus, als wäre sie aus armdickem Knüppelholz erbaut, was sich aus der Nähe als knorrige Baumstämme entpuppte, die von Sonne, Regen und Frost gebleicht waren und an die Knochen gewaltiger Tiere erinnerten.

Mit gemischten Gefühlen betrachtete Nancy Blue die Blockhütte, die mit ihrem flachen, grasbedeckten Dach und den dicken, rissigen Balkenwänden wie ein großes Tier wirkte, das sich vor einer Gefahr zusammenduckte. Das dürftige Geäst der Bäume, die sie umstanden, spendete nur spärlichen Schatten, der wie ein fleckiger Hauch unter der Nachmittagssonne lag. Der kleine Pferch nebenan war leer. Die grenzenlose Einsamkeit dieses Ortes machte ihr den Hals trocken und ließ sie betroffen schweigen.

„Wie du siehst, wohne ich nicht in einem Indianertipi", sagte Cabe stolz und glitt mit einer Geschmeidigkeit, die sie nach diesem Ritt an ihm bewundern musste, vom Pferd. Bei der Hütte angekommen, schob er mit dem Fuß einen großen Stein beiseite, öffnete die stabile Tür, die in rohledernen Schlaufen hing, und blieb einladend neben ihr stehen.

Er passt hierher, dachte Nancy, als er in seiner derben, schmutzigen Kleidung vor der primitiven Behausung stand. Dieser grobe Klotz mit seinem naiven Stolz auf ein Heim, in dem sie es keine Woche lang würde aushalten können.

Ohne etwas zu erwidern, denn ihr Hals war noch genauso trocken, ließ sie sich von dem knochigen Rücken des Maultiers rutschen, den sie unterwegs mindestens zwei Dutzend Mal verflucht hatte. Ihre Beine waren steif – sie wusste nicht, ob sie damit überhaupt noch gehen konnte – und ihre Sitzfläche brannte wie Feuer.

Sie verglich diesen Ort hier im Geiste mit der Vorstellung einer belebten Straße irgendwo in der Zivilisation, über die elegante Kutschen mit gut angezogenen Menschen rollten. Aber das schien auf einem anderen Stern zu sein – so weit weg, dass sie sich nicht vorzustellen vermochte, jemals dorthin zu gelangen.

Entgegen ihrer Befürchtung gelang es ihr, sich noch zu bewegen, und sie blieb sogar auf den Füßen dabei. Sie betrat das dumpfe Innere dieser Hütte, und der penetrante Geruch von ranzigem Fett, getrockneten Häuten und abgestandenem Holzrauch umschlang sie auf bedrückende Weise.

„Dein Zuhause", sagte Cabe hinter ihr zufrieden und gab ihr einen Klaps auf den Hintern. „Du kannst beruhigt sein – es hat schon manchen Sturm ausgehalten. Gefällt es dir?"

Nancy versuchte zu lächeln. „Ist nicht gerade New Orleans, aber ich werde mir Mühe geben, mich daran zu gewöhnen", sagte sie mit wenig Überzeugung. Sie schaute sich beklommen um. Immerhin bot diese Behausung Schutz vor dem Wetter und vor den Nächten, die ihr unheimlich und voller Gefahren vorkamen. Sie war müde, und das nahm ihr viel von dem Widerwillen, den sie gegen diese Umgebung empfand.

„Wir sollten was essen", murmelte es aus dem Bartgeflecht heraus, das sein Gesicht überwuchert hatte. Er nahm den hilflosen Ausdruck ihrer Augen zur Kenntnis und zuckte mit den Schultern. „Ist wohl nicht deine Stärke, wie? Aber man kann alles lernen." Er grinste, und es sah aus, wie wenn eine Sonne durch verfilztes Gestrüpp scheint. „Hauptsache, du hältst mich schön warm. Die Nächte können hier recht kühl sein."

O Gott, daran hatte sie gar nicht mehr gedacht. In dieser Umgebung, ohne ein Bad nehmen zu können …

„Besitzt du keinen Badezuber?", erkundigte sie sich mit einem Hauch aufkommender Hoffnung, während ihre Aufmerksamkeit sich auf etwas richtete, das vermutlich das Nachtlager sein sollte und aus einem niederen Gestell bestand, welches sich dicht über dem Boden unter einem Chaos aus Fellen und Decken verbarg.

Jacob Cabe sah sie mit einem Blick an, als hätte sie nach einem Butler gefragt. Dann ließ er ein kurzes Lachen hören. „Mein Badezuber ist da draußen, geräumig und immer mit frischem, klarem Wasser gefüllt."

Nancy war zu müde, um sich gegen diesen Gedanken aufzulehnen.

„Für heute werde ich das mit dem Kochen übernehmen", hörte sie ihn sagen. „Bis du dich an deine neue Umgebung gewöhnt hast."

Er zündete mit Funkenschlag und viel Gepuste in dem aus rohen Steinen aufgeschichteten Kamin ein Feuer an und stellte eine Pfanne auf das eiserne Gestell darüber. Nicht einmal ein Hauch von Ungeschicklichkeit oder Unsicherheit lag dabei in seinen Bewegungen. Alles wirkte wie einstudiert und tausendmal geübt. Er schnippelte Speck in die Pfanne und rührte, als das Fett herausbriet, mit einem aus Holz geschnitzten Löffel Mehl dazu, bis eine unansehnliche, zähe Pampe entstand. Dann knallte er die rauchende Pfanne auf den groben, selbstgebauten Tisch, der in der Mitte des Raumes stand.

Es sah eklig aus, was er da zusammengerührt hatte, aber der Duft, der sich in der Hütte ausbreitete, erinnerte Nancy an den nagenden Hunger, den sie immer wieder zurückgedrängt hatte, und ließ ihr das Wasser im Mund zusammenlaufen.

Mad Buffalo deutete auf den einzigen Stuhl, der aus unebenem Knüppelholz gefertigt war, das von Rohhautstreifen zusammengehalten wurde. Diese Rohhaut war nach dem Trocknen so fest geworden, dass sie das Holz wie Eisenschellen umspannte. Diese Sitzgelegenheit war alles andere als bequem, aber wohl nicht das Einzige, an das sie sich hier noch gewöhnen musste.

„Werde noch einen zweiten machen müssen", kündete Cabe an, holte sich selbst einen Holzklotz heran, auf den er sich niederhockte. Nancy bekam eine alte, verbogene Gabel, während er selbst sich mit jenem hölzernen Löffel bediente. Das Bartgestrüpp bewegte sich unter seinen Kaubewegungen, und Nancy dachte: Ich werde ihm dieses Unkraut ein wenig verschneiden müssen.

Es schmeckte weniger schlecht, als es aussah. Mit einem kräftigen Schuss Hunger gewürzt, schmeckt eben alles, was dem Magen seine peinigende Leere nimmt. Mit besorgten Blicken jedoch betrachtete sie die mit Korbgeflecht halb überzogene Whiskeyflasche, aus der ihr Gegenüber von Zeit zu Zeit einen glucksenden Schluck nahm und dann hin und wieder kräftig rülpste.

„Morgen schaffe ich was Besseres ran", grunzte er schließlich schmatzend und wischte sich mit dem Ärmel über die Stelle seines Bartes, wo Nancy den Mund vermutete. „Hier draußen muss man manchmal nehmen, was man bekommt. Aber morgen sollst du 'nen Braten haben, wie es sich für 'ne Hochzeitsfeier gebührt."

Nancy erschrak. „Wir haben nicht geheiratet", hielt sie ihm vorsichtig entgegen.

Die Augen hinter dem Dickicht schauten sie groß an, und es sah fast so aus, als würde Cabe einen langen Hals machen, um darüber hinwegschauen zu können.

„Was hast du dir denn gedacht? Hier in den Bergen braucht man keinen Pfaffen und auch keinen Friedensrichter, um zu heiraten. Nach der ersten Nacht in der gemeinsamen Behausung ist man verheiratet. So einfach ist das, und so halten es auch die Rothäute."

„Wir sind aber keine Indianer", hielt Nancy ihm entgegen.

„Hm", machte Mad Buffalo, „aber wir können von ihnen viel lernen." Er schaute ihr in die Augen – blau und tief und hart.

„Und was, zum Beispiel?"

„Nun, wie man in einer gnadenlosen Wildnis, die keine Fehler verzeiht, überleben kann, wie man Häute gerbt und …"

„Und wie man Menschen umbringt", unterbrach sie ihn schroff.

Er nickte über den Tisch hinweg. „Auch das, aber dazu braucht man nicht viel zu lernen, wie du selbst schon erfahren hast, Blauauge."

Nancy spürte, wie ihr das Blut ins Gesicht stieg. Sie hatte sich wohl ein wenig zu weit vorgewagt, wie sie sich eingestehen musste.

Er langte über den Tisch und legte seine große Hand über die ihre. „Nimm's nicht tragisch. Manchmal geht es einfach nicht anders."

Um von dem Thema Töten wegzukommen, fragte sie zaghaft: „Und wie oft warst du schon auf diese Weise verheiratet?"

„Ein paar Mal war es schon", wich er ihrer direkten Frage aus. „Aber keine war eine solche Frau wie du."

Der Stolz, der aus seinen Worten klang, berührte sie seltsam. Dennoch antwortete sie spröde: „Du hast mich nie gefragt, ob ich dich heiraten will."

„Ich habe dir 'nen Antrag gemacht …"

„Den ich abgelehnt habe."

„Aber dann hast du es dir anders überlegt. Und jetzt bist du hier."

„Ja …, aber …"

„Für Wenn und Aber ist es jetzt zu spät", knurrte Mad Buffalo ungeduldig. „Ich bin ein Mann und du 'ne Frau. Und heute ist unsere Hochzeitsnacht."

Nancy erhob sich, stützte sich leicht vorgebeugt mit den Händen auf der rissigen Tischplatte ab, und ihre Brustansätze hoben sich drängend aus dem Mieder heraus. „So hast du dir das also gedacht, Mad Buffalo Cabe. Ich habe dich um deine Hilfe gebeten – um mehr nicht."

Cabe kam ebenfalls von seiner Sitzgelegenheit hoch, etwas langsamer als Nancy, aber in seinen Pupillen funkelte es drohend, als sie sich über den Tisch hinweg anstarrten wie zwei Kampfhähne.

„Die Hilfe hast du bekommen, und jetzt kommt die Bezahlung – genau so, wie es unten am Green River war, Nancy Blue."

Die Spannung in Nancys Körper schien in sich zusammenzufallen. Um ihren Mund zuckte es leicht, und Feuchtigkeit trat in die großen, blauen Augen.

„Ich … ich dachte, du wärst fair und nicht so wie all die anderen gemeinen Halunken."

Er kam um den Tisch herum, legte seine schweren Hände ungeschickt wie Tatzen auf ihre Schultern und drehte sie zu sich herum.

„Wollen wir nicht lieber versuchen, uns zu vertragen?", fragte er beinahe sanft.

Das Gefühl körperlicher Unterlegenheit und der daraus abgeleiteten Hilflosigkeit stachelte ihre Verzweiflung an, und sie schrie, indem sie seine Hände von sich abschüttelte: „Vertragen! Natürlich vertragen wir uns, wenn ich alles tue, was du willst. Aber hier stinkt es! Und du stinkst! Und man kann nicht einmal ein Bad nehmen." Sie schlug nach ihm, doch Cabe hielt ihre Hand fest.

„Du verflixtes kleines Luder", presste er zwischen seine Lippen hindurch. „Baden willst du? Ist alles zu haben bei Mad Buffalo. Nicht so gemütlich wie in deinem Zelt vielleicht, aber dafür wirst du dich hinterher viel frischer fühlen."

Er riss ihr mit einem Ruck das ohnehin schon beschädigte Mieder herunter, und die darunter eingepferchten Brüste sprangen fest und wohlgeformt ins Freie.

„Komm, du kleine Bestie, diesmal werde ich dich baden!" Jake Cabe lachte brüllend, umschlang sie mit seinen Armen und schleppte die wütend um sich schlagende und tretende Nancy wie ein Spielzeug zur Tür, die er mit einem Fußtritt öffnete – hinaus und zum Flussufer hinunter. „In meinem Zuber ist sogar für uns beide Platz."

Nancy Blue versuchte unter heftigem Keuchen, ihren Bezwinger zu treffen oder sich in seinem Bart festzukrallen, kam aber gegen die gnadenlose Kraft seines Körpers nicht an. Er hob sie noch ein Stück höher und warf sie mit rauem Lachen in das hoch aufspritzende Wasser des Yellowstone, in dem sie mit einem schrill gurgelnden Aufschrei versank. Das kalte Wasser verschlug ihr rasch den Atem. Aber als Mad Buffalo sich mit einem wild triumphierenden Schrei hinterherwarf, blieb ihr keine Zeit zum Frieren. In der Furcht, den Boden unter den Füßen zu verlieren, klammerte sie sich an ihn, und er zog ihr im Wasser noch den Rest ihrer Unterwäsche aus, bis sie ganz nackt in dem kalten Nass herumzappelte.

„Wird Zeit, dass du dieses Zeug endlich mal loswirst", schrie er vergnügt. „Ist schon das zweite Mal, dass du mich dazu bringst zu baden. Aber ich muss sagen: Es fängt an, mir zu gefallen." Und dann tobten sie schreiend wie übermütige Kinder im Wasser herum.

***

12.

„Was wird der Alte machen, wenn wir mit einem Toten zurückkommen?“, fragte Joshua Tucker mit dem unguten Gefühl einer Vorahnung, als die drei Reiter den Missouri erreichten.

„Toben – wie immer“, prophezeite Angus, „und dann wird er böse und rachsüchtig werden wie ein alter Bisonbulle, der einem jüngeren weichen musste.“

„Auf jeden Fall wird er uns die Hölle heiß machen.“

„Klar, wird er“, bestätigte Angus ziemlich gelassen. „Aber das haben wir schon öfter überstanden.“

„Aber dieses Mal hat es einen von uns erwischt, und das ist 'ne verdammt bittere Pille für ihn.“

Steve Fisher beteiligte sich nicht an diesem Erfahrungsaustausch und folgte schweigend den beiden Brüdern – das vierte Pferd mit der in ein Planentuch eingewickelten Leiche hinter sich her ziehend, die bereits zu stinken begann. Sie hätten Brad dort unten begraben sollen, doch das hätte den alten Ezra Tucker noch mehr aufgebracht. Sie ritten weiter das letzte Stück am Fluss entlang, bis die Hütte mit dem windschiefen Lagerschuppen in Sicht kam.

„Also, dann auf in den Kampf“, murmelte Angus leise vor sich hin und lenkte sein Tier vom Ufer weg zu dem etwas abseits liegenden Anwesen hin.

Der alte Ezra Tucker hatte sie schon kommen sehen und kam heraus. Stumm abwartend schaute er den ankommenden Reitern entgegen, und seine Miene verdüsterte sich beim Anblick des Pferdes mit der in schmutziggraues Tuch gehüllten Gestalt quer über dem Sattel. Erst als sie anhielten und absaßen, kam er näher. Ohne ein Willkommenswort, noch finster schweigend wie die Ruhe vor einem Sturm, ging er langsam an den unter der Plane hervorschauenden Stiefeln des Toten vorbei und umrundete das Pferd. Auf der anderen Seite blieb er für einen Moment stehen, den man braucht, um einmal tief Luft zu holen. Schließlich zerrte er mit leicht zitternden Händen den derben Stoff auseinander, griff in die Haare des Toten, zog den Kopf nach oben, um in das Gesicht blicken zu können, als wollte er sichergehen, nicht einem jener bösen Scherze aufzusitzen, die sich seine missratenen Söhne gelegentlich erlaubten.

Noch immer sagte er nichts, ließ den Kopf behutsam wieder herunter und drehte sich langsam um. Seine kleinen, hart wie Stein blickenden schiefergrauen Augen fokussierten sich, nichts Gutes verheißend, auf die umstehenden Gestalten.

„Habt ihr mir nichts dazu zu sagen?", fragte er gefährlich leise. Sein dünnlippiger Mund war unter dem grauen Stoppelbart kaum noch zu erkennen.

Die Umstehenden, die ein sofortiges, lautstarkes Donnerwetter erwartet hatten, standen verunsichert da.

„Als seinerzeit eure Mutter starb – der Herr im Himmel habe sie selig – versprach ich ihr, auf euch aufzupassen. Das habe ich getan, bis ihr erwachsen wart. Und jetzt seid ihr nicht imstande, selbst auf euch zu achten. Ihr wart zu viert! Konntet ihr nicht auf euren Bruder achten und so etwas verhindern?"

Joshua zuckte schließlich betreten mit den Schultern. „Ist dumm gelaufen, Pa. Wir waren nicht dabei, als er sich mit diesem Weibsstück befasste, und als wir den Schuss hörten, war es zu spät."

„So", grollte es aus Ezra heraus, „ihr habt also einen Schuss gehört. Könnt ihr mir das vielleicht etwas genauer erklären?" Seine Stimme verlor die Ruhe und wurde plötzlich lauter. „Er hat sich doch nicht selbst erschossen, oder?"

„Nein … nein, natürlich nicht", versuchte Joshua zu erklären. Doch Angus schob ihn ein wenig zur Seite und trat einen Schritt vor.

„Brad war alt genug, um auf sich selbst zu achten. Wir sind nicht seine Kindermädchen und konnten schließlich nicht dabei sein, als er mit dieser Hure in ihr Zelt kroch."

„So, mit einer Hure", knurrte Ezra böse. „Und wer, zum Teufel, hat ihn erschossen?"

„Na, dieses Miststück!", fauchte Angus zurück. „Mit seiner eigenen Waffe. Wie das geschah, können wir nicht sagen. Vielleicht wollte er nicht bezahlen, oder er hat sie verprügeln wollen. Brad war ein mieser kleiner Scheißer, das weißt du doch."

Ezras Augen wurden so groß, als wollten sie aus ihren Höhlen heraus. „Wie redest du denn von deinem toten Bruder?", brüllte er. „Der Zusammenhalt einer Familie ist etwas Heiliges! Einer muss für den anderen einstehen." Er machte eine Pause und holte tief Luft. „Ich hoffe nur, ihr habt dieses Luder erwischt. Auge um Auge, Zahn um Zahn, so steht es in der Heiligen Schrift." Er ballte die Fäuste, stand da mit seiner nur mittelgroßen und zu leichtem Fettansatz neigenden Gestalt, und es sah aus, als wollte er sich im nächsten Moment auf seine ihm verbliebenen Söhne stürzen.

„Wir haben ja alles versucht, diese Kanaille zu erwischen", versuchte Joshua, den Alten zu beruhigen. „Aber es war dunkel, und ..."

„Ihr wart also noch nicht mal in der Lage, ein davonlaufendes Weibsstück einzuholen!" Er trat einen Schritt auf seine Söhne zu, blieb dann aber wieder stehen. „Wahrscheinlich wart ihr besoffen, wie?"

„Es war wirklich nichts zu machen, Ezra", meldete Steve Fisher sich zu Wort. „Diese Hexe verschwand so schnell in der Nacht ..."

„Halt du dich da raus! Du gehörst nicht zur Familie", schrie Ezra ihn an. Helle Wut flackerte in seinen Augen. „Ihr seid allesamt nichtsnutzige Versager!"

„Hör mal zu, Pa!", verlangte Angus, nun ebenfalls zornig werdend. „Du kannst uns nicht immer für alles, was schiefläuft, verantwortlich machen ..."

„Halt's Maul!"

„Gut, das tue ich. Aber dann lass dir von Steve die Sache erklären. Von ihm hast du ja immer mehr gehalten als von uns."

„Also", wandte er sich, etwas ruhiger geworden, an Steve Fisher. „Dann lass hören! Ihr anderen nehmt den Körper eures Bruders inzwischen von diesem Gaul runter und bringt ihn ins Haus."

Ezra bemühte sich krampfhaft, Steves Schilderungen nicht zu unterbrechen, und verfolgte die ganze Geschichte verbissen schweigend. Auch als dieser geendet hatte, blieb er noch einen kurzen Moment stumm, so, als müsste er das Gehörte erst noch verdauen. Schließlich murmelte er halb zu sich selbst: „Sie hat sich also mit einem versoffenen Individuum in einem Boot davongemacht."

„Ja, genau so war's." Steve nickte. „Wir haben hinterhergefeuert, was unsere Knaller hergaben. Aber, wie schon gesagt, es war stockdunkel. Und folgen konnten wir ihnen auch kaum. Die Gegend am Ufer war verdammt unwegsam, und wir sind ein paar Mal auf die Schnauze gefallen. Wohin die beiden verschwunden sind, weiß der Teufel."

Wieder dachte Ezra einen Moment nach, und seine Wut schien zu einem gnadenlosen Hass zusammengeschmolzen zu sein. Dann fragte er mit eisiger Stimme: „Ich muss dieses Miststück haben, das meinen Sohn auf dem Gewissen hat. Wer dieser besoffene Kerl war, habt ihr nicht rausbringen können?"

Steve wiegte zweifelnd den Kopf hin und her. „Angus sagte, er wäre diesem Kerl vor langer Zeit schon mal begegnet. Aber wo das war, daran konnte er sich nicht erinnern. Doch dieses Weib mit ihren blonden Haaren und diesen großen blauen Augen fällt überall auf, wo sie auch hingeht. Ganz bestimmt werden wir irgendwann mal wieder von ihr hören."

„Dann komm! Gehen wir erst mal rein. Morgen werden wir Brad begraben, und dann sehen wir weiter, was sich machen lässt."

***

13.

Aus dem roten Tuch, das aus dem Warenbestand von Smoky Voice Turtle stammte, hatte Nancy Blue ein schlichtes, aber durchaus tragbares Kleidungsstück genäht. Inzwischen hatte Jacob Cabe für sie ein Paar Mokassins aus der dicken Nackenhaut eines Elches angefertigt. Außerdem hatte er einige Hirschhäute nach Indianerart gegerbt und verarbeitet, woran Nancy wenig Interesse gezeigt hatte, und daraus war unter Cabes Anleitung noch ein Kleid entstanden, wie es die Frauen der Indianer trugen. Schließlich konnte Nancy nicht ständig mit einem einzigen Kleid auskommen. Dieses Hirschlederkleid gefiel ihr am Ende so gut, dass sie bereit war, sich auch im Bearbeiten frischer Häute zu versuchen.

„Weißt du", sagte sie eines Tages zu ihm, „du bist ein guter Mann in einer bösen Welt."

Cabe schniefte einmal kurz durch die Nase. „Das sieht nur im ersten Moment so aus. In jedem steckt was Gutes und was Böses. Manchmal kommt dieses zum Vorschein und manchmal eben das andere."

Inzwischen waren Monate dahingegangen, die Blätter der Laubbäume hatten ihre Farben gewechselt in flammendes Rot oder leuchtendes Gelb und waren schließlich dem Herbstwind zum Opfer gefallen, der sie aus den Zweigen riss und in seinem wilden Spiel vor sich her trieb. Die Sonne zeigte sich immer seltener, und die Nadelbäume hoben sich schwarz und schweigend vom tristen Grau des Tages ab. Und irgendwann tanzten die ersten Schneeflocken scheu und zögernd vom Himmel herab und ließen sich auf der Erde nieder, wurden nach und nach zu einem flatternden Reigen, als wäre die Luft angefüllt mit Millionen kleiner, weißer Schmetterlinge. Sie ließen sich auf den blattlosen Ästen und Nadelzweigen nieder und deckten die Erde zu. Der Winter zog das Tal des Yellowstone entlang, ließ die Ränder des Flusses in einem zackigen Muster erstarren und schimmernde Zähne von den Kanten des Hüttendaches herabwachsen. Die

Nächte waren immer länger geworden, und der kalte Nordwind wehte heulend um die Hütte herum, häufte den Schnee an den Wänden auf, und das Feuer im Kamin ging nicht mehr aus. Mad Buffalo war froh, für diese Zeit gut vorgesorgt und eine Menge Holz unter dem vorspringenden Dach gestapelt zu haben.

Nancy Blue hatte sich inzwischen ein wenig an die Kälte gewöhnt, doch sie konnte nur noch selten die Hütte verlassen, um auf Schneeschuhen vom Fluss her Wasser zu holen. Der Yellowstone fror zum Glück nie ganz zu, doch war es nicht ungefährlich, auf der dünnen Eiskruste am Ufer bis zum fließenden Wasser vorzudringen.

Wenn sie nichts zu tun hatte und hier in dieser Hütte hockte, fühlte sie sich eingesperrt – eingesperrt von einem gnadenlosen Winter, der jeden Gedanken an Flucht verkümmern ließ. Dann dachte sie manchmal an ihre Kindheit zurück – an die Zeit, als ihre Mutter noch lebte, und sie erinnerte sich an manche ihrer Sprüche, die sie seinerzeit nicht ernst genommen hatte. „So sehr wir uns auch wünschen, so zu bleiben, wie wir sind", hatte ihre Mutter zu ihr gesagt, „müssen wir doch immer wieder vorangehen, und das Leben zwingt uns Veränderungen auf."

Veränderungen! Sie hatte sich in eine Gegend hineingewagt, in der sie nicht zurechtkam – noch nicht. Alles, was sie in ihrem Leben bisher gelernt hatte, konnte sie hier nicht gebrauchen. Aber umkehren konnte sie nun nicht mehr. Ihr altes Leben lag endgültig hinter ihr – jedenfalls vorläufig, fügte sie in Gedanken mit leiser Hoffnung hinzu.

Auch für Cabe war das Beschaffen von Fleisch schwieriger geworden. Er musste auf Schneeschuhen vorangehend Buddy hinter sich herziehen. Der Braune sank tief in den Schnee ein und kam nur langsam voran, doch Mad Buffalo brauchte das Tier, um seine Jagdbeute nach Hause zu bringen. Manchmal erwischte er eine Hirschkuh oder einen Gabelbock und benötigte dafür mitunter einen ganzen Tag. Während dieser Zeit blieb Nancy allein in der Hütte. Sie klagte zwar selten darüber, doch merkte er ihr an, dass sie darunter litt. In der Zeit, in der sie Weihnachten vermutete, fragte sie ihn einmal: „Was ist von hier aus wohl näher? New Orleans oder Philadelphia?"

„Hm", brummte er und schien zu überlegen. „Das weiß ich auch nicht", bekannte er schließlich. „Wahrscheinlich New Orleans, wenn es am Mississippi liegt." Dann richtete sich sein überraschter, verständnisloser Blick auf sie. „Träumst du denn noch immer davon?"

Ihre blauen Augen nahmen einen sehnsüchtig-schwärmerischen Ausdruck an. „Dort muss es wunderschön sein."

„Nirgendwo kann es schöner sein als hier. Hier hast du den Fluss mit seinem kalten, klaren Wasser, der im Winter fast nie zufriert. Du hast den Duft der schweigenden Wälder, deine Ruhe und die alten Großväter, die über dich wachen und dir zeigen, wo deine Grenzen sind ..." Er zögerte einen Moment und fuhr dann mit dumpfer Stimme fort: „Nur die Winter sind hart – daran muss man sich gewöhnen ..." Mit einem Mal umfing ihn eine seltsame Traurigkeit – so, wie wenn man sich in sentimentaler Stimmung an eine längst vergangene Zeit erinnert. Ob sie sich jemals hier am Yellowstone wohlfühlen würde? Der Winter hier in Montana war nun mal eine harte Zeit und eine Bewährungsprobe für Mensch und Tier.

Doch irgendwann würde es wieder Frühling und Sommer werden; der Schnee würde schmelzen und die Sonne wieder scheinen, die Zugvögel kehrten wieder aus dem Süden zurück und würden ihre Stimmen erschallen lassen, und alles wäre wieder anders. So weit war es allerdings noch nicht.

Es musste wohl Februar sein, den die Lakota Canápopa Wi, Mond der krachenden Bäume, nannten, als ein heftiger Sturm peitschend durch das Tal des Yellowstone fegte und den Schnee mannshoch an der Windseite der Hütte anhäufte. Danach wurde es noch mal grimmig kalt, und das harte Blau eines eisigen Winterhimmels wölbte sich von einem Horizont zum anderen. Und von der Dachkante hingen lange Zähne aus in der Sonne schimmerndem Eis.

In dieser Zeit verließ Nancy die Hütte nur, wenn Mad Buffalo zu Hause war und sie sich in dessen Bisonrobe hüllen konnte. Zeitweise glaubte sie, es in der engen Behausung nicht mehr aushalten zu können; dann sehnte sie sich nach grünen Bäumen und wärmender Sonne und weit weg nach New Orleans, wo es nie Winter werden sollte, so erzählte man sich. Aber nachts, wenn draußen die Wölfe ihr unheimliches Geheul anstimmten, war sie froh, den Körper dieses seltsamen Mannes neben sich zu spüren, den sie noch immer nicht begreifen konnte.

Irgendwann jedoch war es so weit. Das Eis an den Ufern des Flusses schwand dahin, und die warmen Strahlen der Sonne fraßen den Schnee an den Südhängen der Berge weg, die Ahornbäume trieben die ersten Knospen aus, und Mad Buffalo legte weiter stromaufwärts die Biberfallen aus, bevor die braunen Burschen ihr Winterfell verloren.

Mit der Pelzjagd ging es nun so langsam zu Ende, aber Cabe musste mal wieder Fleisch beschaffen. Er hängte sich das Pulverhorn um, nahm Gewehr und Pistole an sich und zog los. Er kannte die Stellen, wo die Hirsche am Morgen zum Fluss herunter kamen. Als es hell wurde, hatte er bereits eine gute Strecke zurückgelegt; dennoch musste er sich beeilen, um nicht zu spät zu kommen. Endlich hatte er eine dieser günstigen Stellen erreicht, und er ließ Buddy zurück, denn jetzt musste er behutsam vorgehen. Er nahm sein langes Gewehr mit und huschte lautlos auf seinen Mokassins davon.

Es gab nur vereinzelt Bäume hier, dafür aber zahlreiche Felsklippen, die aus der von Gras bedeckten Erde ragten wie Knochenstümpfe aus dem Fleisch eines zerschmetterten Tierkadavers.

Bevor er einem Waldstreifen zu nahe kam, an dessen Saum lichtes Gestrüpp wucherte, hielt er an und hockte sich in der Deckung eines Felsklotzes hin. Es waren bereits Hirsche dagewesen. Er konnte selbst von seinem Standort aus die Abdrücke ihrer Hufschalen im weichen Boden des Uferstreifens erkennen. Geduldig wie ein lauernder Puma wartete er.

Nach einiger Zeit flatterte aus dem Wald ein Häher auf und entfernte sich mit lautstarkem Gezeter. Drüben hinter dem Gesträuch vor dem Waldsaum bewegte sich etwas, und wie er erwartet hatte, traten sie dort wachsam nach allen Seiten sichernd ins Freie. Ein ganzes Rudel mit drei Kälbern, die vor den anderen sorglos einhersprangen, näherte sie sich dem Ufer.

Jacob Cabe suchte sich einen jüngeren Bock aus. Er brachte das Gewehr in Schussposition und wartete auf den richtigen Moment. Noch verdeckte eine Hirschkuh den Bock teilweise. Reglos hockte Cabe und wartete weiter. Endlich trottete die Kuh zum Wasser, wo die Kälber bereits tranken. Cabe zog langsam mit dem Daumen den Hahn in die Feuerraste. Es knackte metallisch, und der Bock hob den Kopf, hielt den Windfang in die Luft und schaute dorthin, woher das Geräusch gekommen war.

Mad Buffalo visierte das Blatt an und zog ab. Der Stein schlug Funken an der Batterie, und während das Pulver zündete, bewegte sich der Hirsch und scheute zurück. Der Donner des Schusses hallte weit über den Fluss und das Tal entlang. Das getroffene Tier zuckte zusammen und warf sich herum. Das ganze Rudel preschte aufgescheucht vom Ufer weg und auf den schützenden Wald zu.

Fluchend kam Mad Buffalo hinter seiner Deckung hoch und schaute den davonrennenden Hirschen nach. Der verwundete Bock blieb etwas zurück und musste sich beim Laufen schwer anstrengen, aber er machte nicht schlapp und fiel auch nicht.

Verdammt, ihm wurde nichts geschenkt heute. Missmutig griff er zum Pulverhorn, das an seiner rechten Seite hing, und lud die Waffe wieder. Erst dann machte er sich auf und lief zu der Fährte des Rudels hinüber.

Ganz deutlich sah er, dass der Angeschossene schweißte. Die Blutspur folgte den Hufabdrücken bis zum Wald hin. Wie weit würde er noch kommen, ehe er zusammenbrach und verendete? Eine Meile? Vielleicht auch zwei.

Cabe beschloss, sein Pferd zu holen und sich an die Verfolgung zu machen. Der Hirsch war zu schade, um ihn den Wölfen zu überlassen.

Die Fährte, der er folgte, war deutlich zu erkennen, und nach etwa zwei Meilen fand er den Hirsch. In einer Bodensenke, deren jenseitigen Hang er nicht mehr geschafft hatte, war er zusammengebrochen.

Aber das, was Mad Buffalo veranlasste, abrupt sein Pferd zu stoppen, war nicht der tote Hirsch, sondern ein gewaltiger Grizzly, der sich gerade über ihn hermachte. Beim Herannahen des Reiters wandte er unwillig brummend den zottigen Kopf.

„Das könnte dir so passen, du Halunke“, knurrte Cabe vor sich hin und spannte das Schloss seiner Büchse. „Schlag dir deine Beute gefälligst selber.“

Fast im gleichen Augenblick scheute Buddy und brach wiehernd nach der Seite aus. Cabe konnte gerade noch aus dem Sattel rutschen und ließ dabei das Gewehr los.

Der Bär indessen machte keine Miene, von dem Hirschkadaver abzulassen. Er wandte sich vielmehr diesem Störenfried zu, der sich so da in unverfrorener Weise genähert hatte und ihm die Beute streitig zu machen suchte, und er richtete sich mit drohendem Gebrumm zu imponierender Größe auf seinen Hinterpfoten auf.

Wie du willst, dachte Cabe, so kann ich dich auch besser treffen. Aber der Bär ließ sich wieder nach vorn fallen und bewegte sich schnell, und ehe Cabe sich's versah, war er nur noch fünf Schritte von ihm entfernt. Hastig grapschte er nach seiner Büchse und fuhr in die Höhe. Er erschrak heftig, als er bemerkte, dass er mit dem ungeschickten Griff nach dem Gewehr die Batterie des Schlosses hochgerissen hatte. Rasch klappte er sie wieder zu. Keine Zeit mehr zum Denken. Er musste handeln. Schnell!

Er riss die Flinte hoch und zog den Abzug durch. Der Stein schlug gegen die Batterie … und nichts geschah. Kein Zündkraut mehr auf der Pfanne.

Der Bär kam näher. Hatte ihn fast schon erreicht.

Cabe ließ das Gewehr fallen. Mit einer blitzschnellen Bewegung zerrte er seine Kentucky-Pistole hinter dem Gürtel hervor. Feuer und Rauch bleckten dem gewaltigen Tier entgegen. Die Kugel schlug in den massigen Körper.

Keine Wirkung! Der Grizzly brüllte laut und drohend. Ein fürchterlicher Prankenhieb traf Cabe an Schulter und Hals und fegte ihn von den Beinen wie ein Bündel Stroh. Die nutzlose Pistole wurde ihm dabei aus der Hand geschleudert. Benommen tastete er nach dem großen Green-River-Messer. Idiotisch – aber es war nun mal die letzte Waffe, die ihm noch geblieben war, um sich zu wehren.

Aufgeben? Nein. Aus diesem Holz war er nicht gemacht.

Mit verzweifelter Entschlossenheit packte er zu und riss das Messer aus der Scheide, während er versuchte, den Boden unter die Füße zu bekommen statt unter dem Hintern. Aber da waren auch noch diese mörderischen Tatzen, vor denen er sich in Acht zu nehmen hatte. Noch mehr solcher Schläge würde er kaum verdauen können.

Ziemlich viel auf einmal, und er schaffte es auch nicht ganz. Der Grizzly war trotz seiner gewaltigen Masse und der Pistolenkugel, die in ihm steckte, noch ziemlich flink. Die gebogenen Krallen zerrissen ihm das Leder seiner Bekleidung. Er kam erneut aus dem Gleichgewicht, und ehe er begriff, was geschah, fand er sich zwischen diesen starken, mit dichtem Fell umhüllten Gliedmaßen wieder. Er starrte direkt in das aufgerissene, dumpf knurrende Maul. Zähne, die ihn erschauern ließen. Heißer Atem streifte sein Gesicht.

Aus! Dieser blitzartige Gedanke schoss ihm wie ein Pfeil durch den Kopf, und in dem Bewusstsein, es sei das Letzte, was er in seinem Leben tat, stieß er das Messer mit verzweifelter Wucht irgendwo in diesen zottigen Körper. Er versuchte erst gar nicht, es wieder herauszuziehen. Zu einem zweiten Stoß blieb ihm in diesem Leben ohnehin keine Zeit mehr. Es konnte nur noch wenige Herzschläge dauern, bis diese scheußlichen Pranken ihn zerquetschten wie eine Pflaume oder Hackfleisch aus ihm machten.

Doch just in diesem Moment spürte er wie im Traum an dem ruckartigen Zusammenzucken der Muskeln, an die er gepresst wurde, dass etwas anderes in diesen Koloss einschlug. Durch das wilde Aufbrüllen hindurch hörte Cabe zwei fast gleichzeitig abgefeuerte Schüsse, die ihm so verheißungsvoll in den Ohren klangen wie wohl bei frommen Menschen das Geläut von Kirchenglocken.

Während sich der große Körper unter den Einschlägen der Kugeln versteifte, presste Cabe die Luft aus seiner Lunge heraus und ließ sich instinktiv nach unten sacken. Er entkam so dieser tödlichen Umklammerung und rollte sich hastig von dem noch im Fallen um sich schlagenden Tier weg.

Irgendjemand hatte da geschossen. Nur langsam sickerte diese Erkenntnis in sein noch vorhandenes Bewusstsein.

***

14.

Er war also noch nicht tot – würde weiterleben. Irgendwann und irgendwie muss ein Mann ja mal enden. Aber, Teufel noch mal, es hätte auch nicht jetzt sein müssen, wo eine Frau wie Nancy Blue zu Hause auf mich wartet.

Der Tag war noch jung und funkelte unter dem blauen Himmel wie ein Edelstein. Nicht weit vom ihm lag der Grizzly tot am Boden. Besser du als ich.

Jacob Cabe rappelte sich ächzend auf und blickte den beiden Männern entgegen, die gemächlich auf ihn zukamen. Der eine war ein großer Kerl mit langen, dünnen Gliedmaßen. Er trug einen alten Armeemantel, den er einfach unten abgeschnitten und eine Jacke daraus gemacht hatte. Ungepflegte, zottige Haare schauten unter einem zerbeulten Filzhut mit vorn aufwärtsgebogener Krempe hervor. In den Händen hielt er eine Hawken, die Mad Buffalo auf mindestens Kaliber .50 einschätzte.

Der andere Mann war ein ganzes Stück kleiner. Seine leicht gekrümmten Beine steckten in speckigem Hirschleder, und seinen Oberkörper, der ziemlich kräftig wirkte, bedeckte ein undefinierbares Kleidungsstück, das aus einer rot-schwarz gestreiften Wolldecke gefertigt worden war. In seiner linken Armbeuge ruhte eine Big Bore Rifle von ebenfalls großem Kaliber. Beide zogen ihre Pferde und zwei mit großen Packen beladene Mulis hinter sich her.

Mad Buffalo bückte sich nach seinem Gewehr und hob auch die Pistole auf. Die Wunden an seinem Hals, aus denen Blut sickerte, brannten heiß.

„Der hätte dich glatt zu Kojotenfutter verarbeitet, Pilger", sagte der Lange und spuckte einen Strahl Tabaksaft auf den Boden.

„Hm", brummte Mad Buffalo vor sich hin, „bin euch wohl einiges schuldig."

Der Lange nickte. „Zumindest das Fell des Grizzlys. Und dann könntest du uns zum Hirschessen einladen. Haben schon seit Tagen nichts Rechtes mehr zwischen den Zähnen gehabt."

„Hätte ich ohnehin getan", stimmte Cabe zu und zog sein Messer aus dem Körper des Bären.

Der kleinere von beiden betrachtete kritisch Cabes Gewehr und meinte etwas überheblich: „Ziemlich alte Knarre, was? Diese Dinger gehen manchmal nicht los, gerade wenn's drauf ankommt."

Mad Buffalo Cabe schielte zu den neueren Perkussionsgewehren der beiden hin. „Kostet 'ne Menge Häute so'n neues Gewehr, und treffen kann ich mit dem alten noch immer, was ich will."

„Wenn's losgeht", gab der Lange von sich und grinste.

Cabe machte sich daran, den Hirsch auszuweiden und auf sein Pferd zu laden, während die beiden anderen den Bären abhäuteten. Dann zogen sie los.

Nancy Blue musste sie bereits gesehen haben, denn sie trat aus der Hütte und schaute ihnen entgegen, als sie ankamen. Ihr Haar schimmerte hell in der Sonne, die zwischen weißen Wolken hindurchschien.

„He", entfuhr es dem Langen, „ich glaube, ich habe 'ne Erscheinung, oder siehst du das Gleiche, was ich sehe, Willie?"

„Ich hatte mir gerade eingebildet, dass nur ich es sehe", rief Willie begeistert. „Aber wenn du es auch siehst, dann steht dieses Wesen tatsächlich da und wartet auf uns."

„Sie wartet auf mich", stellte Cabe deutlich klar. „Und ich erwarte von euch, dass ihr in ihrer Gegenwart nicht flucht oder auf den Boden spuckt. Sie ist eine Lady und mag so was nicht." Er erinnerte sich daran, dass er bisher wenig danach gefragt hatte, was sie mochte und was nicht. Jetzt, in Anwesenheit dieser beiden Fremden, war das mit einem Mal anders.

Der Lange bleckte seine tabakbraunen Zähne beim Lachen. „Hast du gehört, Willie, sie ist 'ne Lady, und unser Freund hier wohnt mit ihr in 'nem Schloss. He, wo sind denn deine Diener, die uns diese verdammten Mulis abnehmen?"

Auf Jacob Cabes Stirn zeigten sich die ersten Unmutsfalten. Nicht, dass er keinen Spaß verstand, aber das Verhalten dieser beiden Kerle ließ ihn bereits ahnen, dass es Schwierigkeiten geben würde. Er stellte sich neben Nancy und sagte: „Das sind Willie und ..."

„Ich heiße Grove", krächzte der Lange und riss sich den Hut oder was er dafür hielt vom Schädel und verbeugte sich ungeschickt und betont unterwürfig.

„Wie lange hast du dieses Vögelchen schon bei dir?", wollte Willie mit einem anzüglichen Grinsen wissen, und seine Augen nahmen Nancy Blue auf eine Art ins Visier, als wären seine Gedanken auf der Stirn ablesbar.

„Und vor allem", setzte Grove sogleich nach, „wie hast du sie dazu gebracht, hier mit dir zu hausen?"

Willie stieß seinem Gefährten den Ellenbogen in die Seite und kicherte. „Vielleicht hat er ihr wirklich erzählt, er besitze ein Schloss hier oben." Diese Bemerkung löste bei Grove ein meckerndes Gelächter aus.

Nancy nahm weiter keine Notiz von den beiden Gestalten und schaute Mad Buffalo an. Sie erschrak, als sie dessen zerrissenes Jagdhemd und das Blut an seinem Hals bemerkte.

„Was ist passiert?", fragte sie hastig, und ihre Miene spiegelte Besorgnis wider.

Mad Buffalo wies mit der Hand auf das frische Bärenfell, das Willie auf sein Tier geladen hatte. „Die beiden haben mir sehr geholfen", versuchte er deren Benehmen zu mildern. „Haben mich rausgehauen, als dieser Bursche mich schon fast mit der Nase am Boden hatte. Sie werden zum Essen bleiben und dann weiterziehen.

„Das mit dem Essen nehmen wir gern an, Lady." Willie wiegte unschlüssig den Kopf hin und her. „Aber 'ne kleine Ruhepause danach würde uns ganz guttun." Die beiden schienen es mit einem Mal gar nicht mehr eilig zu haben, und Cabe stellte sich schon auf Ärger ein.

Er zerrte den Hirsch von seinem Pferd herunter und begann damit, ihn aus der Decke zu schlagen. Zu Nancy sagte er: „Du kannst uns ein ordentliches Stück davon braten. Ich denke, unsere Gäste werden hungrig sein."

Während sie am Feuer hantierte, ließen Willie und Grove sich auf den einzigen Sitzgelegenheiten nieder, die vorhanden waren. Sie ließen kaum einen Blick von der schlanken Gestalt, deren angenehme Formen man unter dem roten Stoff des primitiven Kleides nur erahnen konnte. Ab und zu machte einer von ihnen eine anzügliche Bemerkung, die Nancy jedoch nicht zu hören schien.

Als das Essen endlich fertig war, langten die beiden zu, als hätten sie schon seit Tagen nichts mehr gegessen. Sie krallten ihre schmutzigen Finger in das Fleisch und rissen mit den Zähnen große Stücke heraus wie hungrige Wölfe, schmatzten und grunzten zufrieden. Und immer wieder schielten sie zu Nancy hin, verschlangen jede ihrer Bewegungen mit einem Hunger, der sich durch das reichlichste Essen nicht stillen ließ.

Mad Buffalo hatte seinen Hackklotz herangeschoben und sich darauf niedergelassen. Er beobachtete die Szene mit aufmerksamen Blicken, sagte jedoch nichts.

„Hast du nicht 'nen ordentlichen Schluck zu trinken, Pilger?", fragte Willie fordernd und mit vollen Backen kauend, wobei sogar seine Ohren mit in Bewegung gerieten.

„Wir haben nur Wasser aus dem Fluss", antwortete Nancy schnell und fügte ironisch hinzu: „Unsere Kuh ist kürzlich gestorben."

Mad Buffalo hob den Kopf und verkündete: „Bei mir braucht niemand Wasser zu trinken. Vor allem nicht jemand, der mich aus den Klauen eines Grizzlys herausgeschossen hat."

„Das ist 'n Wort." Grove nickte, rülpste zufrieden und bohrte mit dem Fingernagel zwischen seinen Zähnen herum, wobei seine dunklen Augen nach Nancy suchten. „Hat wohl Angst, das Vögelchen." Er wischte den Finger an der Jacke ab. „Vor uns braucht sie keine Angst zu haben. Wir haben Weibern immer nur Gutes getan. Aber vielleicht mag sie nichts Gutes."

Nancy Blue knallte die große, mit Korbgeflecht bezogene Henkelflasche auf den Tisch und schnaufte: „Vielleicht ist es bei deinen Freunden so üblich, Frauen dauernd anzustarren. Aber mir geht das auf die Nerven."

„Du solltest ein wenig Nachsicht mit ihnen haben", beschwichtigte Cabe. „Sie hausen das ganze Jahr über irgendwo in dieser einsamen Wildnis und bekommen keine Weiber zu Gesicht."

„Und schon gar keine Lady." Willie schnalzte laut mit der Zunge, als er die Whiskeyflasche absetzte. Er streckte seine Hand aus und betastete damit Nancys Hinterteil. „Sie hat 'n prima Schinken. Ich mag Weiber mit solchem Hintern."

Nancy schlug ihm auf die Hand, dass es knallte. „Das nächste Mal gibt es eins über den Schädel", fauchte sie ihn an und schickte einen vorwurfsvollen Blick zu Mad Buffalo hin.

Willie brach in brüllendes Gelächter aus. Als er damit fertig war, sagte Cabe ganz ruhig: „Lass deine Hände von ihr. Du kannst sie meinetwegen anstarren, bis dir die Murmeln aus dem Gesicht fallen, aber lass die Pfoten aus dem Spiel. Sie mag das nicht."

Grove schlug vor Heiterkeit auf den Tisch. „Du hättest sie vielleicht doch besser vor uns verstecken sollen. Der Kleine hier", er legte die Hand auf Willies Schulter, „ist so scharf wie Pumakacke, sobald er nur 'nen Weiberrock zu sehen kriegt."

Willies Augen glitzerten im Schein des Feuers böse, als er Mad Buffalo über den Tisch hinweg musterte. „Hab dich nicht so", fuhr er ihn gereizt an und schob die Whiskeyflasche über den Tisch zu Grove hin. „Die Geschichte mit der Lady kauft dir doch kein Schwein ab."

„Halts Maul!", zischte Grove warnend dazwischen. Aber Willie war so in Fahrt, dass er nicht darauf achtete.

„Wir trafen letzten Herbst oben an der Bärenschüssel 'nen Pilger, der beim Rendezvous am Green River war. Er schwärmte uns was von 'nem blonden Weibsbild mit großen blauen Augen vor, das dort zu haben gewesen wäre. Ich hätte mir fast in den Arsch gebissen, weil wir letztes Jahr nicht dort gewesen sind. Aber jetzt sieht's so aus, als hätten wir das auch gar nicht nötig."

***

15.

Cabe war hochgefahren wie ein gereizter Puma und hatte sein Green-River-Messer in der Faust, das drohend auf Willie zeigte. „Red' nur weiter", forderte er ihn auf.

„Möchte nur wissen, wie du sie hierher gelockt hast", fuhr Willie tatsächlich fort. Cabes mächtiger Oberkörper beugte sich leicht über den Tisch; die Sehnen in seinem Arm spannten sich. Willie hätte der Klinge wohl nicht mehr entkommen können, wenn sein Partner nicht im selben Moment die große Flasche auf Mad Buffalos Arm hätte sausen lassen und diesen damit krachend auf den Tisch schmetterte. Groves linke Faust folgte unmittelbar und traf Cabes Jochbein mit solcher Wucht, dass dieser neben dem Tisch zu Boden ging.

Nancy Blue fuhr mit einem Schrei vor der Szene zurück. Mad Buffalo hingegen ließ ein fürchterliches Brüllen hören und kam mitsamt dem ganzen Tisch hoch, hob ihn einfach empor und schleuderte ihn auf Grove, der von der unverhofften Wucht des Anpralls gegen die Wand geschmettert wurde. Mad Buffalo fuhr zu Willie herum und hieb ihm seine Faust wie einen Rammbock in die Rippen. Dieser Schlag presste die Luft aus Willies gedrungenem Körper, doch er steckte es weg und warf sich seinerseits Cabe entgegen. Beide Männer verkrallten sich ineinander wie zwei verbissen kämpfende Bären.

„Pass auf!", kreischte Nancy, doch die erschrockene Warnung verpuffte ohne Wirkung. Da Willie ihn festhielt, war es Mad Buffalo nicht möglich, darauf zu reagieren. Und so krachte ihm der schwere Schemel auf Hinterkopf und Schulterblätter, dass er grellbunte Lichter vor seinen Augen explodieren sah und benommen zur Seite kippte.

„Mach ihn fertig, Willie!", schnaufte Grove kurzatmig und ließ den Hocker zu Boden fallen. Er selbst schwankte noch leicht hin und her. Der Hut war ihm vom Kopf gefallen, und das lange Haar hing ihm wirr über die Augen, die wütend und mordlustig durch die fettigen Strähnen blinzelten. Er angelte mit der Hand nach dem Revolver, den er versteckt unter der Jacke im Gürtel trug.

„Warte nur, du kleines Luder", keuchte er dabei, für Nancy bestimmt. „Gleich haben wir Zeit, um uns mit dir zu beschäftigen. Und du wirst keinen Grund haben, dich zu beklagen – das verspreche ich dir."

Da jedoch beide Männer in diesem Moment nur Augen für den angeschlagenen Mad Buffalo hatten, bemerkten sie nicht, wie Nancy nach der schweren eisernen Pfanne griff und sie hochschwang. Es gab ein dumpf klangvolles Geräusch, als sie damit Groves Kopf traf, der den Revolver fallen ließ und nach zwei stolpernden Schritten über den am Boden liegenden Hocker hinweg lang hinschlug. Mit einer raschen Bewegung versetzte Nancy der Waffe einen Tritt, der sie über den hartgestampften Boden schlittern und unter dem niedrigen Schlafgestell verschwinden ließ.

Willie blickte gerade in dem Augenblick verwundert auf, als die Pfanne auf ihn zuflog. Sie traf die mit seinem Tomahawk erhobene Hand, und der Stiel wurde herumgerissen und schlug im hart gegen das rechte Auge. Fluchend duckte er sich zusammen und wischte sich mit der linken Hand übers Gesicht.

Heiser stöhnend und noch ein wenig benommen kam Mad Buffalo auf die Beine und schüttelte seinen wuchtigen Schädel, in dem sich ein paar ausgelassene Fischottern zu balgen schienen. Aber er erfasste die Situation sogleich wieder. Mit einem Schlag, der dem Prankenhieb eines Bären sehr ähnelte, fegte er Willie beiseite und fuhr dann herum.

Da aber lag Grove in seinem alten, abgeschnittenen Soldatenmantel schon am Boden und wälzte sich stöhnend hin und her. Und Nancy Blue stand dort und hatte die nächste, etwas kleinere Pfanne ergriffen und hielt sie angriffslustig bereit. Ihre Augen funkelten wie die einer gereizten Katze durch die zerzausten Strähnen ihres blonden Haars.

„Lass nur, mein Kind", brummte Cabe und kam auf die Füße. „Ist nicht mehr nötig. Diese Burschen haben sich nur 'n bisschen austoben wollen und sind schon wieder ganz friedlich."

Er packte den schwerfällig hochtaumelnden Willie, der noch immer an seinem Auge herumwischte und dabei grummelnd fluchte, an Kragen und Hosenbund. Mit einem gewaltigen Schwung warf er ihn nach draußen.

Jetzt kam auch Grove ächzend und vor sich hin schimpfend vom Boden hoch. Blut sickerte aus seinen verfilzten Haaren über das Ohr zum Kinnwinkel. Er grapschte seinen Hut und kam taumelnd auf die Füße.

„Wir konnten ja, verdammt noch mal, nicht wissen, dass du so gar keinen Spaß verstehst, Pilger", schnaufte er protestierend.

„Nun", antwortete Mad Buffalo Cabe mit wieder ruhiger Stimme, „jetzt wisst ihr es. Ihr habt mir vorhin sehr geholfen, und ich habe euch dafür bewirtet. Aber jetzt macht, dass ihr wegkommt!"

„Du kannst uns doch nicht einfach so vor die Tür setzen", begehrte Grove halbherzig auf. „Es wird schon dunkel."

„He, Grove", maulte Willie von draußen, „komm lieber raus."

„Dein Kumpan hat's schon begriffen", sagte Jacob Cabe und zog die Augenlider zusammen. „Aber du hast es, wie mir scheint, noch nicht richtig verstanden, Langer. Falls ihr euch vor meiner Hütte rumtreiben solltet, bekommt ihr ein Stück Blei in eure verwanzten Ärsche – jeder ein eigenes. Hast du das jetzt kapiert?"

Grove schlug gewohnheitsmäßig seinen Hut gegen den Oberschenkel und stülpte ihn dann auf den Kopf. Während er wortlos hinausging, schnappte er seine Hawken und Willies Big Bore, die an der Wand lehnten.

Erst als sie mit ihren Mulis ein Stück weit weg waren, drehte sich Willie noch einmal um und rief: „Das werden wir dir noch mal heimzahlen, Nancy Blue. Wenn wir auf dem Rückweg noch mal hier vorbeikommen, klopfen wir wieder bei dir an, dass eure ganze Bude wackelt."

„Ihr seid jederzeit willkommen", brüllte Cabe hinter ihnen her. „Aber esst vorher ein großes Büffelsteak, damit ihr auch was auf der Pfanne habt!"

Nancy Blue kam hastig mit dem langen Gewehr herausgerannt.

„Schieß sie ab, Mad Buffalo! Leg sie um, alle beide!"

Mad Buffalo nahm die Waffe aus ihren Händen und entgegnete ruhig: „Ich schieße niemandem in den Rücken, nur weil er eine Drohung ausgesprochen hat."

„Aber sie werden es überall herumerzählen, wo ich abgeblieben bin", schrie sie ihn verzweifelt an und versuchte, ihm das Gewehr wieder zu entreißen, um selbst zu tun, was sie für notwendig hielt.

Der große Mann neben ihr in seinem verwitterten Hirschleder hielt jedoch eisern fest, und so gab sie ihre sinnlosen Versuche auf und hastete in die Hütte zurück. Von dort kehrte sie wütend entschlossen mit dem Revolver zurück und versuchte mit zitternden Fingern, den Hahn zu spannen.

„Das Ding ist nicht geladen", erinnerte er sie.

„Dieses schon", presste sie durch ihre schmalen Lippen, und Mad Buffalo hörte den Hahn in die Feuerraste schnappen. Er riss ihr mit einer schnellen Bewegung die Waffe aus den Händen und betrachtete sie verwundert.

„Wie hast du das Ding laden können?"

„Ist nicht derselbe", keuchte Nancy erregt. „Dieser Grove hat es fallen lassen, als ich ihm eins mit der Pfanne überzog." Sie stampfte mit dem Fuß auf. „Und jetzt sind die beiden weg. Sie werden wiederkommen – das wirst du sehen."

„Na wenn schon", sagte Cabe mit der gleichen Ruhe wie zuvor. „Wir werden auch damit fertig." Er entspannte die Waffe und reichte sie ihr zurück. „Bring sie wieder rein, und dann vergiss sie. Das ist nichts für dich."

Sie ließ ihre Arme sinken und schaute zu ihm auf – zu den ernsten Augen, die aus jenem Teil seines Gesichts zu ihr herniederblickten, der noch nicht vom Bartgestrüpp zugewachsen war. Ein seltsamer Mann ist er doch, dachte sie dabei. Wie kann man angesichts ständiger Gefahren, von denen man umgeben ist, eine solch gelassene, fast leichtfertige Ruhe bewahren. Vielleicht ist er doch auf irgendeine Weise verrückt.

Laut sagte sie: „Weißt du, Mad Buffalo, dass du der erste Mann bist, der meinetwegen mit anderen gekämpft hat?"

Verständnislosigkeit spiegelte sich in seinem Blick wider.

„Um mich haben sich schon viele gestritten", erklärte sie deshalb. „Aber du bist der Erste, der für mich gekämpft hat, damit mir nichts passiert."

„Verstehe ich nicht." Er schüttelte leicht den Kopf. „Jeder Mann, den ich kenne, würde kämpfen, wenn man ihm was wegnehmen will, das ihm gehört."

Er schob sich an ihr vorbei und stapfte mit seinen derben Schritten zur Hütte. Drei Schritte vor der Tür holte sie ihn ein.

„Aber so begreif doch endlich, dass ich dir nicht gehöre. Kein Mensch gehört einem anderen, jedenfalls kein weißer."

„In der Welt, aus der du kommst, vielleicht. Aber was willst du ohne mich hier in der Wildnis anfangen? Du bist jetzt meine Frau, und eine Frau gehört ihrem Mann."

„Du hast vielleicht zu lange unter Wilden gelebt", fuhr Nancy heftig und mit blau funkelnden Augen auf. Aber das Aufwallen ihrer Gefühle ebbte rasch wieder ab, und sie legte ihm beschwichtigend ihre Hand auf den Arm. „Schau, Mad Buffalo, du bist im Grunde deines Herzens ein guter und ehrlicher Mensch ..."

„Was soll dieses Geschwafel", unterbrach er sie rau. „Ich weiß selbst, was ich bin. Also, wenn du was zu sagen hast, dann tu's ohne langes Herumreden."

Nancy Blue fühlte seinen Blick fest auf sich gerichtet, und der Hals war ihr mit einem Mal trocken.

„Es tut mir nur so leid, dass du dir meinetwegen so viel Mühe machst, obwohl ich es nicht verdiene. Ich ... nun, ich ... werde niemals für dich die Frau sein können, die du dir wünschst."

„Aber du bist es doch schon." Mad Buffalo lehnte seine lange Büchse an die Wand und stemmte die Fäuste in die Hüften – so, wie er es bei ihr sonst immer gesehen hatte, wenn sie wütend war. „Da hol mich doch gleich der Geier. Du kochst für mich, hältst die Hütte und meine Sachen in Ordnung, und du wärmst mich in den Nächten, wenn es draußen kalt ist. Mehr will ich gar nicht. Ich will dich nur so, wie du bist, mitsamt deinen schönen blonden Haaren und allem, was du sonst noch an dir hast. Er ließ die Hände sinken und zwinkerte ihr listig zu. „Du siehst ja, wie mich alle um dich beneiden. Im ganzen verdammten Indianerland hat niemand eine Frau wie der verrückte Jacob Cabe." Er schlug ihr knallend auf den Hintern. „Was, zum Teufel, soll ein Kerl wie ich noch mehr wollen?“

Sie schaute verzweifelt zu dem Mann hoch, der ihr in seiner naiven Ehrlichkeit leidtat, und Tränen ließen seine Konturen verschwimmen.

„Du hast noch immer nicht begriffen, was ich dir eigentlich sagen wollte, Mad Buffalo Cabe. Ich … ich bin einfach nicht dafür geschaffen, hier in dieser rauen Wildnis zu leben, ständig von dieser schweigenden Einsamkeit umgeben, in der jeder ein Feind ist. Ich halte das nicht aus. Begreifst du das denn nicht?“

Seine großen Hände griffen nach ihren zarten Schultern, und ein Gefühl der Wärme und Sicherheit strömte auf sie über, das ihr alles nur noch schwerer machte.

„Dir spukt noch immer diese dämliche Stadt im Kopf rum“, sagte er mit seiner tiefen Stimme wie zu einem Kind, das er über ein zerbrochenes Spielzeug hinwegtrösten musste. „Diese Stadt, in der die Leute in Kutschen herumfahren sollen.“ Er schüttelte sie leicht, aber drängend. „Vergiss sie! Du hast hier alles, was ein Mensch braucht. Ich habe es von den Indianern gelernt, und du wirst es von mir lernen. Und du wirst sehen, im nächsten Frühjahr werden wir die besten Felle zur nächsten Handelsstation bringen. Und die von der American Fur werden staunen.“ Er lachte ihr unbekümmert zu. „Aber sie werden mich um dich beneiden, mehr als um alle Häute der Welt.“

Nancy Blue drehte sich ohne ein weiteres Wort um und verschwand nach drinnen. Er ist mehr als verrückt! Häute gerben und Haar abschaben … Sie starrte den Revolver an, den sie noch in der Hand hatte – das gleiche Modell wie der von Brad Tucker. Dieses Ding schien sie überallhin zu verfolgen. Sie warf ihn auf den Boden und versetzte ihm einen Tritt, der ihn abermals unter Mad Buffalos Lager beförderte. Soll er dort bleiben, bis er verschimmelt ist!

Mad Buffalo verdrehte die Augen, bis er nur noch den Himmel sah, an dem zögernd die ersten Sterne funkelten, und sein Blick blieb schließlich an den hoch aufragenden Bergmassiven jenseits des Flusses hängen, die sich majestätisch vor dem letzten Schimmer des Tages abzeichneten. „Ihr alten Großväter, ihr müsst mir helfen, diese Frau zu zähmen“, flüsterte er, dann folgte er Nancy nach drinnen.

***

16.

Ezra Tuckers Hand fuhr noch einmal über das seidenweiche Biberfell vor ihm auf dem Tresen. Dann schaute er die beiden Männer über die kleinen Gläser seiner Nickelbrille hinweg prüfend an. Der eine der beiden, der Lange mit der Jacke aus einem abgeschnittenen Armeemantel, machte auf ihn keinen besonders vorteilhaften Eindruck, und der andere, ein untersetzter kleiner Fiesling, hatte ein blaues Auge, an dessen Rand es schon grüngelblich schimmerte. Nun, das waren Typen, mit denen man Geschäfte machen konnte, und ihr Aussehen – und was sich sonst noch alles dahinter verbarg – ging ihn nichts an.

„Biber bringen leider nicht mehr viel", sagte er mit leicht enttäuschtem Unterton. „Sind einfach nicht mehr gefragt."

Grove sah sich in der Hütte um. Da hing und stand eine Menge Zeug herum: Fallen aller Art, Kessel aus Messing oder Gusseisen, Pulverhörner, Decken und viele Felle.

„Sind erstklassige Winterpelze", pries er ihre Ware an und fuhr sich schniefend mit dem Zeigefinger unter der Nase entlang. „Zum Teil noch bessere, als hier herumhängen."

„Mag sein, aber wie ich schon sagte: Nicht mehr gefragt. Habt ihr sonst noch was?"

Willie warf einige Bündel Häute auf den Tresen. „Rot- und Blaufüchse – das Beste, was die Jagd hergegeben hat. Und Wölfe. Ein schwarzer ist darunter, der besonders schön ist. Dann haben wir noch Marder, Dachse und Hermeline. Und dieser Bär hier, der ist mehr wert als alles andere."

„Hm", machte Ezra. „Ich denke, wir werden ins Geschäft kommen, wenn ihr die Preise nicht zu hoch schraubt." Er drehte sich halb herum und rief nach hinten: „He, Josh, stell schon mal den Whiskey auf den Tisch und Becher dazu. Unsere Gäste werden einen Schluck wohl nicht ablehnen."

„Das lässt sich hören", Willie rieb sich die Hände. „Gibt es hier vielleicht auch Weiber?"

„Fang nicht schon wieder damit an", wies Grove ihn zurecht.

Das letzte Mal hat es dir ein blaues Auge eingebracht."

„Dich haben doch diese blauen Augen auch verrückt gemacht", konterte Willie bissig.

Während Joshua mit den Zinnbechern klapperte und nach hinten rief: „Angus, es gibt was zu trinken", ließ Ezra einen forschenden Blick zwischen den zwei Fremden hin und her huschen.

„Wir sind hier ein ehrlicher Handelsposten, kein Hurenhaus", knurrte er, nahm seine Brille ab und ließ sie in der Brusttasche seiner Weste verschwinden. „Setzt euch doch, Freunde", fügte er dann aufgekratzt hinzu, als hätte er bereits ein gutes Geschäft mit ihnen abgeschlossen.

Alle ließen sich auf die Hocker nieder, die den langen, hölzernen Tisch umstanden, dessen Platte Spuren häufiger Nutzung zeigte, bei der es oft hoch hergegangen sein musste. Ein aus Steinen gemauerter Kamin, in dem ein Feuer flackerte, gab dem Raum eine behagliche Note, und wenn es noch einen guten Schluck gab, schien alles in Ordnung zu sein.

„Wo ist Steve?", fragte Ezra.

„Im Schuppen." Joshua wollte sich erheben. „Soll ich ihn holen?"

„Nein. Er hat noch zu tun, denke ich, und wir brauchen ihn jetzt nicht."

Ezra goss aus einer bauchigen Korbflasche Whiskey in die Becher. Dabei fragte er: „Wollt ihr Bares oder lieber Proviant und Possibles haben?"

„Bares nützt uns da draußen nichts", sagte Grove sofort. „Ich dachte mehr an Kaffee, Mehl, Salz – und da gibt es noch einiges andere, was wir so brauchen."

Willie, der sofort nach seinem Becher gegriffen hatte, wischte sich mit dem Handrücken über den feuchten Mund. „Und Trockenfleisch, falls es hier so was gibt", ergänzte er Groves Aufzählung. „Auf unserem Rückweg können wir uns nicht mit Jagen aufhalten – bis auf einen bestimmten Bison."

Ezra stutzte kurz, und sein Blick sprang abermals zwischen Grove und Willie hin und her; dann nickte er wohlgefällig. „Schaut euch nur um. Denke, ihr werdet alles finden, was euer

Herz wünscht. Aber lasst uns zuerst noch mal einen zur Brust nehmen. So eilig werdet ihr es doch nicht haben." Er goss Willies Becher erneut voll, und alle hoben die ihren. „Auf gute Geschäfte."

Zwei Trinkrunden später wollte Ezra endlich zur Sache kommen. „Was geht euch denn sonst noch im Kopf rum?", wollte er wissen.

„Ich habe da 'nen Possible Bag gesehen, da drüben an dem Pfosten hängt er." Grove deutete auf die bezeichnete Stelle, wo die Tasche hing. „Mein alter hat bald ausgedient und ist auch zu klein."

Willie rülpste. „Und 'ne Flasche von diesem Zeug hier" – dabei wies er auf die Korbflasche, die noch in der Mitte des Tisches stand. Dann saugte er den letzten Rest aus seinem Becher und stellte ihn mit einem harten Geräusch zurück auf die Platte, vielleicht in der Hoffnung, ihn nochmals gefüllt zu bekommen. Doch dazu ließ Ezra sich nicht hinreißen.

„Und noch Pulver und Blei", verlangte Grove nach kurzem Überlegen."

Ezra nickte dazu nur kurz. „Und wie sieht es mit 'ner guten Falle aus? So was braucht man doch immer."

„Die holen wir uns von woanders", erklärte Grove mit einem geheimnisvollen Grinsen und blickte Willie von der Seite an. Dieser schmunzelte in irgendeiner Vorstellung vor sich hin.

Irgendwas führten die beiden im Schilde, was Ezra neugierig machte. Aber er wurde aus diesen Andeutungen nicht schlau.

Angus hatte sich inzwischen von seinem Hocker erhoben und begann damit, die geforderten Sachen zusammenzusuchen.

„Wie viel Pulver wollt ihr denn haben?", fragte er.

Grove dachte kurz nach. „Fünf Pound sollten 's schon sein."

„Und 'n Revolver. Habt ihr so was?", versetzte Willie, vom Alkohol in eine aufgekratzte Stimmung gebracht.

Ezra verneinte das mit finsterer Miene. „Mein Sohn Brad besaß so 'n Ding, aber den hat jetzt jemand anders.

„Wozu brauchst du einen Revolver?", fragte Grove leicht genervt.

Willie schaute seinen Gefährten aufsässig an. „Deinen hast du doch vor Schreck verloren, als dieses blonde Luder dir eins mit der Pfanne auf die Nuss gab."

Ezras Miene erstarrte für einen Augenblick. „Ein blondes Luder?", fragte er dann gedehnt.

„Und wie blond", bestätigte Willie mit schwärmerisch-verklärtem Blick.

„Und, hatte dieses Luder vielleicht noch blaue Augen?", fragte Angus aus dem Hintergrund.

Willie schlug mit der flachen Hand auf die Tischplatte. „Hol 's der Geier, die scheint man doch überall zu kennen."

„Nancy Blue", hauchte Angus voll kalter Inbrunst. „Wart ihr letzten Sommer beim Rendezvous am Green River?"

Grove schüttelte den Kopf. „Wir haben das Biest woanders kennengelernt – und das erst letztens. Und wir werden sie noch mal besuchen, wenn wir hier fertig sind. Aber danach wird sie nicht mehr so schön aussehen."

„Und wo, verdammt?" Das kam von Joshua. Und Ezras Blick huschte angespannt von einem der Gesichter zum anderen.

„Bei so 'nem verrückten Trapper." Willie spuckte die Worte über den Tisch hinweg. „Dort hat sie sich eingenistet, und nur der Teufel weiß, wie der sie dazu gebracht hat."

„Dann bin ich wohl dieser Teufel", knurrte Angus mit schmalen Lippen. „Und dieser verrückte Trapper ist der versoffene Kerl, der mit ihr in seinem Kanu auf und davon ist."

Ezra stieß einen Fluch aus und wandte sich dann an Angus. „Ist das dieser Bursche, mit dem wir damals am Milk River aneinandergeraten sind und wo uns dann die verdammten Blackfeet in die Quere kamen?"

„Ich glaub schon." Angus zuckte mit den Schultern. „Aber genau kann ich's nicht sagen. Der Kerl war ja nur kurz da. Ich glaube, Mad Buffalo nannten sie ihn."

Ezras kleine Augen funkelten böse. „Wir kommen mit euch. Mit dieser Kanaille haben wir noch 'ne Rechnung zu begleichen. Sie hat einen meiner Söhne auf dem Gewissen."

„Hm", machte Willie, „Jetzt wird mir so einiges klar." Doch

ihm schien dieser Gedanke nicht zu gefallen. „Wir wollten noch unseren Spaß mit ihr treiben und sie nicht einfach so umbringen."

„Das könnt ihr meinetwegen, und wir besorgen den Rest. Aber wenn es sich wirklich um diesen Mad Buffalo handelt, wird es gut sein, wenn ihr ein paar mehr seid. Der Bursche ist gefährlich."

„Er hat recht", stimmte Grove zu. „Bei dem müssen wir uns was einfallen lassen, um ihn kleinzukriegen."

Ezra erhob sich entschlossen von seinem Hocker und sagte: „Josh und Steve bleiben hier und halten den Laden aufrecht."

„Warum bleibst du nicht hier und überlässt uns die Sache?", wandte Joshua ein.

„Weil ich nicht will, dass ihr die Sache wieder vermasselt."

***

17.

Die Zeit ging dahin, ohne dass Nancy Blue die richtigen Worte fand, um Mad Buffalo Cabe klarzumachen, dass sie keine Frau für die Wildnis war. Manchmal blieb er mehr als den ganzen Tag lang weg, und sie hätte ihre Verzweiflung am liebsten in die Weite hinausgeschrien, wenn sie nicht so viel Angst vor der lauernden Wildnis gehabt hätte. Aber wenn er dann da war, beobachtete sie ihn nur, wie er sein Essen in seiner derben Weise hinunterschlang und anschließend seine Pfeife rauchte, und sie brachte kein einziges Wort darüber heraus, was sie bewegte.

Letzte Nacht war das erste Sommergewitter über den Bergen jenseits des Yellowstone niedergegangen und hatte den Fluss anschwellen lassen. Noch jetzt am Nachmittag lag ein Hauch dunstiger Feuchtigkeit über dem Wasser.

An diesem Tag kam Jacob Cabe früher zurück, als es sonst der Fall war. Er schien es eilig zu haben und brachte eine gewisse Unruhe mit sich, die Nancy aus seinen Bewegungen herauslas. Es wurde ihr mit einem Mal bewusst, wie gut sie ihn bereits kannte, wie sie seine Gesten und Reaktionen richtig einzuschätzen wusste.

Als er sie erreichte, drehte er sich noch einmal um und ließ einen längeren, prüfenden Blick zurückschweifen über das Land, aus dem er gekommen war, ehe er sagte: „Es treiben sich Menschen in der Nähe herum."

Seltsam, dass die Anwesenheit von Menschen in ihr plötzlich ein unangenehmes Gefühl aufkommen ließ, wo sie diese doch hier in der Einsamkeit so sehr vermisste.

Sie schaute ihn fragend an, ohne jedoch etwas zu erwidern. Sie wusste, er würde von selber reden, wenn er ihr etwas mitzuteilen hatte. Dabei stellte sie betroffen fest, wie das kurze Stück Leben mit ihm sie bereits geformt und verändert hatte.

„Habe Spuren gesehen", erklärte er ihr schließlich. „Waren aber zu undeutlich, um sie genau lesen zu können. Und frische Pferdlosung habe ich auch gefunden."

„Aber vielleicht ..."

„Nein, sie stammten nicht von meinem Tier. Das weiß ich genau."

„Glaubst du, die beiden Strolche sind schon vom Missouri zurück?"

Cabe hob mit einer unschlüssigen Bewegung die Schultern und ließ sie wieder fallen. Dann nahm er dem Braunen den Sattel ab und warf ihn auf den Boden an der Hüttenwand.

„Wer es auch sein mag", sagte er nach einer Weile halb zu sich selbst, „morgen werde ich ihn finden." Er drehte sich zu Nancy herum. „Und du bleibst dann besser drinnen und hältst die Tür verschlossen, bis ich weiß, wer es ist und was er im Schilde führt."

Tief in ihrem Innern erschrak sie bei seinen Worten, doch sie ließ es ihn nicht merken. Der Gedanke, es könnte ihm etwas zustoßen, flößte ihr Furcht ein. Was würde aus ihr werden – allein in dieser fremden Wildnis? Aber war es nur die Furcht um das eigene Leben? Dieser Mann hatte sich für sie eingesetzt, hatte dafür schon mehrfach sein Leben riskiert. Sie waren zusammen hier heraufgezogen, hatten gemeinsam in dieser Hütte gelebt, zusammen gegessen und geschlafen, gelacht und die täglich notwendigen Arbeiten verrichtet. Und, bei Gott, es war nicht nur der Wille zum Überleben, der sie mit ihm verband.

Nachdenklich schaute sie ihm zu, wie er Buddy in den Korral führte. Auch den Namen seines Pferdes kannte sie schon. Wenn das hier vorbei wäre, musste sie noch einmal versuchen, mit ihm zu reden, denn sie war schon viel zu lange hier bei ihm. Nicht jetzt. Es würde ihn ablenken und verwirren, und das könnte gefährlich werden. Er musste jetzt den Kopf frei haben und sich voll auf das Unbekannte konzentrieren, das da draußen irgendwo lauern mochte. Doch die Zeit drängte. Sie musste weg von hier, ehe sie zusammenwuchsen wie zwei Bäume, die zu eng beieinander standen. Denn Mad Buffalo Cabe gehörte in diese Welt hier und sie in eine andere.

Die Nacht war störungsfrei verlaufen. Nichts deutete auf irgendeine Gefahr hin, doch davon ließ Mad Buffalo sich nicht in ein Gefühl der Sicherheit einlullen. Manche Gefahren kamen ganz plötzlich aus dem Nichts, wenn man gar nicht damit rechnete. Er hatte die Zeichen aber gesehen und blieb auf der Hut.

Jetzt hielt er Buddy an und rutschte seitwärts herunter. Er behielt die Zügel in der Linken und beugte sich über den Hufabdruck im Gras.

Eine Stunde etwa, dachte er bei sich, höchstens zwei. Die Halme hatten sich noch nicht wieder völlig aufgerichtet. Behutsam ertastete er mit den Fingerspitzen den Abdruck im Erdreich darunter, konnte jedoch nicht die typischen Vertiefungen ausmachen, die ein Hufeisen zu hinterlassen pflegte. Er war sich nicht sicher, hob den Kopf und spähte wachsam in die Runde. Nichts war zu sehen, kein Geräusch zu hören – bis auf das leise Stöhnen der Bäume, die sich im Wind bewegten.

Langsam ging er weiter, zog den Braunen hinter sich her und beobachtete scharf den Boden vor sich.

Er erreichte eine Stelle, wo das Gras auf dem steinigen Grund keine Nahrung mehr fand. Dort entdeckte er Spuren, die zahlreiche Hufe hinterlassen hatten. Es mussten mehrere Pferde gewesen sein, und ihre Reiter hatten sie diesen sanften, trockenen Hang hinaufgetrieben. Wären sie beschlagen gewesen, hätten ihre Eisen harte Kratzer auf den Steinen hinterlassen; diese hier waren jedoch nur aus ihrer natürlichen Lage herausgerissen worden. Ein Stück weiter – dort, wo die Erde wieder weicher wurde – fand er den deutlichen Abdruck eines unbeschlagenen Hufes.

Indianer!

Jetzt schien es für ihn keinen Zweifel mehr zu geben. Sie mussten etwas ganz Bestimmtes im Schilde führen, denn sie kamen selten hierher, und wenn doch, dann hielten sie sich nicht lange hier auf. Aber sie waren bereits gestern hiergewesen und heute noch immer da. Es sah offensichtlich so aus, als hätten sie etwas vor und lauerten nur auf einen günstigen Zeitpunkt.

Mad Buffalo konnte nicht sagen, ob es sich um Crow handelte. Doch er nahm an, dass sie, wer sie auch sein mochten, sich seinetwegen hier herumtrieben. Mit den Blackfeet hatte er bis jetzt noch keine ernsten Schwierigkeiten gehabt. Sie schienen diesen einsamen weißen Mann hier zu akzeptieren. Die Crow hingegen hatten durchaus Gründe, ihn nicht besonders zu mögen, nachdem er in jüngster Vergangenheit einige Male mit ihnen zusammengeraten war.

Die Fährte der Reiter führte in das Gebiet in unmittelbarer Nähe seiner Behausung. Er fand eine Stelle, wo sie angehalten und seine Hütte wahrscheinlich einige Zeit beobachtet hatten. Da Nancy Blue die Tür verschlossen hielt und sich möglichst wenig draußen blicken ließ, mochten sie vielleicht zu dem Schluss gekommen sein, dass er, Mad Buffalo, sich nicht dort aufhielt. Auf jeden Fall musste er höllisch auf der Hut sein. Wenn er einen Fehler machte, konnte das seinen und auch Nancys Tod bedeuten.

Vorsichtig folgte er weiter ihrer Spur, die jetzt so deutlich war, dass er sie vom Pferd aus zu erkennen vermochte. Sie beschrieb einen weiten Bogen um seine Hütte herum, nördlich davon am Rande einer steilen Schlucht vorbei und fast wieder zum Ausgangspunkt dieses Kreises zurück. Aber er bekam keinen von ihnen zu Gesicht.

In einer kleinen Senke entdeckte er direkt neben dem Stamm einer großen Fichte eine bemalte Feder am Boden. Er saß ab und hob sie auf. Während er sie noch betrachtete, zischte etwas an seinem Gesicht vorbei und schlug hart in den Stamm. Das befiederte Ende eines Pfeils zitterte dicht vor seinen Augen. Er war zusammengezuckt und hatte die Feder fallen lassen, die offensichtlich nur ein Köder gewesen war, um ihn an diese Stelle zu locken. Die allzu deutliche Fährte diente wohl demselben Zweck. Und er hatte von alldem nichts gemerkt.

Sofort stellte er fest, dass es sich um einen Blackfootpfeil handelte, und als sein Blick sich hob, erfasste er einen einzelnen Reiter, der auf dem Rand der Senke erschienen war und nur ein Wolfsfell auf dem nackten Oberkörper trug.

Sikaapéhs, Grauwolf!

An ihn hatte Mad Buffalo Cabe überhaupt nicht mehr gedacht.

Während er sich ihm zuwandte, sein Gewehr anhob und den Hahn spannte, erschienen rechts von ihm drei Blackfeetkrieger auf dem Rand der Senke und zu seiner Linken nochmals zwei. Sie richteten ihre Pfeile mit gespannten Bogensehnen auf ihn.

Das Katz-und-Maus-Spiel war vorbei. Jetzt hatten sie ihn. Verdammt! Wie ein Anfänger war er ihnen auf den Leim gegangen, und es war ihm klar, dass er nicht die geringste Chance besaß, um etwas dagegen zu unternehmen.

Langsam und würdevoll kam Grauwolf den seichten Hang herabgeritten. Sein dunkles Gesicht verriet weder Befriedigung noch Triumph. Er hielt erst dicht vor Mad Buffalo wieder an und blieb auf dem Rücken seines scheckigen Pferdes sitzen. Durch Handzeichen gab er ihm zu verstehen, dass er gekommen sei, um sich die Frau mit den gelben Haaren zu holen. Er habe dem weißen Mann vor einiger Zeit ein gutes Angebot gemacht. Jetzt sei die Position von Grauwolf stärker geworden, und der weiße Mann bekäme nur noch sein Leben für die Frau.

„Du schuldest mir deins noch“, blaffte Mad Buffalo ihn verärgert an. „Hast du das vergessen, Blackfoot?“

Die Züge es Indianers verrieten noch immer keine Regung, nur in seinen schwarzen Augen funkelte es unwillig.

„Der weiße Mann hat nur ein Leben“, erklärte er ihm in einem so komischen Gemisch aus Englisch und Algonkindialekt, dass Mad Buffalo Mühe hatte, ihm zu folgen. „Deshalb sollte er seiner Zunge nicht allzu freien Lauf lassen.“

Es war nicht klar erkennbar, ob es ein Lächeln sein sollte, was Mad Buffalos Zähne durch das Bartgeflecht schimmern ließen. Seine Worte jedenfalls waren bösartig wie Giftpfeile.

„Wenn ich fünf gut bewaffnete Krieger auf meiner Seite hätte und du allein wärst, könnte ich reden, wie ich Lust hätte. So aber will ich deinem Rat folgen und schweigen.“

Die unwirschen Bewegungen, mit denen die Hände des Blackfoot die Zeichen formten, verrieten Cabe, wie hart er mit seiner Äußerung an die Grenze des Erträglichen gegangenen war. Er, Sikaapéhs, sei nicht gekommen, um mit Worten zu kämpfen. Er wolle nur die weiße Frau holen.

„Sikaapéhs wird sich eine Menge Ärger einhandeln“, sagte Mad Buffalo Cabe und nickte dazu einige Male.

Der Indianer bedeutete ihm, auf sein Pferd zu steigen. „Aber der weiße Mann möge daran denken", fügte er noch hinzu, „dass niemand so schnell reiten kann, wie ein Pfeil fliegt. Auch er nicht."

Mad Buffalo kletterte ohne ein weiteres Wort auf den Braunen und nahm die Zügel in die Hand. Sein Gewehr und die Pistole hatte Grauwolf vorsichtshalber an sich genommen. Langsam, von den indianischen Reitern eskortiert, lenkte er Buddy aus der Senke heraus und seiner Hütte entgegen. Fieberhaft quetschte er sein Gehirn aus auf der Suche nach einem Ausweg aus dieser verteufelten Situation, in die er durch seine eigene Unachtsamkeit geraten war, aber es schien keinen zu geben. Dieser verdammte Blackfoot hatte alles so eingefädelt, dass es für ihn keinen Fehlschlag gab.

Cabe verwünschte sich selbst und den Tag, an dem er ihm zum ersten Mal begegnet war. Hätte er sich damals nicht in diesen Kampf eingemischt, dann hinge Grauwolfs Skalp jetzt an irgendeiner Crowlanze und er selbst hätte ein paar Sorgen weniger.

Mad Buffalo bemerkte jetzt einen weiteren Krieger, der sich dicht neben der Tür eng an die Hüttenwand drückte, wo er von drinnen nicht zu sehen war.

Als sie auf Rufweite herangekommen waren, befahl Grauwolf, Mad Buffalo solle die Frau mit den blauen Augen herausrufen.

„Den Teufel werde ich tun", grollte Cabe vor sich hin. „Hol sie dir doch selbst. Oder hat der große Krieger Sikaapéhs Angst vor einer Frau?"

Die Lippen des Blackfoot pressten sich zornig aufeinander. Er hob entschlossen das lange Pennsylvania-Gewehr hoch, das er dem weißen Mann weggenommen hatte, und feuerte einen Schuss in die Luft.

Mad Buffalo Cabe erschrak.

Das würde Nancy Blue alarmieren, und der Geier allein wusste, wie sie reagierte. Aber was immer sie auch tat – ob sie herauskam oder drinnen blieb: Sie hatte doch keine Chance, dieser Rothaut neben ihm zu entgehen.

Nancy schien von den Ereignissen völlig überrascht worden zu sein. Sie stieß erschrocken die Tür auf und wollte gerade herausstürmen. Sie hatte nicht einmal an den Revolver gedacht, der sich noch immer in der Blockhütte befand. Sie erblickte Mad Buffalo inmitten der Indianer und schrie schon in der Tür verzweifelt seinen Namen.

Ihre Reaktion überraschte Mad Buffalo Cabe. Er hatte gedacht, sie würde an sich denken, die Tür wieder zuschlagen und sich damit selbst zu retten versuchen.

„Zurück ins Haus!", brüllte er ihr entgegen und wedelte mit den Armen. „Verschließ die Tür und ...!"

Die Welt explodierte plötzlich mit einem gewaltigen Feuerknall, dem eine bodenlose Finsternis folgte, in die er hineinstürzte wie in einen endlosen Raum. Er kippte vom Pferd und fiel auf den Boden wie ein lebloses Bündel. Den nochmaligen erschreckten Aufschrei von Nancy hörte er nicht mehr.

***

18.

Während der ganzen Zeit von Mad Buffalos Abwesenheit hatte Nancy an nichts anderes denken können als an die Gefahr, die irgendwo da draußen lauern mochte. Mad Buffalo war seltsam verschlossen gewesen und hatte ihr bestimmt nicht alles gesagt, was er wusste. Er wollte sie sicher nicht unnötig beunruhigen, hatte jedoch mit diesem Verhalten eher das Gegenteil erreicht.

Sie war damit beschäftigt, eine Rohhaut weichzukneten, so wie Cabe es ihr gezeigt hatte, indem sie das Hirn des erlegten Tieres hineinrieb und immer wieder mit einem Sandsäckchen klopfte. Sie hätte diese übel riechende Arbeit lieber draußen im Freien verrichtet, aber Cabe hatte ihr aufgetragen, drinnen zu bleiben, und er hatte sicherlich gewusst, was er sagte.

Mit der draußen vorherrschenden Stille war ihre Unruhe mehr und mehr gewachsen, und als sie dann plötzlich jenen Schuss hörte, der ganz in der Nähe abgefeuert worden war, fuhr sie in jähem Schreck zusammen.

Das war unzweifelhaft Mad Buffalos Waffe! Zu oft schon hatte sie diesen Knall gehört, um sich zu irren.

Sie ließ die Rohhaut fallen und stürzte – keines klaren Gedankens fähig – zur Tür und stieß sie auf, um ins Freie zu stürmen. Sie wusste einfach selbst nicht, was sie befürchtet hatte. Aber der Anblick von Cabe inmitten dieser wilden und Furcht erregenden Gestalten riss ihr einen lauten Schrei von den Lippen. Der Gedanke, ihm helfen zu müssen, beherrschte sie ohne Wenn und Aber. Doch wie?

Ihr Fuß stockte zwei kurze Schritte von der Tür entfernt, als Cabe ihr zurief, sie sollte wieder hineingehen. Im selben Moment schlug ihm einer der Indianer den Kolben von Cabes eigener Waffe gegen den Schädel.

Mad Buffalo stürzte vom Pferd – blieb am Boden liegen, als wäre er tot!

Sie schrie erneut, als sie gleichzeitig den Krieger erkannte, der ihn niedergeschlagen hatte. Derselbe, der sie schon einmal zur

Frau haben wollte. Ein noch furchtbareres Grauen als zuvor packte sie mit spitzen Klauen. Sie wirbelte herum. Die Blockhütte gab ihr die Illusion einer augenblicklichen Sicherheit. Dort gab es eine Waffe ...!

Weiter kamen ihre wirren Gedanken nicht. Erneut wurde sie gestoppt, als sie sich urplötzlich einer wilden Gestalt gegenübersah. Alles in ihr verkrampfte sich in blankem Entsetzen. Der Schreck weitete ihre Augen, und das Herz in ihrer Brust schien zu stoppen. Die dunkle Gestalt riss sie mit einer unwiderstehlichen Gewalt zu Boden. Wie ein Tier war der Indianer über ihr. Es war das erste Mal in ihrem Leben, dass sie sich mit einem solchen in so engem körperlichen Kontakt befand. Er roch nach ranzigem Fett, dem Rauch unzähliger Feuer und anderen Dingen, die sie nicht identifizieren konnte und die sie mit Tieren in Zusammenhang brachte. Sie versuchte, mit Armen und Beinen um sich zu schlagen, um sich aus dieser Umklammerung zu befreien, aber der Indianer warf ihren Körper herum auf den Bauch und drückte sie mit den Knien nieder, griff in ihr langes blondes Haar und zog ihren Kopf in den Nacken.

Skalpieren, dachte sie in panischer Angst, und ihre wirren Gedanken flatterten wie ein Schwarm aufgeschreckter Vögel durcheinander. Sie hatte davon gehört, dass die Wilden so etwas taten. Mit aller ihr zu Gebote stehenden Kraft versuchte sie freizukommen, aber das Gewicht auf ihrem Rücken nagelte sie fest auf den Boden.

Allmählich verließen sie ihre Kräfte, und sie gab ihren Widerstand auf. Keuchend verharrte sie, sich in ihr unausweichliches Schicksal ergebend wie ein gefangenes Tier.

Inzwischen waren die anderen herangekommen, und Grauwolf sprang von seinem scheckigen Pferd. Er rief dem Krieger, der Nancy festhielt, etwas zu, worauf dieser sie losließ.

Einen Moment noch blieb Nancy liegen, als wollte sie abwarten, was passieren würde. Als nichts geschah, erhob sie sich langsam mit zitternden Beinen, die jeden Augenblick ihren Dienst versagen konnten. Dann raffte sie all ihren Willen zusammen und unternahm einen plötzlichen Versuch, ins Haus zu entkommen.

Doch Grauwolf war schneller. Er packte sie bei den Haaren und zog sie mit hartem Griff zu sich heran.

„Lass mich los, verdammter Kerl!“, schrie Nancy ihn an. „Was ...?“, dann versagte ihre Stimme und ergab sich einem hastigen Keuchen.

„Ah-ké muss Sikaapéhs gehorchen oder sterben“, knurrte er mit kehliger Stimme.

Ihr Instinkt signalisierte Nancy, dass es besser für sie wäre, zu gehorchen. Sie wusste nicht, ob der Blackfoot seine Drohung wahr machen würde, aber sie traute es ihm ohne Weiteres zu. Und erst einmal wollte sie sehen, was sie außer dem Tod noch zu erwarten hatte.

Sie schielte zu Mad Buffalo hin, der noch immer an gleicher Stelle am Boden lag.

Wirklich tot?

Dieser Gedanke fuhr ihr wie ein Lanzenstich durch den Körper und ließ sie für einen winzigen Augenblick ihr eigenes Schicksal vergessen. Eine kalte Welle bemächtigte sich ihrer, von der sie nicht einschätzen konnte, ob es Wut oder Angst war – oder beides. Er hatte sie retten wollen, obwohl sie nicht bei ihm geblieben wäre. Wenn er jetzt tot war, würde sie diesen Wilden mit seinem zottigen Wolfsfell dafür umbringen, das schwor sie sich. Irgendwann würde sich für sie die Gelegenheit ergeben, ihm ein Messer in den Rücken zu stoßen ... irgendwann!

Grauwolf schwang sich auf den Rücken seines Pferdes und zog Nancy, die keinen Sinn mehr darin sah, sich zu wehren, zu sich herauf. In diesem Moment sah sie, wie Mad Buffalo Cabe sich bewegte, und eine unsägliche Erleichterung linderte ihre Angst für einen winzigen Moment.

Grauwolf hielt neben dem weißen Jäger an und schaute zu dem Mann hinunter, der sich vergeblich abmühte, seine liegende Haltung aufzugeben. Blut lief ihm über das Ohr und den Hals hinunter.

„Der weiße Mann ist noch in dieser Welt“, sagte der Blackfoot, während er auf ihn hinuntersah. „Yaahssi, gut. Sikaapéhs schuldet dem weißen Mann ein Leben. Jetzt gibt er es ihm zurück.

Sikaapéhs ist froh, wieder davon frei zu sein. Aber wenn der weiße Mann ihm nochmals begegnet, wird er ihn töten."

Mad Buffalo versuchte noch immer, auf die Beine zu kommen. Einer der Krieger richtete seine Lanze auf ihn, so dass die Spitze seine Rippen berührte. Da gab er sein Vorhaben auf.

„Sikaapéhs hofft, dem weißen Krieger nicht wieder zu begegnen", fuhr der Blackfoot fort und füllte dabei die Lücken der ihm fehlenden Worte mit Zeichen seiner Hände aus. „Er ist der erste Weiße, der freundlich zu einem Blackfoot war."

„Leider war ich freundlich zu einem Dieb." Die Schmerzen pressten diese Worte mit einem knurrenden Ton aus Cabe heraus. Zu seinem Erstaunen wurde der Indianer auf dem scheckigen Pferd nicht einmal wütend. Er gab ihm nur ruhig zu verstehen, dass die weißen Männer Diebe seien. Sie kämen in das Land der Blackfeet und jagten das Wild, von dem diese lebten, nur wegen der Felle. Er habe nur einen Handel gemacht. Diese Ah-ké gegen die vielen Felle, die der weiße Mann schon erbeutet habe.

„Ich werde sie mir zurückholen", keuchte Mad Buffalo entschlossen.

„Dann wirst du sterben", sagte Grauwolf nur und trieb sein Pferd an.

„Hab keine Angst, Nancy Blue", krächzte er ihnen nach. „Ich werde dich ganz bestimmt zurückholen."

Er wird sich töten lassen, dieser verrückte Kerl, dachte Nancy verzweifelt und schrie zurück: „Ich habe es nicht verdient, denn ich wollte nicht bei dir bleiben, Mad Buffalo!"

Tränen stiegen ihr in die Augen und verschleierten ihren Blick. Aber sie konnte ohnehin nichts mehr von ihm sehen. Grauwolf trieb das Tier unaufhaltsam weiter.

Ich werde es trotzdem tun, dachte Mad Buffalo stur, dann löschte eine dunkle Wolke, die sich erneut über ihn legte, seine Sinne aus.

Mad Buffalo Cabe kam matt fluchend auf die Knie. Das verdammte Schwindelgefühl zog seinen Kopf immer wieder nach unten. Er stemmte die Hände fest auf den Boden und wartete, bis es ein wenig nachließ.

Dieser lausige Hundesohn hatte ihm höllisch eins versetzt. Aber er sollte sich nur nicht einbilden, dass er Mad Buffalo Cabe damit eingeschüchtert hatte.

Sein Gewehr lag noch da. Dieser Blackfoot hatte es einfach weggeworfen, als er es nicht mehr brauchte. Nicht einmal das Pferd hatten sie mitgenommen, was ihn mehr als nur wunderte. Es zeigte ihm doch, wie viel Achtung dieser Bursche vor ihm hatte, und Cabe fasste es als eine Friedensgeste auf. Zur Hölle damit! Grauwolf hätte ihm zehn Gäule stehlen können, und Mad Buffalo hätte es sich vielleicht zweimal überlegt, sie zurückzuholen.

Aber er hatte Nancy Blue mitgenommen!

Sie würde nun doch, verdammt noch mal, in einem Indianerzelt landen, falls er sie nicht wieder zurückholte. Aber genau das würde er tun, sobald er wieder sicher auf seinen Hinterfüßen stehen konnte.

Er kroch, das lange Gewehr neben sich herschleifend, zurück in die Hütte. Dort zog er sich an der Tischkante hoch, bis er auf seinen wackligen Beinen stand. Ihm schwindelte, und er musste eine aufkommende Übelkeit zurückdrängen. Sein unsicherer Blick suchte nach der Korbflasche mit dem Whiskey. Ach ja, da drüben im Regal zwischen den Bechern.

Schwer atmend wankte er dort hinüber, hielt sich mit einer Hand am Regal fest und griff mit der anderen nach der Flasche, die er am Henkel packte und zu sich her kippte. Mit den Zähnen zog er den Korken heraus und spuckte ihn irgendwohin. Dann erreichten seine Lippen den oberen Rand des Flaschenhalses, und er kippte die Flasche noch etwas weiter an. Der Whiskey brannte in seinem Hals, und in seinem leeren Magen tobte ein Feuer wie in einem Vulkan vor dem Ausbruch. Er stöhnte heiser auf und schnappte nach Luft.

Was war los mit ihm? Noch nie hatte er Schwierigkeiten gehabt, einen Whiskey zu trinken. Er befühlte seine linke Kopfhälfte, die vom Jochbein aufwärts geschwollen war und dumpf schmerzte. Seine tastenden Finger spürten angetrocknetes Blut auf, das seinen Bart verklebte und sich weiter am Hals herunterzog.

Er taumelte zum Spiegel hin, den er für Nancy Blue mitgebracht hatte, und blickte hinein. Schrecklich! Eine heiße Wut kroch in ihm hoch. Diese verdammte Rothaut hatte ihn schlimm zugerichtet. Er schloss die Augen und murmelte Nancys Namen. Am liebsten würde er sofort dieser Bande hinterherreiten, aber heute war er dazu nicht mehr fähig. Der Tag war nicht mehr lang, und auch die verrücktesten Dinge waren nicht immer durchführbar.

Er kehrte zur Whiskeyflasche zurück. Für heute war er nur noch fähig, Whiskey zu trinken und zu schlafen, bis er wieder zu sich kam. Er genehmigte sich noch ein paar Schlucke, die er diesmal besser verkraftete, und wälzte sich dann stöhnend auf sein Lager, wo er in einen ohnmachtähnlichen Schlaf verfiel.

***

19.

Er wachte erst auf, als es bereits hell war. Zögernd und misstrauisch, was dieser Tag wohl an weiteren Missgeschicken für ihn bereithalten würde, öffnete er die Augen. Er hatte geträumt, sich einige Male wild auf seinem Lager hin- und hergeworfen zu haben, doch an die Inhalte dieser Träume konnte er sich nicht mehr erinnern.

Nancy!

Dieser Gedanke ließ ihn hochfahren, und er griff sich dabei stöhnend an den Kopf, in dem irgendwas schmerzhaft herumzuwackeln schien. Er brauchte einen Moment, um mit seiner aufrechten Haltung klarzukommen, dann stand er auf und schaute sich in der Hütte um. Was er sah, war niederschmetternd. Alles lag völlig regellos herum, als hätte er von einer Rotte Wildschweine Besuch gehabt. Sein Mund fühlte sich ausgetrocknet an, und sein Magen war hohl wie ein leeres Fass. Er schielte zu seiner Whiskeyflasche hin.

Nein, das war wohl jetzt nicht das Richtige für ihn. Aber er musste etwas essen, irgendwas. Er suchte ein paar Reste von irgendwann zusammen und versuchte, das Beste daraus zu machen.

Das Beste schmeckte nicht, aber es füllte seinen Magen. Verwöhnt war er nie gewesen. Dann ging er zum Fluss hinüber, legte sich am Ufer auf den Bauch und wusch das angetrocknete Blut von seiner Haut und so weit es ging aus seinem Bart, den Nancy mit ihrer Schere einigermaßen zurechtgestutzt hatte. Dabei kam ihm das „Beste“ wieder hoch, wenigstens zum Teil, und schwamm davon. Er hustete, spuckte und schüttelte sich vor Übelkeit. Verdammt, er konnte hier nicht herumhängen. Er musste in den Sattel und sehen, dass er fortkam. Nancy brauchte ihn. Jede Stunde, die sie in den Händen ihrer Entführer verbringen musste, würde für sie die Hölle sein.

Noch ein letztes Mal spritzte er sich Wasser ins Gesicht und spülte den Mund aus, dann raffte er sich mühevoll auf und kehrte mit unsicheren Schritten zu seiner Hütte zurück. Buddy war noch gesattelt und schnaubte erleichtert, als er in seine Nähe kam.

„Ja, ja, ich komme schon", murmelte er. „Aber den Sattel kann ich dir nicht abnehmen, denn wir müssen weiter und haben es verdammt eilig." Er ging nach drinnen, lud sein Gewehr mit umständlichen Bewegungen, als hätte er so etwas noch nie getan. Dann kontrollierte er die Pistole. Draußen schnaubte Buddy schon wieder, als freute er sich darauf, endlich loszulaufen. Mad Buffalo tätschelte ihm den Hals und sagte: „Jetzt geht's los, jetzt holen wir Nancy Blue zurück, mein Kleiner."

Der Kleine schien jedoch doppelt so hoch zu sein wie sonst, und Mad Buffalo hatte einige Mühe, in den Sattel zu kommen. Als er es geschafft hatte und das schmerzhafte Pochen in seinem Schädel etwas abklang, klopfte er dem Braunen wieder kameradschaftlich den Hals. „Nun lauf schon. Du bist wieder mal der Stärkere von uns beiden, so wie meistens."

Die Spuren, die Grauwolf und seine Krieger hinterlassen hatten, waren noch immer schwach zu sehen und einigermaßen zu verfolgen. Aber schon nach einigen Meilen fiel es Mad Buffalo immer schwerer, sie zu erkennen. Vom ständigen Hinunterschauen wurde ihm schwindlig, und immer wieder flimmerte es vor seinen Augen. Längst schon hatte er das Tempo drosseln müssen. Aber aufgeben wollte er nicht. Er würde weiterreiten, auch wenn es länger dauerte. Einholen konnte er diese Bande doch nicht, bevor sie ihr Ziel erreichten, und dann …

Ja, was kam dann? Daran hatte er noch gar nicht gedacht. Doch egal, was da auf ihn wartete – er würde Nancy Blue, seine Frau, bald wiedersehen, und bis dahin würde ihm schon was einfallen.

Noch während er das dachte, sank er leicht vornüber, und das Gewehr in seiner Armbeuge schien mit einem Mal das Gewicht eines jungen Baumstammes zu haben. Er musste sich am Sattelknauf festhalten, um nicht herunterzufallen, und in seinem Kopf brodelten diese verdammten Schmerzen. Hör auf, so zu schaukeln", brummelte er dem Pferd in die Lauscher. Buddy trottete langsam weiter. Mad Buffalo fühlte seine Kräfte mehr und mehr schwinden. Er hätte noch mal etwas essen sollen, nachdem er das

Erste dem Yellowstone übergeben hatte. Aber verdammt noch mal …

Er wusste nicht, wie viele Meilen er zurückgelegt hatte, als ihm klar wurde, dass es so nicht weitergehen konnte. Dieser Schlag mit dem Gewehrkolben setzte ihm doch mehr zu, als er sich anfangs eingestehen wollte. Jetzt hockte er auf seinem Pferd wie eine Handvoll Elend und musste befürchten, herunterzufallen. Wenn das geschah, hatte er bestimmt keine Chance mehr, wieder hinauf in den Sattel zu kommen. Und von den Spuren, denen er folgen wollte, war ohnehin nichts mehr zu sehen.

Er fluchte, mehr in Gedanken, als dass etwas über seine Lippen kam. In diesem Zustand konnte er Nancys Entführern nicht entgegentreten.

„Tut mir leid, Nancy", grummelte er enttäuscht und fast unhörbar in sich hinein, „musst noch etwas warten." Er hob den Kopf an und holte tief Atem. „Aber dann komme ich!" Er hatte es hinausschreien wollen, doch es wurde nur ein Flüstern daraus.

Völlig niedergeschmettert zog er den Braunen herum. „Nach Hause, alter Freund, wir haben keine andere Wahl."

Bei seiner Hütte angekommen glitt er kraftlos aus dem Sattel und hielt sich noch an seinem Pferd fest, bis er seiner Standfestigkeit einigermaßen trauen konnte. Auf den ersten Blick hatte er bemerkt, dass jemand dagewesen war. Das große Tellereisen – das für Bären – fehlte. Irgendjemand hatte es entwendet. Vielleicht ein durchziehender Tramp, der inzwischen längst über alle Berge war. Aber das war im Moment etwas, was ihn nicht besonders aufregte. Das graue Muli war jedenfalls noch da. In der Hütte schien niemand zu sein, denn der Stein, den er stets vor der verschlossenen Tür platzierte, lag noch da. Oder war das nur eine Täuschung, um ihn in eine Falle zu locken?

Mad Buffalo zögerte und beobachtete so gut er konnte seine Umgebung. Da war nichts Verdächtiges. Ein sachter Wind bewegte das Gezweig der verstreut stehenden Bäume. Nur die eine Falle fehlte, sonst nichts. Oder hatte er sie vielleicht doch in der Hütte irgendwo liegenlassen?

Er zog die Pistole hinter dem Gürtel hervor, spannte den Hahn und schwankte auf die Hütte zu. Mit einiger Mühe bugsierte er mit dem Fuß den Stein zur Seite und öffnete die Tür. Einen kurzen Moment wartete er, dann schlüpfte er, so rasch es sein Zustand erlaubte, hinein, gelangte mit seinem Schwung stolpernd bis an den Tisch und hielt sich daran fest.

Da war niemand. Er ließ die Hand mit der Pistole sinken. Alles sah so aus, wie er es verlassen hatte. Nur die eiserne Falle …

Deren Verbleib konnte er sich im Augenblick nicht erklären. Aber das interessierte ihn jetzt weniger. Vielleicht hatte Nancy sie irgendwo hingetan, und sie würde sich irgendwann wieder einfinden.

Er tappte wieder hinaus, um Buddy den Sattel abzunehmen. Dieses Mal sollte er nicht die ganze Nacht damit herumstehen müssen. Das schwere Ding ließ er einfach dort am Boden liegen, wo es herunterfiel. Dann schleppte er sich und sein Gewehr in die Hütte zurück, nahm einen Schluck Whiskey und schüttelte sich wie ein nasser Hund. Er bereitete sich etwas zu essen und verbrachte noch einige Zeit mit Selbstgesprächen, ehe er erschöpft auf sein Lager niedersank.

Es dauerte noch zwei Tage, bis er die Auswirkungen des Schlages mit dem Gewehrkolben überwunden hatte und nur noch eine verkrustete Beule seitlich an seinem Kopf zurückgeblieben war.

Letzte Nacht war es ihm einmal so vorgekommen, als hätte er draußen ein Geräusch vernommen. Der Braune im Pferch nebenan hatte ein paar Mal nervös geschnaubt. Mad Buffalo hatte daraufhin wach auf seinem Lager gelegen und aufmerksam gelauscht. Aber die Nacht war still, und es ging kein Wind. Vielleicht hatte er nur geträumt oder war ein Coyote auf der Suche nach etwas Fressbarem vorbeigekommen, und das Erscheinen von Nancys Gesicht in seiner Fantasie lenkte ihn schließlich davon ab.

In dem Jahr, in dem Nancy Blue nun schon hier bei ihm in den Bergen lebte, war sie ihm fest ans Herz gewachsen, obgleich sie in dieser Umgebung noch immer wie ein Fremdkörper wirkte … Über diesen Gedanken war er schließlich wieder eingeschlafen.

Während draußen langsam der Morgen heraufzog, erhob sich Mad Buffalo von seinem Lager. Er fühlte sich einigermaßen ausgeruht, und heute wollte er endgültig losreiten, um die Frau zurückzuholen, die ihm gehörte. Und wenn man etwas so Wichtiges vorhatte, sollte man den Tag voll nützen. Er verzehrte noch etwas von dem Essen, das vom Vorabend übrig war. Mehr Zeit wollte er sich nicht nehmen. Dann überprüfte er seine Waffen, stopfte noch etwas Proviant in sein Possible Bag und schaute sich noch einmal in seiner Hütte um. Hierher wollte er mit Nancy Blue zurückkehren oder überhaupt nicht.

Schließlich öffnete er die Tür und trat hinaus in den heraufdämmernden Morgen, um Buddy zu satteln. Erwartungsvoll schaute er dabei zum Himmel, in dessen blassem Blau einige rosa Wolken schwammen. Dabei trat er auf etwas, das metallisch hart über seinem Knöchel zusammenschlug – so, als zermalmte es dabei sein Bein. Der Schock presste ihm einen halblauten, heiseren Schrei aus der Kehle. Der explodierende Schmerz ließ ihn einknicken, und er fiel auf den Boden. Im ersten Moment war es ihm, als wäre er in den geöffneten Rachen eines Krokodils getreten. Er wälzte sich, zwischen die zusammengebissenen Zähnen hindurchstöhnend, herum, und seine Hände tasteten sich zitternd an dem wahnsinnig schmerzenden Bein hinunter, wurden von dem flackernden Blick überholt. Die Höllenqual trieb ihm fast die Augen aus den Höhlen, machte sie groß und wild.

Jenes Tellereisen, das ihm gefehlt hatte, war über seinem Fuß zusammengeschlagen und hielt ihn mit eisernem Griff fest.

Zur Hölle, wie war so was möglich?

Irgend so ein Mistkerl musste das Ding in der Nacht da ausgelegt haben – und dieser Mistkerl wollte ihn, Mad Buffalo Cabe. Diese Erkenntnis durchbrach den Schock in ihm mit kalter Deutlichkeit.

***

20.

Nancy Blue konnte nicht sagen, wie viele Meilen schon zwischen hier und dem Heim lagen, das sie nie so recht mögen konnte und zu dem sie sich jetzt leidenschaftlich zurücksehnte. Sie dachte an Mad Buffalo. Er war verletzt. Wie schwer, das wusste sie nicht – aber er war allein und konnte sich vielleicht nicht selbst helfen. Dieser Gedanke quälte sie mehr, als es ihre jetzige Lage konnte.

Sie hockte noch immer hinter diesem Indianer auf dessen Pferd und fühlte sich hilflos. Jeder Gedanke an Flucht verkümmerte schon im Ansatz. Sobald es ihr gelingen könnte, vom Pferd zu springen, wäre sie zu Fuß und umgeben von wilden Reitern, die sich einen Spaß daraus machen würden, sie wieder einzufangen.

Zu ihrer Rechten zogen sich düster wirkende Berge entlang. Das mussten die Crazy Mountains sein, von denen ihr Mad Buffalo einmal erzählt hatte. Vom Stand der Sonne gesehen, auch das hatte er ihr beigebracht, waren sie nach Norden gezogen. Dort mussten sich wahrscheinlich ihre Dörfer befinden.

Was würde sie dort erwarten? Welchem Schicksal ritt sie entgegen? Von Mad Buffalo konnte sie vorläufig keine Hilfe erwarten. Doch irgendwann, falls er überlebte, würde er kommen und sich von diesen Rothäuten töten lassen – dieser verrückte Kerl.

Und sie selbst? Wie lange könnte sie bei diesem wilden Volk überleben? Sie wagte nicht, sich das bis ins letzte Detail auszumalen. Noch nie in ihrem Leben war die Zukunft so düster, so aussichtslos gewesen.

An einem kleinen Flüsschen, das irgendwann ihren Weg kreuzte, machten sie Halt, obwohl es noch Stunden hell bleiben musste. Grauwolf und seine Gefährten diskutierten erregt miteinander, wovon Nancy kein Wort verstand. Ihren Mienen und Gesten aber konnte sie entnehmen, dass die anderen noch weiter wollten und Grauwolf nicht. Der zunehmenden Heiterkeit der anderen Krieger glaubte sie entnehmen zu können, dass sie ihn wohlmeinend verspotteten. Wegen was, darüber konnte sie nur spekulieren. Aber sie glaubte, dass es mit ihr, Nancy, zu tun hatte, wie die Blicke verrieten, die sie ihr immer wieder zuwarfen. Und schließlich ritten sie weiter und ließen sie und Grauwolf allein hier zurück. Dieser schien sich jedoch keinesfalls darüber zu ärgern. Jedenfalls konnte sie nichts dergleichen seiner Miene entnehmen.

Er zündete ein Feuer an und bedeutete ihr, trockenes Holz dafür zu sammeln. Nancy machte sich auf, und Holz fand sie hier zwischen umgestürzten und abgestorbenen Bäumen genug.

Als das Feuer brannte, gab er ihr zu verstehen, darauf zu achten, während er etwas zu essen ranschaffen wollte. Er hängte sich seinen Bogenköcher um, schwang sich auf sein Pferd und machte sich davon. Er schien sehr sicher zu sein, dass sie ihm nicht davonlief – und das gewiss nicht, weil er glaubte, das Fehlen jeglicher Gegenwehr deute darauf hin, dass sie ihn als ihren neuen Mann anerkannte und sich fügte.

Nancy erhob sich und spähte mit hochgerecktem Hals die Gegend um sich herum aus. Hier in der Nähe des Flüsschens wuchs genügend Gras, um einer Spur problemlos folgen zu können. Weiter weg sah es trockener aus, aber sie wusste inzwischen genug über Indianer, um zu wissen, dass sie scharfe Augen hatten und die Spur einer so unerfahrenen Person wie sie ohne Zweifel finden konnten. Und mit dem Pferd würde er sie innerhalb kurzer Zeit wieder einholen. Sie versuchte es also gar nicht erst und konnte dadurch eventuell seine Sorglosigkeit vergrößern. Es war besser, auf die Nacht zu warten, wenn sich möglicherweise eine aussichtsreichere Chance böte.

Sie begnügte sich damit, von Zeit zu Zeit Holz nachzulegen und auf Grauwolf zu warten. Die Sonne stand bereits tief. Was wäre, wenn er aus irgendeinem Grund nicht wiederkäme? Das Land war wild und voller Gefahren. Sie erinnerte sich, dass Mad Buffalo nur durch die Hilfe anderer einem wütenden Grizzly entkommen war. Wäre er allein gewesen, so wie dieser Indianer …

Würde sie wieder zurückfinden? Und wenn – es würde zu Fuß bestimmt zwei Tage dauern oder mehr, falls sie nicht vorher von

Wölfen gefressen würde. Noch immer kannte sie sich zu wenig aus in diesem Land und wusste nicht, wie sie in bestimmten Situationen zu reagieren hatte — allein und auf sich gestellt in dieser Wildnis. Schon der Gedanke daran ließ sie erschauern.

Ihr Kopf zuckte plötzlich hoch. Da war ein Geräusch gewesen, das hier nicht hingehörte! Nicht das Zirpen eines Vogels oder das Rascheln einer Maus im Laub. Sie lauschte, doch es wiederholte sich nicht.

Eine Weile später tauchte Grauwolf auf, und sie hätte nie geglaubt, einmal bei seiner Annäherung so etwas wie Erleichterung zu empfinden. Er kam genau von dort her, wo sie vorhin das Geräusch zu hören geglaubt hatte. Hatte er sie heimlich beobachtet, um zu sehen, was sie während seiner Abwesenheit tat? Er brachte den Balg eines Kaninchens mit, warf ihn auf den Boden und hockte sich hin. Das alles kannte sie ja bereits, und sie hatte nicht gerade die besten Erinnerungen daran. Aber heute würde sie essen, so viel sie konnte. Denn falls ihr in der Nacht die Flucht gelänge, würde sie Kraft brauchen – und wer weiß, wann sie wieder etwas zu essen bekäme.

Die Nacht kroch träge dahin. Nancy hatte so getan, als schliefe sie, bis sie sicher war, dass Grauwolf neben ihr eingeschlafen war. Sie brauchte nicht hinzusehen, um es zu wissen. Schon seit einiger Zeit vernahm sie seine tiefen Atemzüge, die so gleichmäßig kamen wie die gegen das Ufer schwappenden Wellen des Yellowstone.

Sie musste unbedingt dorthin zurück – koste es, was es wolle! Durch ihre fast geschlossenen Lider blinzelte sie zu dem halbvollen Mond hinauf, den sie über den nachtblauen Himmel gleiten sah. Grauwolf hatte ihr am Abend die Hände gefesselt. So ganz traute er ihr offensichtlich nicht. Doch der Gedanke an Flucht hatte sie seitdem nicht losgelassen. War jetzt die richtige Zeit dafür, oder sollte sie noch warten? Nein, die Zeit lief ihr davon. Wenn sie nur die leiseste Chance haben wollte, musste sie bis zum Tagesanbruch so weit weg wie möglich sein. Aber wie sollte sie das bewerkstelligen? Sie würde nur einen einzigen Versuch bekommen.

Wenn dieser fehlschlug, bekäme sie keinen zweiten, das wusste sie.

Ihn umzubringen böte die beste Aussicht auf Erfolg. Aber wie? Sie könnte ihm sein eigenes Messer ins Herz stoßen, während er schlief. Aber mit einem imaginären Kopfschütteln verwarf sie diesen Gedanken wieder. Es würde ihr nicht gelingen, das Messer aus der Scheide zu ziehen, ohne dass er aufwachte. Und was würde er dann mit ihr machen?

Nein, Schluss damit! So ging es nicht.

Das Pferd nehmen? Diese Idee war ihr schon mehrere Male gekommen und hatte seine Verlockung nicht eingebüßt. Doch auch das war nur Illusion. Sie käme nicht einmal an dieses heran, ohne Grauwolf zu wecken. Dieser Schecke mochte sie nicht. Schon als sie ihm bei einer kurzen Rast am Mittag zu nahe gekommen war, hatte das böse Viech nach ihr geschnappt. Und allein auf ihm zu reiten? Ausgeschlossen.

Sie musste den Indianer töten; nur dann könnte sie ohne verfolgt zu werden, den Heimweg antreten. Allerdings wäre das so eine Sache. Dieser Blackfoot war auch wenn er schlief noch gefährlich. Und wenn es ihr auf Anhieb nicht gelänge, wäre sie diejenige, welche …

Na wenn schon. Sie hätte dann wenigstens alles versucht.

Mit einem Stein seinen Schädel zertrümmern!

Diese Vorstellung rüttelte sie auf. Das könnte sie auch mit gefesselten Händen. Sie erinnerte sich plötzlich, nicht weit der Feuerstelle einen solchen gesehen zu haben. Ja, das müsste gehen. Ihr Herz begann so laut zu pochen, dass sie fürchtete, Grauwolf könnte schon dadurch geweckt werden. Sie wartete einen Moment, dann bewegte sie ihre Beine, zog die Knie bis an die Brust und streckte sie wieder aus, um zu verhindern, dass eines ihrer Gelenke beim Aufstehen knacken könnte. Ganz vorsichtig rollte sie sich in die Bauchlage. So konnte sie sich mit den gebundenen Händen abstützen. Langsam kam sie hoch und bewegte sich geräuschlos um die erloschene Feuerstelle herum. Immer wieder hielt sie dabei kurz inne und warf einen aufmerksamen Blick auf die schlafende Gestalt.

Da lag der Stein! Sie bückte sich und hob ihn auf. Eiskalt lag er in ihren Händen. Bedächtig ging sie zwei Schritte auf den Indianer zu, dann blieb sie wieder stehen. So, wie sie ihn da liegen sah, im fahlen Schimmer des Mondes, der durch dünne Wolkenschleier drang, verließ sie auf einmal der Mut.

Es war leicht, im Moment des Zorns oder der Verzweiflung den Vorsatz zu treffen, einen Menschen zu töten, doch wenn dann die Gelegenheit dazu gekommen war, sah alles ganz anders aus. Sie konnte es nicht! Obwohl sie es schon einmal getan hatte, doch damals war es aus einem Reflex heraus geschehen, ohne es eigentlich zu wollen.

Sie legte den Stein vorsichtig wieder auf den Boden zurück, und warf noch einen letzten Blick auf den Schlafenden. Sie hatte beschlossen zu fliehen, und das musste sie jetzt tun. Auch wenn es beschwerlich sein würde, mit gefesselten Händen in der Dunkelheit herumzuhetzen. Es wäre noch immer besser, als die Beute dieses Indianers zu bleiben. Dieser bewegte sich. Sein Atem kam plötzlich in raschen, flachen Zügen.

Nancy erstarrte vor Schreck. Gleich würde er die Augen öffnen und sie sehen. Es kam ihr wie eine kleine Ewigkeit vor, wie sie reglos dastand und nicht mehr zu atmen wagte. Schweißtropfen traten ihr auf die Stirn, während sie darauf wartete, dass etwas geschah. Doch der Indianer veränderte nur ein wenig seine Lage und begann wieder gleichmäßig weiterzuatmen.

Jetzt oder nie, dachte sie und drehte sich von ihm weg. Doch jeder Schritt, den sie tat, kam ihr vor, als würde ein Pferd herumtrampeln. Nur stehenbleiben durfte sie nicht – jetzt nicht mehr!

Langsam entfernte sie sich weiter, bis sie sicher war, von dort aus, woher sie kam, nicht mehr gehört zu werden. Dann lief sie schneller. Sie bemühte sich, den Weg zu finden, auf dem sie gekommen waren, aber das war jetzt bei Nacht nicht so leicht. So rannte sie einfach in die Richtung, die sie dafür hielt. Wenn sie schnell genug lief und durchhalten konnte, würde sie schon meilenweit weg sein, bevor Grauwolf ihre Flucht bemerkte: und sie hoffte, dass es erst bei Tagesanbruch geschehen möge.

Zu ihrer Erleichterung erreichte der Mond eine Stelle, die frei war von den Wolkenschleiern, und in seinem Licht entdeckte sie die Pferdespuren, die sie auf ihrem Weg hinterlassen hatten. Sie rannte auf ihnen entlang, so schnell ihre Beine sie trugen. Aber das wurde durch die gefesselten Hände erschwert, und sie verfiel immer wieder in ein ungleichmäßiges Hoppeln, das viel Kraft kostete. So wurde sie mit der Zeit immer langsamer, und ihre brennende Lunge keuchte wie ein Blasebalg.

Irgendwann erreichte sie eine Stelle, wo Bäume dunkle Schatten warfen. Dort blieb sie einen Moment japsend wie ein abgehetzter Jagdhund stehen und schaute zurück, ob ihr nicht etwa schon jemand folgte. Aber das Land hinter ihr lag einsam und still im fahlen Mondlicht.

Nur eine kurze Pause durfte sie sich gönnen, dann musste sie weiter. Sie blieb vorläufig zwischen den Bäumen, die aber allmählich immer dichter beieinander standen und sie mit völliger Dunkelheit umhüllten. Als sie dieses Waldstück verließ, hatte sie auch noch die Spur der Pferde verloren. Sie entschied sich, einfach diese Richtung beizubehalten, denn nach der Fährte zu suchen, würde zu viel Zeit kosten. Und sie konnte auf diesem Weg auch nur so lange bleiben, bis der Tag die Nacht ablösen würde, denn auf diesem Weg würde ihr Verfolger sie auf jeden Fall suchen. Sie ignorierte ihr Seitenstechen und rannte keuchend weiter, bis das Mondlicht fahler wurde und sie einen Moment innehalten musste. Die Dunkelheit würde nicht mehr lange anhalten, und es wurde langsam Zeit, sich ein Versteck zu suchen.

Als sich im Osten der erste graue Schimmer ankündigte und sich die ersten Vogelstimmen meldeten, wusste Nancy, dass sie nach Süden unterwegs und auf dem richtigen Weg war. Ihre Beine hingegen würden nicht mehr lange durchhalten. Ihre Schritte wurden immer kürzer und tapsiger, die Füße immer schwerer, und sie hatte das Gefühl, dass ihre Beine bald schon unter ihr nachgeben würden und sie zusammenbrechen müsste.

Links von sich – dort, wo der Horizont sich allmählich erhellte – erkannte sie eine dunkle Linie hoher, schlanker Tannen, und sie hielt darauf zu. Dort konnte sie sich verstecken, und sie beschloss, nur noch nachts zu laufen und bei Tag im Versteck zu bleiben, um wieder zu Kräften zu kommen.

Aber zunächst musste sie die rettenden Tannen erreichen, denn es wurde rascher hell, als ihr lieb war. Inzwischen musste ihr Entführer ihr Fehlen längst bemerkt haben und bereits hinter ihr her sein.

Immer wieder drehte sie sich um und schaute zurück, aber noch war niemand zu sehen. Wenn er auftauchte, bevor sie den Waldsaum erreicht hatte, war alles aus. Sie holte das Letzte aus sich heraus und wurde dennoch immer langsamer. Dann endlich, es kam ihr wie eine Ewigkeit vor, erreichte sie den Wald, und die Tannen empfingen sie mit einem frischen Geruch, der das Atmen leichter machte. Sie drang noch weiter in den Wald vor, drängte sich zwischen den Stämmen und tief hängenden Zweigen hindurch, und sie achtete darauf, nicht einmal eine Nadel von den Zweigen zu reißen, um nicht die geringste Spur von sich zu hinterlassen, die ein scharfes Auge möglicherweise würde erspähen können.

Sie lief bis ihre Kräfte sie in der schummrigen Dämmerung restlos verließen und sie ein kleineres Tier aufschreckte, das vor dem stürmischen Eindringling das Weite suchte. Sie blieb stehen und hielt sich keuchend an den stachligen Zweigen fest, während ihr die Tränen aus den Augenwinkeln liefen. Bis hierher hatte sie es geschafft, und hier, im dichten Wald, würde niemand sie finden.

Mit den Zähnen versuchte sie, ihre Hände von den Fesseln zu befreien, doch die lederne Schnur war so zäh, dass sie es nicht schaffte, sie durchzubeißen. Den Knoten hatte ihr Entführer unterhalb ihrer gekreuzten Handgelenke angebracht, wo sie mit dem Mund nicht hingelangen konnte, und so musste sie sich schließlich geschlagen geben.

Nachdem die Sonne den Horizont überwunden hatte und das freie Land außerhalb des Waldes in gleißendes Licht tauchte, hatte Nancy sich so weit erholt, dass sie beschloss, noch ein Stück weiter durch die Dämmerung unter den hohen Bäumen zu gehen, obwohl es ihr unheimlich war. Ständig war irgendetwas zu hören: ein Rascheln hier und dort, die Stimme eines Vogels oder das Rauschen einer Windböe. Die Geräusche ihrer eigenen Schritte jedoch wurden von dem weichen Teppich abgestorbener Nadeln geschluckt, die den Boden bedeckten.

Sie schreckte zusammen, als ein Häher unter lautem Gezeter davonflatterte, als wollte er die ganze Gegend über ihr Erscheinen informieren. Sie schaute nach oben, zu den leicht schwankenden Wipfeln der schlanken Tannen. Dabei stolperte sie über irgendetwas Hartes, das vor ihren Füßen lag. Als ihr Blick nach unten zuckte, erschrak sie abermals. Im ersten Impuls wollte sie davonlaufen, zögerte dann aber schon nach zwei Schritten, blieb wieder stehen und schaute sich um.

Das blanke, hell schimmernde Skelett eines großen Tieres lag dort. Ein Hirsch – das erkannte sie sofort, denn über den Schädel mit dem Geweih war sie gestolpert. Der Torso mit den krallengleich emporragenden Rippen war nahezu unversehrt. Andere Teile lagen verstreut umher oder fehlten ganz, vermutlich von Wölfen oder Coyoten weggeschleppt. Ihr schaudernder Blick erfasste einen Indianerpfeil mit einer scharfkantigen Steinspitze, der zwischen den Knochen lag. Seine Befiederung am Ende des Schafts war von irgendwelchen Insekten zerfressen. Vermutlich hatte vor langer Zeit ein Jäger das Tier angeschossen, aber nicht tödlich getroffen und es danach im dichten Wald nicht mehr aufspüren können.

Wenn ein Jäger das verendete Tier nicht gefunden hatte, würde wohl auch ihr Verfolger sie hier im dichten Wald nicht entdecken. Das war der erste Gedanke, der Nancy bei diesem Anblick gekommen war. Ein zweiter folgte sogleich, als sie die gebrochene und aufgespaltene Rippe bemerkte, wo der Pfeil wahrscheinlich in den Körper eingedrungen war.

Ihren Widerwillen überwindend, hockte sie sich hin und versuchte, an der Kante des Rippenknochens ihre Handfesseln durchzuscheuern. Doch die Rippe gab nach und brach ab. Etwas ratlos hockte sie da – dann fiel ihr Blick wieder auf den Pfeil, und sie hob ihn auf, vorsichtig, als könnte er sich plötzlich in eine giftige Schlange verwandeln. Die Reste der zerfressenen Befiederung zerfielen zu Staub, aber der Feuerstein an der Spitze weckte ihr Interesse. Er wackelte etwas im Schaft, war aber hart und besaß messerscharfe Kanten. Damit sollte es gehen.

Sie nahm ihn mit und verließ diesen schaurigen Ort, bis sie an einem umgestürzten Baumstamm vorbeikam. Auf diesen legte sie den Pfeil, trat mit einem Fuß auf den Schaft eine handbreit unterhalb der Spitze und fuhr mit den Fesseln, die ihre Handgelenke umschlangen, an der schärfsten Kante hin und her. Es dauerte nicht lange, bis sie einen der Stränge durchtrennt hatte. In diesem Moment zerbrach der morsche Pfeilschaft unter Nancys Fuß, doch sie schaffte es dennoch, sich ihrer Fesseln zu entledigen. Erleichtert atmete sie auf und rieb sich ihre Handgelenke, die an einigen Stellen bereits wundgescheuert waren.

Sie warf den zerbrochenen Pfeil weg und schob die Lederschnur unter den Baumstamm, bevor sie sich entfernte, um sich einen geeigneten Platz zum Ausruhen zu suchen, denn sie war hundemüde.

Sie schlief sofort ein, und als sie wieder erwachte, hatte sie so fest geschlafen, dass es eine Weile dauerte, bis sich ihre Gedanken weit genug geordnet hatten, um zu erkennen, wo sie sich befand und was geschehen war. Wie viel Zeit inzwischen vergangen war, wusste sie allerdings nicht.

Sie erhob sich, etwas mühsam noch, und brauchte ein paar Schritte, bis sie sich wieder an den Bewegungsrhythmus gewöhnte. Aber sie wollte weiter und die Deckung des Waldes nutzen, um auch bei Tag noch ein Stück voranzukommen. Sie bemerkte, dass sich jetzt immer mehr Kiefern unter die Tannen mischten – und hier und da auch immer wieder eine Eiche. Der Baumbestand lichtete sich ein wenig, und Büsche, die sie nicht kannte, bildeten indessen ein dichteres Unterholz. Dann erreichte sie den Rand des Gehölzes und spähte in die gleißende Helle hinaus. Nur noch vereinzelt stehende Kiefern lockerten die weite Leere auf. In einiger Entfernung deutete eine lange Reihe aus Büschen und Bäumen darauf hin, das sich dort ein Bach oder kleiner Fluss befinden musste.

Nancy spürte eine Trockenheit im Mund, die sie nach Wasser lechzen ließ. Seit dem Beginn ihrer Flucht hatte sie nichts Flüssiges zu sich genommen. Aber jetzt, am hellen Nachmittag, konnte sie es nicht wagen, dort hinauszugehen. Sie musste sich wohl oder übel gedulden, bis die wiederkehrende Dunkelheit ihr den nötigen Schutz gewährte. Sehnsuchtsvoll schaute sie zu dem Wasserlauf hinüber, und dann schwenkte ihr Blick nach Süden hin, so weit sie sehen konnte. Dorthin musste sie, und sie prägte sich diesen Anblick genau ein, um den Weg, den sie dann gehen sollte, auch im Dunkeln zu finden. Bis dahin musste sie versuchen, noch etwas zu schlafen, und sie zog sich ein Stück vom Waldrand zurück. Unter den weit ausladenden Ästen einer stattlichen Eiche ließ sie sich nieder, und über den Gedanken, dass da irgendwo jemand herumritt und nach ihr suchte, schlief sie wieder ein.

***

21.

Mad Buffalo riss den Kopf hoch. Sein wilder Blick sprang zu den Hügeln hin, über die soeben fünf Reiter aufgetaucht waren, die ihre Tiere mit heiseren Schreien auf ihn zu trieben.

Verdammt, und er hatte nicht einmal eine Waffe bei sich!

Er krümmte sich zu seinem verletzten Bein hinunter und versuchte, dieses verfluchte Eisen loszuwerden. Aber die gezackten Bügel saßen zu tief im Fleisch und vielleicht auch im Knochen, und das flaue Gefühl, das in ihm aufstieg, verstärkte sich so rasch, dass er den Versuch gleich wieder aufgab. Stattdessen mühte er sich damit ab, zur Tür zu kriechen, indem er das kaputte Bein mitsamt dem Fangeisen hinter sich her zog.

Dicht neben der Tür lehnte sein Gewehr. Es konnte ihn zwar nicht retten, aber einen dieser Halunken wollte er mitnehmen, so lange er noch atmete. Keuchend vor Schmerzen kroch er über den steinigen Boden. Sein geöffneter Mund sah aus wie ein großes schwarzes Loch im Wirrwarr seines Bartgeflechts. Das dumpfe Geräusch vieler Hufe kam rasend schnell näher, hallte in seinen Ohren, als müsse eine ganze Bisonherde im nächsten Augenblick über ihn hinwegtrampeln. Schwitzend erreichte Mad Buffalo die Tür. Großer Gott, das Gewehr! Seine Hände kratzten wie Klauen über das rissige Holz. Noch ein Stück! Jetzt hatte er es.

Er hörte ihre Stimmen, wie sie sich etwas zuriefen, ohne sie jedoch zu verstehen. Jemand sprang im vollen Lauf vom Pferd. Knirschende, harte Schritte, ganz in der Nähe. Schnauben, stampfende Hufe. Schreien … und diese verdammten Schmerzen!

In verzweifelter Hast riss er das Gewehr hinter dem Türpfosten hervor und wälzte sich auf den Rücken. Sein Daumen suchte zitternd nach dem Hahn.

Ein Stiefel traf den Lauf der Waffe und schleuderte sie zur Seite. Zum Teufel, sie hatten ihn!

Ein kaum hörbarer Fluch flüchtete über Cabes Lippen. Derselbe Stiefel trat gegen seine Brust und stieß ihn zurück. Hechelnd vor Schmerzen lag er da und starrte in die Mündungen ihrer Waffen. „Wie fühlt man sich mit so 'nem Ding am Bein?", schnarrte ein Kerl, den er noch nie gesehen hatte, und fletschte dabei die Zähne aus seinem grauen Stoppelbart heraus wie ein gereizter Wolf.

Jetzt ließen sich auch die anderen von ihren erregt tänzelnden und schnaubenden Pferden herunter. Einer von ihnen, mit einem langen, zipfeligen Mantel, der um seine Beine wedelte, und einem zerbeulten Hut mit Eulenfeder, hatte das gleiche Hundegesicht wie der Kerl, der Cabe diese verrückte Frage gestellt hatte. Ein dritter hielt sich etwas im Hintergrund, und die anderen beiden waren alte Bekannte: Grove und Willie.

„Wo ist das Weibstück?", grollte der mit dem langen Mantel ungeduldig und stampfte an Cabe vorbei. Er verschwand für kurze Zeit in der Hütte und kam dann wieder heraus. Sein Stiefel traf Cabe in die Seite. „Spuck's schon aus! Wo hast du sie gelassen?"

Der andere schlich um ihn herum wie ein Coyote um ein halbtotes Wild, und die Lippen gaben wieder seine Zähne frei.

„Was hältst du davon, Angus, wenn wir ihm das Bein ganz abhacken? Dann kann er sein ganzes Leben lang auf den Knien rutschen."

„Er lebt nicht mehr so lange, dass wir darüber lachen können", gab Angus zurück und hielt die Mündung seines Gewehrs dich vor Cabes Gesicht. „Ich ramme dir das Ding hier in die Zähne, wenn du sie nicht auseinanderkriegst. Du bis der Kerl, der mit Nancy Blue am Green River abgehauen ist, nachdem das Miststück unseren Bruder umgelegt hatte. Wo hast du sie versteckt?"

„Ich habe sie nirgends versteckt", keuchte Mad Buffalo mit gepresster Stimme.

„Wo ist sie dann?"

„Sie wollte nicht hierbleiben."

„Hat dir wohl vorher eins an die Birne gehauen, um von dir loszukommen, wie? Versuch nicht, uns zu verscheißern", warnte Angus Tucker böse und deutete mit dem Kopf auf Willie und Grove, die sich etwas abseits hielten. „Als unsere Freunde sie hier besuchten, sah es verdammt nicht so aus, als wollte sie wieder weg."

Diese Männer würden ihn umbringen, und angesichts der Schmerzen in seinem Bein war es Mad Buffalo egal, wenn sie es gleich täten. Deshalb sagte er: „Manchmal trügt eben der Schein. Geh doch noch mal rein und sieh nach. Vielleicht schläft sie noch, und du hast sie nur nicht gesehen."

„Wir lassen ihm einfach dieses schöne Eisen da am Bein – so lange, bis er's Maul aufmacht", schlug der dritte dieser Sippe vor, der sich bis jetzt im Hintergrund gehalten hatte. „Mal sehen, wie lange er das aushält."

Mad Buffalo stützte sich auf seinen Ellenbogen.

„Sie hat's hier nicht mehr ausgehalten, verdammt noch mal", keuchte er ungehalten. „Sie ist lieber mit den Blackfeet abgezogen, die hier waren. Dort könnt ihr sie ja mal besuchen."

„Einfach so." Ezra Tucker grinste boshaft. Dann trat er unverhofft mit seinem Stiefel gegen das Eisen an Cabes Bein. „Du hältst uns wohl für blöd, wie?"

Cabes Aufschrei ging in ein wildes Knurren über, und seine Finger krümmten sich instinktiv zu Krallen. Die explosionsartig auflodernden Schmerzen brachten ein unbeherrschbares Flackern in seine Augen. Ohne dieses Eisen an seinem Bein wäre er diesem Schurken an die Gurgel gesprungen und hätte ihm sein hämisches Gesicht auf den Rücken gedreht – ungeachtet der Waffen, die auf ihn gerichtet waren.

„Vorsicht", sagte Angus spöttisch, „der Kerl ist glatt imstande und beißt dir die Kehle durch."

„Wann soll denn das mit diesen Blackfeet gewesen sein?", fragte Willie mit seiner primitiven Ausdrucksweise hinterhältig.

Mad Buffalo ließ zitternd die Luft aus der Lunge entweichen. Sein Körper entspannte sich allmählich, so weit die furchtbaren Qualen es zuließen. Er hätte tatsächlich um sich beißen können wie ein tollwütiges Tier. Jetzt konnte er nachfühlen, wie es einem Wolf in solch einer Falle zumute ist.

„Hast du nicht gehört? Unser Freund hat dich was gefragt." Ezra Tucker trat erneut gegen Cabes Bein. Dieser ballte die Fäuste und presste ächzend die Lippen zusammen. Dich bringe ich um, sobald ich dieses elende Ding da los bin, dachte er. Aber er flüsterte mit dünner Stimme: „Vorgestern oder vor drei Tagen. Ich weiß das nicht mehr genau. Ich war fast die ganze Zeit betrunken."

Angus Tucker setzte den Schaft seines Gewehrs auf den Boden und betrachtete den Mann zu seinen Füßen ohne jegliches Mitleid.

„Nur mal angenommen, es ist so. Dann halten wir uns eben an dich. Auge um Auge, Leben um Leben. Dieses Weib hat unseren Bruder getötet, und du bist schuld, dass wir sie nicht kriegen. Jetzt wirst du seinen Tod sühnen. Und Brad war verdammt mehr wert als du. Für ihn musst du wenigstens dreimal sterben."

Mad Buffalo sagte nichts. Er war einer Ohnmacht nahe und ließ sich zurücksinken. Diese Burschen würden ihn noch lange quälen, und es wäre gut, wenn er für eine Weile das Bewusstsein verlöre.

„Bringen wir ihn rein", schlug Angus vor. „Ich habe Hunger, als wäre ich soeben aus dem Winterschlaf erwacht." Er packte den Verletzten unter der Achsel und sah seinen Bruder Joshua an. „Los, hilf mir!"

„Sollten wir ihm nicht dieses verflixte Ding da abnehmen?"

Joshua wies auf Cabes blutdurchtränktes Hosenbein.

Angus hielt inne und schaute ihn gereizt an. „Es bleibt dran", knurrte er.

„Hört mal zu, ihr beiden ...", meldete sich Grove.

Angus Tucker unterbrach ihn mitten in der Rede und fauchte ihn aggressiv an: „Ihr wolltet doch auch dieses Weib haben, und der da hat euch genauso die Tour vermasselt."

„Is' ja wahr", pflichtete Willie bei. „Wir ham', verdammich noch mal nich 'n Grund, zimperlich mit dem umzugehn."

„Das Bein ist sowieso hin", warf Joshua dazwischen. „Doch ich schätze, er braucht's ohnehin nicht mehr."

Grove veränderte seine Körperhaltung geringfügig, so dass der Lauf seines Gewehrs, der in der linken Armbeuge ruhte, wie zufällig auf Angus Tucker wies.

„Du solltest mir zuhören, wollte ich sagen – und du auch, Joshua!" Seine Stimme war voll kalter Ruhe. „Ich lege einen Mann um, wenn ich einen Grund dazu habe, aber ich quäle ihn nicht zu

Tode. Bin keine verdammte Rothaut. Also geben wir ihm 'ne Kugel und verschwinden von hier."

Angus Tucker starrte Grove einen Moment an, und seinem Gesicht war allzu deutlich zu entnehmen, was er dabei dachte. Ohne die unmissverständliche Geste mit seiner Waffe hätte sich Grove solche Worte nicht erlauben können, und diese Vorsichtsmaßnahme bewies, wie richtig er den anderen einschätzte.

„Also gut", gab Angus schließlich nach. Es klang wie ein langsames, lauerndes Zurückziehen. „Dann nimm es ihm meinetwegen ab."

Grove senkte die Mündung seiner Waffe, bis sie auf Mad Buffalos Gesicht zeigte. „Eine Kugel macht weniger Mühe, denke ich."

Ezra Tucker hielt ihm abwehrend die Hand entgegen. „Noch nicht! Er soll nicht so schnell sterben." Seine Augen funkelten böse. „Mein Sohn Angus hat recht. Dreimal sterben, hat er gesagt. Nicht mit einer einzigen Kugel ins Hirn. Wir wollen ihn lieber noch 'ne Weile unter Dampf halten, denn ich glaube, er hat uns noch lange nicht die Wahrheit gesagt."

„Reine Zeitverschwendung", nörgelte Grove mit einem Blick auf Mad Buffalo.

„Aber wir ham doch gar nich was eilig", meldete sich Willie, sein Kumpan, dem dieser gefährlich schwelende Streit nicht zu gefallen schien. „Ham Zeit so viel wir wolln, Grove."

Grove begegnete Angus' feindseligem Blick, und ohne den eigenen von ihm abzuwenden, sagte er: „Also dann mach du's, Willie. Ich traue dem da glatt zu, dass er mir eins über den Schädel gibt."

„Geschenkt", sagte Angus verächtlich. „Wir wollen uns doch wegen dem da nicht in die Haare kriegen."

Willie bückte sich und zog die beiden gezackten Bügel des Fangeisens so weit auseinander, bis Mad Buffalo Cabe seinen Fuß herausziehen konnte und sich tief Atem holend zurücklegte. Aber die Schmerzen wurden dadurch kaum gelindert. Er wusste nicht, wie weit der Knochen heil geblieben war. Auftreten konnte er mit diesem Bein auf keinen Fall.

Willie ließ die Falle wieder zuschnappen, und sie fiel klirrend auf den Boden, wo sich niemand weiter um sie kümmerte. Sie schleiften den Verletzten hinein und warfen ihn unsanft auf sein Lager.

„Sieh nach, ob was zu essen da ist", forderte Angus, seinem Bruder zugewandt. „Ich bringe inzwischen die Gäule unter." In der Tür blieb er kurz stehen und schaute prüfend zum Himmel. „Wird Regen geben, so wie's aussieht. Besser, wir bleiben ein oder zwei Tage hier, denke ich." Sein fragender Blick suchte Grove. „Oder reitest du gern im Regen rum?"

Grove zuckte mit seinen knochigen Schultern. „Ist mir egal. Solange es hier was zwischen die Zähne und 'n Schluck zu trinken gibt, halte ich's aus. Übrigens liegt kein Grund mehr vor, dass wir zusammenbleiben. Unsere gemeinsamen Interessen enden hier."

„Immer noch beleidigt?", murmelte Angus verdrossen und ging nach draußen.

Mad Buffalo versuchte, die höllischen Schmerzen irgendwie auszuhalten, die in permanenten Wellen sein Bein heraufzogen und ihm bisweilen den Schweiß auf die Stirn trieben. Es hatte noch nicht völlig aufgehört zu bluten, und die ganze Wade war mittlerweile angeschwollen. Teufel noch mal, zuerst hatte dieser Blackfoot ihm das Ding mit dem Gewehrkolben verpasst, und nun hatte es ihn noch schlimmer erwischt. Er schien in letzter Zeit kein Glück zu haben. Jetzt war auch Nancy Blue weg, und er lag hier und konnte nichts tun, während die anderen aßen und rauchten, seinen Whiskey tranken und sich nicht um ihn kümmerten. Er konnte an keine seiner Waffen herankommen, und so war er dazu verurteilt, nichts anderes tun, als hier zu liegen und auf sein Ende zu warten. Jede Bewegung feuerte die Qualen in seinem Bein an, und er wusste, dass er keine Chance gegen seine Feinde hatte, auch mit der Waffe nicht. Er konnte nicht weg, war weder imstande zu laufen noch zu reiten ...

Reiten ...? Vielleicht. Zumindest ein Stück, bis die Schmerzen ihn umbrachten. Aber wie, zum Teufel, sollte er es auf den Rücken eines Pferdes schaffen? Wozu also solche Gedanken? Er kam nicht einmal an seine Pistole heran, um wenigstens einem dieser Hunde das Licht auszublasen.

Der nagende Hunger in ihm wollte auch keine Ruhe geben, von dem Durst ganz zu schweigen. Doch es hatte keinen Sinn, etwas zu sagen. Wie er die Halunken einschätzte, würden sie sich nur über ihn lustig machen.

Einmal hatte er zwischendurch das Bewusstsein verloren, doch viel zu kurz. Er richtete unter Zähneknirschen den Oberkörper auf, um nach seinem Bein sehen zu können. Die Blutung schien aufgehört zu haben, aber es musste irgendwas geschehen, auch wenn es wahrscheinlich wenig Sinn haben würde.

Er zog das Hirschleder seiner Beinbekleidung hoch. Es fühlte sich an, als wäre es an der Wunde festgewachsen. Verdammt, er musste was dagegen tun. Mit einem scharfen Schmerz riss er es los. Neues Blut sickerte aus der Wunde. Das untere Stück seiner Wade sah schrecklich aus. So weit er das bei diesem Licht erkennen konnte, war alles geschwollen und dunkel verfärbt. Die Wunde musste gesäubert und verbunden werden. Doch wer sollte das tun? Wenn der Brand hineinkam, war es um ihn geschehen.

„Mach dir keine unnütze Mühe", sagte Ezra in diesem Moment, mit vollem Mund schmatzend. „Du brauchst es doch nicht mehr, und das andere auch nicht. Oder hast du schon mal 'nen Toten herumlaufen sehen?"

Die anderen lachten. Joshua prustete dabei den Whiskey hinaus, den er gerade im Mund hatte, und Angus sagte gehässig: „Wenn wir hier abhauen, zünden wir deine Bude an. Dann bleibt von dir nicht mehr als ein Häufchen Asche übrig. Wen kümmert da noch, wie dein Bein ausgesehen hat."

Nur Grove hatte sich nicht an der Heiterkeit beteiligt und stand auf. „Willst du was essen?", fragte er knapp.

„Der bekommt nichts!", schnarrte Angus Tucker, noch ehe Cabe nicken konnte. „Reine Verschwendung."

Grove blickte auf ihn hinab. „Willst du über mich bestimmen?" Aufsässigkeit war in seiner Stimme.

„Nur über den da." Angus machte eine schwache Kopfbewegung zu Mad Buffalo hin. „Schließlich war die Sache mit dem

Fangeisen meine Idee."

„Darauf bist du wohl auch noch stolz, wie?", sagte Grove verächtlich.

Angus Tucker fuhr hoch. Ein Messer blinkte in seiner Faust, das er blitzschnell unter seinem Mantel hervorgeholt hatte. „Ich lasse mich nicht dumm anquatschen – von niemand, verstehst du!"

Plötzlich stutzte er, und sein Kopf ruckte zur Seite in Richtung Tür. Von draußen war das scharfe Schnauben eines Pferdes zu hören gewesen, das sich nicht wieder beruhigen wollte.

„Hört sich komisch an", zischelte Willie angespannt lauschend. „Da hat was die Gäule erschreckt." Draußen war es inzwischen fast dunkel geworden, und sie hatten vor einer Weile schon zwei Kerzen angezündet. Groves und Angus' Schatten fielen übergroß, schwarz und gespenstisch an die Wände.

„Licht aus!", befahl Ezra Tucker, und Angus brachte rasch die zwei kleinen Flämmchen zum Verlöschen. Fast völlige Dunkelheit füllte den Raum, bis auf das schwache Schimmern der Glut in der Feuerstelle. Nur das gepresste Atmen des verwundeten Cabe auf seinem Lager war noch zu hören und das gelegentliche Knarren von Holz, wenn er sich bewegte.

Von draußen war nichts mehr zu hören, so sehr die Männer auch ihre Sinne anspannten.

„Werde mal draußen rumschnüffeln", meldete sich schließlich Willie in die Stille hinein.

„Es ist fast dunkel", wandte Grove ein.

„Umso schöner. Kann mich keiner sehen." Willie öffnete die Tür einen Spaltbreit und spähte hinaus. „Pisst auch noch, verdammt."

„Sei vorsichtig", mahnte Grove, als Willie hinausschlüpfte, und zog hinter ihm die Tür zu. Eine Böe hatte den Geruch von Regenwasser hereingeweht.

„Möchte wissen, wer uns da besuchen kommt", murmelte Joshua Tucker.

„Vielleicht nur 'n Puma, der Lust auf Pferdefleisch hat", mutmaßte Ezra scherzhaft.

„Willie wird das schon 'rausfinden", meinte Grove. „Der versteht sich auf so was und hat Augen wie 'ne Katze."

Die Zeit strich wie zäher Brei dahin, ohne dass etwas geschah, zog sich in die Länge wie ein Gummiband, und die Nervosität in der Hütte war beinahe zu riechen. Es klang wie eine Erlösung, als schließlich von draußen der Schrei eines Maultiers herüberklang.

„Ein Muli", flüsterte Grove und schaute dorthin, wo er Mad Buffalo auf seinem Lager wusste. „Du hast doch eins."

„He, Dad, dein Puma hat Appetit auf Muli, wie sich's anhört", sagte Joshua, an Ezra gewandt. Gönnen wir's ihm. He, Grove, ruf Willie wieder rein."

„Halt die Klappe. Ein Puma kommt um eine solche Jahreszeit nicht so nah an eine Hütte, in der Menschen sind." Ezra lauschte weiter, und auch die anderen schwiegen wieder. Auch Mad Buffalo dämpfte seinen Atem und lauschte – rätselte, was das zu bedeuten hatte. Wer außer einem Tier sollte sich bei Einbruch der Dunkelheit hier rumtreiben? Aber Ezra hatte recht, ein Puma war das bestimmt nicht. Ein Grizzly vielleicht eher. Damit würde Willie seinen Spaß haben.

Wieder verstrich einige Zeit ungewissen Wartens. Dann war ein Geräusch zu hören, das niemand so recht einordnen konnte. Schließlich polterte etwas gegen die Tür, und Willie rief mit einer Stimme, der man die körperliche Anstrengung anhörte: „He, macht auf!"

Irgendetwas bewegte sich jenseits der Tür. Es hörte sich an wie Füßescharren. Jemand keuchte und versuchte, etwas zu rufen, was zu unverständlichen Lauten verstümmelt wurde. Im Nu war Grove bei der Tür und stieß sie auf. Willie bugsierte etwas herein, was in dem diffusen Schimmer, den die Glut des fast erloschenen Feuers dem Raum spendete, nicht genau zu erkennen war.

„Macht endlich Licht und seht euch an, was ich hier habe!", rief Willie triumphierend.

* * *

22.

Das zögernd emporflackernde Flämmchen der ersten Kerze beleuchtete das blasse, erschrockene Gesicht von Nancy Blue, und ihre weit geöffneten Augen nahmen die Szene im Innern der Hütte mit panischem Entsetzen wahr. Ihr Haar hing nass und strähnig um ihren Kopf herum, und sie machte einen kläglichen Gesamteindruck. Willie hatte sie losgelassen und die Tür wieder zugezogen. Grove blieb der Mund offen stehen, und Angus Tucker, der gerade die zweite Kerze anzündete, warf in deren Schein Mad Buffalo einen harten Blick zu.

„Du hast uns also doch angelogen", sagte er in einem Ton, der nichts Gutes erwarten ließ.

Nancys Blicke irrten ängstlich von einem zum anderen, suchten nach Mad Buffalo und fanden ihn auf seinem Lager liegend, halb aufgestützt und sie ungläubig anstarrend.

„Die Geschichte wird doch immer interessanter", meinte Joshua unternehmungslustig. „Jetzt haben wir alles, was wir wollten." Sein Blick saugte sich an der mitgenommenen Gestalt fest. „Wenn wir sie wieder ein bisschen zurechtmachen, werden wir viel Spaß mit ihr haben."

„Ich nehm' se auch wie se ist", verkündete Willie lüstern.

„Du hast auch keine Kultur", wies Grove ihn zurecht.

„Was für 'ne Kultur? Wozu braucht man das, wenn man nur vögeln will?"

„Ich bin Brads Vater", erklärte Ezra mit kalter Stimme, „und das hier", er deutete auf Angus und Joshua, „sind seine Brüder. Aber die kennst du ja schon, nicht wahr?"

Nancy jedoch schien ihn überhaupt nicht zu hören. Sie stürzte zu Cabes Lager hin, warf sich halb über ihn und rief schluchzend seinen Namen. Mad Buffalo stöhnte unterdrückt, als ihr Gewicht ihn zurückdrückte. Ihr nasses Gesicht war dicht vor ihm, und er sah die grenzenlose Erschöpfung darin. Wie hatte sie das Unmögliche geschafft, zurückzukommen? Oder hatte er Fieber bekommen, und seine Fantasie gaukelte ihm wirre Träume vor?

„Um Gottes willen, was haben sie mit dir gemacht …?“ Entsetzen flackerte in ihren sonst so schönen Augen.

„Mein Bein“, keuchte Cabe leise. „Sie haben eins von meinen Fangeisen vor die Tür gelegt, und als ich aufbrechen wollte, um dich zu holen …“

Nancy legte ihm sacht ihre Fingerspitzen auf die Lippen und brachte ihn zum Schweigen. Dann holte sie hastig eine der Kerzen vom Tisch, ohne dass sie jemand daran hinderte. Alle schauten ihr nur gespannt zu. Sie zog das zerfetzte Hosenbein hoch. „Allmächtiger! Da muss sofort was getan werden.“

„Lass es sein“, sagte Mad Buffalo mit schmalen Lippen und verzerrter Stimme. „Sie werden uns sowieso umbringen. Es ist alles vorbei. Aber wie, zum Teufel, hast du es geschafft, von den Blackfeet loszukommen, und warum bist du gerade hierher zurückgekommen? Ich dachte, du wärst längst …“

Wieder verschloss ihre Hand seinen Mund. „Wohin hätte ich sonst gehen sollen? Ich konnte doch nicht wissen …“ Tränen erstickten ihre Stimme, während sie ihn unablässig ansah.

„Ist das nicht 'n rührendes Wiedersehen?“ Angus' Stimme war von seinem Grinsen gefärbt.

„Hm“, grunzte Willie ungeduldig, „aber hoffentlich beeilen 'se sich mit dem Quatsch. Ich hab schon lange auf 'ne richtige Nummer mit Nancy Blue warten müssen und hab extra 'n paar Dollar für das gespart.“

„Dann nimm sie dir doch!“, forderte Angus ihn brutal auf. „Denn wenn wir mit ihr fertig sind, will sie bestimmt keiner mehr haben.“

„Der Revolver muss noch immer unter dem Bett liegen“, flüsterte Nancy hastig.

„Komm her, mieses Flittchen!“, grölte Willie und packte Nancy am Arm, um sie zu sich herumzuziehen. „Dieser Kerl hat dir nichts mehr zu bieten, aber ich …“

Nancy schlug mit der brennenden Kerze zu, und das heiße Wachs spritzte Willie über Gesicht und Augen. Er fluchte lästerlich, schreckte zurück und prallte gegen den Tisch. Die zweite Kerze fiel um, rollte herunter und verlöschte ebenfalls. Es war plötzlich beinahe stockfinster und roch nach rauchenden Kerzendochten. Jemand stieß abermals gegen den Tisch und schob ihn geräuschvoll ein Stück über den Boden. Füßescharren und weitere wüste Flüche. Nancy schrie auf. Klatschende Schläge, Keuchen, Knurren.

Mad Buffalo wollte instinktiv von seinem Lager hochfahren, sackte jedoch mit einem ächzenden Laut wieder zurück. Verflixt, er konnte so wenig sehen wie ein Maulwurf unter der Erde. Doch in seiner unmittelbaren Nähe war ein Handgemenge im Gange, und er konnte absolut nichts tun. Jemand brüllte schmerzvoll auf: „Das Luder beißt!“ Das musste Grove gewesen sein.

„Halt sie fest, Josh!“

„Was meinst du, was ich hier in der Hand habe. Die hat ganz schön was zu bieten … Au!“

„Verdammt, kann denn niemand die Kerzen wieder anmachen? Wir brauchen Licht.“ Das war wieder Grove.

Mad Buffalo fluchte lautlos in sich hinein. Sein Oberkörper hing über den Rand seiner Liegestatt. Irgendwo musste doch diese Waffe sein – oder hatte Nancy sich geirrt?

Jemand viel gegen den Kamin und riss das eiserne Kochgestell um. Sein Fluchen klang heiser und zornig. Ein dumpfer Schlag folgte. Nancy schrie wimmernd auf. Unbeherrschter Zorn dampfte in Mad Buffalo und suchte verzweifelt nach einem Ventil.

Endlich flackerte eine der Kerzen wieder auf, wurde zu einem ruhigen Brennen und erhellte dürftig die Szenerie, vergrößerte mit bizarrer Schattenbildung ihr Durcheinander.

Nancy Blue stand keuchend mit dem Rücken zur Wand, und das Haar hing ihr strähnig ins Gesicht. Joshua Tucker richtete sich neben dem Kamin auf. Willie hatte die andere Kerze wieder angezündet und schaute aus geröteten Augen und mit verkniffenem Mund umher. Angus Tucker hockte auf dem Boden, und Grove stand mitten im Raum, ohne Hut und mit zerzaustem Haar. Der Ärmel seines alten abgeschnittenen Armeemantels war halb abgerissen. Sie alle starrten Nancy mit wütenden, zum Teil lüstern glitzernden Augen an. Unheilträchtige Spannung breitete sich aus.

„Ich hatte mal 'ne Squaw oben am Milk River", sagte Grove schwer atmend. „Die war genauso wild wie die da. Das Miststück hätte mir doch beinahe den Finger abgebissen."

Joshua sagte: „Wir müssen uns jetzt einigen, wer zuerst drankommt."

„Nein!"

Nancy wich verängstigt noch einen Schritt nach rückwärts, bis sie mit dem Rücken an die raue Balkenwand stieß. Ihr fahriger Blick suchte nach Mad Buffalo, der mit vor Zorn bebenden Lippen dalag und alle Sehnen seines Körpers angespannt hatte, bis nur noch ein dumpfes Rauschen seinen Kopf füllte.

„Sein Bein ...!", stieß Nancy zwischen zwei kurzen Atemzügen hervor.

„Was kümmert uns sein dämliches Bein", sagte Angus Tucker, und sein Mund verzog sich zu einem niederträchtigen Etwas, das wohl ein Grinsen sein sollte. „Wir befassen uns lieber mit deinen."

„Ja", schnaufte Willie. Rote Flecken zierten sein Gesicht, wo das flüssige Wachs die Haut gereizt hatte. „Die sind mir auch lieber. Aber mindestens zwei von uns müssen sie festhalten."

„Ich muss sein Bein versorgen, sonst bekommt er den Wundbrand."

„Soll er doch", schnauzte Ezra. „Alles nur Zeitverschwendung." Er beförderte mit dem Fuß einen der Schemel zur Seite, der ihm im Weg stand.

„Wir haben doch genügend Zeit." Ein letztes Hoffnung suchendes Flehen lag in Nancys Stimme. „Lasst mir so lange, bis ich sein Bein versorgt habe. Danach könnt ihr mit mir machen, was ihr wollt, und ich werde mich nicht wehren."

Zeit – das war alles, was sie in dieser gefährlichen Situation noch herausschinden konnte. Aufschub, und dann weitersehen.

„Schluss mit dem Gefasel! Wir werden dich schon zahm kriegen, verlass dich drauf." Angus Tucker packte Nancys Arm und riss sie von der Wand weg. „Wir jagen dem Kerl dort 'ne Kugel in seinen dämlichen Schädel und nehmen uns einfach, was wir wollen."

„Warte!", grollte Grove dumpf.

Angus wandte ihm ärgerlich das Gesicht zu. „Du musst wohl immer was dagegen haben, wie?"

„Lasst sie doch tun, was sie will", beharrte Grove und hielt mit der linken Hand den kleinen Finger der rechten umklammert. „Wenn sie nachher dafür zahm ist, soll es uns nicht auf eine oder zwei Stunden ankommen. Was meinst du, Willie?"

„Wenn ich mir die Nummer mit ihr so vorstelle ..." Er zögerte. „Na ja, wisst ihr, so ohne Beißen und Kratzen." Er fuhr sich mit den Fingerspitzen über die brennenden Stellen in seinem Gesicht. „Ja, dann warte ich eben noch."

„Meinst du nicht, dass er recht hat?", wandte sich jetzt auch Joshua an seinen Bruder. „Ich denke, wir haben für heute genug gerauft. Dann sollten wir wenigstens friedlich vögeln können."

„Na gut." Angus ließ Nancy los und setzte sich missmutig auf den Schemel. „Soll sie eben ihren Willen haben. Aber ich sage euch: Wenn es mir zu lange dauert, dann ziehe ich ihr den Rock über die Ohren und mach's. Egal, wie ihr darüber denkt."

Nancy Blue schaute einen Augenblick abwartend und der Lage noch nicht so recht trauend umher. Dann zog sie mit einiger Anstrengung den schweren Tisch so dich an Mad Buffalos Lager heran, dass der kümmerliche Schein des kleinen Kerzenflämmchens bis zu dem verletzten Bein reichte. Sie wandte sich noch einmal zu den anderen um. „Ich brauche ein Messer."

Angus Tucker wechselte mit seinem Vater einen misstrauischen Blick. Schließlich zog Ezra aber seines aus der Scheide und warf es auf den Tisch.

„Wenn du damit fertig bist", sagte er barsch, „legst du es wieder dorthin – oder dein Patient bekommt 'ne Kugel in den Wanst. Dorthin, wo es besonders wehtut. Kapiert?"

Nancy nickte, nahm das Messer vom Tisch und wandte sich wieder Mad Buffalo zu. Sie schlitzte das hirschlederne Hosenbein ein Stück weit auf und zog ihm den Mokassin vom Fuß, wobei Mad Buffalo leicht das Gesicht verzog.

Ihr Schatten fiel auf ihn, als sie sich über ihn beugte. Er roch den Duft ihres feuchten Haars, und ein unbändiger Lebenswille bäumte sich in ihm auf. Dann war sie auch schon wieder weg, holte die große Whiskeyflasche und goss etwas daraus über die Wunden.

„Verschwende das Zeug nicht", warnte Angus. „Hier warten noch 'n paar trockene Kehlen."

Nancy gab darauf keine Antwort und stellte die Flasche auf den Tisch zurück, während der spontane Schmerz durch Cabes Bein raste und er sämtliche Muskeln anspannte. Seine Finger krallten sich in das Fell, auf dem er lag, und der Schweiß trat ihm in kleinen Perlen auf die Stirn. Für heute war der Bedarf an Peinigungen dieser Art längst gedeckt.

Nancy legte die Hand auf seine Stirn. „Du hast Fieber."

„Nein", stöhnte Cabe, „das sind nur diese verfluchten Schmerzen." Der Gedanke an den Revolver unter seinem Lager schoss ihm in den Sinn und ließ ihn nicht mehr los. „Ist er geladen?", fragte er so leise, dass nur sie es hören konnte. Jetzt, wo Nancy wieder da war und sich um ihn kümmerte, stieg die Hoffnung auf eine Überlebenschance. Aber da waren diese fünf Halunken, die was dagegen hatten.

Nancy nickte kaum merklich. „Fünf Kammern", flüsterte sie dabei.

Cabes Kopf fiel zurück. Unter halb geschlossenen Lidern hervor sah er die dunkle Schwellung in ihrem Gesicht.

Er griff nach ihrer Hand. „Unter anderen Umständen wäre ich verdammt froh, dich wieder hier zu haben. Ich war es immer. Aber was soll nun werden?"

„Pläne machen können wir später", entgegnete sie nach einem tiefen Atemzug und wandte sich wieder seinem übel zugerichteten Bein zu.

Sprachlos starrte er sie an. Was für eine Frau war das eigentlich? Er entdeckte eine mentale Stärke in ihr, die er bislang nicht vermutet hatte. Woher nahm sie plötzlich diese Kraft, jetzt noch an ein Weiterleben zu glauben?

***

23.

Fünf Kammern, hallte es in ihm nach. Würde er jemals dazu kommen, sie alle abzufeuern? Doch das musste er, falls sie beide davonkommen wollten, und ein jeder Schuss musste sitzen. Normalerweise würde er das für ein aussichtsloses Unterfangen halten, aber er hatte keine andere Wahl. Er musste es einfach versuchen. Nancys verbissene Zuversicht hatte ihn überrascht, und sie war viel stärker, als er gedacht hatte. Beim Geier, weshalb sollte sie nicht die richtige Frau für ihn sein. Wenn, ja, wenn da nicht …

Neue Schmerzen jagten durch seinen Körper, bei jedem Handgriff, den sie an seinem Bein verrichtete. Aber, bei Gott, sie tat wenigstens etwas, versuchte ihm zu helfen – mochte es nun einen Sinn haben oder nicht. Das konnte zum jetzigen Zeitpunkt niemand beurteilen.

‚Was wird sein, wenn sie fertig ist?', dachte er verzweifelt. Lieber ertrüge er noch ein paar Stunden diese Hölle. Aber er würde ihr nicht helfen können. Er konnte nicht herumballern, wenn sich diese Meute über Nancy hermachte.

Fahrig fuhr er sich mit der Hand über das Gesicht. Nancy wickelte etwas um sein Bein, und es tat weh wie tausend Martern.

„Gib mir einen Schluck", forderte er drängend, denn er fühlte sich mit einem Mal elend. Nur nicht ohnmächtig werden, nur jetzt nicht.

Nancy langte noch einmal nach der großen Flasche und setzte sie an seine Lippen. Ein wenig davon lief an seinem Hals hinunter. Er schluckte. Es brannte wie ein Lavastrom in seiner ausgedörrten Kehle.

„Jetzt haste genug von dem guten Zeug vergeudet", maulte Willie. „Wird bald Zeit, dass du dich um uns kümmerst."

Als Nancy die Flasche wegnahm, schnappte Mad Buffalo nach Luft und japste wie ein junger Hund.

„Wolltest ihn wohl ersäufen?", fragte Willie gutgelaunt, so kurz vor dem Ziel seiner Wünsche.

Nancy stellte die Flasche hin und legte das Messer daneben.

„Ich bin noch nicht fertig", sagte sie, und ihre Stimme zitterte nicht ein bisschen.

Woher, um alles in der Welt, nahm diese Frau nur ihre Zuversicht? Worauf vertraute sie so fest? Verdammt auch, es gab keinen Ausweg für sie beide!

Der Revolver unter seinem Bett ...!

Er wusste nicht genau, wo er dort liegen mochte, aber wie auch immer – er musste ihn schnell in die Hand bekommen, wenn er auch nur die Spur einer Chance haben wollte. Sein einziger Vorteil war, dass sie nichts davon wussten.

Mit brennenden Augen beobachtete er die Gestalten im unruhigen Dämmerschein der Kerzen. Sie alle starrten auf Nancys Rücken, und die Gier glitzerte in ihren Augen wie böses Glimmen. Sobald Nancy hier fertig war, würden sie sich nehmen, was nur aufgeschoben war, würden wie Tiere über ihren zarten Körper herfallen. O Gott!

Wenn das geschah, dann könnte er nach der Waffe unter seinem Bett greifen, musste es tun, denn dann blieb keine Zeit mehr. Niemals würde er zusehen können, wie ...

In diesem Augenblick brachen seine Gedanken ab. Nancy Blue war fertig. Ihre großen blauen Augen blickten traurig, als sie ihn ansah, und doch war es ihm, als spielte da der Versuch eines wehmütigen Lächelns um ihren Mund, so, als wollte sie sagen: Mach dir keine Sorgen, ich werde schon durchhalten. Aber stattdessen sagte sie: „Es sieht nicht gut aus. Ich werde morgen Früh noch mal nach den Wunden sehen."

Mad Buffalo dachte in hilfloser Bitterkeit: Morgen Früh? Wer weiß, was dann noch von dir übrig ist und von mir?

Nancy drehte sich zu den anderen um. Erwartungsvolles, lüsternes Schweigen schlug ihr entgegen, fordernde Blicke, in denen die Fantasie ihre perversen Spiele trieb. Sie wusste, dass es keinen Sinn mehr hatte, sich zu wehren. Nicht, wenn sich noch ein Schimmer Hoffnung in ihr regte, mit dem Leben davonzukommen.

„Na los, zieh schon diesen nassen Fummel aus!", forderte Angus sie heiser auf. „Als du unten am Green River unseren Bruder bezirzt hast, hast du dich nicht so geziert, nehme ich an."

Jetzt muss ich es gleich versuchen, dachte Mad Buffalo fiebernd, als Nancy begann, langsam das Kleid anzuheben, und sein Herz polterte in seiner Brust herum wie ein paarungswütiger Bisonbulle, … ehe ihre dreckigen Hände … Gott im Himmel, wenn sie nur etwas mehr zur anderen Seite ginge, so dass diese Halunken mich nicht direkt im Blickfeld haben.

Er wälzte sich so behutsam es ging zum Rand seines Lagers. Das primitive Holzgestell mit dem Weidenrutenrost unter den Fellen knarrte leise.

Da hob Ezra Tucker lauschend den Kopf. „Was war das?"

Mad Buffalo hatte es auch gehört und hielt in seiner Bewegung inne. Die Pferde draußen im Pferch wurden unruhig, stampften nervös schnaubend hin und her.

Angus' Blick kehrte drohend zu Nancy Blue zurück. „Wen hast du da noch mitgebracht?"

Die Frau schüttelte stumm und ängstlich besorgt den Kopf. Es war zu hören, wie die Pferde erregt hin- und herdrängten.

Willie fuhr hoch. „Da draußen ist was, oder ich will verdammt sein!"

„Macht das Licht aus!", schnarrte Angus gereizt, packte Nancys Arm und zerrte sie mit einem harten Ruck zu sich heran und mit sich zu Boden.

„Verhalte dich ruhig!", warnte er leise, aber mit drohendem Ton. „Ich will keinen Mucks von dir hören."

Hastig zog er eine Schnur aus der Manteltasche, schlang sie zweimal um Nancys Arm und band diesen an dem massiven Tischbein fest, während das Licht der Kerzen verlöschte. „Nur, damit du keine Dummheiten machst."

Wieder tauchte alles in pechschwarze Finsternis, denn inzwischen war auch die Glut des Feuers längst erloschen. Mad Buffalo atmete auf. Die mögliche Gefahr dort draußen hatte jene von hier drinnen vorerst gebannt. Das langgezogene Heulen eines Wolfes erklang unweit von Cabes Behausung.

„Da will uns einer verscheißern", blaffte Willie unwillig. „Wölfe kommen um diese Zeit nicht einfach so zu den Menschen her.

Und wenn, dann heulen 'se nicht, wenn 'se um ihre Beute schleichen."

„Dann kann es sich nur um Rothäute handeln." Die Besorgnis war deutlich aus Ezras Stimme herauszuhören. Die in Mad Buffalo aufkeimende Hoffnung begann zu flackern wie ein Flämmchen, das einem heftigen Luftzug ausgesetzt war.

„Hab auch schon Weiße gekannt, die das konnten", räumte Willie wegwerfend ein. „Aber schon richtig, Angus. Wahrscheinlich sind's Rothäute."

„Was, zum Henker, wollen die hier?"

„Unsere Gäule natürlich." Groves Worte kamen hastig aus der Dunkelheit. „Was denn sonst?"

„Wir sollten rausgehen und sie zur Hölle schicken", schlug Willie vor.

„Ich gehe nicht im Dunkeln da raus", erklärte Joshua Tucker entschieden. „Diese Hundesöhne haben Augen wie Katzen."

„Wollt ihr euch von diesen Strolchen eure Gäule klauen lassen?", schnauzte Willie verächtlich.

„Meine Haare sind mir jedenfalls wichtiger", entschied Angus Tucker.

„Man hört nichts mehr. Vielleicht war's wirklich nur 'n Wolf."

„Ist mir egal", brummte Willie ärgerlich. „Wenn ihr die Hosen voll habt, sehe ich eben alleine nach."

„Sei kein Narr!" Groves Worte kamen wie ein Aufschrei aus der Dunkelheit.

„Keine Sorge", verkündete Willie großspurig. „Wer auch immer da draußen ist, wird mich nicht erwischen."

Er öffnete vorsichtig die Tür einen Spaltbreit und schlüpfte lautlos hinaus.

„Der ist verrückt", murmelte Joshua Tucker abfällig. „Aber ist schließlich seine Sache."

„Seid mal ruhig!", zischelte Grove erregt. „Da war doch wieder was."

Alle lauschten angespannt. Nur Mad Buffalo überlegte fieberhaft, wie er an den Revolver unter sich herankommen konnte. Jetzt, da alle sich auf ihr Gehör konzentrierten, würden sie misstrauisch werden, wenn sie auch von ihm was hörten. Er durfte sich nicht den geringsten Fehler erlauben. Deshalb legte er sich zurück und wartete.

Niemand konnte die Zeit beziffern, die vergangen war, ohne dass man von Willie etwas hörte – nur das ängstliche Schnauben eines der Pferde. Sonst war draußen alles ruhig, so, als hätte es nie eine Störung gegeben.

„Verdammt, wo steckt er nur?" Grove wurde langsam nervös.

„Du kannst ja rausgehen und nachsehen", sagte Joshua Tucker bissig. Und sein Bruder meinte dazu: „Ich wette, er liegt da draußen irgendwo im Regen, und sein Schädel ist längst so kahl wie 'ne geschälte Kartoffel."

„Halt's Maul!", fauchte Grove zurück. „Er ist kein Anfänger, der sich erwischen lässt, ohne dass man einen Laut hört."

„Würde er noch leben, hätten wir irgendwas von ihm gehört." Angus Tuckers Stimme klang monoton durch die Finsternis im Raum. „Und wer da draußen ihn umgebracht haben mag, hat sich wahrscheinlich mit seinem Skalp begnügt und ist längst abgehauen, oder er muss die Geduld eines Pumas besitzen. In diesem Fall wäre er höchst gefährlich, und ich wollte ihm nicht in der Dunkelheit gegenübertreten. Höchstwahrscheinlich sind's auch mehrere. Das würde unsere Chancen nicht gerade verbessern."

„Ne schöne Rede, die du gehalten hast", sagte Grove verdrossen. „Aber die hilft uns kein Stück weiter. Wir sitzen hier drinnen wie die Mäuse in der Falle, und wir müssen, verdammt noch mal, wissen, was draußen passiert ist."

„Dann geh doch raus und leiste Willie Gesellschaft." Ezras harte Worte klangen wie ein Schlussstrich, und Grove sagte nichts mehr.

Quälend langsam, aber unaufhaltsam verging weitere Zeit, zog unter dem Eindruck lauernder Gefahr dahin und stellte die Geduld der Männer auf eine harte Probe. Sie alle hockten schweigend da und hielten ihre Waffen umklammert, bereit, sofort zu handeln, sobald etwas geschah.

Doch es geschah nichts.

Mad Buffalo lag still und wartend da, während die Schmerzen dumpf in seinem Bein pochten. Er hoffte, dass endlich etwas passieren mochte – egal was. Nichts war schlimmer als die ungewiss schweigende Finsternis. Er hatte nicht lange herumgerätselt, was da draußen los sein mochte. Dass die Blackfeet, denen Nancy entkommen war, ihr gefolgt sein konnten, hielt er für das Wahrscheinlichste. Und wenn das so war, sah er für Willie keine Chance mehr.

***

24.

Endlich kam der Morgen und drängte sich durch die Ritzen des hölzernen Fensterladens. Jemand bewegte sich, eines seiner Gelenke knackte leise.

„Jetzt hab' ich genug", grollte Grove. Auch er glaubte wohl inzwischen nicht mehr daran, Willie noch einmal lebend zu sehen. Er marschierte wie ein dunkles Etwas durch den Raum und stieß den Fensterladen auf. Graues, kaltes Licht strömte herein. Es hatte aufgehört zu regnen, und dünner Nebel stieg von der nassen Erde auf, zog in hauchzarten Schwaden über die Hügel hin zum Wald.

Grove griff nach seinem Gewehr, das er kurz an die Wand gelehnt hatte.

„He, was liegt da drüben?", fragte Angus, der hinter Grove stand, aufgeregt. „Da soll mich doch gleich der Geier fressen ..."

„Das ist Willie!" Groves Stimme klang gepresst, und er vergaß vor lauter Schreck zu fluchen. Mit schnellen, entschlossenen Schritten war er bei der Tür.

„Bleib hier!", warnte Joshua ihn. „Die Halunken haben ihn bestimmt nur als Köder da liegenlassen."

Grove zögerte und wandte sich zu Angus um. „Sind die Gäule noch da?"

„Kann ich von hier aus nicht genau erkennen."

„Vielleicht lebt er noch. Das Gelände ist übersichtlich. Gebt mir Feuerschutz."

Ehe jemand ihn daran hindern konnte, hatte er die Tür geöffnet. Aber er brachte nur einen Fuß nach draußen.

Ein lautloser Schatten war plötzlich neben ihm, und ein Messer fuhr ihm erbarmungslos zwischen die Rippen. Die Muskeln seines Körpers zogen sich im Krampf zusammen und pressten einen heiseren Schrei durch die Kehle.

Der Schatten wurde zu einer dunklen Gestalt unter einem lose wie ein Poncho hängendem Wolfsfell. Sie stieß den röchelnden Grove zu Boden und war für den Bruchteil einer Sekunde voll im

Türrahmen zu erkennen. Das war genau der Augenblick, in dem die Gewehre der Tucker-Brüder losdonnerten und Grauwolf wie ein Strohbündel nach draußen zurückfegten.

Nancy Blue stieß einen spitzen Schrei aus, während Ezra, der seine Waffe noch nicht abgefeuert hatte, mit einem langen Sprung über den sich am Boden wälzenden Grove hinwegsetzte und dann zur Seite wich.

Schon bei Groves Schrei hatte Mad Buffalo instinktiv reagiert. Er hatte sich einfach von seinem Lager herunter auf den Boden rollen lassen und dabei leise aufgestöhnt. Aber dieser Laut war im Krachen der beiden Gewehre untergegangen. Seine Hand tastete hastig unter dem primitiven Bett herum, bekam etwas Hartes zu fassen und packte zu ... Sich herumwälzend spannte er den Hahn, fühlte den herausklappenden Abzug und hoffte inbrünstig, dass der Schuss nicht versagen mochte. Rauch wallte vor der offenen Tür, und der Geruch von verbranntem Pulver breitete sich aus.

Angus war gerade mit einem Satz zur Tür gesprungen und spähte hinaus, um nach seinem Vater Ausschau zu halten, als sein Bruder ihm eine scharfe, hysterische Warnung zurief. Er hatte Mad Buffalos Aktion bemerkt und versuchte, diesem seine abgeschossene Waffe über den Schädel zu schlagen. Doch die erste Kugel aus dem Revolver traf Joshua mitten in die Brust und ließ ihn unter seinem erhobenen Gewehr zusammensacken. Die zweite Kugel erwischte Angus irgendwo, während er zur Tür hinaussprang. Er schrie kurz auf, lief jedoch weiter, und Cabes dritte Kugel zischte nach draußen ins Leere.

Er ließ die rauchende Waffe sinken. Sein Kopf sank leicht nach vorn, und er stützte sich auf den linken Arm. Nancy rief erschreckt und voll Verzweiflung seinen Namen. In dem Durcheinander hatte sie nicht mitbekommen, ob auf ihn geschossen worden war oder nicht. Mit verzweifelter Kraftanstrengung stemmte sie sich gegen den Tisch und hob ihn etwas an, um ihren angebundenen Arm befreien zu können.

Mad Buffalo schüttelte matt den Kopf. „Nichts passiert, kleine Lady. Es sind nur die verteufelten Schmerzen."

Sie kam zu ihm gekrochen und bemühte sich, ein Lächeln in ihr schmutziges und von einer Schwellung entstelltes Gesicht zu zaubern. „Wie eine Lady sehe ich nun gerade nicht aus."

„Für mich bist du die beste, die ich kenne", ächzte er und versuchte hochzukommen. „Und wenn jemand was anderes behauptet, puste ich ihm ein Stück Blei in die Rippen – so wahr ich Mad Buffalo heiße."

Jetzt lächelte sie tatsächlich, und eine Träne rollte dabei über ihr Gesicht. „Dann könntest du einigen Ärger bekommen, fürchte ich."

„Daran bin ich gewöhnt. Aber schau mal vorsichtig durchs Fenster, ob wir da noch welchen bekommen. Zwei von denen sind noch da irgendwo."

Nancy grapschte nach dem Revolver und erhob sich. Von der Seite her näherte sie sich dem Fenster und spähte nach draußen.

„Die Feiglinge hauen ab, als wäre der Teufel hinter ihnen her." Sie feuerte einen Schuss ab und ließ dann die Hand mit der Waffe sinken. „Leider habe ich keinen getroffen. Aber sie sind weg."

„Dann hilf mir auf", stöhnte er heiser. „Ich muss nach unserem Freund sehen."

„Unserem Freund?" Sie half ihm verwundert dabei, sich auf das gesunde Bein hochzustemmen und auf sie gestützt zur Tür hinauszuhumpeln. Neben der auf dem Rücken liegenden Gestalt von Grauwolf ließ er sich wieder zu Boden sinken.

Der Indianer atmete noch schwach, aber sein stolzes Gesicht war bereits vom Tod gezeichnet.

„Freund", sagte Mad Buffalo und legte seine Hand sachte auf das zottige Wolfsfell.

Die dunklen Augen des Blackfoot richteten sich langsam unter schweren Lidern auf das bärtige Gesicht, und er sagte mit kraftloser Stimme: „Sikaapéhs gekommen, Ah-ké mit gelbem Haar holen … Diesmal Sikaapéhs allein, und weißer Mann … viele Krieger bei sich …"

Die schwarzen Augen musterten ihn noch einen Moment lang, als wollten sie ihm noch etwas mitteilen, dann schlossen sich langsam ihre Lider, um sich nie wieder zu öffnen.

Nancy schaute auf diese Szene hinunter und schüttelte leicht den Kopf. Sie dachte an die raue Entführung und an die qualvolle Flucht, die sie hinter sich hatte.

„Ich trauere jedenfalls nicht um ihn", sagte sie leise.

Mad Buffalo hob seinen Blick zu ihr. „Immerhin war er es, der uns gerettet hat." Er machte eine kurze Pause. „Wir müssen ihn bestatten – auf unsere Weise."

„Was müssen wir?", fragte Nancy, als hätte sie nicht richtig verstanden.

„Das sind wir unserem Lebensretter doch schuldig. Außerdem dürfen seine Leute ihn hier nicht finden; sonst sind wir erledigt."

Jetzt schien Nancy zu begreifen. „Und wie stellst du dir das vor, mit deinem Bein?"

Mad Buffalo dachte kurz nach; dann nickte er, und sein Blick richtete sich wieder auf den Toten vor sich. „Ja, da haben wir ein kleines Problem. Aber ich kenne da am Fluss 'ne Stelle, wo der Sand recht weich ist, dort könnten wir es mit deiner Hilfe schaffen. Andernfalls müssten wir ein paar Hölzer an ihm befestigen und ihn dem Fluss überlassen. Der Yellowstone wird ihn mitnehmen – so weit, bis sie ihn nicht mehr finden."

Nancy wischte sich mit einer fahrigen Bewegung eine Haarsträhne aus ihrem Gesicht und schaute sich um. „Und sein Pferd?"

„Hat sich schon davongemacht, bei der Knallerei vorhin. Es wird den Weg nach Hause schon finden." Mad Buffalo schaute zum Himmel auf, wo noch immer dunkle Wolken die Gipfel der Berge verhüllten. „Wird wohl ein paar Tage dauern, bis der Gaul zurückgefunden hat, und es sieht aus, als wäre der Regen von heute Nacht nicht der letzte gewesen. Er wird alle Spuren auslöschen."

***

25.

Ezra Tucker zügelte sein Pferd und zog es leicht herum, um auf Angus zu warten, der hinter ihm zurückgeblieben war.

„Wo hat's dich erwischt?", fragte er kurz angebunden, als Angus bei ihm war.

Dieser hielt mit verzerrtem Gesicht sein Pferd an und legte die Hand auf die rechte Seite. „Hier an den Rippen. Nur ein Streifschuss, blutet aber, verdammt noch mal."

„Hm." Ezra schaute mit einem finsteren Blick zurück, dorthin, von wo sie gekommen waren. „Sieht nicht so aus, als wären noch mehr Rothäute da gewesen als nur der eine. Oder hast du noch welche gesehen?"

Angus schüttelte den Kopf. „Nein." Er presste den Arm gegen seine verletzte Seite. „Komm, lass uns weiterreiten."

Ezra musterte ihn mit einem harten Blick.

„Dieser Mistkerl hat deinen Bruder auf dem Gewissen. Abgesehen von diesem Weib, das noch immer am Leben ist. Wir sollten umkehren und ihnen den Garaus machen."

„Die ganze Sache ist schiefgegangen, Dad."

Ezras kleine Augen funkelten wie die einer gereizten Ratte. „Verdammt, es ist nur ein kurzer Weg; den wirst du wohl noch aushalten können. Die Gelegenheit könnte nicht günstiger sein. Der Kerl kann weder stehen noch laufen."

„Aber rumballern kann er, das hast du doch erlebt. Möchte nur wissen, woher er diese Kanone so plötzlich hatte. Scheint die ganze Zeit nur darauf gelauert zu haben. Daran siehst du, wie gefährlich dieser durchtriebene Hund ist."

Ezra hieb mit der Faust auf den Sattelknauf. „Zur Hölle mit ihm! Er ist allein dort, mit diesem Weib …"

„Dad!", rief Angus gequält. „Ich blute wie ein abgestochenes Tier. Ich schaffe das nicht mehr." Er schlug seinen Mantel zur Seite, und sein Vater starrte entsetzt auf das viele Blut, das die Kleidung darunter durchtränkt hatte. „Wir holen uns den Kerl ein andermal, wenn ich wiederhergestellt bin."

Ezra ließ sich von seinem Pferd gleiten und hielt ihm die Hand hin.

„Dein Messer“, forderte er. „Und dann komm runter da.“ Er nahm Angus’ Messer entgegen und half ihm vom Pferd. Dann schnitt er kurzerhand den unteren Rand von Angus’ Mantel ab. „Jetzt deinen Gürtel!“

Während Angus den Gurt aus den Schlaufen seiner Hose zerrte, legte Ezra den abgeschnittenen Stoff zu mehreren Lagen zusammen und dann auf die blutende Stelle, ehe er den Gürtel darum fest zog.

„Mehr können wir im Moment nicht tun.“

Angus nickte und atmete vorsichtig.

„Komm, Dad, lass uns von hier verschwinden.“

***

26.

Es war das erste Mal, dass er sie nicht aus sexueller Gier nahm, sondern mit einem tiefen Gefühl, das aus seinem Herzen kam. Schwer atmend presste er ihren Körper an sich, hielt sie so fest, dass es die Luft aus ihrer Lunge trieb. Und er spürte ihre Finger, die sich an ihm festklammerten, und ihre Nägel, die sich wie Krallen in seine Haut bohrten, mit einem scharfen, süßen Schmerz, wie er noch nie einen solchen erlebt hatte …

Damals, in ihrem Zelt am Green River, war er über sie hergefallen – ungestüm und ohne Zärtlichkeit, mit einer Kraft, vor der man sich fürchten müsste. Doch jetzt ging es über das Körperliche weit hinaus, und er setzte diese Kraft behutsam ein, mit einem Gefühl, das sie ihm nie zugetraut hätte. Er war tief in ihr und hatte völlig und in jeder Hinsicht von ihr Besitz ergriffen

Und sie schwebten beide in den Himmel hinauf und noch viel weiter, in Regionen, die sie nie gekannt hatten, waren völlig ausgefüllt von etwas, das mit einer Explosion über sie kam und in einem tiefen, dunklen Nichts mündete. Nancys Verstand schwand dahin, trug sie in unwirkliche Gefilde, von denen sie nicht gewusst hatte, dass es sie gab. Seit Jahren nicht oder auch noch nie hatte sie solche Gefühle in sich gespürt wie jetzt mit diesem Wesen – halb Mann, halb Tier, wie er ihr immer vorgekommen war.

Mach, dass du fortkommst, Nancy Blue, hörte sie ihren inneren Aufschrei; löse dich aus dieser dich fesselnden Umarmung und verschwinde, ehe dein Schicksal besiegelt ist und du ihn umbringst mit deiner Gegenwart. Lauf weg und gehe irgendwohin – nach Philadelphia oder New Orleans, aber verschwinde, solange du noch kannst …

Doch trotz all dieser unruhigen Gedanken, die wie Schmetterlinge durch ihren Kopf flatterten, verschlossen ihre Küsse seine Augen, während sie nach diesem wunderbaren Geschehen noch immer ineinander verschlungen dalagen, er unter ihr und sie oben, und sie dachte: Ich kann ihn nicht verlassen, jetzt nicht mehr. Ich werde bei ihm bleiben, und wenn ich dabei zum Teufel gehe; es ist mir egal. Auch wenn er manchmal ein Grobian ist, ich werde mich an seine Eigenarten oder Unarten gewöhnen. Hier ist es auf jeden Fall besser als dort, wo und wie ich vorher gelebt habe. Und Mad Buffalo hörte sie flüstern: „Wir werden für immer zusammenbleiben, denn jetzt, nach alldem, gehöre ich zu dir; das ist mir klargeworden. Ich werde hierbleiben, was auch immer kommen mag – bis ans Ende meines Lebens."

Lange danach klangen diese Worte noch mit leichter Wehmut in Mad Buffalos Gedanken nach. Er kannte das Leben hier draußen besser, und die harten und einsamen Montanawinter konnten manche guten Vorsätze wieder zerstören. Doch jetzt ist Sommer, sagte er sich, und wir werden den Winter kommen lassen; und was geschehen soll, das geschieht.

Sein Bein heilte unter Nancys helfenden Händen, und das zerrissene Fleisch wuchs wieder zusammen. Da auch der Knochen nicht völlig schadlos geblieben war, musste Cabe beim Gehen noch eine Krücke unter seine Achsel klemmen, die er sich aus einem Ahornschössling gemacht hatte. Damit humpelte er sogar schon bis zu den Hügeln, um dort seine Schlingen auszulegen, mit denen er Kaninchen fing, um den Speiseplan etwas aufzupeppen.

Oft saß er vor seiner Hütte und schaute dem Yellowstone zu, der ständig dahinfloss, ohne Rast und Ruh. Seine Augen schweiften umher, als suchten sie die weite Ferne ab. Und schließlich kam der Tag an dem er zu Nancy sagte: „Es wird Zeit für mich, mal wieder auf die Jagd zu gehen."

Nancy blickte auf seinen Fuß hinunter, der keinen Verband mehr trug, aber noch etwas geschwollen aussah.

„Solltest du nicht lieber noch etwas damit warten?", versuchte sie ihn zurückzuhalten. Es war ihr klar, dass dieser Moment einmal kommen musste, doch sie fürchtete sich vor der Einsamkeit, wenn er nicht da war.

„Ich habe das ewige Kaninchenessen satt", antwortete er mit einem scherzenden Unterton, „und die Eichhörnchen hier in der Gegend habe ich auch schon fast ausgerottet. Würdest du nicht auch lieber mal wieder einen richtigen Braten zubereiten?"

„Das schon." Sie zögerte und wusste zugleich, dass sie ihn nicht mehr zurückhalten konnte. Schließlich war er ein Jäger. „Aber versprich mir, dass du vorsichtig bist und dich nicht gleich wieder mit einem Grizzly anlegst."

Cabe lachte und sagte: „Aber ich darf mich doch wehren, falls sich einer mit mir anlegt."

„Das musst du sogar, denn mit deinem kranken Bein wirst du noch nicht so schnell rennen können."

„Sie schaute ihm zu, wie er Buddy sattelte, sich seine Jagdtasche mit Pulverhorn und Kugelbeutel umhängte und sein langes Gewehr nahm. Er bemühte sich, nicht zu hinken, doch sie wusste, dass er es mitunter noch tat, wenn sie nicht hinsah.

„Beschäftige dich möglichst in der Hütte, und pass auf dich auf", riet er ihr. „Ich gedenke, bis zum Abend wieder zurück zu sein."

Sie beobachtete wie er in den jungen Tag hineinritt und weiter stromaufwärts den Fluss durchquerte, und ein leises Gefühl der Verlorenheit befiel sie bei diesem Anblick. Auf eine geheimnisvolle Weise hatte er sie jetzt gewissermaßen zu seiner Gefangenen gemacht. Sie wollte nie jemandem gehören, aber nun war es doch so gekommen, dass sie sich ihm zugehörig fühlte – ihm und keinem anderen. Sie fragte sich, was mit ihr geschehen war, und sie bekam keine Antwort. Sie wusste nur eines: Ohne ihn würde sie sich verloren fühlen.

Nancy ging nach drinnen, um dort etwas Ordnung zu schaffen, was sie in den letzten Tagen vernachlässigt hatte. Aber ihre Gedanken folgten Mad Buffalo bis in die Berge auf der anderen Flussseite. Als sie der Ansicht war, dass sich alles wieder dort befand, wo es hingehörte, öffnete sie die Tür wieder und ließ die frische Luft des jungen Tages herein.

Dort, von wo sie kam, würde man die Zeit, in der Mad Buffalo hier ständig bei ihr war und seine Wunden hatte heilen lassen, als Wochen bezeichnen. Da, wo sie sich jetzt befand, gab es solche Zeitmaßstäbe nicht. Hier reihten sich die Tage namenlos aneinander und summierten sich.

Eine ganz andere Welt.

Sie schaute hinaus, in diese „andere Welt", die ihr inzwischen so vertraut erschien, dass sie den Fluss, die Berge und die einsame Weite schon fast als Heimat betrachtete. Sie versuchte, sich vorzustellen, wie es in der Welt, in der sie damals gelebt hatte, gewesen war. Ihre Gedanken eilten weit zurück, und sie erinnerte sich an ihre Kindheit, die sie in einer kleinen Stadt in Tennessee zugebracht hatte.

Mutter arbeitete seinerzeit in der kleinen Schule des Ortes als Lehrerin und hatte auch ihrer Tochter die Grundformen des Lesens, Schreibens und Rechnens beigebracht ...

Ich war das einzige Kind, das meine Mutter Meira allein großziehen musste, denn mein Vater hatte sich schon bald nach meiner Geburt davongemacht. Meira hielt von da an alle Männer für rastlos und unzuverlässig.

Ich war gerade fünfzehn, als sie an einer Lungenentzündung starb, und ich musste von da an allein zusehen, wie ich durchs Leben kam. Zum Glück konnte ich schreiben und lesen und ein wenig rechnen, so dass ich im Gemischtwarenladen von Mr. Bailey eine Anstellung fand. Mr. Bailey und seine Frau Amanda hatten einen geistig behinderten Sohn, der noch jünger war als ich. Als dieser starb, suchte Amanda Trost im Rausch von Alkohol und Laudanum und war nicht mehr in der Lage, ihren Pflichten als Ehe- und Hausfrau nachzukommen.

Ich rückte daher nach und nach an ihre Stelle und war mehr im Haushalt als im Laden beschäftigt. Als Mr. Bailey irgendwann schließlich anfing, meinen Po zu tätscheln und meine schon recht gut entwickelte Brust zu streicheln, ließ ich es geschehen. Gelang es mir doch dadurch, meinen Status im Haus beträchtlich zu verbessern.

So vergingen einige Jahre, und dann tauchte ein Pelzhändler namens MacTuff auf, der mir ins Ohr zu flüstern begann, wie schön ich doch sei und zu schade dafür, in diesem Haus zu versauern, wie er sich ausdrückte. Er schwärmte dem naiven, unerfahrenen Mädchen, das ich damals war, von Geld und schönen Kleidern vor, und wie leicht es für mich wäre, das alles zu bekommen, wenn ich meine Gunst den Männer zuwendete, die bereit wären, viel dafür zu bezahlen. Damals wurde aus mir Nancy Blue. Nancy Blue! Ich weiß nicht, ob ich darüber lachen oder weinen soll. Eigentlich hatte ich Mathilda Stevenson geheißen, mein Großvater war einst aus Schweden gekommen. Aber Mr. MacTuff hatte gemeint, das sei kein Name für das, was er mit mir vorhatte, und in seinen Blick war ein ganz besonderer Ausdruck gekommen, als er in meine blauen Augen sah. Nancy Blue, hatte er dabei schwärmerisch gemurmelt – das sei ein Name, bei dem die Männerherzen weich würden. Das hatte mein naives Gemüt beeindruckt, und ich war stolz darauf, diesen Namen zu führen – was auch immer er damit und mit mir vorhaben mochte.

Und jetzt, da sie hier allein in der offenen Tür dieser Hütte stand und in die Einsamkeit hinausschaute, fielen die Bilder der Vergangenheit über sie her. Gesichter, die sie vergessen wollte und die sich dennoch immer wieder ihren Erinnerungen aufdrängten. Gesichter von Männern, für deren Vergnügungen sie als williges Fleisch herhalten musste, die wollüstigen Blicke, mit denen sie ihren Körper besudelten, gierige Hände, die nach ihr griffen und ihr wehtaten. Nacht für Nacht und Tag um Tag, und es schien kein Ende zu nehmen. Und niemand und nichts hatte sie darauf vorbereitet oder davor bewahrt. Als sie die ganz andere Realität zu begreifen begann, war es für eine Umkehr zu spät.

Und jetzt schämte sie sich dafür und wünschte sich, rein zu sein von all dieser schmutzigen Gier und alles vergessen zu können. Doch kein noch so heißes Bad konnte sie von ihrer Vergangenheit reinwaschen.

Nancy kehrte der Welt da draußen den Rücken zu, schloss die Tür hinter sich, und schaute sich in der Hütte um, als würde sie das alles zum ersten Mal sehen.

Wo war sie nach alldem gelandet?

Das war das Zuhause von Mad Buffalo – dem ersten, wenn auch wenig gebildeten, so doch zuverlässigen und ehrlichen Mann, dem sie überhaupt in ihrem kurzen Leben begegnet war. Einem Mann, der ein primitives Leben führte und nicht mehr besaß, als er brauchte – und damit zufrieden war. Was sie dabei am meisten verwirrte: Sie fühlte sich auf eine unerklärliche Weise zu ihm hingezogen, wie nie zuvor zu einem anderen Menschen.

Mad Buffalo hielt Wort und kehrte noch vor Einbruch der Dunkelheit zurück. Leider bestand seine Jagdbeute nur aus einer mageren Bergziege, an der zwar mehr dran war als an einem Kaninchen, doch er hatte eigentlich eine andere Vorstellung gehabt.

„Das nächste Mal“, sagte er verheißungsvoll, als sie das erste Stück ihres Bratens verzehrt hatten, „reite ich nach Westen, hinüber zum Gallatin River. Dort kenne ich eine Stelle, wo häufig das Wild zur Tränke kommt, und vielleicht kann ich dort eine stramme Hirschkuh erwischen. Das wird allerdings nicht an einem Tag zu erledigen sein.“

„Und wie war's mit deinem Bein?“

Er zuckte kurz mit den Schultern. „Trägt mein Gewicht und das einer Bergziege dazu.“ Er lächelte ihr zu. „Dank deiner geschickten Hände scheint alles gut verheilt zu sein.“

***

27.

Hundert Meilen weiter nördlich am Missouri war zwischenzeitlich auch ein anderer Heilungsprozess abgeschlossen und hatte lediglich eine Narbe auf Angus Tuckers Rippen hinterlassen.

„Wenn das alles erledigt ist“, sagte Ezra und wandte sich zu Angus um, nachdem er den Sattelgurt seines Pferdes festgezogen und den Bügel runtergelassen hatte, „bekommst du einen neuen Mantel. Bis dahin tut's der alte, abgeschnittene noch.“

„Verdammt großzügig von dir“, erwiderte Angus ironisch. Dann schwang er sich in den Sattel und zog sein Pferd herum. „Na dann, los! Du bist doch schon ganz heiß auf diesen Burschen.“

Ezra hob die Zügel an. „Du etwa nicht?“

„Und wie!“ Angus trieb sein Tier an, das verhalten schnaubte, und setzte nach rückwärts über die linke Schulter hinzu: „Und besonders auf den Nachtisch.“

„Bis hierher und nicht weiter“, sagte Ezra, als sie Tage später in der Nähe von Cabes Hütte angekommen waren. „Sonst könnten wir gesehen werden, und dann hätten wir einen schlechten Stand.“

Zwischen dem lockeren Bestand von buschigen jungen Kiefern, die den seichten Hang sprenkelten und ihnen Sichtschutz gewährten, hatten sie angehalten und spähten aufmerksam zu der Rückseite der etwa dreihundert Yard entfernten Hütte hin.

„Sieht alles ganz friedlich aus“, bemerkte Angus mit einem verschlagenen Grinsen. „Wird Zeit, dass wir das ändern.“ Er schaute sich in der Gegend um und deutete dann zu einer Stelle hin, die deutlich näher bei der Hütte lag. „Siehst du diese große Fichte da drüben? Dort befindet sich eine kleine Senke, das weiß ich noch von unserem letzten Besuch hier. Und von dort aus können wir beobachten, ohne selbst gesehen zu werden.“

„Hm.“ Ezra nickte kurz. „Dann lass uns da hinreiten. Aber wir müssen einen Bogen machen, da, hinter diesem kleinen Gehölz entlang, damit man uns nicht sieht."

Sie zogen ihre Pferde herum und ritten langsam zu dieser Senke hin, die von weitem nicht als solche zu erkennen war. Bevor sie dort ankamen, saßen sie ab und führten die Tiere am Zügel. Der Platz erwies sich als ideal für ihr Vorhaben. Einige junge Krüppelkiefern säumten den Rand der Mulde und boten zusätzlichen Schutz. Ezra schätzte die Entfernung bis zur Hütte auf etwa hundert Yard.

„Sieh mal einer an", sagte er, als er sich umdrehte und nach hinten schaute. Angus' Blick folgte dieser Richtung, und auch er sah den Indianerpfeil, der etwa in Kopfhöhe im Stamm der großen Fichte steckte.

„Na und? Was ist daran so besonders?"

Ezra ging zu dem Baum, fasste den Pfeil kurz hinter der Spitze und zog ihn vorsichtig nach einigem Hin- und Herwackeln aus dem Holz. Er drehte ihn in den Händen herum und betrachtete ihn von allen Seiten. Die eiserne Spitze war angerostet und die Befiederung am Ende schon recht zerzaust.

„Könnte ein Blackfootpfeil sein. So genau weiß ich's nicht. Ist ja auch egal. „Scheint schon ziemlich lange dort in dem Baum zu stecken", murmelte er. „Aber das bringt mich auf 'ne fantastische Idee."

Angus sagte nichts dazu, blickte seinen Vater nur fragend an.

Dieser schaute auf seine und dann auf Angus' Füße hinab. „Zum Glück haben wir beide unsere Mokassins an. Manchmal tut man schon im Voraus ungewollt das Richtige."

„Willst du mir das nicht mal genauer erklären?", fragte Angus ohne großes Interesse. Er setzte sich auf den mit spärlichem Gras bewachsenen Boden, und Ezra folgte seinem Beispiel.

„Pass auf. Dieser Pfeil kann für unser Vorhaben sehr nützlich werden. Wir warten hier, bis der dämliche Hinterwäldler seine Hütte verlässt und auf die Jagd geht. Irgendwann muss er das ja mal."

Angus verdrehte die Augen. „Wie sollen wir ihn denn umlegen, wenn er nicht da ist?"

„Lass mich doch ausreden!", sagte Ezra ungeduldig. „Wenn er weg ist, nehmen wir uns dieses Flittchen vor und lassen alles so aussehen, als wären es Rothäute gewesen. Was meinst du wohl, was Freund Mad Buffalo macht, wenn er nach Hause kommt und findet sein blondes Blauauge hier abgemurkst vor, und überall findet er nur Spuren von Mokassins und diesen Pfeil hier?"

Angus scharrte mit der Ferse seines linken Fußes auf dem Boden herum, während sich ein kaltes Lächeln in seine Züge schlich. „Er wird fürchterlich wild werden und alles abschlachten, was eine rote Haut hat."

„Genau. Ich sehe, du begreifst langsam."

„Falls es uns gelingt, ihn das glauben zu machen", schränkte Angus ein.

„Das gelingt uns." Ein begeistertes Leuchten ließ Ezras Augen größer werden. „Er wird so wütend sein, dass er gar nicht lange nachdenkt und losziehen wird, um an diesen Rothäuten fürchterliche Rache zu nehmen. Das werden diese sich natürlich nicht bieten lassen. Irgendwann werden sie ihn erwischen, und dann stirbt er einen Tod, wie wir ihn nicht besser bieten könnten. Die Rothäute verstehen sich auf so was."

Angus schien die Begeisterung seines Vaters für diesen Plan nicht zu teilen. Er lehnte sich mit dem Rücken an den Baum und schien sich nur für seine Fußspitzen zu interessieren.

„Weißt du, mir gefällt das nicht, hier so lange rumsitzen zu müssen, bis der Kerl irgendwann mal seine Bude verlässt. Warum warten wir nicht, bis es dunkel ist, schleichen uns dann runter und bringen es hinter uns?"

„Du hast doch schon am eigenen Leib erfahren, wie gefährlich dieser Kerl ist. Warum also sollten wir ein unnötiges Risiko eingehen? Lass doch die Roten für uns die Arbeit erledigen."

Mit einer langsamen Bewegung wandte Angus das Gesicht seinem Vater zu. „Mir scheint fast, du hast Angst vor dem Burschen."

„Überlege dir, was du sagst, Junge!" Ezra funkelte seinen Sohn wütend an. „Ich möchte nur vermeiden, dass du wieder 'ne Kugel in die Rippen kriegst und dann über das Blut jammerst, das du dabei verlierst. Wenn es nach mir gegangen wäre, hätten wir die Sache damals schon erledigt.“ Er machte eine Pause, holte ein Stück Kautabak aus der Tasche und biss etwas davon ab, während Angus dasaß und missmutig vor sich hin schwieg, so, als hätte er den Geschmack fauler Äpfel im Mund. „Wir werden unseren Spaß mit dieser Hure haben, und dann lassen wir die Drecksarbeit von den Indianern erledigen. Besser kann's doch gar nicht laufen.“

***

28.

Nancy hatte unruhig geschlafen. Wilde Träume hatten sie gequält, und zeitweise war sie wach oder halbwach gewesen. Geräusche ließen sie nicht in den Schlaf zurückfinden. Geräusche, deren Ursprung sie sich nicht erklären konnte und die ihr im Dunkel der Nacht drohend vorkamen. Der Ruf eines Nachtvogels, der lockend und unheimlich klang im Gefühl des Alleinseins. Einmal war ihr, als schliche jemand oder etwas um die Hütte herum – lauernd und verstohlen …

Doch irgendwann war der neue Tag angebrochen. Draußen ging die Sonne auf, und die Vögel zwitscherten und vertrieben die Gespenster der Nacht. Sie trat vor die Tür und schaute dorthin, wo Mad Buffalo gestern ihren Blicken entschwunden war, so, als könnte sie damit seine Rückkehr beschleunigen. Als er aufgebrochen war, hatte sie an derselben Stelle gestanden wie jetzt, hatte mit der Hand die Augen gegen die grelle Sonne abgeschirmt und ihm nachgeblickt, bis sie ihn zwischen den aufgelockert stehenden Bäumen in den Hügeln verloren hatte.

Sie kehrte in die Hütte zurück, die ihr nach dem hellen Sonnenlicht düster und eng vorkam, und legte den Querriegel vor. Als sich ihre Augen wieder daran gewöhnt hatten, machte sie sich über ihre Arbeit her, die sie gestern unterbrochen hatte.

Während Mad Buffalo abwesend war, wollte sie sich die Zeit damit vertreiben, ein Paar neue Mokassins anzufertigen, so, wie er es ihr gezeigt hatte. Schon am Vortag bereits waren aus einem Stück dickem Nackenleder eines Elches unter ihren Händen Sohlen und Oberteile in einem Stück entstanden. Nun begann sie von der Spitze her, die Seitennaht bis zur Ferse zu nähen.

Doch Mad Buffalos Abwesenheit legte sich auf ihr Gemüt, und sie hatte Mühe, sich auf ihre Tätigkeit zu konzentrieren. Immer wieder entflohen ihre Gedanken der dumpfen Atmosphäre der Hütte und eilten nach draußen. Was sie durch seine Gegenwart schon vergessen zu haben glaubte, war mit einem Mal wieder da. Die Veränderung der Welt, in der sie hier lebte, drängte sich ihr wieder auf. Die Regeln, nach denen sie bisher gelebt hatte, galten hier nicht mehr. Der Kampf ums nackte Dasein war an die erste Stelle gerückt. Sie hockte hier drinnen, und unmittelbar vor ihrer Tür begann die Wildnis, die nichts anderes als Stärke respektierte und in der man sich behaupten musste, Tag für Tag.

Sie wollte raus hier, aus dieser Enge, die sie bedrückte – raus, um frei atmen zu können, auch wenn Mad Buffalo sie davor gewarnt hatte, raus aus diesem Gefängnis.

Sie ließ ihre halbfertige Arbeit liegen, öffnete die Tür, sog tief die klare Luft ein und warf einen kurzen Blick auf das riesige blassblaue Himmelsgewölbe über sich, das sich im Westen bereits leicht rötete. Rasch lief sie zum Yellowstone hinunter und blieb an seinem inzwischen vertrauten Ufer stehen. Sehnsuchtsvoll schaute sie dem dahinströmenden Wasser nach.

Wohin floss es, ständig und ohne Unterbrechung? Irgendwohin, wo es Menschen gab? Oder nur in eine andere Wildnis? Sie stand hier und genoss es, den sachten Wellen und Strudeln hinterherzuschauen, die ihre Fantasie mit sich davontrugen.

Der Schrei eines Adlers wehte von den fernen Bergen herüber, und sie hob den Blick in diese Richtung. Der klagende Ton klang wie das traurige Echo ihrer unerfüllten Sehnsüchte. Und plötzlich sah sie alles in ungewohnter Schärfe vor ihrem geistigen Auge – angefangen mit Meira, ihrer Mutter, der Zeit, die sie in Mr. Baileys Haus verbracht hatte, und die enttäuschende Welt als Nancy Blue, in die MacTuff sie hineingelockt hatte, bis hin zu Mad Buffalo und dem Zusammensein mit ihm. Das Ganze hatte etwas Unwirkliches an sich. Einiges in ihrem Leben war nützlich gewesen und hatte ihr weitergeholfen. Doch hier stand sie an einem Scheideweg. Sie musste sich dazu durchringen, allen Ballast aus ihrer Vergangenheit abzuschütteln, bis nur das übrig blieb, was für sie wirklich wichtig war. Nur so konnte sie ihre Zukunft in den Griff bekommen.

Eine Bewegung am Ufer weiter stromabwärts riss sie aus ihren Gedanken in die Realität zurück. Ein Mann war dort unverhofft aufgetaucht. Auch wenn sie ihn auf diese Entfernung nicht erkennen konnte, signalisierte er ihrem Unterbewusstsein Gefahr.

Nancy wandte sich ohne Hast vom Fluss ab und kehrte zurück. Sie war näher an der Hütte als dieser fremde Mann und würde keine Mühe haben, diese vor ihm zu erreichen. Der änderte seine Richtung und bewegte sich auf das gleiche Ziel zu wie sie. Er war ihr ein Stück nähergekommen, obwohl er sich noch immer Zeit ließ. Plötzlich erkannte sie ihn, und ein Schreck, der ihr den Atem nahm, durchfuhr sie.

Der ältere der beiden Männer, die bei jenem furchtbaren Kampf in ihrer Hütte entkommen waren!

Dem Drang, schneller zu laufen, konnte sie nicht mehr widerstehen, und sie beschleunigte ihren Schritt, während ihre Blicke in der Umgebung herumhasteten.

Wo mag der andere stecken?

Dass sie ihn nicht sehen konnte, beruhigte sie in keiner Weise. Der Mann hinter ihr hatte ein Stück, wenn auch unbedeutend, aufgeholt, und Nancy konnte den siegessicher überlegenen Ausdruck seiner Miene erkennen. Angst griff mit spitzen Krallen nach ihr und klammerte sich an ihr fest. Noch war sie sicher, die Hütte vor ihm zu erreichen. Aber wie lange würde sie ihr Sicherheit bieten können? Und wann könnte Mad Buffalo wieder zurück sein? Heute bestimmt nicht!

Dieser Gedanke versetzte sie endgültig in Panik. Sie rannte. Atemlos langte sie bei der Hütte an, stürzte hinein und zog dabei die Tür hinter sich zu. Mit hastig flatternden Händen griff sie nach dem schweren Riegel.

„Du kannst sie ruhig offen lassen."

Nancy erstarrte. Ein fieberndes Zittern durchlief ihren Körper. Diese Stimme! Hinter ihr! Langsam, als fürchtete sie sich vor dem, was sie zu sehen bekommen würde, wandte sie sich um.

Da hockte er am Tisch, und sie hatte ihn in der Hast und der Dämmerung hier drinnen gar nicht wahrgenommen. Angus Tucker! Den zerbeulten Hut mit der Eulenfeder hatte er achtlos auf Nancys halbfertige Mokassins gelegt. Ein fieses Grinsen überzog sein Gesicht, das die kalt blickenden Augen jedoch nicht erreichte. „Schön, dich wiederzusehen, Nancy Blue. Hattest uns wohl schon vergessen, wie?"

Nancy ließ die Arme sinken und wusste nicht, was sie tun sollte. Sie stand still, ebenso wie die Zeit; nur das Herz in ihr raste, als wäre ein Rudel Wölfe hinter ihr her.

In ihrem Rücken wurde die Tür geöffnet, und der Mann, der eintrat, schubste sie ein Stück nach vorn. Sie wandte den Kopf und sah direkt in das wölfische Gesicht, mit den grauen Bartstoppeln.

„Die Rache ist mein“, sagte dessen Stimme salbungsvoll wie ein Priester in der Kirche. „Und du hast vielleicht gedacht, du könntest ihr entkommen, wie? Jetzt ist die Zeit da, um deinen Irrtum einzusehen.“

Angus Tucker erhob sich und kicherte leise, dann sagte er genüsslich: „Mach dich schon mal bereit, du Luder. Du weißt doch, wie so was geht. Heute bekommt die Mieze ordentlich Fleisch. So was wie 'ne Henkersmahlzeit, verstehst du?“

Nancys Herzschlag beruhigte sich etwas. Sie würden sie also nicht sofort umbringen. Sie wollten erst noch ihren Spaß haben. Nun, das würde sie aushalten. Und dann …?

Sie nahm all ihren Mut zusammen und sagte: „Mad Buffalo wird bald zurück sein, und dieses Mal werdet ihr ihm nicht entkommen.“ Sie musste versuchen, die beiden zu verunsichern. Doch sie hatte kaum ausgeredet, da knallte ihr Angus' Hand gegen den Kopf und ließ helle Blitze in der kurzen Finsternis aufflackern, die sie für einen winzigen Moment umfing. Sie taumelte gegen den Tisch und musste sich daran festhalten, um nicht zu fallen.

„Versuch nicht, uns für blöd zu verkaufen!“, fauchte er wütend. „Wir haben beobachtet, wie er mit dem Muli davon gezogen ist. Das gibt 'ne längere Reise, und wenn er zurückkommt, wird sein Spaß darin bestehen, dich unter die Erde zu bringen. Hast du das kapiert?“

Nancy versuchte, die Schwäche in ihren Beinen zu überwinden und stehen zu bleiben. Es gab für sie keinen Grund, an den Worten dieses Kerls zu zweifeln.

„Aber er wird nicht aufhören, euch zu suchen, bis er euch gefunden hat, und dann …“

Sie musste wohl einen wunden Punkt bei Angus getroffen haben – einen sehr wunden, denn seine Augen loderten, und sie sah, wie sich seine Hand zur Faust ballte, die wie ein Blitz auf sie zugeschossen kam und mitten in ihr Gesicht krachte. Sie fühlte ihr Nasenbein brechen, und in ihrem Gesicht brannte ein heißer Schmerz. Einen Moment lang wusste sie nicht mehr, wo oben und unten war; dann fand sie sich irgendwann auf dem Boden wieder.

„Schluss jetzt mit dem Gequatsche!", schrie er sie an. Sie fühlte plötzlich die kalte Klinge seines Jagdmessers unter ihrem Kinn, und die scharfe Schneide drückte gegen ihren Hals. „Noch ein Wort, und diese Bude hier wird aussehen, als hätte man in ihr ein Tier geschlachtet."

Nancy wagte kaum noch zu atmen. Ihre Zunge fühlte sich an, als füllte sie den gesamten Mund aus. Ich werde sterben, erkannte sie, jetzt, und dann werden sie vielleicht noch ihren Spaß mit mir treiben, wenn ich tot bin. Auch gut.

„Steck das verdammte Messer weg und beherrsch dich!", hörte sie da zu ihrer Überraschung Ezras scharfe Stimme. „Sonst ist der Spaß vorbei, noch ehe er begonnen hat."

Angus steckte das Messer weg und blickte sich nach seinem Vater um. „Ich weiß schon, was ich tue", knurrte er.

Nancys blaue Augen weiteten sich, und sie schnappte nach Luft, als wäre sie gerade aus den Fluten des Yellowstone aufgetaucht. Sprachlos und entsetzt starrte sie den Mann über sich an, der keinesfalls von ihr abließ. „Also dann", keuchte er und packte den unteren Rand ihres Kleides und zerrte es mit solcher Wucht nach oben über ihren Kopf, dass sie glaubte, er wollte sie damit über den Boden schleifen. Der feste Stoff legte sich über ihr schmerzendes Gesicht, wodurch sie kaum noch genug Luft bekam. Ihre Beine wurden auseinander gezerrt, gierige Hände tasteten sich über ihren Bauch und scharfe Fingernägel krallten sich in ihre Brüste, während der andere der beiden eine der Kerzen anzündete.

Nancy stöhnte vor Schmerz auf und wand sich unter dem Griff, versuchte, sich unter dem Mann wegzuwinden, wollte freikommen, einfach nur weg, sich in das gurgelnde Wasser des Yellowstone stürzen und nie mehr hochkommen; hatte jedoch keine Chance, ihm zu entkommen. Die Hände verschwanden, wurden aber von einem heißen Mund mit ebenso scharfen Zähnen ersetzt.

Dann spürte sie das volle Gewicht des Mannes auf sich. Er drang in sie ein, ergriff von ihr Besitz und stieß fest zu, immer wieder.

Die Zeit schien stehenzubleiben, und Nancy fiel in sich zusammen. Es gab nichts mehr zu retten. Sie spürte jeden der brutalen Stöße und das Feuer in ihrem Leib, und es war, als würde die Hoffnungslosigkeit jeglichen Lebenswillen aus ihr heraussaugen. Sie floh zu einem weit entfernten Ort, wo ihre Mutter im Garten Beeren erntete und wo es nach Rosen duftete, wo das Gurren der Tauben vom Dach herunter klang und die Hühner im Boden nach Körnern scharrten. Eine Welt, in der es keinen Schmerz mehr gab.

„Jetzt lass es endlich genug sein", mahnte Ezra ungeduldig. „Sie braucht noch etwas Zeit, um sich zu erholen. Sonst kann sie nicht laufen."

Keuchend hielt Angus inne und wandte sich mit zweifelndem Blick zu seinem Vater um, dessen Augen er hinter dem reflektierenden Schimmer des Kerzenlichts auf seinen runden Brillengläsern nicht erkennen konnte.

„Laufen? Wohin, zum Satan, soll sie denn laufen? Du hast doch nicht etwa vor, sie mitzunehmen?"

Ezra nahm die Brille ab. In seinen grauen Augen funkelte ein fanatischer Glanz. „Ich hab mir's überlegt, als du deinen Spaß hattest. Unsere Mission ist noch nicht ganz erfüllt." Er hauchte die Brillengläser an und putzte sie mit dem Zipfel seines schwarzen Halstuches. „Wir werden noch einen draufsetzen und unseren Freund etwas länger zappeln lassen, bis er sie wiederbekommt."

„Das verstehe ich nicht." Angus schüttelte den Kopf, während er sich erhob.

„Das ist auch nicht nötig. Lass mich nur machen. Wir müssen das alles hier …" – sein Arm bewegte sich mit einer ausholenden Geste – „… noch etwas präparieren. Es ist längst dunkel draußen, und morgen in aller Frühe wird es Zeit für uns, von hier zu verschwinden."

Ezra suchte in der Hütte herum, dann warf er eine ganze Anzahl kleinerer Felle von Biber, Wolf und Füchsen auf einen Haufen neben der Tür.

Angus warf einen verständnislosen Blick auf die Felle, und Ezra sagte erklärend: „Du kannst inzwischen schon mal die Gäule herholen." Er wies mit einer bezeichnenden Geste auf die Felle am Boden. „Damit umwickelst du die Hufe. Wir dürfen nicht einen Abdruck eines Hufeisens hinterlassen. Hast du das begriffen?"

Angus Tucker zuckte kurz mit den Schultern, warf noch einen Blick auf Nancys Körper, der noch immer wie leblos am Boden lag, und hob dann die Felle auf.

Sie hatte keines der Worte verstanden. In ihren Ohren war nur das heftige Rauschen eines Sturzbaches, das wie ein Sturm klang.

***

29.

Vier Reiter hielten am nördlichen Flussufer ihre Ponys an, und der vorderste von ihnen drehte sich zu den anderen um. Sein Pferd war ein lebhafter Schecke, der unruhig unter ihm tänzelte. Der Reiter selbst trug sein Haar offen, und am Hinterkopf hing ein Büschel Federn durchsetzt von roten, mit blanken Knöpfen verzierten Stoffstreifen herab. Von der Stirn verlief ein schwarzer Streifen senkrecht über den schmalen Nasenrücken hinab.

„Dort drüben." Der ausgestreckte Arm, mit dem er zu Mad Buffalos Hütte hindeutete, wies an seinem oberen Teil drei quer verlaufende Narben auf. „Das Moiéh dieses verrückten weißen Mannes", sagte er im Algonkindialekt der Blackfeet. „Der Eingang ist offen, aber es sieht aus, als wäre niemand dort. Kein Pferd zu sehen."

Der Krieger hinter ihm hatte seinen Falben dicht neben ihm angehalten. Er trug sein schwarzes Haar im Nacken zu einem dicken Zopf gebunden, und von seinem durchbohrten rechten Ohrrand hingen zwei Schnüre mit blauen Glasperlen und weißen Röhrenknochen herab. Sein Hemd aus weichgegerbtem Hirschleder war auf den Ärmeln mit bunten Quillstreifen dekoriert.

„Vielleicht hat ihn jemand getötet", sagte er wenig interessiert.

„Denkt mein N'iskan dabei an Sikaapéhs?", fragte der Krieger, der auf dem Schecken saß. Der Brustbehang aus Röhrenknochen, der seinen ansonsten nackten Oberkörper zierte, schimmerte hell in der hoch stehenden Sonne, als er sich umwandte. „Er könnte hier gewesen sein."

Der andere schüttelte den Kopf. „Dann wäre er längst schon wieder zurückgekehrt. Aber er fehlt nun schon seit einigen Monden. Und vergiss nicht, dass sein Pony ohne ihn zurückkam."

„Der verrückte weiße Mann könnte ihn getötet haben", ließ jetzt der Dritte im Bunde verlauten, der deutlich jünger war als die anderen drei.

„Sikaapéhs würde sich niemals von einem einzelnen Weißen besiegen lassen", hielt der Krieger mit dem Zopf ihm entgegen.

„Er soll aber sehr stark sein und über die Kräfte eines Bären verfügen", gab der Krieger auf dem Schecken zu bedenken.

„Aber Sikaapéhs hat schon mehr als nur einen Bären getötet. Das sollte mein Bruder Minik' hiss Ponokamita bedenken."

„Yaahssi", sagte der als „Starkes Pferd" genannte. „Vielleicht hast du recht, Otachkui Pi'kssíí. Aber ich denke, wir sollten nachsehen. Und wenn der weiße Mann da ist, werden wir ihn töten."

„Warum sollten wir ihn töten?"

„Jeder weiße Mann ist unser Feind."

„Nicht dieser", hielt ihm Gelber Vogel entgegen. „Er lebt schon lange hier, und unser Volk hatte nie Streit mit ihm."

„Mein Bruder vergisst, dass Sikaapéhs die Ah-ké mit dem gelben Haar haben wollte", meldete sich jetzt der Jüngere wieder, der auf den Namen Kómonä Ápssi hörte, was Grüner Pfeil bedeutet.

„Yaahssi", stimmte Gelber Vogel schließlich zu, „dann lasst uns nachsehen, ob wir etwas finden."

„Da gibt es bestimmt etwas, was wir gebrauchen können", sagte der vierte in der Runde, der bis jetzt geschwiegen hatte. Ein dürrer Kerl mit einem faltigen Hals und einer gebogenen Nase, dessen Anblick unwillkürlich an einen Geier erinnerte, setzte als Erster sein Tier in Bewegung. Sie trieben ihre Pferde vorwärts und das sanft ansteigende Gelände zur Hütte hinauf, die von einer Aura unheimlichen Schweigens umgeben auf sie wartete. Nichts regte sich bei ihrer Ankunft. Sie hielten etwas zögerlich ihre Tiere an, und Gelber Vogel beschlich beim Anblick der offenen Tür, die ihnen düster entgegensah, ein ungutes Gefühl. Irgendwelche Geister schienen die Macht über diesen Ort gewonnen zu haben.

Starkes Pferd rutschte als Erster von seinem Schecken herunter und betrat die Hütte. Alles lag durcheinander, so, als hätte ein wilder Kampf stattgefunden – jedoch war kein menschliches Wesen zu erblicken. Die teils hölzernen oder aus Horn bestehenden Becher starrten ihm wie eine Ansammlung aufgereihter Totenschädel von einem Regal entgegen. Den Wänden entströmte ein unheimliches Schweigen, als hätten sie ein Geheimnis zu verbergen.

Hinter ihm kam Gelber Vogel herein und drängte sich an Starkes Pferd vorbei. Beide standen stumm da und besahen sich alles genau, bis Grüner Pfeil hinter ihnen sagte: „Sieht nach Kampf aus. Aber meine Augen sehen keinen besiegten Körper."

Er, der Jüngere, schien von dieser Atmosphäre, die seine Gefährten zum Schweigen gebracht hatte, nichts zu spüren.

„Ahah-pane, Blut", sagte Starkes Pferd und wies auf den Boden neben dem Tisch und zwischen umgestürzten Hockern. Er bückte sich, tastete mit den Fingern nach dem dunklen Fleck und hielt die Hand in die Höhe. Das Blut war fast, aber noch nicht völlig geronnen. Dann schaute er noch einmal ratlos umher. „Aber niemand ist hier. Kann mein Bruder Otachkui Pi'kssíí mir sagen, was geschehen ist?"

Gelber Vogel schwieg noch eine Weile, dann schüttelte er den Kopf und sagte: „Kein guter Ort für uns. Ich kann Geister von Toten spüren."

„Geister von Toten?", fragte Grüner Pfeil spöttisch. „Hier sind keine Toten. Fürchtet sich Otachkui Pi'kssíí vor Geistern? Seht her!" Er schob sich an seinen Gefährten vorbei und wischte mit einer langen Bewegung seiner Hand sämtliche Becher vom Regal, deren Poltern die bedrohliche Stille zerriss. „Das hat die Geister verscheucht, wenn da welche waren."

Starkes Pferd ging zur Tür und schaute hinaus, als fürchtete er, der Lärm in der Hütte könnte irgendjemanden herbeilocken. Währenddessen suchte der junge Krieger unbeschwert in dem Durcheinander der Hütte herum. „Es gibt bestimmt noch einiges, was wir gebrauchen können", erklärte er dabei und hielt das Fell eines Bibers in die Höhe, das achtlos herumgelegen hatte.

Von den bewaldeten Hügeln in der Ferne klang ein langgezogenes Heulen herüber, und Starkes Pferd, der noch in der Tür stand, drehte sich um.

„Makóyi", sagte er tonlos. „Ein Wolf."

Gelber Vogel starrte ihn nur an, und Starkes Pferd wusste, was er dachte.

„Seht mal hier", meldete sich Grüner Pfeil völlig unbeeindruckt und hielt eine Korbflasche in der Hand. Er schüttelte sie.

„Da ist sogar noch was drin. Die weißen Männer haben immer etwas von diesem scharfen Wasser."

„Unser junger N'iskan weiß noch zu wenig von dieser Welt", versuchte Gelber Vogel die Sorglosigkeit ihres Gefährten zu erklären.

„Nehmt euch jeder eines dieser Gefäße hier, und lasst uns trinken", forderte dieser sie auf.

„Es gefällt mir hier nicht", sagte Gelber Vogel schroff. „Ist Zeit, von hier zu verschwinden."

„Nimm es mit", riet Geierhals dem Jüngeren. „Wir haben später Zeit genug, uns damit zu beschäftigen." Mit einem etwas unwohl klingenden Ton fügte er hinzu: „ Otachkui Pi'kssíí hat recht. Das hier ist wirklich kein guter Ort."

Sie schwangen sich auf ihre Ponys, zogen sie noch einmal im Kreis herum, um ihre Blicke in die Runde schweifen zu lassen, und ritten dann fort.

„Da sind Spuren", sagte Gelber Vogel, als sie sich etwa eine halbe Meile von der Hütte entfernt hatten, und deutete mit der Hand auf den Boden neben seinem Pony. „Aber man kann sie nicht mehr genau erkennen."

***

30.

Die Sonne schien warm, und ein angenehmer Lufthauch bewegte schwach das Laub der Bäume, als Mad Buffalo seinen Weg durch den lockeren Bestand von Fichten, Erlen und vereinzelten Espen suchte. Ein Berghüttensänger ließ über ihm sein Lied erschallen, und das Gefieder des Vogels glänzte metallisch blau im hellen Licht des fast wolkenlosen Himmels.

Mad Buffalo war guter Dinge. Auf dem Muli, das er hinter sich herzog, lag ein ausgeweidetes Hirschkalb, und der Gedanke an dessen zartes Fleisch regte schon jetzt seinen Appetit an. Wegen seines Jagdglücks kehrte zeitiger zurück, als anfangs gedacht, und er summte leise die Melodie jenes Liedes von dem Haus am Fluss, einem Weib und einem sorglosen Leben vor sich hin, das er schon seit langem nicht mehr gesungen hatte. Dieses Summen brach ab und hinterließ eine bedrückende Stille, als er schließlich seiner Hütte ansichtig wurde.

Er hielt den Braunen an und beobachtete sein Zuhause, aufmerksam und aus zusammengezogenen Lidern heraus.

Irgendetwas schien nicht zu stimmen. Es gab keinen sichtbaren Grund dafür. Sein aufkommendes Misstrauen entsprang eher einer Ahnung, die ihn plötzlich befallen hatte wie der Gefahr witternde Instinkt eines Tieres.

Langsam setzte er seinen Weg fort und zog Buddy etwas nach rechts herum in Richtung zum Fluss hin. Von dort aus konnte er die Hütte aus einem anderen Blickwinkel sehen.

Die Tür stand offen!

Draußen war niemand zu sehen.

Weshalb sollte Nancy die Tür offen gelassen haben, wo er ihr doch eingeschärft hatte …

Sein Herz begann mit dumpfen Schlägen zu pumpen. Seine düstere Ahnung schien ihn nicht getrogen zu haben.

Nancy Blue!

Grob trieb er den Braunen vorwärts und ließ die Longe los, die ihn mit dem Muli verband. Normalerweise würde er seine Hütte erst auf der Suche nach irgendwelchen Spuren umrunden, um nicht in eine hinterhältige Falle zu geraten. Doch seine zügellose Fantasie ließ ihn jede Vorsicht vergessen, eilte ihm voraus und quälte ihn mit schrecklichen Bildern, die er nicht aus seinem Kopf verbannen konnte.

Bei der Hütte angekommen sprang er vom Pferd; noch ehe es zum Stehen kam, riss er die Pistole hinter seinem Gürtel hervor und stürmte hinein.

Abrupt blieb er stehen. Die Schemel lagen umgekippt herum, der Tisch gegen die Wand geschoben, Becher aus dem Regal gerissen und Töpfe und Pfannen lagen verstreut auf dem Boden, als wäre ein Tornado durch den Raum getobt.

Von Nancy keine Spur!

Seine scharfen Augen durchforschten den Raum, damit ihm nichts entging. Offensichtlich hatte hier ein Kampf stattgefunden.

Hatte Nancy sich so wehren können?

Kaum zu glauben, aber Tatsachen sprechen mitunter eine andere Sprache. Einige dunkle Flecken am Boden zogen seine Aufmerksamkeit auf sich. Er sackte auf die Knie, untersuchte sie mit tastenden Fingern.

Angetrocknetes Blut. Daran bestand kein Zweifel. Es musste mindestens vom Vortage stammen. Nancys Blut ...?

Langsam, als hätte er Gicht in den Gliedern, erhob er sich. Es bestand noch immer die Hoffnung, dass Nancy am Leben war. Aber wo mochte sie jetzt sein? Und wer hatte sie verschleppt?

Mad Buffalo ging nach draußen, um dort nach Spuren zu suchen. Erst jetzt bemerkte er den Pfeil, der unmittelbar neben der Tür in der Balkenwand steckte. Mit einer unwirschen Bewegung brach er ihn ab.

Blackfeet! Das erkannte er sofort. Aber Grauwolf war tot. Er hatte ihn selbst unter die Erde gebracht. Waren seine Stammesbrüder gekommen, um Rache zu üben, weil sie sein Fehlen mit ihm, Mad Buffalo, in Zusammenhang brachten – und hatten Nancy mitgenommen, um ihn herauszufordern? Wenn ja, dann wollte er sie nicht lange warten lassen. Am Boden vor der Hütte fand er undeutliche Spuren von Pferdehufen, aber ohne Eisen, doch auch einige klare Abdrücke von unbeschlagenen Hufen, die jene anderen überdeckten und an denen er zweifelte, dass sie von ihm selbst stammen konnten. Sie sahen so frisch aus, dass er rasch seinen Blick über die weitere Umgebung huschen ließ, als müsste er noch etwas von ihnen sehen können.

Hatten einige die Hufe umwickelt? Doch wozu? Und weshalb nicht alle? Nun, das würde er sie fragen, wenn er sie fand.

Die Spuren von mindestens zwei Tieren führten etwas stromaufwärts zum Fluss und deuteten zu jener Stelle hin, wo sich der Yellowstone bequem durchqueren ließ. Und er fand auch Fußspuren, die offensichtlich von Nancy stammen mussten. Sie hatten sie augenscheinlich gefesselt hinter ihren Pferden herlaufen lassen.

Er kehrte um, nahm dem Muli, das ihm nachgetrottet war, die Last ab und warf sie auf den Boden, um sie den Geiern oder Coyoten zu überlassen. Ihm war der Appetit darauf vergangen. Dann brachte er das Muli in den Pferch, schwang sich auf Buddy und folgte den undeutlichen Spuren.

Bei der Sandbank, dort, wo das Wasser seicht war, hatten sie den Yellowstone durchquert. Da waren auch wieder einige unbeschlagene Hufe dabei, aber die Spuren auf der anderen Seite waren bereits wieder getrocknet, und von denen, die unbeschlagen waren, konnte er nichts mehr erkennen. Das steigerte die Ungeduld in ihm, und die Angst, dass alles zu spät sein könnte, schnürte ihm die Kehle zu.

Die Fährte wurde immer undeutlicher, je weiter er ihr folgte. Schließlich musste er absitzen und ihr zu Fuß folgen, um sie nicht gänzlich zu verlieren. Bei den Abdrücken der Hufe konnte er nicht mehr feststellen, ob sie tatsächlich umwickelt waren oder nicht. Dort, wo Gras niedergetreten war, hatte es sich teilweise schon wieder aufgerichtet, was darauf schließen ließ, dass alles mindestens einen Tag alt sein konnte.

Er hielt an und schaute über das Land. Eile hatte jetzt nur noch wenig Sinn, obwohl er seine Ungeduld nur schwer zähmen konnte. Er musste einen kühlen Kopf behalten. Sie hatten Nancy bestimmt nicht mitgenommen, um sie unterwegs zu töten. Aber was ihn bei seinen Überlegungen störte, war die Tatsache, dass ihre Entführer nach Süden ritten und dem Lauf des Yellowstone stromaufwärts folgten, obwohl die Blackfeet dieses Gebiet gewöhnlich mieden und ihre Dörfer sich eher nordwestlich von hier befanden. Doch wer konnte schon genau ergründen, was in den Köpfen dieser Menschen vorging? Sie hatten Nancy, und er musste ihnen folgen – egal, wohin.

Zu seiner Linken erhoben sich die Berge der Absaroka Mountains in ihrer wilden, ursprünglichen Schönheit, für die Mad Buffalo jetzt jedoch keinen Blick übrig hatte. Mit konzentrierter Aufmerksamkeit folgte er der Fährte wie ein Wolf seiner Beute, und nur ab und zu riskierte er einen Blick in seine Umgebung.

Am Rande eines kleinen Gehölzes aus schlanken Tannen hielt er abrupt an, als einige Krähen bei seinem Erscheinen vom Boden aufflatterten und sich protestierend zu den Bäumen aufschwangen. Er zog die Augenlider zusammen, und ein aufblitzender Schreck durchfuhr ihn wie ein heißer Strom.

Dort lag etwas, das er nicht klar erkennen konnte, ihm jedoch wie der Körper eines Menschen vorkam. Oder spielte seine Fantasie ihm einen Streich?

Eine Falle vielleicht?

Er unterdrückte den Drang, sofort darauf loszurennen, und umrundete mit wachsender Erregung und klopfendem Herzen weiträumig diese Stelle wie ein Wolf, der sich einem Köder nähert. Bald schon stellte er fest, das die Fährte von vielleicht zwei Pferden weiterführte und schließlich nach Westen abbog und wieder auf die andere Seite des Flusses wechselte. Die Fußspuren allerdings waren nicht mehr dabei, dessen war er ziemlich sicher.

Eine kalte Hand schien nach seinem Herzen zu greifen und es zusammenzupressen. Sein Pferd hinter sich her ziehend kehrte er um und näherte sich mit schwerfälligen Bewegungen, als hätte er eine unsichtbare Last zu schleppen, der reglos daliegenden Gestalt. Denn er wusste mit grausiger Gewissheit, was ihn erwartete: Nancy Blue!

Da lag sie – wie irgendein Abfall, den jemand weggeworfen hatte, nachdem er ihn nicht mehr gebrauchen konnte. Er ließ Buddys Zügel los, war mit ein paar schnellen Schritten bei ihr und sackte auf die Knie. Seine Hand tastete unsicher nach dem halb entblößten Körper vor sich, als traute er seinen Sinnen nicht. Ihre Augen waren geöffnet – weit geöffnet – doch das warme, betörende Blau in ihnen war erloschen. Stattdessen lag etwas Irrsinniges in ihnen, als wäre ihr unfassbar Schlimmes geschehen, das sie nicht überlebt hatte.

Er legte die Hand darüber und schloss behutsam ihre Lider.

Und das schöne blonde Haar!

Er presste die Lippen zusammen, bis kein Blut mehr in ihnen war, konnte dennoch nicht die Tränen zurückhalten, die seinen Blick hinter einem unwirklichen Schleier verschwimmen ließen. Ihr Kopf oberhalb der Stirn war nur noch eine dunkle Masse geronnenen Blutes.

Er schloss die Augen, doch der Anblick verfolgte ihn gnadenlos in die bedrückende, farblose Dunkelheit. So kniete er da, mit gesenktem Kopf – eine Weile, die ihm wie eine Ewigkeit erschien – während der tiefe Schmerz in ihm Gesellschaft von einer Wut bekam, die jede Zelle seines Körpers durchdrang. Wut und Schmerz, Schmerz und Wut und Verzweiflung. Das alles schmolz in ihm zu einem gnadenlosen Hass zusammen. Er hatte den Drang zu töten. Alle wollte er töten. Töten, töten, töten …

Sie hatten sie vergewaltigt, ermordet und geschändet, hatten sie in der Blüte ihres Lebens brutal ermordet. Er musste den Drang niederkämpfen, sofort mit dieser heißen Wut, allem Hass in sich hinter den Tätern herzujagen. Doch Wut ist ein schlechter Kampfgefährte, denn er verleitet zur Leichtsinnigkeit. Außerdem konnte er Nancy nicht hier liegenlassen.

Es war ihm, als wäre er aus einem wunderschönen Traum mit einem Fußtritt hinein in die brutale Realität befördert worden. Und dieser wunderschöne Traum hieß Nancy Blue.

Er hob den Kopf und starrte hinauf zu den im Himmel verschwindenden Gipfeln der alten Großväter, die sich schamvoll in dichte Wolken gehüllt hatten. Seine Hände ballten sich zu Fäusten, dass sich die Fingernägel in die Handflächen gruben. „Warum … warum habt ihr das zugelassen?“, quälte es sich über seine Lippen, während der Schmerz wie bittere Magensäure in ihm brannte. Aber die majestätischen Berge nahmen keine Notiz von seinen Gefühlen. Stumm und gleichgültig wie eh und je trotzten sie allen menschlichen Regungen.

Mad Buffalo hob Nancys Oberkörper an und drückte diesen verstümmelten und schmutzigen Kopf fest an seine Brust, aus der ein dumpfes Stöhnen wie ein Wehklagen entwich. Dann erhob er sich mit ihr und trug sie zu Buddy hin, der in respektvoller Distanz auf ihn wartete. Das Tier schreckte zurück und wich nervös zur Seite aus.

„Nun hab dich nicht so", grummelte Cabe. „Das ist doch nur Nancy – meine Nancy, das weißt du doch!"

Der Braune schnaubte zweimal kurz, dann stand er fest mit reglosen Hufen und warf nur einmal den Kopf hoch, als Mad Buffalo ihm den leblosen Körper aufbürdete. Er griff nach den Zügeln und blickte noch einmal zurück zum Ort des Geschehens, so, als wollte er sich alles davon einprägen; dann zog er den Braunen mit seiner Last hinter sich her. Mit Bewegungen, als hätte er selbst eine schwere Last zu tragen, zog er geschlagen davon, und düstere Wolken verschlangen auch noch den Rest der Sonne, als wäre diese Szene keinen ihrer Strahlen mehr wert.

Wieder zu Hause angekommen, zog er Nancy vorsichtig vom Rücken des Pferdes herunter und legte sie behutsam auf den Boden. Eine Weile hockte er neben ihr und hielt ihre kalte, leblose Hand fest in der seinen. Schließlich hob er den Kopf, und mit einem heiseren Schrei entlud sich der ganze Schmerz, unter dem er litt. Dann holte er einen eisernen Kessel aus der Hütte, brachte Wasser vom Fluss herauf und wusch Blut und Schmutz von Nancys Gesicht, bis nichts mehr davon zu sehen war. Dabei hinterfragte er seine Handlungsweisen der letzten Tage und wünschte sich, etwas anderes getan zu haben. Doch schließlich kam er zu dem Schluss, dass manches nicht zu ändern ist. Man handelt so, wie man es für richtig hält, und denkt sich nichts dabei, bis der Mensch, den man am meisten liebt, tot vor einem liegt und man ihn nur noch beweinen kann.

Stumm blickte er auf die Nase, die nur noch ein unförmiges Etwas war, das sich dunkel schimmernd von der nun blassen Haut abhob. Ihre Augen waren jetzt geschlossen, konnten jedoch nicht den Eindruck, als schliefe sie, in dieses entstellte Gesicht zaubern. Er griff mit leicht zitternden Fingern in ihr noch verbliebenes Haar, löste eine Locke davon heraus und schnitt sie mit dem Messer ab. Mit einem dünnen Lederstreifen band er die Haare zu einer Strähne fest zusammen, formte vom Rest des ledernen Bandes eine Schlinge, die er sich über den zottigen Kopf streifte und von jetzt an stets um seinen Hals tragen wollte. Das Letzte, was er von ihr besaß.

Die Dunkelheit breitete sich allmählich über dem Land aus, und es begann zu regnen. Mad Buffalo trug Nancy hinein und legte sie auf sein Lager, das er so oft mit ihr geteilt hatte, und er selbst würde in dieser, ihrer letzten gemeinsamen Nacht auf dem Boden schlafen.

Lange lag er auf dem Rücken, starrte in die Dunkelheit und grübelte über die grausige Tat und ihre Schuldigen nach. Sobald er die Augen schloss, tauchte aus der Finsternis Nancys Gesicht vor ihm auf. Irgendwann musste er jedoch über seinen Grübeleien und Halluzinationen eingeschlafen sein, als ein schrecklicher Schrei ihn hochfahren ließ und in seinem Kopf widerhallte. Nancys Stimme rief um Hilfe, und sie starrte ihn mit ihren weit aufgerissenen blauen Augen flehentlich an.

Vom Schlaf benommen schaute er sich verwirrt in der dunklen Hütte um. Seine Hand tastete zu seinem Lager hinüber, berührte die leblos starre Gestalt, die dort ruhte. Ein Traum – ein böser Alptraum. Nancy war tot!

Er schüttelte die Kälte, die jener Traum mit einer Gänsehaut auf ihm hinterlassen hatte, von sich ab und sank in seine ursprüngliche Lage zurück. Ich werde sie töten – alle werde ich töten, zog es lautlos, aber klar verständlich durch sein aufgewühltes Inneres, während er in die Stille hineinlauschte, als erwartete er von dort irgendwo eine Antwort. Aus Angst, er könnte wieder in diesen Alptraum zurückfinden, wagte er lange Zeit nicht, die

Augen zu schließen. Einmal war es ihm, als hörte er von draußen das Knurren sich raufender Coyoten, die sich vermutlich um seine Jagdbeute balgten, mit der er erst gestern zufrieden und wohlgestimmt nach Hause zurückgekehrt war.

Gestern. Wie konnte sich nur an einem einzigen Tag die Welt so verändern?

An nächsten Morgen war er bereits mit dem ersten Tageslicht auf den Beinen. Die regnerische Nacht hatte einen grauen, unfreundlichen Tag hinterlassen, der sich offensichtlich Mad Buffalos Stimmung anzuschließen gedachte.

Diese Nacht hatte auch noch einen quälenden Hunger zurückgelassen, den er erst jetzt zu spüren bekam, nachdem er etwas Abstand von den gestrigen Ereignissen zu gewinnen hoffte. So näherte er sich mit misstrauischer Neugier dem, was er von dem Hirschkalb noch vorfinden mochte, das er am Vortag einige Schritte von der Hütte entfernt achtlos zu Boden geworfen hatte.

Es sah nicht mehr besonders gut aus, aber an dem Fell war er sowieso nicht mehr interessiert. Von dem, was die hungrigen nächtlichen Besucher übriggelassen hatten, schnitt er sich die besten, noch unzerfetzten Stücke heraus, von denen er einen Teil briet und verzehrte. Immerhin musste er bei Kräften bleiben bei dem, was vor ihm lag.

Schließlich suchte er eine Stelle, an der der Boden nicht so hart war, und hob eine mehrere Fuß tiefe Grube aus. Bis zum Nachmittag war er damit fertig, und mit einiger Mühe schaffte er es, Nancy ihr gutes Kleid aus weichgegerbtem Hirschleder anzuziehen. Dann hüllte er sie noch in ihre wollene Hudson-Bay-Decke, die er einst von Smoky Voice Turtle mitgebracht hatte, und bettete sie damit in die ausgehobene Grube.

Lange hockte er daneben, schaute auf das Bündel hinab und ließ sich in Gedanken versunken von den Erinnerungen an sie forttragen; wie er das erste Mal fasziniert in ihre blauen Augen geblickt hatte, wie sie in seinem Alkoholrausch wie ein verschwommener Engel aufgetaucht war und ihn in sein Boot geschleppt hatte, wie sie zusammen mit ihm hier angekommen war, sich vor dem fremden Land gefürchtet – und sich dennoch mit der Zeit daran gewöhnt hatte. Er dachte daran, wie sie gemeinsam gegen ihre Feinde gekämpft hatten, und an ihre Worte in jener darauffolgenden Nacht: Wir werden für immer zusammenbleiben, denn ich gehöre zu dir; das ist mir jetzt klargeworden. Ich werde hier bleiben, was auch kommen mag, bis ans Ende meines Lebens.

Und niemals hätte er daran gedacht, sie könnte ihr Versprechen auf eine solche Weise einlösen.

Er hob den Kopf an und schaute zu den wuchtigen Bergmassiven hinüber, die in der grauen Ferne düster wirkten. „Und was machst du jetzt, Mad Buffalo?", schienen die alten Großväter zu murmeln.

Mad Buffalos Blick kehrte zu dem stummen Bündel in der Grube zurück.

„Du bist noch nicht vollständig", flüsterte er. „Noch etwas von dir fehlt in deinem Grab." Seine Lippen pressten sich so fest aufeinander, dass er einen Moment warten musste, ehe er weitersprechen konnte. „Dein Haar, dein wunderschönes Haar. Sie haben es dir genommen, doch ich werde es dir zurückbringen und eines Tages hier mit dir begraben. Das verspreche ich dir, oder ich werde sterben." Dann griff er entschlossen nach der Schaufel, und mit dumpfen Geräuschen deckte die Erde Nancys Leichnam langsam zu, bis sich ein kaum sichtbarer Hügel über dem Grab gebildet hatte. Nur einen großen, runden Stein wälzte Mad Buffalo am Kopfende darauf – sonst nichts. Er wusste, was sich darunter befand, und würde es nie vergessen. Und sonst brauchte es niemand zu wissen.

Als er am nächsten Tag aufbrach, hatte er die Reste von seinem Hirschfleisch und noch anderen Proviant seinem Muli aufgeladen, zusammen mit einigen Fallen, Pulver, Blei und all diesen Dingen, die man braucht, wenn man zu einer Reise aufbricht, von der man nicht weiß, ob man jemals zurückkommen wird.

Eile war nicht mehr notwendig. Nach dem Regen war keine Fährte mehr vorhanden, der er folgen konnte, und er musste seinem Spürsinn vertrauen. Er war entschlossen, jede dieser Rothäute zu töten, die seinen Weg kreuzten – und irgendwann würde einer dabei sein, der einen gelben Skalp besaß.

Bevor der Ort hinter ihm aus seinem Blickfeld verschwand, drehte er sich im Sattel um. Noch einmal nahm er diesen Anblick in sich auf: die Hütte, sein Heim, in dem es ihn nicht mehr hielt, den kleinen unscheinbaren dunklen Fleck mit dem einsam zurückbleibenden Stein – und er spürte, wie sich tief in seinem Innern langsam, aber sicher eine Tür schloss.

***

31.

Er bemerkte den kaum wahrnehmbaren Geruch von Rauch in der Luft und hob witternd wie ein Wolf seine Nase. Jetzt fühlte er sich in seinem Element, war Mad Buffalo Cabe, der Jäger, der mit messerscharfen Sinnen seine Beute aufspüren und töten würde.

Er lenkte Buddy ein Stück zur Seite, und das Muli mit seinen Sachen folgte ihnen mit stoischem Gleichmut. Ihm war es egal, wohin es ging und was der Grund der Reise war. Auch Buddy spürte nichts von der prickelnden Erregung im Blut seines Reiters.

Am Saum eines Kieferngehölzes hielt er an, schnüffelte noch einmal in der Luft herum, rutschte dann aus dem Sattel und band seine Tiere am Stamm eines jungen Baumes fest, so dass sie nicht gleich von irgendwoher zu sehen waren. Er nahm sein langes Gewehr und schlich lautlos zwischen den Bäumen hindurch. Der Rauchgeruch verschwand und kehrte zurück, je nach Laune des milden Windes. Als der Wald in einen lockeren Baumbestand überging, erspähte er in der Ferne aufsteigenden Rauch, den die leichten Böen hin und her zogen, bis er sich schließlich auflöste.

Zweifellos brannte dort ein Feuer, das ihn magisch anzog. Die Aussicht, dort vielleicht auf Nancys Mörder zu stoßen, beherrschte sein ganzes Denken, und er bewegte sich vorsichtig weiter in dieser Richtung. Nahe genug herangekommen, konnte er erkennen, dass sich drei Gestalten um ein Feuer herum niedergelassen hatten und offensichtlich dabei waren, sich eine Mahlzeit zu bereiten. Es handelte sich um Rothäute, so viel war ihm klar. Allerdings konnte er sie nicht genau erkennen, da das Gelände zu unübersichtlich war. Etliche Bäume und Büsche verhinderten eine freie Sicht. Er musste sich einen anderen Blickwinkel verschaffen.

Tief geduckt huschte er über eine freie Fläche, die mit hohem Gras bewachsen war, das sich im Wind bewegte, und er somit kaum zu sehen war. Jetzt konnte er zwischen einigen astlosen Stämmen hindurch alles genau erkennen. Es waren Blackfeet, das konnte er nach längerem Betrachten ausmachen.

Vielleicht hatte einer der drei einen blonden Skalp bei sich. Der Gedanke, hier bereits am Ziel seines Rachefeldzugs zu sein, ließ sein Herz unruhig werden.

Er hob sein Gewehr und legte es am schorfigen Stamm einer Kiefer an, um einen ruhigen, gut gezielten Schuss anbringen zu können. Als er den Hahn in die Feuerraste zog, bemerkte er jedoch, dass seine Hand leicht zitterte. Trotzdem versuchte er, das Visier ins Ziel zu bringen, aber es wollte ihm nicht gelingen. Die Erinnerung an Nancys übel zugerichtetes Gesicht machte einen sicheren Schuss unmöglich.

Verdammt, so etwas war ihm noch nie passiert!

Er setzte das Gewehr ab und schüttelte den Kopf, als könnte er so die quälenden Bilder seiner Fantasie verscheuchen. Doch sein Herz tobte weiter in seiner Brust. Von hier aus zu schießen war ihm nicht möglich. Ein Fehlschuss würde seine Gegner aufscheuchen, und er stünde dann mit einer leergeschossenen Waffe da. Nein, so ging es nicht. Er musste versuchen, näher heranzukommen.

Suchend schaute er sich um. Da, zu seiner Linken müsste es gehen. Dort wucherte etwas Unterholz zwischen den Bäumen.

Behutsam bewegte er sich in diese Richtung. Die drei Indianer beim Feuer schienen sich über etwas zu unterhalten, was sie ziemlich erheiterte. Vielleicht lassen sie mit ihren zotigen Schilderungen den Mord an Nancy noch einmal aufleben?

Diese Vorstellung ließ eine wilde Wut in Cabe aufgären. Er musste noch etwas näher heran, wollte ihre Gesichter sehen, wenn sie starben.

Noch ein paar Schritte, dann wäre er ohne Deckung. Jetzt musste er handeln. Es war nahe genug. Zwischen fransig-filigranen Kiefernzweigen hindurch starrte er mit brennenden Augen zu dem Feuer hinüber.

In diesem Moment brach unter seinem unachtsamen Schritt ein trockener Zweig. Es klang in seinen Ohren wie der Knall einer Peitsche, und sofort fuhren die drei Gestalten beim Feuer in die Höhe, starrten zu ihm herüber und griffen zu ihren Waffen, so schnell, als hätten sie nur darauf gewartet. Sie besaßen offenbar keine Gewehre, und ihre Bögen zu spannen, dazu blieb keine Zeit. So stürmten sie fast gleichzeitig mit Abständen von etwa einer Pferdelänge zwischen sich auf Mad Buffalo zu.

Der riss seine Flinte hoch und feuerte. Einer der drei prallte zurück, als wäre er gegen eine unsichtbare Wand gerannt, und fiel zur Seite. Der zweite erreichte Mad Buffalo nur zwei Atemzüge später. In wilder Raserei stieß Cabe ihm den Kolben seiner leergeschossenen Flinte gegen den Schädel, noch ehe der Tomahawk auf ihn niedersausen konnte. Der dritte Krieger jedoch entriss ihm mit einer Hand die Flinte, ehe Cabe reagieren konnte, und die zweite Hand führte einen blitzschnellen Stoß mit einem Messer gegen ihn. Die Klinge glitt mit einem dünnen Ziehen über Cabes Rippen, und er presste geistesgegenwärtig seinen Unterarm gegen den Körper und klemmte so die Hand mit dem Messer ein. Er sah das dunkle, verzerrte Gesicht mit den wild entschlossenen Augen dicht vor sich und schlug seine geballte Faust hinein. Die Nase sah daraufhin aus, als wäre sie unter einen Pferdehuf geraten. Der Mund des Getroffenen öffnete sich weit, als wollte er einen Schrei ausstoßen, brachte aber nur eine hilfloses Keuchen heraus. Mad Buffalo packte jetzt mit beiden Händen den Arm mit der Messerhand, und mit einer kräftigen Drehung seines Oberkörpers schleuderte er den Gegner mit dem Kopf gegen den Stamm einer hoch aufragenden Föhre, an der er herunterrutschte und sich nicht mehr rührte.

Dafür rührte sich jener, den er mit dem Kolben seiner Flinte zu Boden geschickt hatte. Der Kerl musste einen Schädel aus Eisen haben. Er grapschte seinen Tomahawk von Boden auf und taumelte mit blutverschmiertem Gesicht in die Höhe.

Mad Buffalo zog ohne Hast seine Pistole und schoss ihm in die Brust. Dann stand er mit rauchender Waffe da und schaute von einem der besiegen Gegner zum anderen. Nach ein paar tiefen Atemzügen durchsuchte er jeden von ihnen nach einem hellhaarigen Skalp. Der Erste, den er mit der Flinte getötet hatte, starrte mit gebrochenen Augen in den Himmel, seine Haare waren zu Zöpfen geflochten und seine Ohrmuschel am oberen Rand durchbohrt, jedoch hing momentan keinerlei Zierrat daran.

Der Nächste, dem er zuletzt in die Brust geschossen hatte, trug ein mit kunstvollen Quillstickereien besetztes Hirschlederhemd und musste ein bedeutender Krieger sein. Sein Kopfschmuck aus Muschelschalen, bunten Perlen und drei gekerbten Adlerfedern war durch den Schlag mit dem Gewehrkolben verrutscht und hatte etwas von seiner Würde verloren. Der Kopf wies seitlich an der Stirn eine beachtliche Platzwunde auf. Der Letzte hatte sich am Stamm der Föhre das Genick gebrochen. Aber den gesuchten Skalp fand Cabe bei keinem von ihnen. Auch zwischen ihren Sachen und bei den etwas abseits stehenden Pferden fand er nichts dergleichen.

Er machte die Pferde los und überließ sie sich selbst. Sie würden den Weg nach irgendwo schon finden oder für sich selbst sorgen. Schließlich kehrte er zu seinen eigenen Tieren zurück und machte sich wieder auf den Weg.

***

32.

Den ganzen Vormittag war Mad Buffalo Cabe durch die Gegend gezogen und hatte nach jagdbarem Wild Ausschau gehalten. Doch nur einmal hatte er in der Ferne ein kleines Rudel Hirsche mit einigen Kälbern ausmachen können, das jedoch bei seiner Annäherung, bei der es keine Deckung gab, das Weite gesucht hatte. Jetzt, um die Mittagszeit, hielt er an einem schmalen Wasserlauf von Gesträuch und sanften Anhöhen gedeckt, um sich auszuruhen und ein wenig von seinem noch vorhandenen Proviant zu sich zu nehmen.

Es war ein heißer Tag, obwohl der Herbst nicht mehr lange auf sich warten lassen würde. Die Sonne brannte zwischen einigen weißen Wolken hindurch, die sich den Himmel mit ihr teilten. Er suchte sich einen schattigen Fleck, wo er – ohne ein Feuer anzuzünden – etwas von dem gebratenen Fleisch verzehrte, das von seiner letzten Mahlzeit übrig geblieben war. Danach legte er sich bequem auf den Rücken und schaute den Wolkenfetzen zu, die gemächlich durch das blasse Blau über ihm trieben, und lauschte dem rupfenden Geräusch, mit dem Buddy das frische Gras abweidete. Doch bald schon drückte die Müdigkeit seine Lider herab, und er schlief ein.

Das Wiehern eines Pferdes riss ihn irgendwann jäh aus seinem Schlummer. Er fuhr hoch und legte Buddy, der aufmerksam mit den Lauschern spielte, rasch die Hand über die Nüstern.

„Ruhig, mein Freund“, flüsterte er ihm leise zu. „Lass dich nicht provozieren. Die Welt ist voller unangenehmer Überraschungen.“

Der Braune stampfte kurz mit dem rechen Vorderhuf auf und warf mit einer raschen Bewegung den Kopf hoch, wobei die Hand von seinem Maul rutschte, blähte die Nüstern und lauschte in die Richtung, aus der das Wiehern gekommen war. Aber es blieb still, und auch Buddy schwieg.

Mad Buffalo atmete auf. Aber er musste unbedingt herausfinden, wer sich in der Nähe herumtrieb. Noch immer beruhigend auf den Braunen einredend, band er ihn an einem der Weidenbüsche fest, ließ sein Gewehr zurück und schlich leise, dem Wasserlauf stromaufwärts folgend, davon. Von dorther musste das Wiehern gekommen sein.

Als er sich vorsichtig zwischen den Weiden hindurchbewegte, scheuchte er ein Präriehuhn auf, das mit knatterndem Flügelschlag das Weite suchte. Aber das interessierte ihn nicht. Seine Aufmerksamkeit galt den schwachen Geräuschen vor sich. Er hörte menschliche Stimmen, von denen er nichts verstand; ein Pferd stampfte mit den Hufen auf den Boden und ließ ein unwilliges Grunzen hören. Dann wurde sein Blickfeld zwischen den Zweigen hindurch frei, und er bemerkte vier Gestalten, die augenscheinlich ihr Lager abbrachen und zum Aufbruch rüsteten. Blackfeet – daran zweifelte er nicht.

Ein dürrer Kerl mit einer gebogenen Nase, die selbst für einen Blackfoot ungewöhnlich war, versuchte sein unruhiges Pferd zum Gehorsam zu bringen, indem er es unwirsch an den Zügeln zu sich herumzog. Seine Bewegungen, so schien es Cabe, waren etwas unkontrolliert. Seine Gestalt schwankte leicht, als wäre er betrunken. Das Tier stieß wieder ein Wiehern aus und versuchte, den Kopf hochzureißen, fügte sich aber dann.

Mad Buffalo hielt den Atem an, und sein Blick sprang Unheil witternd dorthin, wo er seinen Braunen und das Muli zurückgelassen hatte. Doch von dorther blieb alles ruhig.

Aus verengten Augenschlitzen spähte er wieder zu den Indianern hin, und er hörte dabei sein Herz dumpf pochen. Die anderen saßen bereits auf ihren Pferden und plapperten durcheinander, während das Tier des dürren Kerls noch immer nichts von einem Aufbruch oder seinem Herrn zu halten schien. Seine Gefährten lachten und schienen ihn zu verspotten. Das Pferd beruhigte sich nur langsam, und seinem Reiter gelang es schließlich doch noch, dem Beispiel seiner Gefährten zu folgen.

Mad Buffalo bedauerte, sein Gewehr zurückgelassen zu haben. Aber vielleicht bewahrte ihn dieser Umstand vor einer unbedachten Handlung. Seine Hand hatte sich jedoch auf den Griff seiner Pistole gelegt, die noch immer hinter seinem Gürtel steckte.

Mach keine Dummheit, Mad Buffalo Cabe, sagte er in Gedanken zu sich selbst. Das sind vier, und das ist 'ne Nummer zu groß für dich. Er nahm die Hand von der Pistole und presste die Lippen zusammen, bis sein Mund völlig unter seinem Bart verschwunden war. Eine Nummer zu groß, hol's der Teufel. Er wollte sie nicht entkommen lassen, doch der jetzige Moment war tatsächlich für sein Vorhaben ungeeignet, und das nicht nur, weil er sein Gewehr nicht hier hatte. Er würde lieber auf eine bessere Gelegenheit warten.

Im Augenblick wartete er allerdings, bis die Reiter sich weit genug entfernt hatten, um unbemerkt zu seinen Tieren zurückzukehren. Dort angekommen legte er Buddy den Sattel auf und räumte ohne Hast sein Zeug zusammen, das er dem Muli aufbürdete. Vier Reiter würden eine deutliche Spur hinterlassen. Es hatte also keine Eile.

Als er die Stelle erreichte, wo die vier Blackfeet gelagert hatten, hielt er an. Sie hatten kein Feuer gehabt, und das Gras war überall heruntergetreten. Aber etwas veranlasste ihn, aus dem Sattel zu gleiten. Seine Aufmerksamkeit galt einem Gegenstand, den sie entweder vergessen oder weggeworfen hatten: eine mit Korbgeflecht überzogene bauchige Flasche. Cabe blieb dicht vor ihr stehen und stieß sie leicht mit dem Fuß an, damit sie sich ein Stück herumdrehte.

Er starrte sie einen Moment an, als würde ihr Anblick ihn hypnotisieren, bis er schließlich in der Lage war, sich wieder zu bewegen. Dann bückte er sich rasch, hob sie auf und roch an ihrer Öffnung. Whiskey! Er hatte das Gefühl, als verhärtete sich sein Gesicht zu Stein, und sein hasserfüllter Blick kroch dort hinüber, wo er die vier Reiter vorhin hatte verschwinden sehen.

Was er da in der Hand hielt, war eine seiner Whiskeyflaschen; das hatte er an dem schon leicht ramponierten Henkel unzweifelhaft erkannt. Und diese vier konnten sie nur aus seiner Hütte mitgenommen haben. Wie ein eisiger Windstoß fuhr dieser Gedanke durch seinen Schädel. Und er hatte die Mörder schon so dicht vor sich gehabt! Aber, bei Gott, sie sollten ihm nicht entkommen! Er, Mad Buffalo, würde sie töten – alle!

Er nahm die Flasche mit und hängte sie dem Muli auf. Dann erklomm er den Sattel auf Buddys Rücken und machte sich auf den Weg.

Das Land vor ihm war offen, nur hier und da einige Buschinseln und vereinzelte Baumgruppen. Ein kleiner, schwach bewaldeter Höhenrücken zog sich in der Ferne weit nach Westen hin. Doch ihn interessierte nur die Fährte, welche die vier Blackfeet hinterlassen hatten. Offensichtlich fühlten sie sich sicher oder ohne Schuld, denn sie hatten sich keinerlei Mühe gegeben, diese zu verbergen. Ein Umstand, der Cabes Zorn auf sie noch mehr anstachelte. Er befand sich ohnehin in einer Stimmung, in der man ihm lieber nicht in die Quere kommen sollte.

Die Sonne näherte sich allmählich dem Dunstschleier am Horizont, der den Anbruch des Indianersommers ankündigte, und überzog das Land mit einer trockenen Wärme, die ihn veranlasste, seine dicke Jacke auszuziehen. Eile war nicht nötig, denn er wollte den vier Rothäuten vor sich bei Tageslicht nicht zu nahe kommen. Falls sie ihn bemerkten, könnte das für ihn tödlich enden. Andererseits liefe er bei Dunkelheit Gefahr, die Fährte zu verlieren. Jedoch setzte er darauf, im Dunkel der Nacht ihr Feuer bemerken zu können. So sorglos, wie sie mit ihrer Spur umgingen, würden sie wohl auch in diesem Punkt nicht übervorsichtig sein.

Die Fährte führte auf den bewaldeten Höhenzug zu, den er schon zuvor in der Ferne bemerkt hatte, und er hielt daraufhin hinter einer Buschinsel an und glitt aus dem Sattel. Wenn diese vier Rothäute in den Wald eintauchten und zufällig zurückschauten, mussten sie ihn in dem offenen Gelände bemerken.

Solange es hell war, kontrollierte er zur Sicherheit noch mal Gewehr und Pistole, ob Pulver in der Pfanne war und die Flintsteine festsaßen.

Erst als die Dämmerung sich so weit verdichtete, dass er der Ansicht war, nicht mehr entdeckt zu werden, setzte er seinen Weg fort. Als er die sanfte Hügelkette erreichte, war es mittlerweile dunkel geworden. Vorsichtig lenkte er den Braunen zwischen dem lichten Baumbestand hindurch. Der Boden war hier weich und schluckte zum größten Teil die Trittgeräusche seiner Tiere. Dennoch fühlte er sich nicht wohl. Immer wieder hielt er an, lauschte und schnüffelte in der Nachtluft herum.

Endlich – der Mond war bereits aufgegangen – nahm er den Rauch eines Feuers wahr. Ein schwacher Hauch nur, aber er war sich sicher, dass nicht sehr weit von hier ein Feuer brannte.

Er band Pferd und Muli an den Bäumen fest, nahm außer seinen Waffen noch die leere Korbflasche mit und bewegte sich vorsichtig weiter, stets darauf bedacht, keine trockenen Zweige von irgendeinem Baum abzubrechen oder sonstige Geräusche zu verursachen. Der Rauchgeruch wurde deutlicher, und endlich gewahrte Cabe den schwachen Schein eines Feuers rechts vor sich.

Langsam hielt er darauf zu, bis sein Gehör menschliche Stimmen aufnehmen konnte. Jetzt durfte er sich keinen Fehler mehr erlauben und wurde noch vorsichtiger. Bei jedem Schritt tastete er mit dem Fuß den Boden ab, bevor er ihn aufsetzte. Dann endlich war er nahe genug herangekommen und konnte sie sehen. Sie saßen auf dem Boden, mit dem Widerschein eines flackernden Feuers in ihren Gesichtern.

Dort hockten sie, die Mörder von Nancy! Ihr Anblick erzeugte ein Fieber in Mad Buffalo, das ihm fast den Atem raubte. Am liebsten würde er sie alle langsam und qualvoll töten, so, wie sie seine Nancy gemeuchelt hatten. Aber sie waren vier, und er wusste, dass er sie schnell und überraschend erledigen musste.

Langsam schob er sich durch den Schatten der Bäume weiter auf sie zu. Nahe genug an sie herangekommen, holte er aus und warf mit einem Schwung die Korbflasche in den Kreis der palavernden Gestalten. Bereits, als sie unverhofft und scheinbar aus dem Nichts kommend dicht neben dem Feuer aufschlug, zog Cabe den Hahn seiner Flinte in die Feuerraste und hob die Waffe an die Schulter.

Drei der überraschten Krieger fuhren in die Höhe, als wäre der Leibhaftige unter sie gefahren, während jener mit der gebogenen Geiernase einen Moment wie versteinert auf die Flasche starrte, ehe auch er etwas langsamer auf die Füße kam.

Mad Buffalo feuerte auf den älteren Krieger mit dem Zopf im Nacken, der blitzartig nach seinem Gewehr griff, das neben ihm gelegen hatte. Die Kugel traf ihn mitten in die Brust. Er reckte sich ruckartig hoch und fiel direkt in die Flammen. Funken spritzten in die Höhe, und dichter Qualm umhüllte die Gestalt. Ein anderer hatte seinen Tomahawk schon in der Faust und wollte gerade über das Feuer und seinen sich dort stöhnend herumwälzenden Gefährten hinwegsetzen, als die zweite Kugel ihn traf. Cabe hatte das Gewehr sofort nach dem ersten Schuss fallengelassen und zur Pistole gegriffen. Diese Kugel durchschlug den im zuckenden Feuerschein schimmernden Brustpanzer aus Röhrenknochen und warf den Blackfoot zurück, ehe er zum Sprung ansetzen konnte. Er taumelte mit hochgeworfenen Armen rückwärts und entglitt jenseits des bereits stark rauchenden Feuers Cabes Blickfeld.

Der jüngere der vier Rothäute starrte mit erschrocken aufgerissenen Augen zu ihm herüber und schrie etwas, das Cabe nicht verstand. Aber der dürre Kerl mit der gebogenen Nase hatte seine anfängliche Schrecksekunde mit einem Schlag überwunden. Er machte eine blitzschnelle Bewegung, von der Cabe nicht sicher war, überhaupt etwas gesehen zu haben. Ein aufblinkender Schatten fuhr auf ihn zu, und er zuckte zusammen, als sich die Klinge eines Messers dicht unterhalb des Schlüsselbeins in seine Schulter bohrte. Zur gleichen Zeit kam der Werfer bereits wie von einer gespannten Bogensehne geschnellt auf Mad Buffalo zugestürzt.

Der warf sich ihm mit fürchterlichem Gebrüll entgegen, riss sich dabei das Messer aus der Wunde und stieß es dem Gegner in den Hals – einen Lidschlag, bevor er gegen ihn prallte. Dessen Schrei erstarb in einem nassen Gurgeln, und unter weiterem Gebrüll riss Cabe ihn mit sich zu Boden. Blut spritze ihm dabei ins Gesicht, und er wälzte sich über die unter ihm zappelnde Gestalt hinweg, ergriff die Keule, die deren Hand entfallen war, und hämmerte sie auf den Schädel nieder. Das Brechen des Schädelknochens ging in Mad Buffalos heiserem Geschrei unter, und als er sein mit Blut besudeltes Gesicht hob, sah er gerade noch die

Gestalt des jungen Kriegers, der ihn vorher schon entsetzt angestarrt hatte, wie ein Schatten in der Dunkelheit verschwinden.

Keuchend hielt Cabe inne. Das blutige Messer noch immer in der Rechten und die Keule in der Linken, kam er auf die Knie und schaute mit wildem Blick dorthin, wo jenseits des nun stark qualmenden Feuers der Letzte der vier verschwunden war.

In Anbetracht seiner verletzten Schulter verzichtete er auf eine Verfolgung, die ohnehin keine Chance auf Erfolg mehr gehabt hätte.

Er ließ das Messer los und fuhr sich mit der Hand unter seine Jacke. Blutverschmiert zog er sie wieder zurück und betrachtete sie eine Weile im unsicheren Licht, das von dem Feuer noch geblieben war. Eine Handbreit nur, und es wäre vermutlich um ihn geschehen gewesen. Verdammt knapp, dachte er bei sich. Diesmal bist du noch davongekommen, Mad Buffalo. Zum Glück war die Wunde des geworfenen Messers nicht sehr tief. Aber er musste auf jeden Fall die Blutung zum Stillstand bringen.

Etwas entfernt erklang dumpfer Hufschlag, der sich rasch entfernte. Einer ist also entkommen – vielleicht gerade noch im richtigen Moment. Doch er kann möglicherweise die ganze Blackfeethorde auf mich hetzen.

Deprimiert schleppte er sich zu der Feuerstelle und zerrte die noch immer in ihr liegende Gestalt heraus, deren lederne Kleidung bereits angekohlt und der Zopf zu einem versengten Stummel zusammengeschrumpft waren. Doch seine Hoffnung auf Erfolg seiner Jagd bekam den ersten Dämpfer, als er den gesuchten blonden Skalp bei diesem Toten nicht fand. Auch bei den anderen beiden nicht. Und dieser Messerheld hätte ihn beinahe umgebracht.

Er hockte sich hin und lud seine Waffen neu. Man konnte ja nie wissen. Dann lief er, eine Hand auf die blutende Wunde gepresst, durch die Finsternis, welche der Mond unter den Bäumen übrig ließ, um nach den Pferden der Indianer zu suchen – falls sie noch vorhanden waren. Ein paar stampfende Geräusche brachten ihn letztlich an die richtige Stelle. Aber nur zwei der Tiere waren noch da. Auf einem hatte der Flüchtige das Weite gesucht, und eines der zurückgebliebenen musste sich losgerissen haben, um diesem zu folgen.

Die Ponys schreckten anfangs vor ihm zurück, und eines der beiden versuchte, nach ihm zu beißen. Doch er schaffte es schließlich, die Tiere loszubinden und ein Stück in das Mondlicht zu ziehen, wo er besser sehen konnte. Aber auch bei ihnen konnte er das Gesuchte nicht finden.

Enttäuscht nahm er sein Gewehr auf, das er abgelegte hatte, und kehrte dorthin zurück, wo er seine eigenen Tiere gelassen hatte. Die Indianerponys überließ er sich selbst. Er konnte sich nicht auch noch um diese kümmern.

Bei Buddy und dem Muli angekommen, holte er aus seiner Satteltasche einige halbwegs saubere Tücher hervor, die er vorausschauend für solche Zwecke mitgenommen hatte. Bei dem, worauf er sich eingelassen hatte, musste er mit der einen oder anderen Verletzung rechnen. Doch erwies es sich als äußerst schwierig, sich selbst diese verletzte Schulter damit zu verbinden. So beschränkte er sich schließlich darauf, eine Art Kompresse auf die Wunde unter Hemd und Jacke zu schieben, sie auf die blutende Stelle zu drücken und sich mit dem Rücken an einen Baum gelehnt hinzusetzen, wo er irgendwann endlich den verdienten Schlaf fand.

Der dämmernde Morgen brachte das Licht eines neuen Tages zurück, verbesserte jedoch seine Situation in keiner Weise. Zwar hatte die Wunde aufgehört zu bluten, doch er beschloss, noch diesen Tag an Ort und Stelle zu bleiben, um den Heilungsprozess nicht gleich wieder zu unterbrechen. Den Spuren des flüchtigen jungen Indianers zu folgen, ergab ohnehin keinen Sinn. Sie würden ihn bestenfalls zu irgendeinem Blackfeetdorf führen, wo er sich in seinem Zustand lieber nicht blicken ließ. Dass dieser junge Krieger sich den gesuchten Skalp verdient haben könnte, hielt er schlichtweg für unwahrscheinlich. Aber wo mochte er dann geblieben sein? Diese vier waren doch in seiner Hütte gewesen und hatten Nancy Blue umgebracht. Das bewies doch das Vorhandensein seiner Whiskeyflasche, die sie nur von dort mitgenommen haben konnten. Doch im Moment beschäftigten ihn andere Sorgen – um immer wieder aufs Neue zu versuchen, sich diese Fragen, die ihn quälten, zu beantworten.

Im Laufe des Tages erhob er sich hin und wieder, ging langsam zum Rand des kleinen Gehölzes und blickte über das Land, das sich trostlos und einsam hinzog, so weit sein Blick reichte. So stand er jeweils einige Zeit und schaute mit der düsteren Erwartung in die endlose Leere, von dorther sein Ende in Form einer wilden und schwerbewaffneten Reiterhorde auftauchen zu sehen.

Eine Nacht noch wollte er sich trotz der Gefahr hier gönnen, aber dann musste er von hier verschwinden – wie auch immer.

***

33.

Die Zelte des Piegan-Dorfes standen verstreut in der Schleife eines kleinen, schnell fließenden Baches und schimmerten willkommen heißend in der Mittagssonne. Kinder tobten spielend mit bellenden Hunden herum, und Frauen waren mit allerlei Arbeiten beschäftigt. Einige Männer hockten in einem Kreis vor einem der Zelte und spielten irgendein Spiel, bei dem sie aufgeregt durcheinanderredeten.

„Komonä Ápssi ist allein zurückgekommen, ohne seine Brüder", sagte Otachkui Stomick, Gelber Bisonstier, und in seinen alten Augen, mit denen er dem Ankömmling entgegenblickte, lag düstere Besorgnis. „Was ist geschehen?"

Grüner Pfeil ließ sich etwas beschämt von seinem scheckigen Pony gleiten und zwang sich, dem forschenden Blick des alten Mannes standzuhalten.

„Sie sind einem bösen Geist in Gestalt dieses seltsamen weißen Mannes zum Opfer gefallen, dem Sikaapéhs diese Ah-ké mit dem gelben Haar geraubt hatte. Wie wir wissen, ist auch Sikaapéhs niemals zurückgekehrt." Die Stimme von Grüner Pfeil war noch immer leicht unsicher, aber das Erwähnen des mutmaßlichen Schicksals eines bedeutenden Kriegers wie Grauer Wolf ließ ihn selbst nicht in einem gar so schlechten Licht dastehen. „Was mit Sikaapéhs geschehen ist, wissen wir nicht, aber meine Brüder, mit denen ich geritten bin, habe ich sterben sehen."

Der alte Mann schwieg einen Moment, wohl um das Gehörte zu verarbeiten. Dann sagte er: „Ihr wart vier Krieger, und ihr konntet euch nicht gegen einen weißen Mann behaupten?"

Grüner Pfeil druckste herum und schaute einer alten Frau hinterher, die ein schweres Bündel Holz auf dem Rücken schleppend vorbeikam und zwischen den Zelten des Dorfes verschwand.

„Es kann kein Mensch aus Fleisch und Blut gewesen sein. Er war so plötzlich da, als wäre er aus der Erde emporgetaucht, und Otachkui Pi'kssíí und Minik'hiss Ponokamita fielen sofort im Donner seiner Feuerwaffen, ehe sie etwas tun konnten. Nur

Isttoán Inaahpim, Alter Messermann, gelang es, sein Messer zu werfen. Doch dieser Geist tötete ihn mit dessen eigenem Messer, nachdem er es aus seiner Brust wieder herausgezogen hatte. Nur mir gelang es, zu fliehen, und dieses Ungeheuer verfolgte mich nicht. Sonst wäre auch ich nicht wiedergekommen."

Erneut schwieg Gelber Bisonstier unter der bedrückenden Bedeutung dieser Nachricht, bis er schließlich fragte: „Gab es für ihn einen Grund dafür, euch töten zu wollen?"

Grüner Pfeil dachte blitzartig an jene Korbflasche, die sie aus der Hütte mitgenommen – und deren Feuerwasser sie getrunken hatten, aber das verschwieg er lieber. Letztlich war es kein Grund, sie dafür töten zu wollen. Also schüttelte er den Kopf.

„Wir waren zwei Sonnen zuvor an seiner Moiéh vorbeigekommen, doch dort sind wir ihm nicht begegnet. Es gab also keinen Grund, uns zu verfolgen."

„Dann tötet er plötzlich unsere Männer aus Hass auf unser Volk, und wir müssen ihn als Feind behandeln. Ich werde den Rat einberufen, um zu besprechen, was zu tun ist."

Der alte Mann entfernte sich, und Grüner Pfeil schaute ihm nach und verspürte einen seltsamen Zweifel in sich. Irgendwas musste geschehen sein, von dem sie alle nichts wussten. Er dachte an die leere Hütte dieses weißen Mannes und das Blut auf dem Boden, aber keiner von ihnen hatte damit etwas zu tun. Mit diesem Gedanken versorgte er sein Pferd und entließ es in die Herde.

Die Mitglieder des Ältestenrates hatten sich in der Tanz- und Zeremoniallodge um das flackernde Feuer gruppiert, das in deren Mitte mit kleinen tanzenden Flammen brannte.

Gelber Bisonstier, der Ratsälteste, hatte die übrigen Mitglieder über das Geschehen informiert und schloss seine Rede mit den Worten: „Wir haben es offensichtlich mit einem Feind zu tun, der damit fortfahren wird, unsere Krieger grundlos zu töten. Das, meine Brüder, können wir nicht hinnehmen."

Die übrigen Teilnehmer der Runde bekundeten mit kurzen Lauten ihre Zustimmung, und einige nickten dazu mit ernsten Gesichtern. Einer von ihnen, der den Namen Inakutsii Kristikumichs führte, was Kleiner Donner bedeutet, beugte sich vor, zum Zeichen, dass er das Wort ergreifen wollte. Sein strenges, von tiefen Falten durchzogenes Gesicht wurde dabei vom Schein des Feuers belebt, und er richtete den Blick seiner stechenden Augen auf den Ältesten des Rates.

„Wir haben die Worte von Otachkui Stomick mit Bestürzung vernommen, und wie ich an den Gesten und Mienen meiner anderen Brüder sehe, sind wir alle der Meinung, diesen Feind besiegen zu müssen, auch wenn seine Medizin sehr stark zu sein scheint. Der Tod und das Verschwinden unserer Krieger müssen gesühnt werden."

Beifallsäußerungen machten die Runde.

„Yaahssi", sagte Gelber Bisonstier. „Da wir uns einig sind, werden wir die besten Krieger unserer Gruppe aussenden, um diesen Feind zu töten – und für den, der es schafft, wird der Skalp dieses Feindes ein Zeichen großen Ansehens sein."

***

34.

In einem dichten Gehölz versteckt, hatte Mad Buffalo einige Zeit verbracht, bis die Wunde an der Schulter so weit geheilt war, dass er sich seiner Aufgabe wieder stellen konnte. Nur hin und wieder musste er das dichte Unterholz verlassen, um Buddy und dem Muli etwas Bewegung zu verschaffen und sie dort weiden zu lassen, wo es besseres Gras gab. Er selbst hatte etwas an Gewicht verloren, doch seine Kräfte waren wieder zurückgekehrt, und er wusch auch die Tücher, so gut es ging, mit denen er seine Schulter hin und wieder neu verbinden musste. Ohne schwarzsehen zu wollen, war es denkbar, dass es nicht bei dieser einen Verwundung bleiben würde.

Jetzt hatte er sich aufgemacht, um ein Wild aufzuspüren, denn seine Vorräte waren aufgezehrt. Der Herbst hatte sich inzwischen bis in die Täler herab festgesetzt, und der Bergahorn flammte in Gold und Rot an den Hängen im Schein der tieferstehenden Sonne.

Westlich des Yellowstone und jenseits einer Bergkette am Ufer eines Flusses, dessen Wasser gurgelnd über rundgewaschene Steine nach Norden floss, war es ihm schließlich gelungen, einen Gabelbock zu schießen.

Mittlerweile hatte das Wetter gewechselt, und Jacob Cabe hockte im tristen Regen unter seiner zwischen zwei Bäumen aufgespannten Zeltplane und wollte einen saftigen Braten verzehren, der ihn über das ungemütliche Schmuddelwetter hinwegtrösten sollte, doch dazu kam es nicht. Er wollte gerade einen Holzscheit dem fast heruntergebrannten Feuer hinzufügen, als ihm der sanfte Wind etwas ins Ohr säuselte, das ihn aufhorchen ließ. Seine Hand mit dem Holzscheit blieb infolgedessen über den aus der simmernden Glut hervorleckenden Flämmchen hängen und zog sich langsam wieder zurück. Er hielt den Atem an und lauschte in den nassen, vor sich hindämmernden Tag hinein, konnte jedoch diese Laute nirgendwo einordnen. Eines jedoch war ihm klar: Sie gehörten nicht hierher! Behutsam legte er das Stück Holz wieder zur Seite und erhob sich. Regen hin oder her, er musste wissen, was da irgendwo in seiner Nähe vor sich ging. Gewehr und Pistole ließ er im Fasttrocknen zurück. Das waren keine Waffen, auf die man sich bei dieser Nässe verlassen konnte. Bevor er sich entfernte, schickte er noch einen kurzen Blick zu Buddy hinüber, der zwischen den Büschen stand, den Kopf erhoben und die Lauscher aufgestellt hatte.

„Hast es also auch gehört", murmelte er leise vor sich hin und versuchte die Richtung auszumachen, von woher er diese Geräusche zu hören geglaubt hatte, wobei ihm die Lauscher seines Pferdes behilflich waren.

Vorsichtig bewegte er sich zwischen Büschen und Bäumen hindurch, und dabei musste er nicht einmal befürchten, auf ein trockenes Blatt zu treten. Von Zeit zu Zeit hielt er inne und lauschte konzentriert. Da versuchte jemand, trotz der Nässe ein Feuer in Gang zu bringen. Er hörte jetzt deutlich die Geräusche, die entstehen, wenn jemand mit dem Striker an der Kante eines Flintsteins entlangschlägt. Zielstrebig schlich er auf diese Stelle zu. Die Nässe schimmerte auf Zweigen und Blättern im schwachen Licht, das schwere, graue Wolken noch durchließen. Nachdem eine kurze Strecke hinter ihm lag, bemerkte er eine dunkle Gestalt, die im Regen hockte und sich nur schwach von ihrer Umgebung abhob und tatsächlich versuchte, Funken zu schlagen.

Hoffnungslos, dachte Mad Buffalo mit einigem Grimm, als er sich an sein eigenes Bemühen damit zurückerinnerte, obwohl er eine Plane über sich gehabt hatte.

Bei der Gestalt handelte es sich um eine Rothaut. Das konnte er erkennen – mehr nicht.

„Blackfoot?", huschte es fragend durch seine Gedanken. Egal. Ihn vorher zu fragen, ehe er ihn umbrachte, hielt er für keine gute Idee. Das Einzige, was ihn im Moment bewegte, war die Frage, was dieser Kerl hier allein treiben mochte. Oder war er nicht allein?

Während Cabe sich langsam weiter auf ihn zu bewegte, tasteten seine Blicke aufmerksam die weitere Umgebung ab. Aber nur der Regen ging sacht hernieder, und von einer anderen Gestalt war nichts zu erkennen. Auch Pferde schienen nicht da zu sein. Gut so, denn diese würden ihn zweifellos bemerken.

Mittlerweile war er diesem Kerl, der sich noch immer mit Striker und Feuerstein abmühte, so nahe gekommen, dass er ihn fast berühren konnte.

Was sollte er tun? Ihn einfach von hinten umbringen? Da zuckte etwas durch seine Gedanken, und er dachte an Nancys leblos starre Augen, in die er hineingeblickt hatte. Ohne weiteres Zögern warf er sich nach vorn und packte fest zu. Seine Hände waren groß und kräftig genug, um sich wie Klammern um diesen nackten Hals zu legen, und er drückte unbarmherzig zu. Dabei riss er den Körper des Mannes nach hinten, der einen dumpf stöhnenden Laut von sich gab wie jemand, der verzweifelt, aber erfolglos versucht, Luft in die Lunge zu kriegen. Seine Hände fuchtelten, ohne Halt zu finden, herum, bis sie schließlich erschlaffend herabsanken.

Noch während Cabes Finger den Hals eines vermutlich Toten umklammert hielten und sich seine Lippen in wildem Grimm zusammenpressten, vernahm er etwas. Da musste also doch noch jemand sein. Es hörte sich an, als wenn etwas an nassen Blättern und Zweigen vorbeistreift.

Er ließ sofort los, und die schlaffe Gestalt sank vor ihm ins nasse Gras. Schnell griff er stattdessen nach der Kriegskeule, die neben seinem Opfer lag, machte sich nach der Seite davon und verbarg sich hinter einem Baum. Dort wartete er und fühlte rasenden Pulsschlag in sich, denn er wusste nicht, ob der andere ihn vielleicht bemerkt hatte oder ahnungslos war. Eine Weile sah und hörte er nichts, während der Regen unentwegt und geduldig auf ihn herabrieselte. Dann näherte sich plötzlich eine Gestalt, die er der Kleidung und der Kopfbedeckung aus Fuchsfell nach einem Blackfoot zuordnete. Einen Schritt vor dem am Boden Liegenden blieb er stehen und schaute sich aufmerksam nach allen Seiten um. Als er nichts bemerkte, hockte er sich nieder und begann, den Körper des anderen nach irgendwelchen Verletzungen abzutasten.

Jetzt war es für Mad Buffalo an der Zeit. Mit der Keule in der Faust pirschte er sich leise aber zügig heran. Der Blackfoot hingegen musste seine Annäherung trotzdem bemerkt haben. Er fuhr in die Höhe, wobei er herumschnellte und blitzschnell sein Messer in der Hand hatte. Doch Cabe war bereits nahe genug und schlug mit der Keule zu. Der andere jedoch wich diesem Schlag mit einer blitzartigen Reflexbewegung aus, und sein Messer stieß flink wie der Biss einer Schlange auf Cabe zu. Zu dessen Glück verfing sich die Klinge in dem dicken Pelz seiner Jacke. Das verschaffte ihm die Möglichkeit, nochmals zuzuschlagen. Er traf ihn mit der Steinkeule so wuchtig, dass man das Brechen des Schädelknochens unter der Fuchsfellmütze hören konnte.

Eine Weile noch blieb Mad Buffalo stehen – unschlüssig, ob er verschwinden sollte oder warten, ob sich vielleicht noch andere in der Gegend herumtrieben. In diesem Fall wäre es besser, die Sache zu Ende zu bringen, ehe sie ihn vielleicht später irgendwo aufstöberten.

Als sich nach einiger Zeit niemand einfand und auch sonst nichts darauf hinwies, dass da noch jemand war, durchsuchte er die herumliegenden Utensilien der beiden Getöteten. Doch außer ihren Waffen und etwas Proviant war nichts zu finden – auch keine Pferde. Letzteres blieb ihm ein Rätsel, das er nicht lösen konnte.

So kehrte er zu seinem Lager zurück, nicht ohne einen erbeuteten Bogen nebst Pfeilköcher mitgenommen zu haben. Dort angekommen hockte er sich im Schutze seiner Plane an die noch glimmende Feuerstelle, ohne das Feuer wieder anzufachen. Er glaubte zwar nicht, dass noch mehrere hier im Regen nach ihm suchen würden, falls jemand die Toten fände, aber man konnte nie vorsichtig genug sein. Rothäute hatten sehr feine Sinne. Jedenfalls war es still um ihn herum. Nur der Regen war zu hören, und die einzelnen größeren Tropfen, die von dem Baum über ihm in unregelmäßigen Abständen auf den gespannten Stoff der Plane fielen, waren davon zu unterscheiden. Und ab und zu bewegte sich eines der Tiere, scharrte mit dem Huf oder ließ ein unwilliges Schnaufen hören.

Er betrachtete im langsam schwindenden Tageslicht den erbeuteten Bogen und fragte sich im Stillen, ob diese beiden Blackfeet zufällig hier in seiner Nähe gewesen waren oder nach ihm gesucht hatten. Es war durchaus denkbar, dass die Toten, die bereits seinen Weg säumten, die Blackfeet aufgescheucht hatten und ihre Krieger schon nach ihm suchten. Weiter fragte er sich, ob sie in diesem Fall einzeln kämen und sich die erfahrensten Krieger mit ihm messen wollten. Stieße er allerdings mit einer ganzen Horde von ihnen zusammen, könnte das sein Ende bedeuten.

Der Bogen würde für ihn allerdings von Nutzen sein. Er könnte damit jagen, ohne mit einem Schuss seine Anwesenheit zu verraten. Außerdem sparte er auf diese Weise auch Kugeln und Pulver.

Ohne seine Lage richtig einschätzen zu können, beschloss er dennoch, die Nacht über hier an Ort und Stelle zu bleiben. Da im Regen keine Spuren zurückgeblieben waren, wäre es nicht sehr wahrscheinlich, dass ihn hier jemand entdeckte. Auch brauchte er seinen Schlaf und konnte sich auf die Tiere verlassen. Das Muli war zwar phlegmatisch, aber Buddy würde die Annäherung Fremder auf jeden Fall bemerken.

Immerhin war er bis jetzt am Leben geblieben – jedenfalls, was davon noch übrig war. Noch atmete er, konnte essen und sich bewegen, konnte auf die Jagd gehen und seine Feinde aufspüren. Aber war das alles, was man unter Leben verstand?

Leben, das waren die vier Wände seiner Hütte, die ihn schützend umgaben, wenn er schlief, waren der würzige Duft nach einem saftigen Stück Braten mit Speck und die halbvolle Korbflasche mit Whiskey und die Gewissheit, dass die Sonne am Morgen wieder aufginge.

Leben, das war der Yellowstone mit seinem klaren Wasser, das über glatte, runde Steine und reinen Sand, durch enge Schluchten und Stromschnellen sich seinen Weg suchte und wie flüssiges Silber über steile Felswände in die Tiefe stürzte. Und keine Menschenseele in der Nähe.

Leben, das war auch Nancy Blue gewesen, in warmem Wasser badend, mit ihrer schlanken Gestalt und den vollen Brüsten, dem in der Sonne schimmernden blonden Haar und den großen blauen Augen, die Wärme, die sie ihm in langen Wintermonaten gegeben hatte, wenn sie mit ihm sanft an ihn geschmiegt auf dem Bärenfell unter der Decke lag. Mein Gott, wie schön sie war!

Leben, das waren auch das leise Plätschern der Biber, wenn sie im Wasser wegtauchten, und der Morgennebel über dem Fluss.

Leben war auch der Feuerschein in der Blockhütte, dessen Geflacker Nancys schönem Gesicht und ihrem Haar einen besonderen Farbton verliehen hatte, und die kalte Winternacht draußen, wo Coyoten heulten und Pumas umherstreiften. Wenn lautlos der Schnee fiel und das Land zudeckte und Nancy aufgerichtet auf dem Lager hockte, verschlafen noch und bis zum Hals in die Decke gehüllt, und er ihren nackten Körper streichelte, weil er warm und voller Verheißung war und ihm gehörte.

Leben, wenn er bei Sonnenaufgang mit der Flinte in den Händen durch hohes Gras schlich und nach Wild Ausschau hielt. Und dann das Donnern seiner Büchse und der beißende Pulvergeruch, wenn er getroffen hatte.

Leben, wenn er frischen Bisonspuren folgte und Nancy zu Hause auf ihn wartete. Herzklopfen, wenn sich der große Kopf mit den mächtigen gebogenen Hörnern zum Angriff senkte, und das Krachen der Flinte und der Geruch des Blutes, das aus dem tödlich getroffenen Büffel herausquoll, und man Triumph und gleichzeitig eine gewisse Traurigkeit dabei fühlte. Leben, der Anblick einer Elchkuh, die den Strom durchquerte und vorsichtig nach allen Seiten Ausschau hielt, während das Kalb ihr dichtauf folgte.

Leben …? Jetzt schien Mad Buffalo nur noch der Überbringer des Todes zu sein.

So vergingen die Tage, schleppten sich ohne Besonderheiten dahin und reihten sich scheinbar gefahrlos aneinander. Die Blätter begannen damit, lautlos und sacht zu Boden zu schweben, so, als wollten sie seine Wachsamkeit verhöhnen. Das änderte sich schlagartig am Beginn eines neuen, ebenso friedlich erscheinenden Tages.

***

35.

Eine geduldige Sonne hatte die herbstliche Feuchtigkeit aus dem Boden gesogen. Bäumen und Büschen haftete etwas Lebloses an, und das Land lag trist und braun unter einem morgendlich blassblauen Himmel da, als wartete es auf etwas.

Mad Buffalo erwachte und wusste sofort, dass er nicht mehr allein war – ein Instinkt, den ihm das Leben in der Wildnis beigebracht hatte. Wie zur Bestätigung tauchte nicht allzu weit von ihm eine Gestalt in sein Blickfeld: ein indianischer Krieger, dessen Gesicht durch grelle Kriegsfarben unkenntlich gemacht worden war. Drei Adlerfedern mit schwarzen Spitzen schienen schräg und radförmig aus einem Büschel weißer Flaumfedern von seinem Hinterkopf hervorzuwachsen. Er hatte einen Pfeil auf der Sehne seines Bogens und zielte damit direkt auf Cabe. Der warf sich sofort zur Seite – mit dem blitzartigen Gedanken, er könnte vielleicht einer Halluzination zum Opfer gefallen sein – doch der Pfeil, der an ihm vorbeiflitzte, war Wirklichkeit. Einem Reflex folgend schnappte seine Hand den Tomahawk, der neben ihm gelegen hatte, und er huschte seitwärts davon. Gewandt, als hätte er sich in eine Eidechse verwandelt, was seiner robusten Gestalt eigentlich nicht zuzutrauen war, und er verschwand zwischen einem Gewirr von Büschen in der Nähe seines Lagers.

Nachdem er die Richtung wieder geändert hatte, hielt er inne und versuchte hastig atmend, etwas von diesem unverhofft aufgetauchten Gegner zu erspähen. Aber die Stelle, von der aus dieser auf ihn geschossen hatte, war leer.

War er allein? Oder trieben sich noch mehr von ihnen hier herum? Diese Fragen waren das Einzige, was ihn im Moment beschäftigte. Leider besaß er zurzeit nur diesen Tomahawk als Waffe. Mehr hatte er auf die Schnelle nicht mitnehmen können. Zu seinem Lager zurückzukehren, wo seine Büchse lag, wollte er lieber nicht riskieren. Also schlich er auf einen in der Nähe stehenden Ahornbaum zu, der ihm mehr Sicherheit versprach, und lauschte auf irgendwelche Laute, mit denen sie sich vielleicht zu verständigen suchten, falls es noch mehrere waren, die an seinen Skalp heranwollten. Aber das Land um ihn herum schwieg. Nicht das leiseste Piepsen eines Vogels war zu hören.

Dann sah er ihn. Er kam hinter einem Busch hervor, hatte wieder einen neuen Pfeil auf der leicht angespannten Sehne seines Bogens und sicherte lauernd nach allen Seiten. Dabei drehte er den Oberkörper mal hier- und mal dorthin, bereit, den Pfeil sofort abzuschießen. Das fahle Licht des frühen Morgens schimmerte auf dem im Schulterbereich blassgrün gefärbtem Hirschlederhemd. Etwa zehn Schritte trennten ihn und Cabe voneinander.

Mit einem gellenden Schrei, der ihn beinahe selbst erschreckte, sprang Mad Buffalo spontan aus der Deckung des Baumstamms hinaus. Der Krieger fuhr ruckartig zu ihm herum und zog dabei den Bogen aus. Im selben Moment, als er die Sehne losließ, wich Mad Buffalo hinter den Baumstamm zurück. Der Pfeil zischte dort vorbei, wo er eben noch gestanden hatte.

Mit dem fürchterlichsten Gebrüll, zu dem er fähig war, rannte Cabe wie das leibhaftig Böse auf den Krieger zu. Das machte Eindruck, schlug ihn jedoch nicht in die Flucht. Offensichtlich hatte man einen erfahrenen Kämpfer auf ihn losgelassen, und er musste verdammt auf der Hut sein.

Zunächst erstarrte der Feind einen winzigen Moment, ließ dann, kurz bevor Cabe ihn erreichte, den Bogen fallen und riss seinen eigenen Tomahawk hinter dem Gürtel heraus. Geschickt parierte er Cabes Schlag, doch der Anprall, mit dem Cabe gegen ihn traf, riss beide zu Boden, wo sie sich in wildem Handgemenge herumwälzten. Trotz seiner körperlichen Überlegenheit gelang es Mad Buffalo nicht, dabei die Oberhand zu gewinnen, denn sein Gegner war flink und beweglich und hatte manchen Trick auf Lager, der ihn weder zum entscheidenden Schlag kommen ließ, noch gelang es ihm, ihn festzuhalten. Um diese Pattsituation zu beenden, ließen beide wie auf ein unhörbares Kommando voneinander ab, fuhren auseinander und kamen auf die Füße.

Einander abschätzend standen sie sich gegenüber, unschlüssig über das, was als Nächstes zu tun sei. Blitzende Augen starrten Cabe aus dem bemalten, breitknochigen Gesicht ohne die geringste Spur von Nachgiebigkeit oder gar Furcht an, und ihm wurde klar, dass nur einer von ihnen diesen Kampf überleben konnte. Es galt die uralte Regel: entweder er oder Mad Buffalo.

Während sich ihre vom Hass geschärften Blicke ineinanderbohrten, stieß Mad Buffalo wieder einen wilden Schrei aus, der die Adern an seinem Hals anschwellen ließ, um ihn zu provozieren, und er griff auch an.

Obwohl der Gegner kleiner war, gelang es Cabe, sich unter dessen Schlag hinwegzuducken, und dabei traf er ihn mit seinem Kriegsbeil von der Seite gegen die Rippen. Sofort stürzte er sich auf den zu Boden gehenden Blackfoot, doch der reagierte abermals äußerst schnell und stieß ihn mit den Füßen von sich weg. Cabe landete auf dem Rücken, und sein Gegner war sofort rechts neben ihm. Kniend holte er mit seiner Waffe aus, um Mad Buffalo den tödlichen Schlag zu versetzen. Der aber riss seinen Kopf zur Seite, und die Klinge des Beils fuhr dich neben seinem Ohr knirschend in Erde.

Das war knapp!

Keuchend hielt Cabe den Arm des Anderen fest, und der fiel über ihn hinweg, krallte sich an ihm fest und Cabe sich an ihm. Keiner wollte dem anderen den Arm mit der tödlichen Waffe freigeben. Der Blackfoot versuchte Mad Buffalo zu beißen. Mit einem Ruck zog der die Schulter von seinen Zähnen weg. Das Gesicht mit den hohen Wangenknochen war dicht über Cabe, und sie wälzten sich knurrend und grunzend auf dem Boden herum wie in sich verbissene Tiere. Um endlich seinen Arm freizubekommen, musste Mad Buffalo auch den des Anderen loslassen. Der Blackfoot holte daraufhin zum Schlag aus, aber dieses Mal war Mad Buffalo schneller, und die Schneide seines Tomahawks traf den Krieger dicht unter der Achsel in die Rippen. Doch trotz der empfindlichen Wunde, die er ihm damit beigebracht hatte, stieß der Gegner ihn mit verzweifelter Kraftanstrengung von sich. Dabei entfiel der Tomahawk seiner Hand. Ohne sich die geringste Pause zu gönnen, stürzte er sich über Cabe und versuchte wiederum, ihn zu beißen – diesmal in den Hals. Mit seiner freien Hand griff Cabe in das Haar des Gegners und riss mit einem heiser herausgepressten Schrei dessen Kopf zurück. Er kippte mit einem wütenden Knurren zur Seite und grapschte nach dem Beil, das ihm entfallen war. Mad Buffalo ließ ihn los, und beide kamen gleichzeitig wieder auf die Füße.

Erneut standen sie sich angespannt und kampfbereit gegenüber. Cabes Gegner hielt den Arm gegen die blutende Wunde unter seiner Achsel gepresst. Jetzt musste sich der Kampf entscheiden – so oder so.

Der Krieger hatte wohl das Gleiche gedacht, denn er griff spontan und entschlossen an, um den alles entscheidenden Hieb anbringen zu können. Aber er war bereits angeschlagen. Mad Buffalo blockte den Schlag mit dem linken Arm ab, und sein Tomahawk traf ihn hart gegen die Brust. Er sackte auf die Knie und versuchte verzweifelt, Cabes Beine zu erwischen. Dieser brachte hingegen einen wuchtigen Treffer seitlich an seinem Halsansatz an. Blut schoss stoßweise aus dieser Wunde, und es sah aus, als wollten seine Augen aus den Höhlen quellen. So kippte er röchelnd nach hinten, blieb dort liegen und seine Augen erfassten Mad Buffalo mit einem Blick, als wollten sie ihn mit ins Jenseits hinübernehmen, bis schließlich das Leben aus ihnen wich.

Schwer atmend und mit herabhängenden Armen schaute Mad Buffalo ihm dabei zu und begriff langsam, dass dieser Kampf zu Ende war. Diesmal hatte er einen würdigen Gegner gehabt und hatte es abermals geschafft.

Wie oft wohl noch?

Eine Weile ließ er reglos verstreichen, bis sein Atem sich beruhigt hatte. Dann packte er seine Sachen zusammen, um diesen Ort so schnell wie möglich zu verlassen. Fürs Erste hatte er genug vom Kämpfen und Töten. Aber es würde weitergehen – das war ihm klar. Wenn man einmal zu töten angefangen hatte, war es schwer, wieder damit aufzuhören. Und er hatte sein Ziel ja auch noch längst nicht erreicht.

Nachdem er alles verstaut hatte, warf er noch einmal einen Blick auf den Ort des Kampfes und den Toten, den er diesmal zurückließ.

Mad Buffalo, du brauchst dich nur damit abzufinden, dass

Nancy nicht mehr da ist und dass das Leben nun mal so spielt. Aber ich hatte ihr versprochen, ihre Haare zurückzubringen oder zu sterben – und ein Mann muss halten, was er verspricht.

Er verzichtete darauf, nach dem Pferd dieses toten Kriegers zu suchen. Das würden andere schon tun, dessen war er sich so gut wie sicher. Stattdessen kletterte er in den Sattel, trieb Buddy vorwärts und zog das Muli hinter sich her.

***

36.

Mad Buffalo Cabe ritt weiter nach Süden in eine Gegend, die von den Rothäuten meist gemieden wurde. Das Land der gelben Felsen und heißen Quellen war ihnen unheimlich. Und er hatte derzeit keine Lust, ihnen bald wieder zu begegnen, brauchte zunächst einmal etwas Ruhe.

Er zockelte gemütlich durch eine enge Schlucht, deren obere Wände von der Sonne beschienen wurden und auf deren Grund ein Nebenfluss des Yellowstone strömte, dessen Wasser von den steilen Felswänden verdunkelt wurde. Einige Meilen weiter lief die Schlucht in einer langgestreckten Talmulde aus. Er bog von diesem Wasserlauf ab und ritt über eine leicht gewellte Ebene, auf der lange, spitze Gräser mit gelblich schimmernden Felsen und übermannshohem Buschbewuchs wechselten. Schließlich näherte er sich jenem warmen Tümpel, in dem Nancy damals auf ihrem Herweg gebadet hatte. Dort hielt er an, um sein Lager aufzuschlagen. Nachdem er Buddy von seinem Sattel und das Muli von seiner Last befreit hatte, ließ er die Tiere auf einer kleinen, fast kreisrunden Buschlichtung grasen. Dann suchte er Holz für ein Feuer zusammen und zerkleinerte es mit dem Tomahawk. Doch bevor er daranging, Feuer zu machen, wollte er zuerst ein Bad nehmen. Eigentlich mochte er ja kein so warmes Wasser, doch der Herbst machte sich deutlich bemerkbar und die Luft war dementsprechend kühl. Auch fühlte Cabe sich ein wenig steif von dem langen Ritt, und die Wärme würde ihm guttun und seine Muskeln auflockern.

Also entledigte er sich seiner Kleidung und suchte in dem warmen Wasser Zuflucht. Dort streckte er sich aus und tauchte bis zum Hals darin ein, ohne dabei die sonst gewohnte Beklemmung zu verspüren. Dabei dachte er an Nancy, der er seinerzeit hier beim Baden zugeschaut hatte, und ein dumpfer Schmerz durchzog seine Seele, der sich auch durch das warme Wasser nicht vertreiben ließ. Ihre Stimme zu hören – die Art, wie sie ihn anschaute mit ihren blauen Augen, die Geste, mit der sie die Fäuste in die Hüften stemmte, wenn sie verärgert war, und so vieles andere … Was er auch tat, er würde diese glückliche Zeit mit ihr nicht zurückholen können.

Allmählich spürte er jedoch, wie sein Körper sich entspannte und sich eine gewisse Müdigkeit in ihm ausbreitete. Die Sonne war längst in die zweite Tageshälfte eingetaucht, und er dachte, es wäre langsam Zeit, sich um ein Feuer und etwas zu essen zu kümmern.

Er wollte gerade die Augen öffnen, um diesem Vorsatz nachzukommen, als er ein Kichern und Wortfetzen menschlicher Stimmen vernahm. So riss er seine Augen auf, und sein Blick sprang erschrocken dorthin, wo zwei Gestalten mit ziemlich albernen Bewegungen ausgelassen herumtanzten. Ihre Gesichter waren bemalt, obgleich sie sich nicht gerade kriegerisch verhielten. Der eine war ein langer Kerl, beinahe so groß wie Mad Buffalo, aber spindeldürr, so dass man ihn vermutlich wegpusten konnte. Der andere war von eher ausgeglichener Figur, nicht ganz so groß wie sein Kumpan, aber gutgewachsen. An ihrem Kopfschmuck mit der hochgestellten Frisur und ihrer fein gearbeiteten Kleidung, erkannte er sie als Crow-Indianer. Auch ihre Sprache, mit der sie sich aufgeheitert immer wieder Worte zuriefen, ähnelte eher dem Lakota, mit dem er ganz gut vertraut war. Das Algonkin der Blackfeet hörte sich ganz anders an, und er war in diesem Moment froh, dass es sich nicht um solche handelte. Zwar hatte er mit den Crow auch schon einigen Ärger hinter sich, doch Blackfeet hätten ihm wahrscheinlich ohne weitere Umstände einen Pfeil durch die Gurgel gejagt.

Was diese beiden noch alles mit ihm vorhatten, war ihm im Moment noch nicht ganz klar. Aber auf jeden Fall befand er sich in einer äußerst peinlichen Situation. Völlig nackt und ohne Waffen hockte er im Wasser und war den zweifelhaften Späßen dieser beiden Rothäute ausgeliefert, aus denen sehr schnell tödlicher Ernst werden konnte. Darüber war er sich durchaus im Klaren. Es waren junge Burschen, die bei allem ihren Spaß haben wollten und sich diesem weißen Mann dort im Wasser überlegen fühlten. Sie konnten ihn also auf die lustige Tour ausplündern. Und dass sie zumindest das vorhatten, daran zweifelte er nicht. Und dann …?

Verdammt, wenn er doch wenigstens seine Hose noch anhätte. Aber die hing auf der Spitze der Lanze des Langen und schien einer der Gründe ihrer Heiterkeit zu sein. Seine übrigen Sachen hatten sie auch bereits an sich genommen. Der andere hielt siegessicher Cabes lange Büchse in die Höhe über deren Lauf sein Hemd hing.

Er hingegen fand das gar nicht lustig. Aber, bei allen Teufeln, er musste was tun, und zuerst musste er mal schauen, dass er aus dem Wasser kam. Dass er sie damit nicht in Angst und Schrecken versetzen konnte, ahnte er bereits.

Also stieg er aus der Naturwanne, in der er gebadet hatte, und richtete sich zu seiner vollen Größe auf – so würdevoll, wie das ohne Hose möglich war. Sie brachen beide in ein höhnisches Gelächter aus. Der eine von ihnen zeigte, dem anderen etwas zurufend, mit dem Finger auf Cabes Genitalien, die offenbar einen ziemlich kläglichen Eindruck machten und von denen das Wasser tropfte. Der traurige Rest seine Würde schien damit in die Hose zu gehen, wie man so sagt. Aber die hing ja bei einem der Kerle auf der Lanzenspitze.

Er versuchte, sein Schamgefühl zu ignorieren und nicht an den lächerlichen Eindruck zu denken, den er wohl machte, und näherte sich den beiden langsam und besonnen. Was sollte er sonst auch tun? Alle Trümpfe, die es in diesem Spiel gab, lagen im Moment noch in den Händen dieser beiden Möchtegernkrieger.

Der Lange mit der Lanze schien langsam nervös zu werden. Er ließ die Lanze einfach umkippen und fingerte an Mad Buffalos Pistole herum, die er in den Händen hielt. Offensichtlich hatte er noch nie so ein Ding benutzt, denn der Schuss löste sich plötzlich ungewollt, und der Junge schreckte davor zurück.

Das war der Moment, in dem Jacob Cabe explodierte.

Er rannte geduckt und mit gesenktem Kopf wie ein Bisonstier auf den Kerl zu. Im letzten Moment versuchte dieser, mit der leergeschossenen Pistole nach Cabe zu schlagen, doch im selben Moment prallte dieser gegen ihn. Mad Buffalo war so dermaßen in Fahrt, dass er diesen Schlag, der auf seinem Rücken landete, kaum spürte. Mit allem, was er zu bieten hatte, rammte Cabe ihm seinen Schädel in den Bauch und nahm ihn, wie man so sagt, voll auf die Hörner. Dabei war zu spüren, wie ihm die Luft aus dem Körper gepresst wurde. Er hob sich leicht vom Boden ab und landete zwei Schritte weiter auf dem Rücken. Benommen wälzte er sich herum. Mad Buffalo blieb keine Zeit, sich weiter mit ihm zu befassen – denn da war ja noch einer.

Als Mad Buffalo herumfuhr, hatte dieser ihn schon fast erreicht. Der Crow stieß mit einem Messer nach ihm, was Cabe gar nicht freundlich fand, denn es ritzte seine Haut am Oberarm auf, weil er nicht mehr rechtzeitig ausweichen konnte. Doch seine nicht gerade kleine Hand war auch gerade nicht zum Streicheln aufgelegt und patzte ihm von der Seite her aufs Ohr. Das war ein Schlag, der in seinem Gehörgang bestimmt die Glocken läuten ließ. Er stolperte zwei kurze Schritte beiseite, ehe er mit dem Kopf voran auf dem Boden landete – wie ein Bussard, der im Sturzflug seine Beute schlägt.

Bevor Mad Buffalo sich umdrehen konnte, sprang ihn der Lange, der sich inzwischen aufgerappelt hatte, von hinten an wie eine Katze. Mad Buffalo schüttelte ihn ab, konnte jedoch sein Gleichgewicht nicht halten, fiel nach hinten und landete mit seinem nackten Hintern direkt in dem bemalten Crow-Gesicht.

Selber schuld, dachte er, aber immerhin war er frisch gebadet. Der Lange schien das jedoch anders zu sehen und musste wohl ziemlich wütend sein, denn er versuchte, ihn in diesen edlen Körperteil zu beißen. Geistesgegenwärtig zuckte Cabe hoch und entging somit dem Zubiss dieser Zähne. Aber damit war Mad Buffalo noch nicht aus der Gefahrenzone. Der Bursche griff von hinten zwischen Cabes Beinen hindurch und packte seine Genitalien. Damit war bei Mad Buffalo jegliches Verständnis für Späße vorbei. In einer Welle aufwallenden Zorns wuchtete er seinen Oberkörper herum, und sein angewinkelter Ellenbogen traf den Übeltäter hart irgendwo. Wo genau, konnte er nicht feststellen. Aber es musste doch ein recht wirkungsvoller Treffer gewesen sein. Jedenfalls ließ er Cabes Gemächt los und wälzte sich hinter ihm am Boden herum, ohne dass es ihm gelingen wollte, wieder hochzukommen.

Dafür war dies dem anderen wieder gelungen. Der hatte das verdammte Messer noch immer in der Faust und griff Mad Buffalo damit an. Diesmal konnte jener aber besser ausweichen. Der Stoß glitt unter seiner Achsel hindurch. Er klemmte die Messerhand dort erstmal ein und stieß mit seiner Stirn in das Gesicht seines Gegners. Dann schubste er den Kerl von sich weg, und der schwankte mit blutender Nase und unsicher Halt suchend. Sofort setzte Mad Buffalo mit einem Faustschlag nach. Ein knallharter rechter Haken traf ihn genau am Jochbein und riss ihn augenblicklich von den Beinen.

Diesmal blieb er endgültig liegen, und Mad Buffalo konnte sich wieder dem Langen zuwenden. Letzterer hatte plötzlich einen Tomahawk in der Hand, und es konnte sich möglicherweise um den von Cabe handeln. Er schien zwar ebenfalls noch nicht völlig sicher auf den Beinen zu sein, kam aber mit einem bösen Funkeln seiner Augen auf Cabe zu. Doch dessen Bereitschaft für irgendwelche schonenden Risiken war vorbei. Rasch bückte er sich und hob die Lanze auf, die der Andere vorhin achtlos hatte umfallen lassen. Um sie mit der Spitze zu diesem umzudrehen, blieb Mad Buffalo allerdings keine Zeit. So holte er damit aus und knallte ihm den Lanzenstiel von der Seite gegen den Schädel. Der Schlag war so heftig, dass er dem Crow fast den Kopf von den Schultern riss, und er landete mit dem Gesicht im Dreck.

Mad Buffalo ließ die Lanze fallen und holte tief Luft. Geschafft, dachte er erleichtert. Auch der andere regte sich nicht mehr. Sie schienen beide genug zu haben. Aber er musste ihnen zugestehen, dass sie keine schlechten Kämpfer waren, auch wenn ihnen noch einiges an Erfahrung fehlte.

Zuerst stieg Jacob Cabe mal in seine Hose. Jetzt gefiel er sich schon besser. Die Schnittwunde am Oberarm blutete nur leicht. Das hatte also noch etwas Zeit. Er sammelte seine Waffen ein. Der Tomahawk, mit dem der Lange auf ihn hatte losgehen wollen, war nicht seiner. Er nahm ihn, warf ihn hinter sich und hörte ihn mit Befriedigung ins Wasser plumpsen. Alle anderen Waffen der beiden, die er finden konnte, ließ er folgen. Die Ironie bei der Sache war: Das Messer, mit der Cabe dieser Schnitt am Arm beigebracht worden war, stelle sich als sein eigenes heraus.

Er hätte die beiden besiegten Gegner jetzt töten können, so, wie er es zuvor getan hatte, aber das wollte er nicht. Es waren keine Blackfeet, und sie hatten seiner Meinung nach mit dem Verbrechen an Nancy Blue nichts zu tun.

Und all die anderen ...? Bei keinem von ihnen hatte er Nancys Haare gefunden.

Diese Gedanken schossen plötzlich wie brennende Magensäure in ihm hoch. Doch er wischte sie weg. Alle waren Blackfeet gewesen, und alle hätten es gewesen oder dabeigewesen sein können. Nur einer von ihnen musste diesen Skalp haben, und er würde ihn finden!

Er verband seinen Arm mit den Tüchern, die er schon bei seiner Schulter benutzt und inzwischen gewaschen hatte, so gut es ging. Dann zog er Hemd und Jacke an und machte sich auf, nach den Pferden der beiden Crow zu suchen. Er fand sie nicht allzu weit entfernt hinter einem Buschgürtel – einen Schecken und einen Rappen. Sie waren an einem kräftigen Strauch angebunden und scheuten vor ihm zurück, als er sich ihnen näherte. Er band sie einfach los und musste sie nicht einmal fortjagen, sondern sie nahmen sofort Reißaus und rannten vor ihm davon.

Als er zurückkam, lagen seine beiden „Crow-Freunde" noch immer am Boden und schienen einen guten Schlaf zu haben. Sie würden wohl einige Zeit brauchen, bevor sie ihre Tiere wiederhatten. Inzwischen konnte Mad Buffalo längst woanders sein, und die Nacht bräche herein, so dass sie ihm nicht folgen konnten, falls sie auf diese unglückliche Idee kämen. Nach allem, was hier geschehen war, hatte er jedenfalls keine Lust mehr, an diesem Ort zu bleiben. Er wollte seine Ruhe haben. Zwar nahm er an, dass die beiden ihre Lektion gelernt hatten, doch man konnte nie wissen, was in solchen Köpfen vor sich gehen mochte.

So brach er also sein Lager ab. Dabei fiel ihm ein, Pulver- und Bleivorräte sowie Proviant und andere Dinge, die er nicht entbehren konnte, dem Braunen aufzuladen, denn falls er einmal auf eine größere Gruppe von Blackfeet stoßen sollte, musste er unter Umständen das Muli aufgeben, um sein eigenes Leben zu retten. Frisch gebadet, aber wenig ausgeruht, machte er sich wieder auf den Weg, um sich für die Nacht ein anderes Plätzchen zu suchen.

***

37.

Er wachte auf – aus irgendeinem Traum, in den er nicht zurückkehren wollte und der ihn dennoch weiterhin beschäftigte. Er dachte an ihr gemeinsames Heim zurück, an die langen Winterabende in der warmen Hütte, an das gemeinsame Erwachen frühmorgens auf ihrem Lager, zwei Fuß lange Eiszapfen, die wie glitzernde Zähne von der Dachkante herabhingen, und das verschneite Land draußen. Er dachte an das dünne, klirrende Eis am Ufer des Yellowstone, an den duftenden Braten, den sie im flackernden Schein des Kaminfeuers aßen und Whiskey dazu tranken, glücklich und zufrieden miteinander, und Nancys Wangen glühten und ihre Augen funkelten. Und er dachte auch an den Frühling, an die prickelnde Erwartung, die in der Luft lag, und das frische Grün, das aus dem aufgetauten Boden spross, und an die Fische, die sie gemeinsam fingen, an den Sommer, den kurzen, heißen Sommer, an Nancys frohen Blick, wenn er von der Jagd heimkam. Und er dachte auch daran, dass das Leben und der Wechsel der Jahreszeiten ohne Nancy nie mehr so sein würden wie einst. Und er sehnte sich nach der Zeit mit ihr zurück, auch an die schweigenden Momente, wenn sie einander gegenübersaßen und keiner von ihnen wusste, was er sagen sollte. Nun bist du nicht mehr da, Nancy Blue; du bist weg – so weit, weit weg!

Das fahle Morgenlicht schob sich langsam und schweigend über den scharfkantigen Horizont. Und Mad Buffalo spürte, wie sein Blick langsam verschwamm, und er versuchte den harten Kloß in seinem Hals hinunterzuwürgen. „Warum versuchst du nicht, etwas anderes aus deinem Leben zu machen", fragte er sich. Du treibst dich hier herum, auf der Jagd nach etwas, das du nicht finden kannst. Was willst du noch hier? Dir den Skalp vom Schädel reißen lassen? Aber das alles war nicht so leicht zu beantworten. Nancy Blue ließ ihn auch nach ihrem Tod nicht los. Sie hatte erst am Anfang des großen Abenteuers Leben gestanden und war durch die Hände von üblen Schurken, von Bestien, gescheitert … Plötzlich sah er ihn! Er hockte auf seinem Pferd und schaute zu ihm her, so, als wäre er schon eine Ewigkeit dort und beobachtete ihn. Seine Lanze ragte von der regungslosen Gestalt hoch, als wollte sie den Himmel berühren. Mad Buffalo hatte seine Büchse neben sich liegen, doch er griff nicht danach. Für einen sicheren Schuss war die Entfernung zu groß, und er konnte auch nicht erkennen, um was für einen Krieger es sich handelte – auch nicht, ob er überhaupt etwas von ihm wollte. Um einen der beiden Crows, mit denen er kürzlich aneinandergeraten war, handelte es sich definitiv nicht.

Als der fremde Krieger erkannte, dass Mad Buffalo ihn bemerkt hatte, wendete er ohne Eile sein scheckiges Pony und verschwand. Cabe schaute noch eine Weile dorthin, wo er verschwunden war, und zuckte dann mit den Schultern. Irgendetwas war in ihm, das ihn warnte. Aber wenn der Bursche erwartet hatte, dass er ihn verfolgen würde, hatte er sich geirrt. So leicht ließ Mad Buffalo Cabe sich nicht in eine Falle locken. Er beschloss, hierzubleiben und abzuwarten.

Er schielte zu Buddy hinüber, doch der Braune war vollkommen ruhig. Die Erscheinung auf diese Distanz schien ihn nicht zu beunruhigen.

Langsam holte er Striker und Flintstein hervor und machte sich daran, ein Feuer in Gang zu bringen. Er war gerade dabei, den Zunder anzublasen, um das dürre Gras in seiner Hand in Brand zu setzen, als er an anderer Stelle als vorher wieder einen Reiter bemerkte, der offenbar ebenfalls gesehen werden wollte. Cabe ließ sich dadurch jedoch nicht stören, legte die auflodernde Flamme rasch auf die Feuerstelle von gestern Abend und deckte etwas dünne Birkenrinde darüber und dann noch dünnes Reisig, das er am Vortag bereits gesammelt hatte. Jetzt nahm er sich erst einmal Zeit, den neuen Besucher genauer anzusehen.

Er war schon bedeutend nähergekommen als sein Vorgänger – so weit, wie es möglich war, um ungesehen heranzukommen. Der Schwarzbraune unter ihm stand reglos wie ein Denkmal auf der Kuppe einer Anhöhe – am Ende eines Gehölzes aus Bergahorn, dessen Herbstlaub in der gerade aufgehenden Sonne flammte wie glühendes Feuer. Diesmal zweifelte er nicht daran, einen Blackfoot vor sich zu haben. Er saß ebenfalls reglos auf seinem Tier, scheinbar ohne die Absicht, näherzukommen. Hinter seiner rechten Schulter ragte das Ende eines Bogens hervor, den er im Köcher hinter sich hängen hatte.

Auch diesmal reagierte Mad Buffalo nicht. Und der Reiter wendete sein Pferd und entfernte sich ebenfalls ohne Hast. Als Mad Buffalo ihm nachblickte, sah er den dicken Zopf auf seinem Rücken an dessen oberem Ende ein radähnlicher Schmuck aus verschiedenen kreisförmig angeordneten Federn angebracht war.

Es waren also mehrere. Das hatten wir auch schon. Doch diesmal hatte Mad Buffalo das Überraschungsmoment nicht auf seiner Seite. Sie hatten ihn also gefunden. Ob sie das schon hatten, als er noch schlief? In diesem Fall hätten sie ihn gefahrlos töten können. Aber diese Krieger besaßen wohl ihre eigenen Vorstellungen. Einen Schlafenden zu töten, stellte gewiss keine Heldentat dar, aber sie hätten ihn ja vorher wecken können.

Nun, wie dem auch sei: Sie trieben offensichtlich ihr Spiel mit ihm, und vorläufig versuchten sie wohl mit dieser Taktik, ihn nervös zu machen und zu Fehlern zu verleiten. Jetzt kam es darauf an, Nerven zu behalten und nicht auf ihr Spiel einzugehen. Das Dumme dabei war, dass Cabe nicht wusste, mit wie vielen er es zu tun hatte. Bis jetzt waren nur zwei erschienen. Vielleicht handelte es sich nur um ausgesandte Späher, die ihn ausfindig machen sollten. Doch warum hatten sie sich dann sehen lassen? Das entspräche nicht ihrer Art.

Er hätte sich einen besser versteckten Platz für sein Lager aussuchen sollen, aber er hatte nicht geglaubt, dass sie sich so weit im Yellowstone-Gebiet herumtrieben. Dennoch besaß dieser Platz hier auch einen gewissen Vorteil. Das Gelände war offen, und es konnte sich kaum jemand unbemerkt nähern.

Um sich von dem letzten Kaffee, den er noch besaß, einen heißen Becher zu gönnen, stellte er den Kessel mit etwas Wasser auf das Feuer, als urplötzlich ein gellender Schrei zu ihm herüberhallte, der von dem dumpfen Geräusch trommelnder Hufe untermalt war. Er riss den Kopf herum und erkannte jenen Krieger, der sich zuerst hatte sehen lassen, mit rasantem Tempo auf ihn zugaloppieren, die Lanze zum Stoß gesenkt.

Sofort ließ Cabe den Kessel los, der auf den brennenden Holzscheiten verrutschte und sich etwas schief stellte, was ihm in diesem Moment seiner schnellen Reaktion ziemlich egal war. Stattdessen ergriff er sein Gewehr, schwenkte es in einer fließenden Bewegung herum und presste den Schaft gegen seine Schulter. Während er durch die Hantierung am Feuer abgelenkt gewesen war, hatte sich der Krieger bereits bedrohlich nähern können, bevor er seinen Angriff startete.

Die Kugel aus Cabes Gewehr hingegen traf nur das Pony. Es galoppierte noch etwa drei Pferdelängen weiter, ehe es stürzte und seinen Reiter abwarf. Der rollte sich geschickt zur Seite, musste dabei jedoch seine Lanze loslassen. Er kam sofort wieder auf die Füße und rannte mit abermaligem schrillem Geschrei auf Mad Buffalo los, wobei er seinen Tomahawk aus dem Gürtel zog.

Zum Nachladen war es zu spät, und die Pistole wollte er noch nicht abfeuern. Immerhin war da noch ein zweiter Gegner in der Nähe, mit dem er rechnen musste. So erwartete er mit der langen Büchse in den Händen den Angriff. Den Schlag mit der Streitaxt konnte er damit mühelos abwehren, und er versuchte danach, den Kopf des Gegners mit dem Lauf zu treffen. Doch dieser duckte sich blitzschnell und sehr gewandt darunter hinweg, und der Tomahawk traf Cabe etwa eine Handbreit unter der Achselhöhle. Zum Glück konnte seine dicke Jacke, die er noch seit der Nacht anhatte, den Hieb ohne schlimme Folgen abhalten. Doch er war gewarnt. Dieser Gegner war ihm zwar an Kraft unterlegen, aber mit einer Gewandtheit und schnellem Reaktionsvermögen ausgestattet, die für Mad Buffalo zum Problem werden konnten. Deshalb warf er sich mit vollem Körpereinsatz gegen ihn, riss ihn mit sich zu Boden und wälzte sich auf dessen Arm mit dem Tomahawk. Das bemalte Gesicht war dicht vor dem seinen, und er versuchte, ihn in die Nase zu beißen. Cabe zuckte zurück und stieß ihm danach seine Stirn ins Gesicht. Blut sickerte aus seiner Nase, und er ließ ein wütendes Knurren hören. Das im Nahkampf unhandliche Gewehr hatte Mad Buffalo beim Niederstürzen loslassen müssen, konnte aber im Moment weder an sein Messer noch an die Pistole herankommen. Dafür gelang es seinem Gegner, sich mit einem Schwung seines wendigen Körpers über ihn zu werfen. Mad Buffalo umschlang ihn daraufhin mit beiden Armen, drückte ihn an sich wie eine Geliebte und presste ihm unter Einsatz all seiner Kräfte die Luft aus dem Körper. Ob dem Gegner unter dieser Behandlung das Gesicht rot anlief, konnte er wegen der Bemalung nicht feststellen; er vermutete es aber, da ihm die Augen beinahe aus den Höhlen traten.

Da traf ein harter Schlag Cabes Kopf von der Seite, und eine schummrige Dunkelheit drängte sich gegen sein Gesicht. Irgendwelche geheimnisvolle Wesen schienen seinen Kopf zu umkreisen, flatterten herum wie Fledermäuse. Trotz dieser momentanen Benommenheit wurde ihm klar, was geschehen sein musste. Ein weiterer Gegner war während ihres Handgemenges unbemerkt herangekommen. Das Bild vor seinen Augen gewann wieder etwas Klarheit. Dumpfes Hufegetrappel und das erregte Schnauben eines Pferdes umgaben ihn, und während in seinem Kopf etwas summte wie in einem Bienenkorb, merkte er, wie die Kraft aus seiner Umklammerung wich. Schnell wie ein Schatten war sein Gegner, den er festgehalten hatte, wieder auf den Beinen. Auch Mad Buffalo kam taumelnd hoch. Jemand, den er bisher noch nicht in seinem eingeschränkten Gesichtskreis hatte sehen können, warf seinem Kampfgefährten Cabes Büchse zu, die dieser geschickt auffing. Jetzt war ihm klar, was seinen Schädel getroffen hatte. Das Letzte, mit dem Mad Buffalo sich noch wehren konnte, war nun die Pistole hinter seinem Gürtel. Etwas breitbeinig versuchte er seinen Stand zu sichern und schüttelte den Kopf, um dieses dumpfe Gefühl loszuwerden. Gerade als der Rote vor ihm ausholte, um ihm den Schaft seiner eigenen Waffe ins Gesicht zu hämmern, hatte er die Pistole in der Hand und feuerte. Gleichzeitig prallte etwas Großes mit unwiderstehlicher Gewalt gegen ihn, das Cabe im selben Moment als die Brust eines Pferdes erkannte, und schleuderte ihn zur Seite und die Waffe aus seiner Hand. Doch der Schuss war bereits gefallen, und die Kugel hatte einen Gegner in den Bauch getroffen. Während dieser mit weichen Knien zu Boden sackte, wälzte Cabe sich herum und kam wieder auf die Füße – noch ein wenig wacklig, aber er fühlte bereits seine Kräfte zurückkehren.

Der zweite Blackfoot saß noch immer auf dem Rücken seines Ponys. Er musste von dort aus ohne abzusteigen Cabes Gewehr vom Boden aufgegriffen haben. Alle Achtung!

Er zog sogleich den Schwarzbraunen herum und kam erneut auf Mad Buffalo zu, um ihn niederzureiten. Es gelang Cabe nur knapp, zur Seite auszuweichen, und er schnellte ein wenig vom Boden hoch, krallte sich an dem Reiter fest und riss ihn von dem Pony herunter. Zusammen schlugen sie hart auf, wurden dabei auseinandergerissen und herumgewirbelt. Als bei Cabe Oben und Unten wieder dort angelangt waren, wo es hingehörte, stand sein Gegner schon wieder auf den Beinen und riss sein Messer heraus. Seine Augen funkelten Mad Buffalo mit wilder Entschlossenheit aus dem bemalten Gesicht heraus an, und er schien zu warten, bis auch dieser wieder auf seinen Füßen stand. Ziemlich faire Geste.

Mad Buffalo griff ebenfalls nach seinem Messer, und sie belauerten sich einen Moment lang abschätzend. Der Krieger kam leicht geduckt und breitbeinig näher. Als beide sich auf Reichweite befanden, schlug er mit seiner Messerhand ein paar Finten, wohl, um Cabes Fähigkeiten in dieser Kampfart zu testen. Dann versuchte er, mit einem gerade ausgeführten Stoß ihm die Klinge in den Bauch zu rammen. Aber das kam für Cabe nicht unerwartet. Er drehte sich zur Seite weg und wuchtete seinem Gegner die Linke gegen den Schädel. Dieser Schlag schickte ihn zu Boden, doch Mad Buffalo hatte seine volle Kraft noch nicht wiedererlangt, und sein Gegner war sofort wieder auf den Beinen, noch ehe Cabe sich auf ihn stürzen konnte, und hatte sogar noch seine Waffe in der Faust.

Der Kampf war also noch lange nicht entschieden. Mad Buffalos kurze Irritation ausnutzend griff der Blackfoot umgehend wieder an, doch er war nicht mehr ganz so schnell wie zuvor. Es gelang Cabe abermals, diesem Angriff nach rechts auszuweichen, und er schlang dabei seinen linken Arm um den Hals seines Feindes, packte ihn von hinten, bereit, ihm die Kehle durchzuschneiden. Doch der warf sich mit einer unglaublich raschen Reaktion nach rückwärts. Darauf war Mad Buffalo nicht vorbereitet, fiel auf den Rücken und sein Gegner krachte mit seinem vollen Gewicht auf Cabes Brustkorb und presste ihm die Luft in der Lunge zusammen, so dass er für einen winzigen Augenblick nicht in der Lage war, zu atmen.

Etwas angeschlagen kam Cabe wieder hoch. Sein Messer, das er bei dem Sturz verloren hatte, lag zwei Schritte von ihm entfernt. Er versuchte, es aufzuheben, aber sein Kontrahent war diesmal schneller. Er hielt jetzt beide Messer in den Fäusten, und Mad Buffalo konnte trotz der Bemalung den Triumph in dessen Gesicht erkennen. Er schien sich seines Sieges schon sicher zu sein – und er hatte auch allen Grund dazu, denn er besaß jetzt beide Waffen, und er, Cabe, stand ihm mit leeren Händen gegenüber.

Langsam wich er ein paar Schritte zurück und hielt mit hastigen Blicken nach irgendeiner Waffe Ausschau, was seinen Gegner aber noch sicherer machte und den Triumph in seinen Augen verstärkte.

Cabes Tomahawk! Aber der lag viel zu weit weg. Bis er den erreichen könnte, hätte diese Rothaut ihn längst in kleine Stücke zerlegt. Und diese Gelegenheit wollte der offensichtlich nicht verstreichen lassen. Drei Schritte etwa trennten ihn von Cabe, und er griff, ohne länger zu zögern, an.

Zwei eigene Schritte nach rückwärts verschafften Cabe so viel Zeit, dass es ihm gelang, gerade noch schnell genug aus seiner offenen Jacke zu schlüpfen, ehe der Indianer ihn mit seinen Messern aufschlitzen konnte.

Die Jacke aus dickem Büffelleder warf er dem Angreifer über Kopf und Oberkörper. Eine der scharfen Klingen verletzte Mad Buffalo dabei leicht an den Rippen seiner linken Brustseite. Rasch schlang er die Jacke weiter um den Kopf des Indianers, so dass jener nichts mehr sehen konnte. Derweil fuchtelte dieser wild mit den Messern herum in der Hoffnung, Cabe damit irgendwo zu treffen. Das gelang auch teilweise, denn er brachte ihm noch einen Schnitt am linken Arm bei.

Mad Buffalo trat ihm einfach kräftig in die Nüsse, und der Angreifer ließ mit einem verbissenen kurzen Knurren eines der Messer fallen und versuchte, sich die Jacke vom Kopf zu reißen. Währenddessen bekam Mad Buffalo das heruntergefallene Messer zu fassen, wischte mit der anderen Hand den Arm seines Gegners mit der ihm verbliebenen Waffe beiseite und stieß ihm die blanke Klinge in die Brust – einmal und noch einmal.

Zwei rasche Schritte trat Mad Buffalo zurück und sah zu, wie das Blut aus dem besiegten Gegner herauslief und sein zuckender Körper zur Ruhe kam. Dann nahm er seine Jacke wieder an sich. Der Kampf war zu Ende. Zum wievielten Mal, konnte er sich auf die Schnelle nicht beantworten.

Er schaute einen Moment lang um sich, ob von irgendwo noch weitere Feinde auftauchten. Dann versorgte er seine nicht ganz belanglosen Wunden, soweit es ihm möglich war. Danach spürte er die Erschöpfung in sich und setzte sich auf einen Stein in der Nähe der Feuerstelle. Er fühlte sich leer und ausgebrannt. Sein Blick saugte den Ort des Kampfes in sich auf, die herumliegenden Waffen, die beiden Toten und das Blut.

Heiliges Donnerwetter! Immer wieder Tote! Hört das denn nie mehr auf?

Deprimiert dachte er an den Weg, der noch vor ihm lag. Wie lange würde es noch dauern, bis auch sein Skalp an irgendeiner Lanze baumelte? Er war dabei, wahllos Menschen zu töten, nur weil sie einem Volksstamm angehörten, von dem einige Mitglieder seine Nancy grausam ermordet hatten, und zum ersten Mal kamen ihm die Zweifel, ob das noch zu rechtfertigen sei.

Erneut musste er an Nancy denken – an die Wärme, die sie ihm gegeben hatte, seit sie in sein Leben getreten war; wie schön war sie mit ihren blauen Augen und dem blonden Haar. Er sehnte sich nach ihrer Gegenwart, ihrem Körper und ihrer Stimme. Aber Nancy Blue gab es nicht mehr. Daran war nichts zu ändern, egal ,wie viele er noch töten würde. Doch einmal angefangen, gab es für ihn kein Zurück mehr von diesem eingeschlagenen Weg. Sie hatten damit begonnen, Jagd auf ihn zu machen – daran zweifelte er nicht mehr; und wenn er sie nicht tötete, dann töteten sie ihn.

So war das nun mal. So sah der Weg aus, den er nun zu gehen hatte: entweder er oder sie.

Aber diese Leere in ihm hatte auch etwas Gutes: Sie ermöglichte es ihm, Neues aufzunehmen – Dinge, die ihm früher unbekannt geblieben waren. Nur eines konnte sie nicht auslöschen: den Gedanken an Nancy.

Das inzwischen heruntergebrannte Feuer fachte er nicht wieder an. Er mochte nicht länger an diesem Ort verweilen. So sammelte er seine Waffen ein, lud Gewehr und Pistole neu und packte seine Sachen zusammen.

***

38.

Der Spätherbst bescherte dem einsamen Land noch einen angenehmen Tag. Es war bereits Ende Oktober – der Monat, den die Lakota Canwapecasná Wi, Mond der fallenden Blätter – nennen. Kein menschliches Wesen war zu sehen, keine Tiere und keine Wege – nur flammend bunte, unberührte Ewigkeit, jungfräulich und unverbraucht, aber auch auf irgendeine Weise gefahrvoll lauernd in ihrer schweigenden Leere.

Mad Buffalo ritt ohne Hast unter einer Gruppe hoher Pappeln hindurch, deren noch spärlich vorhandenes Laub in der Sonne flimmerte, wich den zahlreich heruntergebrochenen trockenen Ästen aus und zog dann weiter über eine freie Fläche mit hochstehendem Gras, mit dessen braunen Halmen der sachte Wind sein Spiel trieb. Er überquerte einen silbern strudelnden Bach, der kalt und klar dahinströmte, und hielt dann auf eine Reihe steil aufragender Felsen zu, die aus dunklem Wald emporragten.

Als sich der Tag langsam zu verabschieden begann, hockte Mad Buffalo an seinem Feuer und beobachtete das Spiel der Flammen über der simmernden Glut und die huschenden, sich in der Dunkelheit auflösenden Schatten. Er roch den herben Rauch und lauschte dem Knistern und gelegentlichem Fauchen zwischen den brennenden Scheiten, und er wusste, dass dies das Leben war, das er nirgendwo anders finden konnte als nur hier.

Ein Leben ohne Nancy!

Sie lag jetzt weit weg von hier in kalter, feuchter Erde … Und er saß am Feuer – am warmen Feuer. Bei diesem Gedanken wäre er am liebsten aufgesprungen und hätte wild und brüllend um sich geschlagen und getötet, was ihm in die Quere käme.

Aber er war allein. Niemand außer ihm – kein einziger Blackfoot.

Jetzt.

Aber sie würden wiederkommen! Und alles würde so weitergehen. Denn Schmerz erzeugt Hass, und der Hass vergiftet den Menschen, kriecht in ihn hinein wie ein infizierender Wurm.

Er zündete seine Pfeife an. Doch der aufsteigende Rauch befreite ihn nicht von den imaginären Bildern, die seine Fantasie ihm immer wieder vorgaukelte.

Er sog kräftig an seiner Pfeife, schloss dabei die Augen und paffte vor sich hin.

Vergiss es! Was du auch tust, nichts davon wird dir deine Nancy wiederbringen. Alles ist vorbei!

Aber es half nichts. In seiner quälenden Erinnerung würde es nie vorbei sein. Hör auf damit. Verbringe nicht dein Leben damit, der Vergangenheit nachzutrauern. Richte deinen Blick nach vorn. Suche dir eine andere Nancy. Irgendwo ... Aber, Teufel noch mal, es wird nie wieder so sein, wie es war. Nie wieder.

Er öffnete die Augen und hatte plötzlich einen schlechten Geschmack im Mund, spuckte aus und klopfte seine Pfeife an einem Stein neben sich aus. Finde dich damit ab, Jacob Cabe. Die Welt jedenfalls wird sich weiterdrehen und nimmt keinen Anteil an deinem Problem.

Er hockte noch immer an seinem Feuer und sah zu, wie das Zwielicht allmählich in Dunkelheit versank. Er dachte weit zurück – an sein früheres Leben, an einsame Nächte, durchdrungen vom klagenden Geheul der Wölfe, die zu jener Zeit der Stoff für geheimnisvolle Fantasien gewesen waren. Damals waren die Nächte mit dem Wunder der Dunkelheit dazu dagewesen, erregende Träume von Tapferkeit und Kämpfen zu nähren. Jetzt waren diese Träume von einst schon lange der Realität mit ihren ständigen Attacken gegen seine Feinde gewichen. So saß er da, bis ihm irgendwann die Gedanken entschwanden und sein Kinn langsam auf die Brust sank.

Am nächsten Tag war er wieder unterwegs. Wohin, das wusste er nicht. Jedenfalls zog er weiter nach Süden, folgte einem Fluss, dessen Wasser in diese Richtung strömte und dessen Namen er nicht kannte.

Irgendwo in der hügeligen, spärlich bewachsenen Ferne hatte er eine Bewegung wahrgenommen. Ein Tier oder ein Mensch, das konnte er nicht sagen. Er hockte dicht neben dem Stamm einer

Schwarzpappel reglos im Sattel, und sein Blick durchforschte die ganze Gegend ringsum, wo er diese Bewegung gesehen zu haben glaubte.

Nichts regte sich.

Hatte jemand ihn bemerkt und sich rasch verborgen? Wenn das so war, dann musste er auf der Hut sein. Die letzten Begegnungen mit Blackfeetkriegern hatten ihn gewarnt. Es sah mittlerweile so aus, als sei er der Gejagte, und sein Misstrauen war erwacht. Spähend suchte er das Gelände ab, das Tal entlang, durch das der Fluss sich schlängelte, einem Buschgürtel folgend, bis zu den leichten Höhen weiter rechts von ihm. Nichts bewegte sich. Nur eine kleine Formation Gänse, die nach Süden zog, und ein paar graue Wolken, die sich irgendwo in der Ferne ausbreiteten.

Mad Buffalo blieb, wo er war. Geduld war etwas, an dem das Leben hängen konnte; das hatte er schon sehr früh gelernt. Und hier draußen musste man ständig mit Gefahren rechnen.

Die dunklen Wolken kamen näher und malten einige Schatteninseln auf das Land. Links von ihm zog sich eine Anhöhe entlang, die mit Wachholderbüschen bewachsen war, aus denen sich einige zerklüftete Felsen emporhoben. Das war der einzige Weg, auf dem er, falls er beobachtet wurde, ungesehen davonkommen könnte.

Er zog Buddy langsam zurück, um den Stamm der Schwarzpappel herum, und ritt gemächlich, ohne eine hastige Bewegung zu machen, weiter im Schutze des Höhenrückens davon. An einer günstigen Stelle überquerte er ihn im Schutze des Wachholders, hielt auf der Höhe nochmals an und beobachtete wieder das Gelände. Wenn das, was er zu sehen geglaubt hatte, wirklich Reiter waren und sie jetzt nirgends mehr auftauchten, dann mussten sie ihn gesehen haben und lauerten irgendwo auf ihn. Aber sicher war er sich keinesfalls.

Behutsam ließ er den Braunen im Schritt weitergehen. Irgendwo vor ihm musste der Fluss sein. Dort konnte er seine Fährte verbergen. Er erreichte ihn ohne Zwischenfall und lenkte Buddy den Hang zum Fluss hinunter und in das Wasser hinein. Zum Glück war es an dieser Stelle nicht allzu tief und ohne gefährliche Strömung. Trotzdem schien es dem Muli nicht zu passen, und Mad Buffalo musste ihn energisch an der Leine hinter sich her zerren.

Zuerst wandte er sich stromaufwärts, ritt nach einer gewissen Strecke um eine sich lang hinziehende Sandbank herum und lenkte den Braunen von dort in die andere Richtung.

An einer Stelle, wo er glaubte, den Fluss unauffällig verlassen zu können, lenkte er Buddy zum Ufer, hielt an und glitt aus dem Sattel. Er füllte seine Wasserflasche auf und trank dann selbst das kühle, klare Nass. Der Braune neben ihm trank ebenfalls. Plötzlich hob dieser den Kopf, stellte die Lauscher auf und blähte die Nüstern, während noch Wasser von seinem weichen, dunklen Maul tropfte.

Mad Buffalo sprang auf, legte rasch die Hand über die Nüstern des Pferdes und zog es zusammen mit dem Muli vom Ufer weg, wo sie in den Büschen nicht mehr gesehen werden konnten. „Ruhig, mein Alter", flüsterte er und klopfte beruhigend den Hals des Braunen. Das Muli hatte überhaupt nicht reagiert. Dann schlich er vorsichtig zum Rand des Flusses zurück und spähte behutsam durch die Zweige der dicht stehenden Weiden.

Zwei Blackfeet kamen durch das seichte Wasser. Der eine ritt einen kurzbeinigen Rauchgrauen und beobachtete aufmerksam den Ufersaum. Der andere saß in eine Decke gehüllt auf einem Schecken und hielt eine aufgerichtete Lanze in der Hand, unter deren Spitze ein Skalp und zwei gefärbte Federn hingen. Beider Gesichter waren durch schwarze und rote Bemalung unkenntlich gemacht. Mad Buffalo tastete nach seiner Pistole. Es konnte höchstens noch wenige Augenblicke dauern, bis sie ihn entdeckten. Es gab keine Möglichkeit mehr, sich mit den Tieren geräuschlos zurückzuziehen. Deshalb gab es für ihn nur die Flucht nach vorn.

Etwa fünf Schritte von ihm entfernt hielten sie an und saßen ab. Hatten sie vielleicht etwas bemerkt? Nein. An dieser Stelle konnte er keine Spuren hinterlassen haben. Der eine sagte zu dem anderen etwas, das Mad Buffalo nicht verstehen konnte. Er zögerte noch, doch sobald sie sich umdrehten, müssten sie ihn sehen. Seine Hand glitt vom Kolben der Pistole zum Messer hin. Ein

Schuss wäre zweifellos sicherer, aber er wusste nicht, wie viele sich noch in unmittelbarer Nähe herumtrieben.

Mad Buffalo machte einen Schritt vorwärts, und die beiden Blackfeet fuhren geschmeidig wie Katzen herum. Es blieb ihm keine andere Wahl, als sich ihnen blitzschnell entgegenzuwerfen.

Der erste Blackfoot, den er erreichte, machte gar nicht erst den Versuch, an eine seiner eigenen Waffen heranzukommen, sondern wich Mad Buffalos Stoß mit dem Messer aus und packte dabei mit einem geschickten Griff dessen Handgelenk. Dem Anprall der großen Gestalt hatte er jedoch nichts entgegenzusetzen. Mad Buffalo fiel mit seinem vollen Gewicht auf ihn, und dabei bohrte sich die Klinge in die Brust des Indianers. Ohne auch nur einen Wimpernschlag zu zögern, rollte sich Cabe mit zwei Körperumdrehungen zur Seite. Und noch bevor er seine Bewegung stoppen konnte, bohrte sich die Spitze der Lanze des zweiten Gegners so dicht neben ihm in die Erde, dass sie noch einen Zipfel seiner Jacke mit festnagelte.

Im Nu war der Blackfoot mit seiner Streitaxt in der Hand fast über ihm, und Mad Buffalo hatte gerade noch die Möglichkeit, seine Beine aus der Rückenlage hochschnellen zu lassen und den Gegner damit zurückzustoßen. Der fing sich nach drei Schritten rückwärts wieder, und Cabe gelang es gerade noch, auf die Füße zu kommen und die Lanze aus dem Boden zu reißen. Mit einem Schwung drehte er die lange, unhandliche Waffe in Position und stieß deren Spitze dem Angreifer dicht unter dem Brustbein in den Körper. Der kippte mit einem heiser herausgepressten Laut auf den Rücken, versuchte seine Fersen in den Boden zu stemmen und lag dann still.

Einen Moment lang stand Mad Buffalo da und atmete tief durch, dann ließ er die Lanze fallen, drehte sich um, zog sein Messer aus der Brust des ersten toten Gegners, wischte es an dessen Kleidung ab und steckte es weg. Sein Blick überflog die Gegend, so weit er sie übersehen konnte. Schließlich trat er ans Ufer und schaute den Fluss entlang – nach der einen und dann nach der anderen Seite. Nachdem niemand zu sehen war, kehrte er zu seinen Tieren zurück, erklomm den Sattel des Braunen und überquerte den Fluss, um auf der anderen Seite zwischen den Bäumen zu verschwinden.

***

39.

Seit der Überquerung des Flusses hatte er bereits einige Meilen hinter sich gebracht, doch das unangenehme Gefühl der Gefahr konnte er nicht loswerden. Das Land um ihn herum schien ihn zu belauern wie ein hungriger Puma. Rechts zog sich eine Kette aus zerklüfteten Felsen entlang. Zu seiner Linken war das Gelände offen, wenn man von einigen Hügeln und Baumgruppen absah, und vor ihm fiel der Boden leicht ab. Der Blick verlor sich über den buntgefärbten Wipfeln der Bäume im blass schimmernden Himmel, den die dunklen Wolken hinter ihm noch nicht erreicht hatten.

Der Braune warf ungeduldig den Kopf nach hinten und schnaubte leise.

„Hast ja recht", murmelte Cabe und klopfte ihm zustimmend den Hals. „Machen wir also, dass wir weiterkommen."

Er lenkte Buddy nach links, wo ihm das Vorankommen am günstigsten erschien, und zog das lustlos folgende Muli hinter sich her. Ein Rudel Wölfe streifte weit von ihm entfernt durch das hohe Gras auf der Suche nach Beute. Als sie seiner gewahr wurden, hielten sie kurz inne und spähten zu ihm herüber. Aber er schien für sie keine aussichtsreiche Beute darzustellen, denn sie zogen weiter und entschwanden seinen Blicken. Doch etwas an ihnen erschien ihm unnatürlich, so, als hätten sie es aus einem ganz anderen Grund eilig gehabt.

Mad Buffalo lenkte den Braunen durch einen lichten Pappelhain und hielt an dessen Ende vorsichtshalber an, um das Gelände vor ihm zu beobachten. Aber es gab kein anderes Geräusch als das Säuseln des Windes – keine Bewegung außer dem Fallen einzelner Blätter hier und da.

Gerade als er seinen Weg fortsetzen wollte, tauchte plötzlich schräg vor ihm auf einem Höhenzug eine Reihe hintereinander reitender Rothäute auf. Es waren mindestens ein Dutzend. Also hatte ihn sein Gefühl nicht getäuscht. Keine Sekunde zweifelte er daran, dass sie nach ihm suchten, und sie waren bestimmt nicht die einzigen. Er musste damit rechnen, dass noch mehrere unterwegs waren. Sie ritten gewöhnlich in kleineren Gruppen von acht bis zehn Kriegern herum, selten mehr.

Cabe blieb, wo er war, und rührte sich nicht, denn offensichtlich hatten sie ihn hier noch nicht bemerkt, und dort, wo sie sich entlangbewegten, würden sie auch keine Spur von ihm entdecken. Doch irgendwie gefiel ihm diese Situation nicht mehr. Aus dem Jäger war der Gejagte geworden. Er sollte eigentlich nicht derjenige sein, der sich zu verstecken hatte.

Verdammt, es sieht nicht so aus, als könnte ich mein gegebenes Versprechen jemals einlösen – allenfalls nur die Alternative, die ich mir in diesem Fall auferlegt hatte. Folglich werde ich weitermachen, weil ich nicht anders kann. Eines Tages werden sie mich erwischen. Sie werden mich töten und meinen Skalp den ihren hinzufügen und als Trophäe herumtragen. Einer weniger auf dieser Welt. Na und? Der Welt ist das egal. Sie wird keine Notiz davon nehmen, und andere werden an meine Stelle treten – und das Töten geht weiter. So ist das nun mal.

Als er sie nicht mehr sehen konnte, wandte er sich dorthin, von wo sie gekommen waren, denn dort würde er vermutlich nicht gleich wieder auf andere stoßen. Das Gelände dort war jedoch wenig einladend. Von spärlichem Baumwuchs abgesehen, erschien es ihm öde und unübersichtlich. Zerklüftete Schluchten durchzogen es, einstmals von reißenden Sturzbächen geformt, und wechselten mit aufgeworfenen Wällen aus vulkanischen Felsformationen oder verwittertem Sandstein. Eine unheimliche Gegend, in der tausend Gefahren lauern mochten.

Dennoch lenkte er den Braunen in diese Wildnis hinein. Er hatte viele Winter bei Indianern gelebt und hatte gelernt, wie sie denken. Aber er wusste auch, dass sie eigenwillig und unberechenbar waren.

Gegen Mittag erreichte er einen dieser vom Wasser geformten Hohlwege, der ihm geeignet für eine kurze Rast erschien. Er saß ab, lockerte Buddy den Sattelgurt und hockte sich auf den Boden, aß etwas von dem Trockenfleisch, das er noch hatte, zündete seine Pfeife an und rauchte. Dabei beobachtete er den Braunen und das

Muli, die unter dem steinigen Überhang das im Schatten wachsende Gras fraßen.

Nachdem er seinem Empfinden nach genügend Zeit dort verbracht hatte, klopfte er seine Pfeife aus, erhob sich, zog den Sattelgurt wieder an, bevor er sich hinaufschwang und vorsichtig aus der Deckung ritt.

Es war eine unbequeme, einsame Wildnis, in der er sich bewegte, aber auch ein reiches Land für diejenigen, die es kannten und danach lebten. Man durfte vor allem niemals die Wachsamkeit erlahmen lassen.

Vorsichtig folgte er dem Lauf eines kleinen Baches, der sich durch ein enges Tal schlängelte. An seinen Ufern standen Weiden und junge Schwarzpappeln. Er ritt langsam dahin, um die Kräfte seines Pferdes zu schonen, damit er im Ernstfall darauf zurückgreifen konnte, und hörte nie auf, das Land um sich herum zu beobachten. Sein argwöhnischer Blick prüfte jede Unebenheit, jeden Fels und alles, was sich für einen möglichen Hinterhalt eignen mochte.

Die Indianer schlichen irgendwo herum. Er spürte es in jeder Faser seines Körpers. Sie waren da, und sie würden kommen. Bald. Was würde aus ihm werden, falls er davonkäme? Es wäre ein einsames Leben. Ein Gedanke, der ihn immer wieder bedrückte. Aber er hatte schon früh lernen müssen, dass nichts in dieser Welt von Dauer war. Sollte er zu den Lakota zurückkehren, wo er früher gelebt hatte? Doch auch dort gab es keine Nancy. Das alles waren Fragen, die im Moment keiner Antwort bedurften. Zuerst einmal musste er sich darum kümmern, am Leben zu bleiben. Alles andere würde sich finden.

Über den Wasserlauf hinweg ritt er einen ungleichmäßig ansteigenden Hang hinauf, von wo er das Gelände um sich herum besser beobachten konnte. Das letzte Stück wurde beschwerlich, und Buddy musste sich ins Zeug legen. Hinzu kam die Unlust des Mulis, das wenig Einverständnis mit Cabes Wegwahl zeigte. Schließlich war es geschafft. Einzeln oder in Gruppen stehende Hickorybäume, Schwarzpappeln und Ahorne sprenkelten das hügelige Land. Nach einer Weile einsamen Reitens hatte sich nirgendwo eine Bewegung gezeigt. Jetzt aber flog aus einer Buschkette oberhalb eines langgezogenen Hügels ein kleiner blauer Vogel auf. Es war kein normales Auffliegen, sondern ein hektisches Davonflattern.

Mad Buffalo hielt ruckartig den Braunen an. Ein paar Lidschläge später tauchten sie auf – eine Reihe von Reitern, die ihre Ponys antrieben und dabei wild mit Lanzen, Gewehren und anderen Waffen herumfuchtelten. Ihre schrillen Rufe eilten ihnen voraus.

Cabe löste mit hastigen Fingern die Leine, mit der das Muli an seinem Sattelknauf befestigt war. Das Letzte, was er von den plötzlich aufgetauchten Reitern sah, waren das im Reitwind hochgepeitschte Mähnenhaar ihrer Pferde und flatternde Federn und Bänder an den Körpern der Krieger sowie deren Waffen, mit denen sie wild gestikulierten. Dann hatte er den Braunen herumgezogen und stieß ihm die Fersen seiner Mokassins in die Seiten.

„Los! Jetzt zeig ihnen, was du kannst!“, stieß er dabei hervor. Das Muli blieb mit fast allen seinen Habseligkeiten hinter ihm zurück. Jetzt ging es für ihn ums nackte Überleben. Zum Glück hatte er dafür gesorgt, dass der Braune ausgeruht war, und dieser streckte sich und flog nahezu mit den Nüstern im Wind und flatternder Mähne davon.

Als Mad Buffalo sich nach einer kurzen Strecke flüchtig umsah, stellte er fest, dass er an Boden gewann, denn die Ponys der Blackfeet waren etwas kleiner als Buddy und folglich nicht ganz so schnell. Er wusste jedoch, dass die Pferde der Weißen es in punkto Ausdauer nicht mit ihnen aufnehmen konnten. Mit diesem kurzen Blick konnte er nicht genau feststellen, ob acht oder gar zehn dieser Krieger hinter ihm her waren. Er jagte den Braunen schräg einen Höhenzug hinauf. Dadurch büßte er einen Teil seines Vorsprungs ein, aber das würde er später wieder wettmachen, denn die Verfolger mussten ja das Gleiche tun.

Als er jedoch den Kamm der Anhöhe erreichte, musste er zu seinem Schrecken erkennen, dass fünf Reiter ihm von dort entgegenkamen. Links von ihm befand sich ein Steilhang, der mit losem Geröll bedeckt und geeignet war, sich den Hals zu brechen. Wenn er wendete und zurückritt, konnten die anderen Verfolger ihm den Weg abschneiden, und dann hatten sie ihn. Es blieb ihm also weiter nichts übrig, als das Wagnis des Steilhangs einzugehen – ob mit oder ohne heile Knochen, das würde sich zeigen. Eine andere Wahlmöglichkeit blieb ihm nicht.

Der Braune knickte hinten ein und rutschte mit steifen Vorderläufen ohne Halt zu finden durch den verwitterten Schotter, und eine graubraune Wolke hüllte Pferd und Reiter ein. Sie kamen schneller voran, als er sich erträumt hatte, jedoch kam Buddy dabei zu Fall. Mad Buffalo verlor den Halt im Sattel und rollte neben seinem Pferd den Hang hinab, das Gewehr dabei krampfhaft festhaltend. Nach oben blicken, um zu sehen, was seine Verfolger taten, konnte er nicht; er war voll und ganz mit sich selbst beschäftigt. Endlich fassten die Hufe des Pferdes wieder einen wenn auch unsicheren Halt. Er griff nach dem Sattelknauf, zog sich heran und quer über den Sattel. Zusammen mit dem Braunen kam er hoch und werkelte das Bein mit verbissener Anstrengung über die Deckenrolle hinter dem Sattel hinweg. Doch sie waren noch immer nicht unten.

Von der Anhöhe herab hörte er Geschrei – schrille, gebellartige Rufe – aber nach oben schauen konnte er noch immer nicht. Die Rutschpartie ging weiter, teils vorwärts und dann wieder rückwärts, so, wie Buddy sich unter ihm drehte. Er röhrte heiser vor Angst und Anstrengung. Fetzen von Schaum flogen um ihn herum. In seiner Panik versuchte das Tier, den Hang wieder bergauf zu erklimmen.

Bloß das nicht!

Cabe packte die Zügel fester, zog Buddy wieder herum und ließ dann locker. Mit hochgerecktem Kopf und unsicher tastenden, gespreizten Läufen rutschte er weiter hangabwärts. Der Grund dafür kam näher, und zwar rasch.

Dann waren sie unten – ganz plötzlich. Erregt schnaubend und mit zittrigen Beinen blieb der Braune kurz stehen. Mad Buffalo schickte einen raschen Blick nach oben. Die Verfolger trafen keinerlei Anstalten, seinem Manöver Folge zu leisten, sondern ritten eilig auf der Höhe entlang, um einen leichteren Abstieg zu suchen. Gut so. Er war also momentan aus der Gefahr heraus.

Doch für wie lange? Vorerst konnte er einen ansehnlichen Vorsprung herausholen, aber sie würden nicht aufgeben.

Er trieb Buddy weiter. Nur weg von hier, weg von diesem vermaledeiten Schotterhang, der ihm beinahe zum Verhängnis geworden wäre. Dunkle Wolken trieben über die Weite des Himmels, ballten sich über den Hügeln drohend zusammen, als wollten sie das Land mit ihrer düsteren Flut verschlingen. Ein kalter Wind fegte ihm böig entgegen.

Von seinen Verfolgern war bald nichts mehr zu sehen, und in einer trügerischen Sicherheit hielt er den Braunen zwischen den Stämmen einer Baumgruppe an. Er brauchte dringend eine Verschnaufpause. Der Ritt über den Abhang hatte ihn eine Menge Kraft gekostet. Auch sein Pulsschlag hatte etwas Ruhe nötig. Einen Moment lang blieb er noch im Sattel hocken und beobachtete die Gegend um sich herum. Aber außer den ziehenden Wolken und den vom hechelnden Wind gebeugten Gräsern und Büschen bewegte sich nichts. Dann saß er ab und pinkelte an einen der Bäume. Danach war er innerlich etwas ruhiger. Aber das Brausen des Windes in den Bäumen hörte sich geheimnisvoll und böse an.

Es würde bald regnen. Das war gut. Es würde seine Spuren verwischen, und er hatte eine Chance, noch einmal davonzukommen. Aber jetzt musste er erst einmal weiter. Die Rothäute, die so scharf auf seine Haare waren, machten bestimmt keine Pause. Er musste noch ein gutes Stück zwischen sie und sich selbst bringen, bevor der Regen einsetzte.

Der Braune hatte sich ein wenig erholt und kam gut voran. Mad Buffalo hatte sich den ganzen Tag über nicht die Zeit gegönnt, etwas zu essen. Jetzt würde er die Verfolgung bald vergessen können. Dann könnte er sich ein windgeschütztes Plätzchen suchen und einen Teil von seinem Proviant verzehren. Aber sich lange auszuruhen war wohl trotz allem nicht drin. Auch ohne seiner Fährte folgen zu können, trieben sie sich bestimmt in der ganzen Gegend herum.

Auf einem kahlen Erdrücken hielt er an und saß ab. Schwach erkennbare Hufspuren kreuzten seinen Weg. Er ließ das Pferd stehen und ging ein Stück weit auf der Fährte entlang. Es mochten nicht mehr als drei oder vier Reiter gewesen sein, und er fragte sich, wo sie wohl geblieben waren. Hatten sie ihn vielleicht bereits bemerkt und lauerten irgendwo?

Er blieb stehen und schaute zum Wald hinüber, der in einer Entfernung von hundert Yards rauschend seine Wipfel hin- und herschwanken ließ. Dort würde er geschützter sein als hier. Allerdings musste er sich beeilen, denn es wurde langsam dunkel – und das lag nicht nur an den zunehmenden Wolken.

Gerade als er Buddy erreichte, fiel hinter ihm ein Schuss.

***

40.

Die Kugel verfehlte Mad Buffalo nur knapp und schlug dumpf irgendwo in das Leder des Sattels. Der Braune machte einen erschreckten Sprung. Cabe versuchte noch, ihn zu halten, doch vergebens. Ohnehin schon von den Ereignissen des Tages nervös, rannte das Tier von Panik ergriffen davon. Cabe riss fluchend das Lederfutteral von seinem Gewehr, aber es war nichts zu sehen. Der Schuss musste von einigen Felsklippen gekommen sein, etwa ebenso weit entfernt wie der Wald. Vielleicht konnte es gelingen, diesen zu erreichen. Man brauchte eine gewisse Zeit, um einen Vorderlader wieder schussbereit zu machen, und die Sicht war schlecht. Aber er hatte immerhin eine Chance.

Ohne länger zu zögern, rannte er los. Das Gelände war uneben und schlecht zu überblicken. Er konnte nicht erkennen, wo überall sich der Gegner befand und ob ihm jemand folgte.

Als das Gewehr hinter Mad Buffalo zum zweiten Mal krachte, sprang er in einen Graben hinab, knickte mit dem rechten Fuß um und rieb sich fluchend den schmerzenden Knöchel. Die Kugel hatte diesmal weit gefehlt. Bei dem schwachen Büchsenlicht konnte ihm nur der Zufall zum Verhängnis werden.

Vorsichtig trat er mit dem Bein auf, um festzustellen, ob er noch laufen konnte. Da hörte er rechts von sich ein Geräusch. Sofort brachte er sein Gewehr in Anschlag und legte den Daumen auf den Hahn.

Dort drüben schien etwas zu sein, aber erkennen konnte er nichts in dem plötzlich einsetzenden Regen, der sich mit der herabsinkenden Dämmerung vereinte. Die Tropfen fielen dicht, und es roch nach Wasser und feuchtem Staub. Einen Schuss ins Ungewisse wollte er nicht riskieren, denn es wäre nicht möglich, weiterzulaufen und gleichzeitig das Gewehr neu zu laden. So entschloss er sich, weiter in Richtung Wald zu verschwinden.

Der verdammte Knöchel tat ihm weh, aber die Gefahr ließ ihn den Schmerz ignorieren. Hastig erklomm er den Rand der Rinne – denn es konnte hier unten bald ziemlich nass werden – und schlüpfte zwischen einigen Felsklötzen hindurch. Undeutlich sah er den Braunen. Das Tier war am Waldrand stehengeblieben und äugte herüber. Wenig später war es wieder wie ein Trugbild hinter den Regenschwaden verschwunden. Oder hatte ihn seine Fantasie genarrt?

Nichtsdestotrotz schöpfte er neue Hoffnung. Wenn er es bis zu dem Pferd schaffte, dann müsste es mit dem Teufel zugehen, wenn die Blackfeet ihn noch erwischten. Er *musste* es ganz einfach schaffen, denn sonst …

Ein Schlag traf seinen Oberschenkel mit einem schmerzhaften Stich, und er knickte ein und fiel auf die Knie.

Verdammt, woher war das Ding gekommen?

Stöhnend tastete er nach der Stelle des Schmerzes und fühlte den Pfeilschaft, der aus seinem Bein herausragte. Sie hatten ihn getroffen. Aber wo steckten sie jetzt? Weshalb kam niemand, um ihm den Garaus zu machen? Sie mussten doch ganz in der Nähe sein. Oder nicht? Cabes Hände umklammerten krampfhaft das Gewehr, während er versuchte, durch den Regenschleier etwas zu erkennen – eine huschende Gestalt, ein Ziel, auf das er seine Kugel hätte abfeuern können.

Aber nichts.

Hatten sie ihn nicht fallen sehen? Glaubten sie, er sei weitergelaufen? Kein Mensch konnte annehmen, bei diesem Wetter etwas zu treffen – am wenigsten mit Pfeil und Bogen. War er nur einem dummen Zufall zum Opfer gefallen?

Er versuchte, wieder hochzukommen und hätte beinahe vor Schmerzen laut aufgestöhnt, als das durchbohrte Büffelleder seiner langen Jacke an dem Pfeilschaft zerrte. Schweiß trat ihm kalt auf die Stirn, und er presste seinen scharfen Atem durch die Kehle. Er musste sein Vorhaben aufgeben und fiel zurück.

„Aus!", fuhr es ihm durch den Sinn. Aber dann sah er ein dunkles Etwas durch Regen und heraufziehende Nacht auf sich zukommen, und der alte Instinkt des Überlebens erwachte wieder. Verdrängt waren die Schmerzen und die ausweglose Lage, in der er sich befand. Nur ein Gedanke beherrschte ihn noch – die alte Regel der Wildnis: töten oder getötet werden!

Sein Gewehr kam hoch, und der Schuss fetzte matt durch den Wind. Die Gestalt war augenblicklich verschwunden, doch er konnte nicht feststellen, ob er getroffen hatte oder der Angreifer nur in Deckung gegangen war.

Wie auch immer – hier konnte er nicht bleiben, wenn er weiterleben wollte. Es war unmöglich, liegend und bei diesem nassen Wetter das Gewehr zu laden. Und wenn sie jetzt kamen, dann blieb ihm nur noch die Pistole – ein einziger Schuss gegen vermutlich mehr Gegner, als er verkraften konnte.

Er brach den Schaft etwa drei Finger breit über der Wunde ab, um die Jacke freizubekommen, die der Pfeil durchdrungen hatte. Dann stemmte er sich, seine Büchse als Stütze benutzend, auf dem gesunden Bein hoch und humpelte langsam dem Wald entgegen. Jedes Mal, wenn er das verletzte Bein belastete, flammte ein wilder Schmerz darin auf. Keuchend drohte er der Versuchung zu erliegen, sich einfach wieder hinzusetzen und seinem Schicksal zu ergeben. Aber er wollte weiterleben, auch wenn diese verdammten Schmerzen ihn um den Verstand brächten.

Verzweifelt hetzte er weiter, jeden Moment damit rechnend, ein weiteres Geschoss, ob Kugel oder Pfeil, abzubekommen, das seinem Überlebenswillen endgültig ein Ende setzte. Er musste den Wald erreichen, und selbst wenn das Pferd nicht mehr da war, konnte er sich wie ein angeschossener Berglöwe im dichten Unterholz verkriechen. Für den, der ihn dann zuerst aufstöberte, würde es den sicheren Tod bedeuten.

Undeutlich zeichnete sich die schwarze Kulisse des Waldes hinter dem vom Wind gepeitschten Regen ab, aber es war unmöglich, die Entfernung einzuschätzen. Hölle und Teufel, dachte er, läuft dieser verdammte Wald auch vor mir davon? Und dann noch diese Schmerzen bei jedem Schritt – o Gott, diese verdammten Schmerzen, obwohl er sich auf das Gewehr stützte. Er musste es einfach durchstehen – und dabei half ihm kein Gott.

Als er mit dem verletzten Bein an einer Wurzel hängen blieb und stolperte, gelang es ihm nicht mehr, ein kurzes, verbissenes Stöhnen völlig zu unterdrücken. Instinktiv rollte er sich auf den

Rücken und tastete nach der Pistole unter seiner Jacke. Aber sie kamen nicht – noch nicht.

Es war mittlerweile fast dunkel, und wenn der Wind ein Geräusch heranwehte, konnte man sich über dessen Ursprung leicht täuschen.

Alle bösen Geister verfluchend, raffte er sich wieder auf. Die Zähne knirschten bei jedem seiner holpernden Schritte hart aufeinander. Der Wald! Verdammt, wo blieb nur dieser Wald! Er brauchte diesen Wald! Er musste …

Hatte er bei dem Sturz etwa die Orientierung verloren und lief nun in die falsche Richtung?

Gott im Himmel!

Er blieb stehen und versuchte im wirren Regen etwas zu erkennen, doch obwohl er seine Augen dabei zu überfordern schien, sah er fast nichts mehr – jedenfalls keinen Wald.

Ein dumpfes Gefühl beschlich ihn, für das er keine Worte fand. Zum ersten Mal bei diesem Unternehmen beschlich ihn der Gedanke, dass er hier vielleicht am Ende seines Weges angekommen war.

Da hörte er plötzlich durch das Rauschen um sich herum ein Pferd schnauben, und eine ungeheure Erleichterung überkam ihn. Er hatte sich nicht in der Richtung geirrt.

Zwanzig Schritte vielleicht noch. Oder dreißig? Oder hatte da vielleicht eines der Indianerponys geschnaubt? Irgendwo mussten sie diese ja gelassen haben. Nun, es blieb ihm nichts weiter übrig, als der Sache auf den Grund zu gehen.

Wieder krachte irgendwo das fremde Gewehr, aber er konnte nicht einmal feststellen, ob der Schuss überhaupt ihm gegolten hatte. Sicherlich war diese Kugel nur aufs Geratewohl abgefeuert worden oder auf ein unbestimmbares Geräusch … oder auf das Pferd, das geschnaubt hatte. Wenn letzteres der Fall sein sollte, konnte Mad Buffalo annehmen, dort seinen Braunen wiederzufinden.

Es wurde ihm heiß in seiner dicken Büffeljacke. Anstrengung und Schmerzen ließen ihm trotz des ungemütlichen Wetters den Schweiß ausbrechen.

Die dunkle Mauer des Waldes schob sich mit einem Mal unmittelbar vor ihm empor. Wo steckte Buddy? Cabes Augen zuckten wieselflink hin und her, aber die verregnete Dunkelheit gab nichts preis. Rechts von ihm am Waldrand hörte er indessen ein Geräusch, aber dort konnte seiner Einschätzung nach das Pferd nicht sein … Oder doch?

Seine Hand kroch wieder mal unter die Jacke, und er fühlte den glatten Griff der Kentucky-Pistole. Er ließ sie zunächst dort, wo sie war, entschloss sich, nach links zu gehen, und humpelte weiter dem Wald entgegen. Der Wind trieb ihm einen Schauer feiner Tropfen ins Gesicht, und er musste die Augenlider zusammenkneifen.

Dann stand plötzlich ein Pferd vor ihm. Dem Himmel sei Dank; es war tatsächlich das seine, das seinen Herrn gewittert hatte und aus der Dunkelheit auftauchte. Eine Welle von Erleichterung erfasste ihn. Er hatte sein Pferd wieder, seine Decke und ein paar Vorräte. Ohne all diese Dinge hätte es für ihn kein Weiterkommen gegeben.

Da war erneut ein Geräusch. Jetzt hinter ihm. Rasch wandte er sich um, konnte jedoch wieder nichts erkennen. Aber die Blackfeet schlichen um ihn herum wie ein Rudel Wölfe.

Ohne weiter zu zögern setzte er den gesunden Fuß in den Bügel und zog sich in den Sattel. Der Braune schnaubte kurz, und Mad Buffalo duckte sich instinktiv und trieb das Tier vorwärts. Wohin, das wusste er im Augenblick nicht. Nur weg von hier!

Er lenkte Buddy vom Wald weg, weil er nicht wusste, was dort noch für Überraschungen auf ihn lauern mochten. Außerdem konnte das Pferd im offenen Gelände schneller vorankommen.

Nachdem er seiner Schätzung nach etwa vier, fünf Meilen zurückgelegt hatte, lenkte er den Braunen unter einige Bäume, die am Ufer eines noch leeren Bachbettes dicht an einer steil aufragenden Felswand standen. Dort fand er unter einem Überhang eine trockene Stelle und rutschte erleichternd aufseufzend aus dem Sattel. Der Ritt war eine Höllenqual gewesen, und er musste zusehen, dass er die verdammte Pfeilspitze loswurde.

Seine Verfolger konnten ihm in der Dunkelheit unmöglich gefolgt sein, und bis zum Morgen würde der Regen von seiner Fährte kaum etwas übriglassen. Wahrscheinlich kehrten sie bei diesem Wetter und angesichts des unmittelbar bevorstehenden Winters in ihre Zelte zurück und verschoben die Jagd auf ihn bis zum nächsten Frühjahr. Trotzdem musste er weiterhin auf der Hut sein, denn Mutmaßungen konnten sich mitunter als Irrtum erweisen. Jetzt in der Nacht fühlte er sich jedoch sicher und konnte sich ein wärmendes Feuer leisten, falls er hier etwas trockenes Holz auftreiben konnte. Außerdem brauchte er Licht, um sich seiner Wunde annehmen zu können.

Zunächst kroch er an der Felswand entlang, und tatsächlich fand er einige von den Bäumen herabgefallene tote Äste, die jedenfalls für einige Zeit ein Feuer hergeben könnten. Es kostete ihn jedoch einige Geduld und eine Menge ärgerlicher Flüche, bis es ihm in der feuchten Luft gelang, ein Feuer in Gang zu bringen. Zunächst war es nur ein schwächliches Flämmchen, das auf dem klammen Boden und an dem nicht hundertprozentig trockenen Holz nicht viel Freude zu haben schien. Doch allmählich setzte es sich dennoch durch, und er lud als Nächstes mit zittrigen Fingern sein Gewehr wieder. Dann setzte er sich nahe beim Feuer hin und versuchte, die Pfeilspitze aus der Wunde zu entfernen. Zum Glück hatte das feste Leder seiner Büffeljacke einiges von der Wucht des Pfeils abgefangen, so dass er nicht so tief eingedrungen war, jedoch tief genug, um ihm Mühe zu bereiten. Die Schmerzen trieben ihm abermals dicke Schweißtropfen auf die Stirn, und erst, als er die Spitze einige Male hin- und hergedreht hatte, gelang es ihm schließlich, sie herauszubekommen. Die Wunde begann sofort wieder heftig zu bluten, und er musste auf seine begrenzten Vorräte an Verbandsmaterial zurückgreifen.

Nachdem er die Hose wieder angezogen hatte, holte er tief Luft und versuchte sich zu entspannen. Aber das war nicht so einfach. Er fühlte sich innerlich leer, als wäre er eine schrumpfende Frucht, die keinen Kern mehr hat.

Der Wind gab auch noch keine Ruhe. Er peitschte den Regen vor sich her, und in seinem bösen Fauchen schien irgendeine Botschaft für Mad Buffalo zu liegen. Hau ab! Mach, dass du nach Hause kommst!

Nach Hause ... Wo war das? Und was erwartete ihn dort? Nichts. Der Tod würde überall auf ihn lauern – egal, wo er sich aufhielt. Er hatte das selbst herausgefordert. Aber verdammt – sie hatten Nancy Blue ermordet! Seine Nancy, die einzige Frau, die er jemals wirklich geliebt hatte, so, wie ein Mann eine Frau lieben sollte.

Er lehnte sich zurück, schloss für einen Moment die Augen und sehnte sich nach einem Schluck Whiskey aus jener Korbflasche, die diese Halunken leergesoffen hatten.

***

41.

Am übernächsten Morgen erreichte Mad Buffalo den Wind River. Die Ufer des Flusses waren steinig und eisverkrustet. Spärliche Weiden reckten ihre kahlen, geraden Zweige in die kalte Winterluft. Es hatte schon seit gestern nicht mehr geregnet; der Wind hatte sich gelegt, und es war ruhig und kalt.

Mad Buffalo ritt am Fluss entlang und suchte nach Spuren, die ihm die mögliche Nähe von Indianern anzeigten.

Nichts. Es war seltsam ruhig im Tal. Kein noch so sachter Hauch bewegte die Luft. Aber Buddy war unruhig, er warf mehrmals schnaubend den Kopf hoch und spielte nervös mit den Lauschern. „Was hast du denn?“, brummte Mad Buffalo vor sich hin. Aufmerksam suchte sein Blick die Umgebung ab. Der Himmel gefiel ihm nicht, er hatte eine ungute Farbe angenommen. Doch die aufsteigenden Berge seitlich des Tales engten den Horizont ein. Er ritt weiter – mit dem Gefühl, dass irgendetwas nicht stimmte.

Ein paar Meilen weiter wurde die dunkle Verfärbung des Himmels über den Rändern des Tales sichtbar, und es begann zu schneien. Das jedoch beunruhigte ihn nicht weiter. Der Winter schien in diesem Jahr früher hereinzubrechen, aber das war nicht unüblich. So setzte er seinen Weg fort. Schnee würde seine Spuren verschwinden lassen, wohin er auch ritt, falls die erbosten Blackfeet doch noch immer hinter ihm her waren. Jedenfalls solange der Niederschlag anhielt. Und vorläufig tat er es und nahm sogar noch zu. Allmählich überzog sich das Land um ihn herum mit einer weißen Decke. Was ihn jedoch beunruhigte, war der schneidende Wind, der von den Hängen in das Tal herabdrückte und die Temperatur rasch sinken ließ.

Mad Buffalo fluchte leise in seinen Bart. Wenn ihn hier draußen so ungeschützt ein Unwetter überraschte, konnte das für ihn tödlich enden. Ein Blizzard wäre ein Gegner, den man mit Waffen nicht besiegen könnte. Er musste versuchen, irgendwo einen

Wald zu erreichen, ehe der Sturm mit seiner vollen Stärke losbrach.

Wie aus dem Nichts heraus fiel ein Schuss. Mad Buffalo zuckte erschrocken zusammen, denn damit hatte er zu diesem Zeitpunkt am allerwenigsten gerechnet. Es war mehr ein dünnes Peitschen, von dem er weder erkennen konnte, aus welcher Richtung es kam, noch ob die Kugel ihm galt. Ein zweiter Schuss folgte und dann ein dritter. Es waren mehr knackende Geräusche, die der Sturm verharmloste, der jetzt die weißen Flocken fast waagerecht durch das Tal fegte.

Mad Buffalo trieb den Braunen an und hielt mit festem Griff sein Gewehr, das vor ihm quer über dem Sattel lag. Der kalte Wind ließ seine Hände beinahe zu Eis erstarren, denn er hatte noch keine Zeit gehabt, seine dicken Handschuhe überzustreifen.

Er erreichte ein Seitental und bog dorthin ab. Irgendwo da hinten gab es Wald, der ihm Schutz vor den Verfolgern und vor dem mörderischen Wind bot. Ein kurzer Blick zurück ließ ihn jetzt die Verfolger sehen, die schemenhaft in einem geschlossenen Pulk hinter ihm her waren.

Der Wind sprang unverhofft um und trieb ihm einen Schwall nadelspitzer Eiskristalle ins Gesicht. Er kniff die Augen zu und presste die Lippen fest aufeinander. Der Sturm war wie eine Mauer, gegen die er prallte. Der Braune wieherte und knickte kurz in der Hinterhand ein. Ein hohles Fauchen umgab ihn.

„Mach nur jetzt nicht schlapp, Alter!“, knurrte er zwischen zusammengebissenen Zähnen hindurch. Beinahe wäre dabei das Gewehr seinen halb erfrorenen Händen entglitten.

Der Braune versuchte ängstlich, mit seinen Hufen einen Halt zu finden, von dem aus er sich gegen den Wind stemmen konnte.

Mad Buffalo hatte keinen weiteren Blick nach hinten frei. Er musste sich voll auf sich und das Pferd konzentrieren. Der Sturm fauchte indessen von den Hängen herab und warf fein gekörntes Eis und Schnee über ihn, als wollte er ihn in Minutenschnelle unter sich begraben.

Buddy schaffte es, stemmte sich gegen das tobende Gewimmel, in dem kaum noch etwas zu erkennen war. Und dann ließ der Wind mit einem Mal nach. Pferd und Reiter schienen in einen luftleeren Raum hineinzustoßen. Der Braune stolperte und fing sich wieder. Schnee und Eis klebten an seinem Fell. Auch Mad Buffalos Gesicht glich einer grauen Maske, aus der die Augen wie zwei dunkle Löcher herausschauten. Unwirsch fuhr er sich mit der Hand darüber und wischte die Eiskristalle von der brennenden Haut.

Die Verfolger waren wie dunkle Schatten irgendwo hinter ihm, kaum wahrzunehmen und unwirklich. Sie hatten es aufgegeben, Schüsse abzufeuern, die nichts trafen.

Der Boden stieg an, und Mad Buffalo Cabe erreichte ein Gelände, wo der heulende Wind den Schnee weggefegt hatte. Er ließ das Tier unter ihm kräftig ausgreifen. In dem wirren Treiben vor ihm war schemenhaft die dunkle Masse des Waldes zu erkennen.

Kurz bevor er ihn erreichte, schlug der Sturm erneut zu. Mit unvorstellbarer Wucht traf er Pferd und Reiter urplötzlich von der Seite und riss beide von den Beinen. Im letzten Moment noch zog Cabe die Beine hoch und drückte sich vom Sattel weg. Es war wie ein Sprung in eine brodelnde, eiskalte Hölle. Der Sturm fauchte über Pferd und Reiter hinweg, riss Bäume aus dem Erdreich oder knickte sie um wie Halme. Das Pferd wälzte sich ängstlich wiehernd und mit schlagenden Hufen über den Rücken, versuchte vergeblich, wieder hochzukommen.

Mad Buffalo wurde von etwas hart am Kopf getroffen und war für einen Moment vor Benommenheit unfähig, etwas zu tun. Der Wind riss ihn mit sich weg, bis er an einem umgestürzten Baumstamm hängenblieb. Er wusste nicht, was ihn da getroffen hatte, aber sein Kopf wurde rasch wieder klar. Die Orkanböen, die ihn mit atemberaubender Gewalt an den Stamm gedrückt hatten, schleuderten ihm noch immer ganze Schauer eiskörnigen Schnees ins Gesicht, flauten dann jedoch genauso plötzlich wieder ab, wie sie begonnen hatten. Er versuchte, die Augen aufzubekommen.

Sein Gewehr ragte zwei Yards von ihm entfernt aus dem Schnee. Er schoss wie ein Raubvogel darauf zu und packte es. Der Braune wieherte schrill und bemühte sich unweit von ihm, wieder auf die Beine zu kommen. Der erneut aufspringende Wind peitschte Mähne und Schweif hoch.

Die Schmerzen in seinem Oberschenkel ignorierend kroch Mad Buffalo zu dem Tier hin, stemmte sich gegen das eisige Fauchen und griff nach den Zügeln.

Als das Tier es fast geschafft hatte, trieb der Wind einen matten Knall heran und dann noch einen. Etwas traf das schrill aufschreiende Pferd und warf es erneut auf die Seite. Seine Läufe zuckten noch ein paar Male, und dann ließ es den Kopf in den Schnee fallen.

Mad Buffalo Cabe starrte fassungslos auf die Schatten, die sich unwirklich in dem tobenden Schneechaos hin- und herbewegten, hinter vorbeifegenden Schauern verschwanden und wieder auftauchten. Wie war es möglich, dass sie noch immer hinter ihm her waren?

Zum Teufel! Seine Flucht schien hier und jetzt vorbei zu sein. Wenn die Verfolger ihn nicht erwischten, würde er in den eiskalten Klauen des Blizzards umkommen.

Er zog seine Pistole unter der Jacke hervor und gab den einzigen Schuss, den er zur Verfügung hatte, auf die unwirklichen Schatten ab. Dann fiel der Sturm abermals mit voller Heftigkeit über ihn her. Brüllend und fauchend wie ein ungebändigtes Tier tobte er über das Land, alles verschlingend und zermalmend, was sich ihm in den Weg stellte.

Eng presste er sich an den Boden und klammerte sich am Sattel des toten Pferdes fest. Die Schatten waren verschwunden – das Unwetter musste sie verschlungen haben, wie noch so vieles andere um ihn herum. Alles hatte die gleiche schmutzig-graue Farbe, in der nichts mehr zu erkennen war. Wäre sein Brauner nicht durch eine Kugel niedergestreckt worden, wäre er davon überzeugt, einer Halluzination zum Opfer gefallen zu sein. Mit eisstarren Händen zerrte er an der Deckenrolle und versuchte verzweifelt, sie unter dem Körper des Braunen hervorzubringen. In ihr befand sich noch etwas Pemmikan, das Einzige, was er wohl in nächster Zeit zwischen die Zähne bekommen würde – falls er das Unwetter überlebte.

Er stemmte die Schulter gegen das tote Tier und bohrte die Füße in den Schnee, bis ihn der Schmerz in seinem verletzten Bein aufstöhnen ließ.

Endlich schaffte er es. Zitternd und schnaufend hielt er die Deckenrolle in den Händen. Auf Ellenbogen und Knien kroch er, seine Sachen mit sich schleifend, von der Stelle fort, an der er sein totes Pferd zurück lassen musste.

Eine neuerliche Wand aus Schnee und heulenden Luftmassen wälzte sich über ihn wie ein alles verschlingender Ozean, der eine lang aufgestaute Wut zu entladen hatte. Instinktiv presste er Gewehr und Deckenrolle an sich und erwartete jeden Augenblick, gegen einen Felsen oder Baumstamm geschmettert zu werden. Er versuchte, irgendwohin in eine Deckung zu kriechen, wurde jedoch von einer Böe erfasst und herumgeschleudert.

Endlich, nachdem er nicht mehr genau wusste, was eigentlich mit ihm geschah, stieß er irgendwo gegen, streifte mit seinem Gesicht die raue Rinde eines Baumstammes und prallte gegen einen anderen. Es war ihm, als hätte dieser Anprall all seine Knochen zerschlagen. Er öffnete den Mund, aber der Wind saugte ihm die Luft aus der Lunge und presste ihn gegen den Stamm, an dem er hängenblieb. Und das war gut so. Auf diese Weise blieb er von weiteren Launen des Sturmes verschont.

Sein ganzer Körper schmerzte. Er krümmte sich am Fuß jenes Baumes zusammen und ließ das Heulen und Brüllen, Ächzen und Brechen der vom Wind gepeitschten Bäume über sich ergehen. Das Land um ihn herum ertrank in einer weißen, alles unter sich begrabenden Flut.

***

42.

Inakutsii Kristikummichsi, Kleiner Donner, ritt missmutig an der Spitze seiner Krieger. Er hatte sich so in seine Bisonrobe gehüllt, dass nur der Kopf mit der Fuchsfellmütze herausschaute – und die Hände, mit denen er die Zügel des rauchgrauen Hengstes hielt. In Gedanken wünschte er sich weit fort, dorthin, wo ein Feuer ihn wärmte und die gespannte Haut eines Zeltes ihn vor Schnee und Wind schützte. Diese Winter in den wilden Bergen und eisigen Plains behagten ihm nicht. Sie waren tückisch und hatten schon manchen Mann mit urplötzlich einbrechender Kälte überrascht und ihn in einer einzigen Nacht hart wie einen Knochen frieren lassen. Es war nicht die Zeit für Kämpfe. Doch dieser weiße Mann, der mit einem bösen Geist im Bunde zu sein schien, war noch immer am Leben.

Die Krieger, die hinter ihm her ritten, mochten sich mit ähnlichen Gedanken beschäftigen, denn sie hockten schweigend und mit verbissenen Gesichtern auf ihren Ponys. Der Schnee gurrte dumpf und böse unter den Hufen, und der Atem stand dampfend vor den Mäulern ihrer Tiere.

Der Wald, durch den sie zogen, lichtete sich und wurde zu einem spärlich bewachsenen Höhenzug, über den ein unangenehmer Wind pfiff, der in die Gesichter schnitt.

Kleiner Donner hielt an und spähte zu einer dunklen Felsformation hin, die wie ein riesiger herausgebrochener Backenzahn aussah.

„Wir sind nur noch wenige“, sagte Kómonä Ápse, Grüner Pfeil, hinter ihm.

„Mein N'iskan hat recht“, stimmte Nahtokam Kesisstaki, Zwei Biber, ihm zu. „Und wir werden noch weniger werden, denn es wird noch mehr Schnee geben und wir sind bald hoffnungslos eingeschneit.“

„Wir sollten umkehren“, riet Makóyi, Präriewolf, und rutschte unruhig auf seinem Pferd hin und her. Seine Augen tränten im kalten Wind, und er schniefte durch die Nase.

„An allem ist dieser weiße Mann schuld", sagte Kleiner Donner verbissen, „und wir haben beschlossen, ihn zu töten."

„Damit können wir auch warten, bis die Kälte vorbei ist und er wieder in seine Hütte zurückgekehrt ist", meldete sich Grüner Pfeil wieder.

Kleiner Donner wandte sich zu den Kriegern hinter sich um. Sein von tiefen Falten durchzogenes Gesicht war noch schmaler geworden als sonst, und sein stechender Blick hatte etwas an Schärfe verloren.

„Er besitzt jetzt kein Pferd mehr, und seinen Spuren im Schnee kann man leicht folgen. Diesmal werden wir ihn einholen."

Einer der Krieger, den sie Amáóhk Oóhkotok, Roter Felsen, nannten, schob sein Pony etwas nach vorn. Die Federn seines Kopfschmucks waren von Sturm und Schnee zerzaust.

„Wir haben ihn schon mehrmals eingeholt", hielt er Kleiner Donner vorwurfsvoll entgegen. „Er ist ein Dämon, und unsere Medizin ist nicht stark genug, um ihn zu töten."

Kleiner Donner musterte stumm die Gesichter seiner Krieger. Es waren nur noch acht. Genug, um einen einzelnen Mann zu jagen, aber die Argumente machten auch ihn wankelmütig. Zu viele gute Krieger waren schon im Kampf mit diesem „Dämon" getötet worden, und das hatte dem Kampfgeist aller Schaden zugefügt. Enttäuscht nickte er und sagte mit dumpfer Stimme: „Meine Brüder sind des Kampfes müde – und ich auch. Es schneit immer weiter, und unsere Ponys sind erschöpft. Reiten wir zurück zu unseren Weibern und warten dort, bis der Winter seine Macht verloren hat."

***

43.

Mad Buffalo Cabe konnte hinterher nicht sagen, wie lange es gedauert hatte, bis die Wucht des Sturmes nachließ. Er hob irgendwann den Kopf und stellte erleichtert fest, dass er sich bewegen konnte. Der Schnee, der sich über seiner Gestalt aufgehäuft hatte, rieselte herunter. Sein verletztes Bein schmerzte, und einige Rippen taten ihm weh. Aber soweit er feststellen konnte, schien sonst alles heilgeblieben zu sein. Wie durch ein Wunder war er mit einigen Schwellungen und Hautabschürfungen im Gesicht davongekommen. Aber dennoch sah seine Lage ziemlich hoffnungslos aus. Er besaß zwar noch seine Decke und die kleine Plane, etwas Pemmikan, Pulver und Kugeln in seinem Possible Bag, aber der Verlust seines Pferdes traf ihn hart. Zwar flaute der Wind ab, und es schneite nur noch leicht und feinflockig. Aber er war sich im Unklaren darüber, was aus seinen Verfolgern geworden war. Falls sie den Blizzard überlebt hatten wie er, musste er damit rechnen, dass sie ihn jetzt, da er kein Pferd mehr hatte, mühelos einholen konnten – denn die Fährte, die er hinterließ, konnte niemand verfehlen.

Was nun?

Er fuhr sich etwas ratlos mit den Fingern durch seinen Bart, der, nachdem sich Nancy vor ihrem Tod seiner angenommen hatte, ein wenig von seinem wilden Aussehen eingebüßt hatte.

Mit der noch lange nicht verheilten Pfeilwunde in seinem Bein konnte er keine großen Stecken zurücklegen. Sein Fußknöchel bereitete ihm nur noch wenige Schwierigkeiten. Doch er würde jetzt, ohne Pferd, den verletzten Muskel schnell überanstrengen. Und hier gab es weit und breit keinen Ort, an dem er Schutz fände.

Oder doch?

Er erinnerte sich plötzlich an Smoky Voice Caleb, der in seiner Hütte am Green River hauste. Der alte, findige Fuchs kam mit den Rothäuten der Umgebung recht gut aus, weil er mit ihnen Handel trieb und sie mit allerlei Gebrauchsgütern versorgte. Es war allerdings mindestens zwei Winter her oder noch mehr, seit er das letzte Mal dortgewesen war – damals mit Nancy. Und er wusste im Moment nicht einmal genau, wo er sich hier eigentlich befand und wie weit es bis zum Green River war.

Es hatte inzwischen ganz aufgehört zu schneien, und das Ausbleiben des Sturmes hatte eine schwer lastende Stille auf dem verschneiten Land hinterlassen.

Er presste die Zähne zusammen. Es half alles nichts, er musste es irgendwie versuchen, dort hinzukommen. Aufgeben bedeutete den Tod. Er warf sich seine Deckenrolle über die Schulter und nahm das Gewehr in die Armbeuge. So machte er sich auf den Weg. Nach Süden – dort ungefähr musste es sein. Bei den Bergen, die zu seiner Rechten hinter ihm zurückblieben, musste es sich um die Wind River Mountains handeln. Er hoffte es jedenfalls.

Der Atem stand wie eine dampfende Wolke vor seinem Gesicht. Seine Augen waren von Wind und Kälte gerötet, und in seinem Bart nisteten sich kleine, glitzernde Eiskristalle ein. Einige letzte Schneeflocken tanzten noch verloren in der Luft, aber die Wolken über dem Wald wurden heller.

Er humpelte – mittlerweile auf sein Gewehr gestützt – durch den Schnee, sich wenn möglich auf höherem Gelände bewegend, wo der Wind den Schnee hinweggefegt hatte. Dort war er allerdings von überallher sichtbar, aber es half nichts. Er konnte es sich nicht leisten, in verschneite Senken zu geraten und sich immer aufs Neue aus der Tiefe von Schneeverwehungen hinauszuarbeiten. Das würde ihn zu viel Kraft kosten.

Als er einen schmalen Wasserlauf erreichte, der seinen Weg von Südwest nach Nordost kreuzte, war er sich fast sicher, dass es der Bighorn River sein musste, der hier noch ein kleines Rinnsal war. Dann erreichte er einen weiteren kleinen Fluss, und jetzt war er sich ganz sicher: Das musste der Popo Agie River sein. Er erkannte ihn wieder, denn vor vielen Jahren war er dort zum ersten Mal auf einem Trapper-Rendezvous gewesen, das an der Mündung dieses Flusses in den Wind River stattgefunden hatte.

Er folgte diesem Wasserlauf bis zu dessen Quelle, denn von dort aus musste er in südlicher Richtung auf den Sweetwater River stoßen. Aber das war noch ein ziemlich weites Stück Weg, das er zu bewältigen hatte. Vorerst musste er sich hier am Ursprung des Popo Agie River ausruhen, denn er fühlte sich zu erschöpft, um noch weiter voranzukommen.

Noch während er sich nach einer sichtgeschützten Stelle umschaute, kreuzte eine Fährte seinen Weg. Er blieb stehen und schaute sie sich genauer an. Zweifellos eine Pferdespur – von Wind und Schnee halb zugeweht. Es musste folglich ein Reiter während des Blizzards hier entlanggeritten sein.

Ein einzelner Reiter?

Wer war er – und wohin wollte er?

Die Fährte kam aus östlicher Richtung. Mad Buffalo folgte ihr ein Stück weit. Sie änderte einige Male die Richtung, als hätte der Reiter sich verirrt, was während des Unwetters denkbar wäre, und legte sich dann allmählich auf Süden fest.

Mad Buffalo Cabe ließ seinen Blick dieser Spur folgen, so weit er sie erkennen konnte. Ein Pferd! Genau das, was er brauchte. Ob es einen Sinn hatte, der Fährte zu folgen? Würde er diesen Reiter jemals einholen können? Er hätte nichts zu verlieren. Die Richtung zumindest war auch die seine.

Einem inneren Automatismus folgend setzte er sich wieder in Bewegung.

***

44.

Im Windschatten der Green Mountains, einer Ansammlung halbhoher Berge, befand sich ein Lager, das aus nahezu vierzig Tipis bestand, die in dem angewehten Schnee einen eher traurigen Anblick boten. Einige Rauchklappen, deren Stellstangen gebrochen waren, hatte der Sturm von ihren Spitzen gerissen, Gestelle, die zum Aufhängen von Fellen oder Trockenfleisch dienten, wurden von den Bewohnern des Lagers aus dem Schnee gebuddelt und neu aufgestellt, etliche Schäden an den Zeltwänden von den Frauen notdürftig repariert. Einige der kegelförmigen Zelte waren unter der Wucht des Sturmes zusammengebrochen. Zottige Hunde liefen, von spielenden Kindern geneckt, erregt knurrend im zertrampelten Schnee umher.

Über einem kleinen Flüsschen, dessen klares, kaltes Wasser zwischen den Eiskrusten an den Ufern nach Norden dem Sweetwater River entgegeneilte, zogen allmählich graue Abendnebel auf.

Eine schlanke Gestalt stand allein und schweigend etwa dreißig Schritte außerhalb des Dorfes und schaute in Gedanken versunken nach Westen. Sie hatte sich zum Schutz vor Kälte und Wind in eine grauweiße Capote gehüllt und die Kapuze tief über den Kopf gezogen. Ihr Blick verlor sich in der Weite des welligen Landes, das unter einer dicken Schneedecke lag. Nur hier und da wurde es von Baumgruppen oder wucherndem Gebüsch aufgelockert. Einzelne harte Gräser ragten dünn und widerspenstig über die weiße Decke hinaus, wie die schwarzen Beine von überdimensionalen Spinnen.

Nach einer Weile drehte sie sich um und ging zum Lager zurück, hob das Hirschfell vom Eingang eines der Tipis an und schlüpfte geschmeidig hinein. Links von dem Feuer, das in der Mitte brannte, ließ sie sich nieder und streckte ihre Hände den wärmenden Flammen entgegen.

Die ältere Frau, in ein rotes Hudson Bay Blanket gehüllt, die im hinteren Teil des Zeltes auf einem Backrest hockte, hatte beim

Erscheinen der jungen Frau den Kopf gehoben und sie einen Moment stumm beobachtet. Jetzt sagte sie: „Meine Tochter ist besorgt wegen ihres Bruders Ca'pa ota."

„Han", erwiderte sie nur und rieb sich die Hände aneinander.

„Er braucht zwei bis drei Tage für seinen Weg und ebenso viele für zurück. Meine Tochter wird sich also noch eine Weile gedulden müssen."

„Meine Mutter vergisst den Icamna tanka, der mit viel Schnee über das Land getobt ist. Wie leicht kann ein Mensch darin umkommen!"

Ihre Mutter, die den Namen Pte Win, Bisonfrau, trug, nickte mehrere Male leicht.

„Das ist wahr. Aber ich glaube, er hat sein Ziel vorher erreicht und dort Schutz gefunden."

„Mir ist trotzdem nicht wohl bei dem Gedanken, dass er nicht bei uns ist." Die junge Frau zog ihre Hände aus der Wärme des Feuers zurück und ließ sie in den Ärmeln ihres Capote verschwinden. „Was soll aus uns werden, wenn Ca'pa ota nicht zurückkommt? Nachdem unser Vater in die andere Welt hinübergegangen ist, sorgt nur noch mein Bruder dafür, dass wir nicht hungern müssen."

Ein leichtes Lächeln huschte über das von Furchen durchzogene Gesicht der älteren Frau.

„Als wir dir bei deiner Geburt den Namen Anpétu washté, Schöner Tag, gaben, hofften dein Vater und ich, unsere Tochter würde mehr an die Helligkeit des Lebens glauben und sich nicht so leicht düsteren Gedanken hingeben. Und wenn deine Befürchtungen dennoch eintreten sollten ...", sie räusperte sich, „nun, meine Tochter ist so schön, wie ihr Name sagt, und in einem Alter, wo sie sich nach einem Mann und Ernährer umsehen könnte."

„Ináwaye!", entrüstete sich Schöner Tag. „Unter allen, die ich kenne, ist niemand, den ich als Mann haben möchte."

„Nun", sagte ihre Mutter geduldig, „darüber brauchen wir jetzt auch noch nicht zu reden."

* * *

45.

Zusammengerollt und in seine Decke gehüllt hatte Mad Buffalo Cabe eine Hälfte der Nacht in einem dichten Gebüsch verbracht und war dann wieder aufgebrochen. Die Fährte war so deutlich erkennbar im Schnee, dass er ihr auch bei Dunkelheit folgen konnte. Wenn er den Reiter einholen wollte, musste er auf einen Teil der Nacht verzichten, den der andere hoffentlich zum Schlafen nutzte. Was er unternehmen würde, wenn es ihm gelänge, ihn einzuholen, wusste er noch nicht.

Jetzt brach der Tag an. Sein Licht schob sich unter den Resten einer Wolkendecke hindurch, die sich geschlagen geben musste, und der Schnee glitzerte, als hätte ihn jemand mit einer Unzahl winziger Diamantsplitter bestreut. Der Himmel flammte dicht über dem Horizont in verschiedenen Rot- und Rosatönen auf, die in ein sachtes Blau übergingen.

Da bemerkte er direkt auf der Spur vor sich einen seltsamen kleinen Hügel, von dem der vom Wind angehäufte Schnee nichts weiter als eine Erhöhung preisgab. Irgendetwas musste dort unter dem schimmernden Weiß verborgen sein.

Als er näher kam, bemerkte er, was es war. Der Wind hatte den Lauf eines Pferdes freigelegt, der aus dem Schneehügel herausragte. Rasch wischte er die dünne weiße Schicht beiseite, unter der das dunkle Fell eines Pferdes sichtbar wurde.

Ein paar Herzschläge lang starrte er dieses steifgefrorene Etwas an, bis er seine Enttäuschung überwunden hatte. Einen toten Gaul konnte er genauso wenig gebrauchen wie Bauchschmerzen. Dann sank er daneben auf die Knie und wühlte mit den Händen das tote Tier unter der dünnen Schneedecke frei. Es trug einen Indianersattel aus Knochenteilen und gebogenem Holz, mit dickem Fell überzogen, und daneben fand er noch einen Ballen Felle von Wölfen und Füchsen.

Hatte sich das Pferd von irgendwo davongemacht, als der Blizzard lostobte – und war es allein unterwegs? Von seinen Verfolgern konnte es nicht stammen, denn die waren nicht mit Pelzen unterwegs. Es wies keinerlei Verletzungen auf – jedenfalls konnte er keine solchen finden. Es hatte wohl einfach schlappgemacht und war hier verendet.

Rasch ließ sein Blick den Kadaver los und huschte über die Schneedecke weiter, die ihm die Antwort auf seine Fragen gab. Eine kaum sichtbare Fußspur führte in der gehabten Richtung weiter. Mad Buffalo erhob sich und schaute sich die fast zugewehten Abdrücke genauer an. Der Reiter, wer immer es auch war, musste entweder verletzt oder ziemlich erschöpft gewesen sein. Er hatte sich mit kurzen, etwas unsicheren Schritten bewegt und die Füße mitunter nicht ganz aus dem Schnee hochbekommen, obwohl dieser hier nicht sehr tief war.

Sollte er sich weiter darum kümmern oder lieber seiner Wege gehen? Aber da er den gleichen Weg in Richtung Green River hatte, fiel ihm die Entscheidung nicht schwer. Die Hoffnung auf ein Pferd musste er jedoch hinter sich zurücklassen. Zum Glück machte ihm die Verletzung am Oberschenkel nicht mehr so zu schaffen wie am Anfang. Da die Wunde nicht allzu tief war, begann sie besser zu heilen.

Einige Meilen weiter stieß Cabe auf die Stelle, wo der Unbekannte, dem er folgte, während der Nacht gelagert haben musste. Der Schnee war zertrampelt und dort, wo er gelegen hatte, plattgewalzt. Von einer Feuerstelle war nichts zu sehen. Von hier aus waren die Fußstapfen deutlicher, und Mad Buffalo folgte ihnen mit wachsender Neugier. Zwar war ihm klar, dass es sich um einen Indianer handeln musste, aber er wusste nicht, ob er auf einen Blackfoot, Crow oder sonst jemanden treffen würde.

Der Himmel hatte sich mehr und mehr aufgelockert; nur in der Ferne zogen neue Wolken auf, die möglicherweise weiteren Schnee im Gepäck hatten. Deshalb musste er zusehen, dass er vorankam. Dabei durfte er jedoch nicht seine Umgebung außer Acht lassen, denn er wusste nicht, ob er seine Verfolger wirklich abgeschüttelt hatte. Das Gelände allerdings machte ihm die Sache nicht leicht. Es wurde unübersichtlich, und Waldstücke wechselten sich mit plötzlich auftretenden Bodenrinnen und tückisch mit von Schnee gefüllten Senken und zerklüfteten Felsformationen ab. Das hatte zur Folge, dass er unverhofft und ohne Vorwarnung auf den Mann stieß, dem er gefolgt war.

Dieser hatte sich hinter einer scharfgratigen Felsbarriere zwischen einigen Ponderosafichten niedergelassen und war im Schutz der herabhängenden unteren Äste einer gewaltigen Kiefer gerade damit beschäftigt, ein Feuer in Gang zu bringen. Wäre seine deutliche Fährte nicht gewesen, hätte Cabe ihn wahrscheinlich nicht einmal bemerkt. Und der unbekannte Indianer war genauso überrascht wie Mad Buffalo selbst.

Er fuhr hoch und zu Cabe herum, als er das Gurren seiner Schritte im Schnee vernahm. Während er ihn erblickte, warf er die Bisonrobe, die ihn einhüllte, von sich ab und nahm eine kampfbereite Haltung an. Das Kriegshemd, das er trug, identifizierte Cabe im Handumdrehen als Blackfootarbeit.

Mad Buffalo versuchte, die Entfernung zwischen sich und dem anderen abzuschätzen. Es waren nur wenige Schritte, die sie voneinander trennten, und Mad Buffalo war nahe dran, einfach seine Büchse hochzureißen und ihn niederzuschießen. Doch im selben Moment scheute er davor zurück einen Schuss abzufeuern, der weit zu hören gewesen wäre. Mit einem einzelnen Krieger würde er schon auf andere Weise fertig werden. Fliehen hatte für seinen Gegner keinen Sinn; dazu machte er einen zu erschöpften Eindruck. Und es entsprach wohl auch nicht seiner Art als Krieger. Vielleicht hätte eine Geste von Mad Buffalo, die friedliche Absicht signalisierte, die Situation entspannen können – doch bei einem Blackfoot war ihm das unmöglich.

Der griff ihn auch schon ohne zu zögern und entschlossen an.

Er war jünger als Cabe. Das war auch etwas, was er sofort feststellte, aber durchaus ein Mann und ernstzunehmender Krieger. Und noch etwas fiel ihm auf: Auf seinem hageren, ausgezehrten Gesicht gab es keinerlei Bemalung – nicht einmal Reste davon. Er gehörte also nicht zu jenen, die Jagd auf Mad Buffalo machten.

Zu weiteren Betrachtungen kam dieser allerdings nicht mehr, denn trotz des geschwächten Eindrucks, flog der Rote behände und offensichtlich zu allem entschlossen auf ihn zu. Mad Buffalo hatte keine Gelegenheit mehr, eine andere Waffe zu ergreifen als jene, die er in den Händen hielt. Den Hieb mit der Streitaxt wehrte er reflexartig mit dem quergehaltenen Gewehr ab, und in Fortsetzung dieser Bewegung versetzte er ihm einen Schlag mit dem Schaft seitlich gegen den Kopf, der ihn zur Seite taumeln ließ. Er brauchte drei kurze Schritte, um sein Gleichgewicht wiederzuerlangen.

Mad Buffalo setzte sofort nach, doch sein Gegner hatte sich mit bewunderungswürdiger Schnelligkeit wieder im Griff. Diesmal täuschte er den Einsatz seines Tomahawks nur an, und Mad Buffalo fiel mit der gleichen Reaktion wie vorher darauf rein. Der Blackfoot duckte sich darunter hinweg und griff nach Cabes Büchse. Sich herumdrehend versuchte der, ihm dieselbe zu entreißen. Damit hatte er bei Mad Buffalo keinen Erfolg, doch er stellte diesem ein Bein und brachte ihn dadurch zu Fall, sodass er das Gewehr loslassen musste.

Der Krieger warf es hinter sich und schnellte mit funkelnden Augen, aus denen alle Müdigkeit gewichen war, auf Cabe zu, ehe der sich aufraffen konnte. Sein Kriegsbeil hatte er fest in der Faust, und er schien sich, da Cabe jetzt ohne Waffe am Boden lag, seiner Überlegenheit sicher zu sein. Als er jedoch nahe genug war, brachte Mad Buffalo ihn mit einer ausscherenden Bewegung beider Beine ebenfalls zu Fall.

Sie kamen beide fast gleichzeitig wieder hoch. Cabe war durch die Schnelligkeit des anderen ein wenig irritiert. Denn was er ihm an Körperkraft deutlich überlegen war, glich sein Gegner mit seiner Gewandtheit und Finesse aus. Er näherte sich Cabe diesmal nicht schnell und ungestüm, sondern ihn abschätzend. Seine Streitaxt wanderte dabei von der rechten Hand in die linke und wieder zurück, um Cabe über seine nächste Angriffstaktik zu verunsichern. Aber Mad Buffalo war auch kein Anfänger. Er wartete ab, mit bloßen Händen und auf seine Schlagkraft vertrauend, was auch den anderen zur Leichtsinnigkeit verleiten konnte.

Mit dem Tomahawk in der linken Hand griff dieser wieder an, aber damit ließ Mad Buffalo sich dieses Mal nicht täuschen. Dennoch hatte er nicht mit der blitzschnellen Bewegung gerechnet, mit der die Waffe wieder in die Rechte wechselte, so dass Mad

Buffalo danebengriff. Der Tomahawk traf ihn voll an der Schulter. Glück, dass er seine derbe Büffeljacke anhatte, sonst hätte es ihn böse erwischt. Seine Faust knallte dem Angreifer gegen den Schädel und schickte ihn augenblicklich zu Boden. Auch dieses Mal musste Mad Buffalo Cabe die Zähigkeit seines Gegners bewundern.

Während der sich aufstützte und leicht benommen den Kopf schüttelte, um ihn wieder klarzubekommen, fand Cabe Zeit genug, um sein Messer unter der Jacke hervorzuholen. Ihm war die Lust zu einem weiteren Hin und Her vergangen, denn auch seine Kräfte kamen nach den hinter ihm liegenden Strapazen allmählich an ihr Limit. Das konnte bei einem so geschickten Gegner gefährlich werden.

Wie erwartet gab dieser Krieger nicht auf. Mit einem flüchtigen Blick auf Cabes Hand mit dem Messer sprang er abermals auf ihn zu. Er duckte sich geschickt unter dem Stoß mit dem Messer weg, mit dem Cabe ihn erwartet hatte, und war ganz plötzlich hinter diesem. Das konnte für Mad Buffalo böse enden. Er fuhr, so schnell er konnte, mit einer Linksdrehung herum mit ihr in Erwartung des tödlichen Schlages den linken Arm hochreißend. So konnte er diesen gerade noch abfangen. Durch die rasche Drehung noch immer etwas unsicher auf den Beinen, stieß Cabe mit dem Messer zu. Die Klinge drang tief in den Körper seines Kontrahenten ein. Dieser griff spontan nach Cabes Handgelenk, und der sprang mit einem Satz ein Stück zurück, ohne dass es ihm gelang, das Messer wieder herauszureißen.

Keuchend sah Cabe zu, wie sein Gegner stöhnend in die Knie sackte. So verharrte dieser einen winzigen Moment sich zusammenkrümmend und fiel dann zur Seite. Er hatte seinen Tomahawk losgelassen und versuchte das Messer aus der Wunde zu ziehen, aber seine Kraft schien zusehends zu schwinden.

Im Nu war Mad Buffalo rittlings über ihm und griff nach dem Kriegsbeil, das neben ihm lag. Er hatte ihn besiegt, doch er zögerte. Soll ich ihn töten, wie ich es immer getan habe – oder soll ich damit aufhören?

Ein Blackfoot!

Mit dem Gedanken: Wenn du einen besiegten Gegner verschonst, könnte er dich eines Tages töten, holte Mad Buffalo zum entscheidenden Schlag aus.

***

46.

Ohne Angst blinzelte der junge Krieger Mad Buffalo aus leicht verschwommenen Augen an. Er hatte es aufgegeben, das Messer aus seiner Wunde zu ziehen. Indessen bewegte sich sein Mund, als wollte er etwas sagen.

Mad Buffalo zögerte …

„Makte yo!", kam es fast unhörbar über dessen zuckenden Lippen; dann verlor er das Bewusstsein.

Mad Buffalo Cabe erschrak, und der erhobene Arm erstarrte einige rasende Herzschläge lang; dann sackte er kraftlos herab, und der Tomahawk fiel in den Schnee.

Hatte er richtig gehört? Waren das Lakota-Worte?

Seine Zweifel verflogen rasch. Er hatte es deutlich verstanden. „Makte yo!", hatte er gesagt. „Töte mich!" Aber dieses Hemd … Da war kein Irrtum möglich. Das war Blackfootarbeit. Vielleicht eine Kriegsbeute? Gott im Himmel!

Er starrte auf das reglose Gesicht hinunter, die Haare zu zwei Zöpfen mit roten Satinbändern verflochten. Der Kopfschmuck mit zwei Adlerfedern und einer gestutzten Falkenfeder, durch Sturm, Schneegestöber und Kampf zerzaust.

Ein Lakota-Krieger!

Mad Buffalo zog behutsam das Messer aus der Wunde. Die Klinge war unter dem Schlüsselbein in die Schulter gedrungen. Das Blut folgte erbarmungslos.

Er wird verbluten! Sterben!

Rasch erhob sich Cabe, schnappte die Bisonrobe, die der junge Krieger abgeworfen hatte, und breitete sie im Schutze der starken herabhängenden Äste unter der großen Ponderosafichte auf dem Boden aus. Dann eilte er zu dem Verletzten zurück, packte ihn unter den Achseln, schleifte ihn ebenfalls dorthin und legte ihn auf das ausgebreitete Fell. Dabei war er froh, dass der Verwundete bewusstlos war, denn diese Tortur musste höllische Schmerzen verursachen, und die Blutung wurde immer heftiger.

Er musste etwas tun. Aber was und womit?

Zuerst die Wunde freilegen! Er zerrte dieses Blackfoot-Hemd hoch und zunächst den gesunden Arm heraus, dann über seinen Kopf und die verletzte Schulter. Auch dabei mussten Schmerzen entstehen. Der Bewusstlose gab einmal einen dumpfen Laut von sich, wachte aber nicht auf.

Mad Buffalo presste die Lippen zusammen, während er auf die freigelegte Wunde starrte. Sie war nicht groß. Aber das Blut ...

„Meine Deckenrolle!", schoss es ihm durch den Kopf. Sie war noch immer eingehüllt in die kleine Schutzplane, die gerade groß genug war, um ihn vor Regen oder Schnee zu schützen. Aber wenn sie erst bei Smoky Voice in dessen Hütte wären, brauchte er sie erstmal nicht mehr.

Bei Smoky Voice Caleb ...? Wie sollten wir, verdammt noch mal, dahin kommen?

Nun, jetzt war keine Zeit, sich mit diesem Problem zu beschäftigen.

Zusammen mit seinem Gewehr, das noch immer draußen lag, holte Cabe besagte Deckenrolle, wickelte die Schnur davon ab und breitete die Plane auf dem Boden aus. Dann starrte er erneut auf die blutende Wunde. Zuerst benötigte er etwas, um den Blutstrom einzudämmen. Mit dem Daumen prüfte er die Schärfe seines Messers. Ja – müsste gehen. Er kniete sich auf den ausgebreiteten Stoff der Baumwolldecke und säbelte mit unruhigen Händen einen etwa handbreiten Streifen von deren Rand ab. Jetzt musste er noch etwas für den nötigen Verband haben. An der Schulter schwierig anzubringen, aber irgendwie musste er es schaffen.

Von der Längsseite trennte er nochmals einen ähnlichen Streifen ab, und von etwa der Hälfte des ersten faltete er eine dicke Kompresse zusammen, die er fest auf die Wunde drückte. Mit dem längeren Streifen fixierte er die Kompresse, band ihn über die Schulter und unter der Achsel hindurch, um den Hals herum und wieder über die Wundstelle, so weit der Stoff reichte. Das Ende band er mit einem Lederstreifen fest, den er von den langen Fransen des Blackfoot-Hemdes gewann. Als er damit fertig war, schaute er sein Werk nochmals prüfend an. Nun ja – wenn der Bursche sich nicht bewegte, würde es wohl halten. Jedenfalls war der Blutverlust vorerst gestoppt.

Nachdem er das geschafft hatte, spürte er zum ersten Mal seit dem Kampf den Schmerz an seiner eigenen Schulter, wo er mit der Streitaxt getroffen worden war. Unter seiner Jacke tastete er mit der Hand nach dieser Stelle und fühlte, dass dort etwas geschwollen war, aber kein Blut. Ein Großteil des Schlages – wohl nicht mit voller Kraft ausgeführt – war von dem dicken Büffelleder abgefangen worden.

Mad Buffalo hockte sich neben seinem besiegten Gegner hin, und die Gedanken, die er unterbrochen hatte, kehrten hartnäckig zurück. Was sollte nun werden? Er war selbst auf der Flucht vor Verfolgern, die er sich durch sein ihm inzwischen fragwürdig erscheinendes Handeln zu unversöhnlichen Feinden gemacht hatte. Und nun hatte er plötzlich einen anderen verletzten Gegner am Hals, für den er sich verantwortlich fühlte. Gut, der hatte ihn zuerst angegriffen, aber er, Mad Buffalo, hatte ihn mit seiner Haltung vielleicht provoziert, und er hatte nach der Regel gehandelt: Angriff ist die beste Verteidigung. Jedenfalls gehörte er offensichtlich einem Volk an, mit dem Mad Buffalo sich verbunden fühlte, und er wollte nicht an seinem Tod schuld sein.

Langsam löste er seinen Blick von der vorläufig versorgten Gestalt und schaute sich um. Vorerst würden sie beide hierbleiben müssen. Kein schlechter Platz, aber es führten Spuren hierher, denen ein Blinder mit einem Taststock folgen konnte. Außerdem konnte er nicht vorhersehen, wie dieser Mann da auf dem Bisonfell reagierte, wenn er das Bewusstsein wiedererlangte. Wahrscheinlich würde er ihn als seinen Todfeind ansehen. Er stellte für Cabe zwar kaum noch eine Gefahr dar, doch die Situation konnte sehr unangenehm werden. Auf jeden Fall würde er mit seiner indianischen Denkweise kaum Verständnis für Cabes Handlungsweise aufbringen.

Es blieb kein anderer Weg, als es darauf ankommen zu lassen.

Er legte seine Decke über ihn, denn er konnte ihn nicht mit freiem Oberkörper dort liegenlassen. Dann fiel sein Blick auf die Utensilien, mit denen er bei Cabes Annäherung versucht hatte,

Feuer zu machen ... Wäre wohl das Beste, was man jetzt haben könnte. Die Stelle war gut gegen Sicht geschützt, und die dichten Zweige über ihr würden den Rauch abschirmen.

Sein unfreiwilliger Gefährte hatte schon einiges an brennbarem Holz unter dem Schnee hervorgeholt. Lange würde es nicht reichen, aber jetzt war es besser als nichts. Flintstein und Striker lagen am Boden, doch Zunder konnte Mad Buffalo keinen entdecken – und fragen konnte er ihn auch nicht. Trockenes Heu war ebenso wenig vorhanden, nur pergamentartig dünne Birkenrinde konnte er finden. Er fragte sich, wie er so ein Feuer in Gang bringen wollte. Zum Glück hatte er selbst noch Zunder in seinem Possible Bag, aber kein trockenes Gras.

Er öffnete also seine Tasche und holte die Zunderbüchse heraus. Dann schlug er Funken, bis einer davon auf dem Zunder hängenblieb und sich ausbreitete. Den derart aufglimmenden Zunder legte er zwischen zwei Stücke der pergamentdünnen Birkenrinde und blies kräftig in diesen Spalt hinein. Siehe da, es funktionierte! Schwärzlicher Rauch stieg empor, und ein kleines, bläuliches Flämmchen erwachte ungestüm zum Leben. Er legte es aus der Hand und einige kräftigere Fetzen von der Rinde darüber. Die Flamme wurde größer und leckte sich züngelnd durch das dünne Reisig, das er ihr als erste Nahrung gab.

Geschafft. Er hielt erleichtert seine klammen Hände der wohltuenden Wärme entgegen.

Und wie weiter?

Zunächst würden sie Nahrung brauchen. Das war wohl das Schwierigste im Moment, und nur er allein konnte dafür sorgen. Dazu müsste er seinen bisherigen Gegner allein lassen.

Würde er das jemals können?

Vorläufig wohl nicht.

Er hatte noch etwas Pemmikan bei sich, aber für zwei Mäuler war das etwas spärlich. Sein Blick tastete in ihrem Unterschlupf herum, um zu sehen, was da so herumlag.

Ein Bogen und ein Pfeilköcher, der gut gefüllt war. Gut für die Jagd, ohne in der Gegend laut herumballern zu müssen. Aber das Jagen konnte er vorläufig noch vergessen. In einem Beutel aus gegerbtem Leder fand er einen kleinen Rohhautbehälter, der auch etwas Pemmikan enthielt. Für die ersten zwei Tage konnten sie mit diesem nahrhaften Zeug also über die Runden kommen, doch von satter Zufriedenheit wurde er dadurch nicht erfüllt. Die Situation blieb noch immer ziemlich ausweglos. Er verließ den Unterschlupf, um sich erst einmal draußen umzusehen, was er mittlerweile geraume Zeit versäumt hatte.

Nichts war verändert; kein Feind im Anmarsch, und um ihn herum lag das hügelige Land leblos da – stumm und weiß bis ans Ende der Welt.

Zurückkehrend bemerkte er, dass die Lider des Indianers zuckten. Mad Buffalo ließ sich infolgedessen neben ihm auf die Knie nieder und wartete, was geschehen würde.

Zögernd, als fürchtete er, etwas Schlimmes zu erblicken, öffnete der Verwundete die Augen. Als er zu begreifen schien, was er sah, wollte er hochfahren, und seine gesunde Hand fuhr dorthin, wo er sein Messer zu wissen schien. Mad Buffalo legte seine Hand gegen die unverletzte Schulter und drückte ihn behutsam, aber bestimmt wieder hinunter. Sein Messer hatte er vorsorglich längst entfernt. Sein Patient stöhnte, wohl eher vor Zorn denn vor Schmerz.

„Takuwe mayakte shni hwo?“, kam es schwach über seine schmalen Lippen. Er fragte, weshalb er, Cabe, ihn nicht tötete. Dieser verdammte rothäutige Ehrenkodex. Wer in einem Kampf unterlag, der hatte zu sterben.

Mad Buffalo ging auf diese Frage nicht ein und wollte seinerseits wissen, ob er mit der Annahme, er sei ein Lakota, richtig lag. „Lakota henica hwo?“

Der schwieg vorerst und beobachtete Cabe misstrauisch mit dunklen, harten Augen. „Han, Lakota hemáca“, bestätigte er schließlich widerwillig. „Ca'pa ota emaciyapelo.“

Darin lag schon etwas mehr Stolz. Ca'pa ota, Viele Biber, war also sein Name. So allmählich lernten sie sich kennen. Aber das war bestimmt noch nicht das Ende einer Feindschaft. Cabe wollte sich Mühe geben und das Misstrauen aus den Augen seines ehemaligen Gegners vertreiben. Unterdessen huschten die Blicke seiner dunklen Augen über das Blanket, unter dem er lag, und seine Hand griff danach, um es von sich zu werfen. Auch daran hinderte Mad Buffalo ihn mit Nachdruck und machte ihm mit versöhnlichen Worten und Gesten klar, dass es kalt wäre ohne sein Hemd.

Diese Augen funkelten Mad Buffalo an. Doch langsam schien der Zorn aus ihnen zu weichen, und er wunderte sich, dass der weiße Mann in seiner Sprache redete. „Lakota woyaglaka hwo?"

Mad Buffalo nickte. „Léchela chikala, aber nur wenig." Und er machte ihm klar, dass er einige Zeit bei den Oglala weiter im Süden gelebt hatte. Das machte offensichtlich einigermaßen Eindruck auf ihn. Und er wollte Cabes Namen wissen.

„Tatanka witko emaciyapelo", klärte dieser ihn auf.

Mit den Augen erforschte er Mad Buffalos Gestalt, ob der Name Mad Buffalo zu ihm passen könnte, und er schien damit zufrieden zu sein. Dann hob er das Blanket, mit dem Cabe ihn zugedeckt hatte, leicht an und besah sich das, was aus seiner Wunde geworden war. Der Blick, der Mad Buffalo traf, war voller Rätsel, und er sagte nachdenklich gedehnt: „Tatanka witko ... Name passt. Ist groß und stark wie ein Bison", er zögerte etwas, „und verrückt auch. Und Ozuye wicasha tanka", großer Krieger, fügte er anerkennend flüsternd hinzu, wohl um die eigene Niederlage etwas weniger schmachvoll erscheinen zu lassen. Danach schloss er, vom vielen Reden erschöpft, die Augen, und Cabe ging hinaus.

Die untergehende Sonne malte ein paar rosarote Streifen zwischen Horizont und einer dunklen Wolkendecke, und er entschloss sich, das letzte Licht des Tages zu nutzen, um noch etwas Feuerholz heranzuschaffen.

Sein Blick tastete suchend die Umgebung ab. Nicht weit von hier entdeckte er eine Gruppe hoher Pappeln. Dort konnte er es versuchen, denn von diesen Bäumen fielen immer wieder abgestorbene Äste herunter. Also stapfte er durch den Schnee zu der Stelle hinüber. Sein Blick fiel sofort auf eine seltsame Spur, die sich am hinteren Rand der Baumgruppe entlangzog. Als er sich ihr näherte, erkannte er, dass es sich um Kaninchenfährten handelte. Nicht nur eine Spur, sondern es musste ein Wechsel sein, der schon öfters benutzt worden war. Eine gute Möglichkeit, es dort mit einer Schlinge zu versuchen, stellte er sich vor. Er musste nachsehen, ob etwas vorhanden war, womit er diese Idee umsetzen konnte. Doch jetzt musste er sich erst um das Holz kümmern.

An einer Stelle, die sehr uneben aussah, stocherte er mit dem Fuß im angehäuften Schnee herum und stieß auch bald auf Widerstand. Mit den Händen zerrte er dann einen beachtlichen Ast hervor, der an seiner dicksten Stelle die Stärke eines Unterarmes hatte und sich noch weit verzweigte. Er zog ihn auf die Seite und suchte weiter. Als er schließlich noch einige solcher Exemplare zutage gebracht hatte, hörte er plötzlich hinter sich ein leises Geräusch.

Rasch fuhr er herum – und stand plötzlich einem stattlichen Puma gegenüber.

***

47.

Das Tier musste der Kaninchenspur gefolgt sein und war möglicherweise durch seine feine Nase vom Blutgeruch angelockt worden. Es hatte sich Mad Buffalo lautlos bis auf wenige Schritte genähert und machte nicht den Eindruck, sich von irgendwas abhalten zu lassen, am wenigsten von einem völlig waffenlosen Menschen. Reglos verharrend starrte der Puma ihn mit seinen gelblichen Augen erbarmungslos an.

Mad Buffalo machte einen entschlossenen Schritt auf die große Katze zu und stieß dabei einen kurzen, heiseren Schrei aus, der das Biest jedoch nicht im Mindesten beeindruckte. Es näherte sich ihm langsam in geduckter Haltung.

Gleich würde es zum Sprung ansetzen!

Mad Buffalo wich etwas zur Seite aus und griff nach einem der Äste, die er unter dem Schnee hervorgebracht hatte. Die einzige Waffe, die ihm im Moment zur Verfügung stand, von der er jedoch erhoffte, das offensichtlich hungrige Raubtier von sich abhalten zu können.

Es sah aus, als würde es nicht funktionieren. Das Tier schoss ihm förmlich mit einem gereizten Fauchen entgegen. Er riss den Ast mit beiden Händen hoch und streckte ihn dem Puma entgegen. Der verfing sich in dem dichten Gezweig und schlug wild mit den Tatzen um sich. Cabe hatte Mühe, das Holz festzuhalten, und biss die Zähne zusammen.

Plötzlich krachte ein Stück hinter ihm ein Schuss. Der Puma schreckte zurück, fauchte noch einmal, drehte dann ab und rannte davon, so dass der Schnee hinter ihm hochstob.

„Meine Büchse!", fuhr es Cabe durch den Sinn. Rasch drehte er sich zu der Stelle herum, von wo aus der Schuss gekommen war, und sah noch die Pulverwolke unter den niederen Ästen der Fichte hervorquellen. Dabei war ihm nicht klar, ob die Kugel ihm oder dem Puma gegolten hatte. Nun, es war eine einschüssige Waffe, aber seine Pistole lag ebenfalls noch dort irgendwo herum. Schnell rannte er hinüber, wobei er mit seinem noch nicht ganz verheilten Bein einige Male einknickte. Ca'pa ota setzte gerade das Gewehr, das er mit einer Hand gehalten hatte, von der unverletzten Schulter ab und legte es auf den Boden. Er kniete dabei und blickte Cabe ausdruckslos an. Nur seine Lippen waren fest zusammengepresst. Als Mad Buffalo bei ihm eintraf, ließ er sich vorsichtig wieder auf den Rücken sinken. Mad Buffalo kniete sich hin und schaute nach seinem Verband. Alles in Ordnung. Nur ein ziehender Schmerz in seinem eigenen Oberschenkel.

„Wollte Ca'pa ota den Puma treffen oder mich?", fragte er etwas außer Atem, während er das Gewehr wieder lud.

Ein schiefes Grinsen zog über Ca'pa otas Gesicht. „Igmuntanka natürlich. Brauchen Fleisch – und gutes Fell."

„Hättest du mich getroffen, hättest du auch Fleisch."

Das Grinsen verschwand ruckartig. Er funkelte Cabe an, und seine Nasenflügel blähten sich auf wie das Gefieder eines balzenden Vogels.

„Lakota nicht sind Kannibalen!", fuhr er Cabe beleidigt an.

„Wenn ihr Lakota Büffelfleisch esst, seid ihr doch keine Kannibalen."

Er sah Mad Buffalo nachdenklich an, und langsam entspannte sich seine Miene zu einem etwas unsicheren Lächeln.

„Tatanka witko ein Schelm wie Iktomi, die Spinne." Das Lächeln verschwand wieder. „Aber er hat mir noch immer nicht gesagt, warum er mich nicht getötet hat."

„Weil du nicht zu meinen Feinden gehörst, die ich töten will und die jetzt hinter mir her sind."

Er bewegte unschlüssig den Kopf leicht hin und her und sagte: „Tatanka witko ist meiner Fährte gefolgt, und er wollte mich töten. Ich habe es in seinen Augen gesehen."

„Da glaubte ich noch, du seiest einer dieser Blackfeet." Mad Buffalo griff nach dem Kriegshemd, das noch neben ihm lag, und hob es in die Höhe. „Das ist doch ein Sihasapa-Hemd."

Ein etwas hintergründiges Grinsen veränderte das hagere Gesicht von Viele Biber, als er ihm erklärte: „Der Sihasapa brauchte kein Hemd mehr, deshalb habe ich es mir genommen."

„Kriegsbeute also", murmelte Cabe und steckte einen Finger

durch den Schlitz, den sein Messer hinterlassen hatte. „Tut mir leid; mir wurde erst klar, dass Ca'pa ota kein Sihasapa ist, als er gesprochen hat."

„Kriegshemd mit Messerstich nicht schlimm. Auch mit Blut nicht schlimm."

Mad Buffalo ging noch einmal zurück, um das Feuerholz zu holen, und zerkleinerte die dünnen Teile. Die dicken konnte man mit dem Ende ins Feuer legen und dann nach Bedarf immer nachschieben. Er verließ ihre Deckung nochmals, um nach etwaigen Feinden Ausschau zu halten. Aber auch jetzt lag das Land bewegungslos in der Dämmerung da. Die Sonne war längst untergegangen, und nur der Schnee hielt das Vorrücken der Nacht noch etwas auf. Der Wind fächelte über den Boden und trieb kleine Schneewolken vor sich her. Aber auch das heimelig flackernde Feuer unter den weit ausgreifenden Ästen der Fichte konnte nicht über die ernste Lage hinwegtäuschen, in der er sich zusammen mit diesem Lakotakrieger befand.

Viele Biber hatte sich langsam und vorsichtig in eine sitzende Haltung gebracht, und jetzt hockte er in seine Bisonrobe gehüllt Mad Buffalo gegenüber am Feuer. Der Lichtschein der Flammen beleuchtete den Stamm der Fichte und die Zweige direkt über ihnen. Außerhalb ihres Unterschlupfes war es längst dunkel. Das ferne Heulen eines Wolfes durchdrang das tiefe Schweigen der Nacht.

Cabes Gegenüber hob den Kopf und lauschte, doch es kam keine Antwort – von nirgendwo. Er schaute wieder in die Flammen, die einen unruhigen Schein in sein Gesicht warfen, einige Atemzüge lang, dann richtete er seinen Blick auf Cabe.

„Wie viele Krieger der Sihasapa waren hinter Tatanka witko her?"

„Ich weiß es nicht. War meistens dunkel, und sie waren an mehreren Stellen. Habe einige von ihnen getötet, doch dann hatte ich genug damit zu tun, ihnen zu entkommen."

Viele Bibers linke Hand lag auf seinem Schoß, und mit der gesunden rechten schob er einen langen Holzscheit weiter ins Feuer.

„Dann haben sie bestimmt aufgegeben. Der große Sturm mit viel Schnee und Kälte hat sie in ihre Tipis zurückgetrieben. Sonst wären sie längst hier."

Das klang logisch. Indianer mochten es ebenso wenig wie jeder andere Mensch, bei solchem Wetter draußen herumzureiten.

„Ja, so könnte es sein", sagte Cabe, „aber es bleiben noch genügend Probleme übrig. Wir sind ohne Pferde beide nicht in der Lage, größere Stecken zurückzulegen."

„Dann bleiben wir hier", sagte Viele Biber, als wäre es das Natürlichste der Welt. „Hier haben wir ein wärmendes Feuer und einen Baum, der uns schützt."

„Und kaum noch was zu essen."

Auch dieser Einwand schien ihn nicht zu beeindrucken, denn er sagte mit einem zuversichtlichen Ausdruck in seinen Augen: „Vielleicht kommt Igmuntanka noch einmal zurück."

„Der Puma?", sagte Mad Buffalo mit leichtem Sarkasmus. „Den hat Ca'pa ota mit seiner Knallerei zu Tode erschreckt."

Viele Biber langte etwas umständlich hinter sich, holte den ledernen Beutel mit Pemmikan hervor, den Cabe bereits inspiziert hatte, und warf ihn zu ihm hinüber.

„Da haben wir noch was."

Mad Buffalo nickte ihm mit einem schiefen Lächeln zu. „Davon habe ich auch noch. Aber das wird uns höchstens zwei Sonnen weiterhelfen."

***

48.

Zwei Tage später wurde ihr Problem akut. Cabe hatte versucht, irgendwo in der Nähe Wild aufzustöbern, aber das war ohne Erfolg geblieben, und auch Viele Biber begann langsam zu begreifen, dass etwas geschehen musste. Der Heilungsprozess seiner Schulterwunde hatte begonnen, würde aber noch einige Zeit in Anspruch nehmen. Doch schließlich brauchte er die Schulter nicht beim Laufen. Die Wunde an Cabes Oberschenkel war dagegen schon besser dran, aber sie lag nun an einer ungünstigen Stelle für einen Fußmarsch. Doch irgendeine Entscheidung musste getroffen werden.

„Zu welchem Volk der sieben Ratsfeuer gehörst du?", fragte Mad Buffalo ihn mit einem leichten Anflug von Hoffnung.

„Hunkpapa oyate kin el owápa", machte er ihm klar, leicht verwundert darüber, dass Cabe sich dafür interessierte. Und er fügte noch weiter erklärend hinzu: „Cega hwa Tiyospaye."

Von dieser Gruppe „Schlafender Kessel" hatte Cabe noch nie gehört, aber das besagte nichts.

„Und wo befindet sich euer Dorf?"

Er deutete mit einer flüchtigen Armbewegung eine östliche Richtung an. „Paha to. Die weißen Männer nennen es Green Mountains."

„Können wir vergessen", sagte Mad Buffalo enttäuscht. „Viel zu weit zu Fuß."

Dazu nickte Viele Biber nur mit finsterer Miene.

Blieben also nur noch Smoky Voice Caleb und seine Hütte am Green River. Bis dahin könnten sie es schaffen – wenn sie Glück hätten und inzwischen etwas zwischen die Zähne bekämen.

An einem tristen, grauen Tag machten sie sich auf den Weg. Ein beständiger Nordostwind brachte Kälte mit sich und fegte Schneewolken aufwirbelnd über das Land. Mad Buffalo hatte sich in seine Decke gehüllt und Ca'pa ota oder Viele Biber in seine Bisonrobe. Von einem Streifen seiner Plane, die dadurch immer kleiner wurde, hatte Cabe ihm eine Schlinge gemacht, in der sein linker Arm die Ruhe finden sollte, die er brauchte. Der ständige Wind häufte an manchen Stellen Schneewehen an oder machte Vertiefungen unsichtbar, was für sie das Vorankommen erschwerte. So mussten sie immer wieder Pausen einlegen, in denen sie verloren mit dem Rücken zum Wind im einförmigen Weiß hockten.

Für die erste Nacht auf ihrem Weg fanden sie im Windschatten eines großen Wurzeltellers einer umgestürzten Fichte etwas Schutz. Von irgendwelchem jagdbaren Wild hatten sie keine Spur entdecken können. Ihr Vorrat an Pemmikan war inzwischen längst aufgebraucht, und der Hunger begann allmählich an ihren Kräften zu zehren.

Auch der folgende Tag schien für sie keine Änderung bereitzuhalten. Das Land dehnte sich erbarmungslos schweigend vor ihnen aus. Riesige Fichten wechselten sich mit scharfen, schwarzen Felsbrocken ab, die bizarr aus dem Schnee herausragten wie zersplitterte Knochen irgendwelcher monströsen Saurier. Ein wegloses Land aus Höhenzügen mit steilen Hängen und tiefen Schrunden, das nichts als den Tod bereitzuhalten schien.

So schleppten sie sich weiter, bis Cabe in einiger Entfernung eine Hirschkuh sichtete. Das Merkwürdige an ihr war: Sie kam direkt auf sie zu, in einem Tempo, das Cabe stutzig machte. Mit hochgerecktem Kopf rannte sie durch den Schnee, in dem ihre Läufe zur Hälfte einsanken, als wäre der Teufel hinter ihr her, und so ähnlich war es wohl auch.

Er hob das Gewehr, und beide suchte hastig hinter einem Felsbrocken Deckung, wo Ca'pa ota ihm auf die Schulter tippte und in Richtung auf das rennende Tier deutete. Im selben Moment erkannte Mad Buffalo es auch: Mehrere dunkle Punkte hetzten ebenso schnell wie die Hirschkuh hinter derselben durch den Schnee. Ein ganzes Rudel Wölfe war hinter ihr her.

Jetzt war alles klar.

Das fliehende Tier kam rasch näher, ohne die beiden Männer zu bemerken. Cabe zog schon den Hahn mit dem Flintstein in die Feuerraste und drückte den Schaft gegen seine Schulter, als Ca'pa ota schräg hinter ihm flüsterte: „Die glauben, sie hätten die älteren Rechte an dieser Beute."

„Mir egal, was diese verdammten Wölfe denken", knurrte Cabe zwischen den Zähnen hindurch. „Zur Hölle mit ihnen! Diese Hirschkuh gehört uns. Wir brauchen das Fleisch."

Die Wölfe kamen ihrer Beute näher und hatten sie fast erreicht, als Cabes Büchse losdonnerte. Durch den Nebel der Pulverwolke hindurch sah er das getroffene Tier in den Schnee stürzen. Die dunklen Körper der Wölfe waren durch den plötzlichen Knall verunsichert aus ihren Laufrichtungen ausgebrochen, ließen sich jedoch nicht vertreiben. Wahrscheinlich waren sie ebenso hungrig. Etwas vorsichtiger jedoch näherten sie sich dem gefallenen Tier, das hilflos zuckend versuchte, aus dem Schnee wieder hochzukommen. Erst als die beiden Männer laut brüllend aus ihrer Deckung hinaus auf sie zu stürmten, schreckten sie ein wenig zurück. Jedoch nicht weit, dann siegte der Hunger oder auch der Geruch von frischem Blut, mit dem sich der Schnee rings um die zappelnde Hirschkuh färbte. Sie erreichten ihre Beute fast gleichzeitig mit ihnen, hielten sich jedoch böse knurrend und mit hochgezogenen Lefzen zurück. Vertreiben lassen würden sie sich wohl nicht, aber Cabe und Viele Biber wollten sich zumindest ihren Teil des Fleisches sichern.

Die Wölfe schlichen um sie herum und schienen von ihren Plänen nichts zu halten. Solange sie die zottig-grauen Biester jedoch im Blick hatten, wagten diese sich nicht näher heran. Erst als Viele Biber sein Messer hervorholte und sich über das Tier, das jetzt still lag, hermachte, griffen sie an.

Wild knurrend stürzte ein großer, fast schwarzer Wolf auf Viele Biber zu und verbiss sich in seinem Bein.

Mad Buffalo ließ das Gewehr, das er gerade wieder laden wollte, in den Schnee fallen und griff nach seiner Pistole.

Auch andere Wölfe – durch die Aktion ihres Artgenossen ermutigt – schossen heran und gruben ihre Zähne mit heiseren Knurrlauten hier und da in das Fell der Hirschkuh.

Ehe Cabe seine Pistole unter der Jacke hervorbrachte, hatte Viele Biber sich, seiner verletzten Schulter nicht achtend, herumgeworfen und stieß das Messer in den Hals des Wolfes, der daraufhin mit einem winselnden Laut losließ und sich mit um sich schlagenden Pfoten im Schnee wälzte. Das und ein Schuss aus Cabes Pistole, der einen weiteren Wolf tötete, zeigten eine gewisse Wirkung. Sie ließen von dem Hirschkadaver ab und zogen sich etwas zurück, wo sie knurrend und Zähne fletschend umherliefen.

Ca'pa ota kümmerte sich nicht um die blutende Wunde an seinem Unterschenkel und schnitt stattdessen die Haut des erlegten Tiers auf, um an das Fleisch heranzukommen, während Cabe zur Sicherheit die Gelegenheit nutzte, um seine Waffen in aller Eile wieder zu laden. Erst als das geschehen war, folgte er dem Beispiel seines Gefährten.

Sie zogen gemeinsam ein größeres Stück Fell von einer der hinteren Keulen ab und trennten dann einige handliche Stücke aus dem Fleisch.

Die Wölfe hatten sich mittlerweile etwas beruhigt. Sie beobachteten wachsam, schienen die Menschen aber wohl als die momentan Stärkeren zu akzeptieren und warteten ab, bis ihre Zeit gekommen war.

Als sie ausreichend Fleisch an sich gebracht hatten, um es tragen zu können, wickelten sie es in der abgezogenen Haut ein und schickten sich an, das Feld zu räumen. Doch das war leichter gedacht, als getan. Mad Buffalo musste außer dem Fleischvorrat seine Büchse tragen und zusätzlich Viele Biber stützen.

Der jedoch gab ihm durch Zeichen zu verstehen, dass er eigenständig laufen konnte. Zwar musste er sich langsam humpelnd durch den Schnee schleppen, doch vorerst hatten sie die Möglichkeit, sich so weit zu entfernen, dass die lauernden Wölfe sie nicht mehr als Nahrungskonkurrenten betrachten. Sie machten sich auch gleich knurrend und sich balgend über den zurückgebliebenen Kadaver her und zerrissen ihn mit ihren scharfen Zähnen.

***

49.

Erst als sie weit genug und aus deren Blickfeld verschwunden waren, machten sie Halt. Weiter wäre Viele Biber mit der Verletzung seines Beines auch nicht gekommen. Die Bisswunde blutete heftig, und Mad Buffalo musste sich unverzüglich darum kümmern. Auch die Schulterverletzung hatte durch die heftigen Bewegungen wieder zu bluten begonnen. Seine Schutzplane wurde immer kleiner. Viel durfte nicht mehr passieren. Doch jetzt mussten sie erst einmal sehen, wie sie weiterkamen.

Nachdem Cabe die Wunden notdürftig verbunden hatte, machten sie sich wieder auf den Weg. Sie kamen nur langsam voran. Ca'pa ota hatte genug unter der Last seiner Bisonrobe zu schleppen, und Cabe musste ihn dabei stützen. Außerdem musste er seine Deckenrolle, das Gewehr und die Fleischvorräte transportieren. Ca'pa otas Bogen und den Pfeilköcher hatte Cabe mit in seine Deckenrolle gewickelt. Zu allem Übel begann es wieder zu schneien, und der eisige Wind trieb die kleinen Flocken vor sich her. Sie stemmten sich dagegen, wussten aber, dass sie nicht mehr lange würden durchhalten können.

Unter einer Ansammlung urzeitlich anmutender Felsen fanden sie letztlich einen Unterschlupf und beschlossen, für den Rest des Tages und die Nacht über zu bleiben.

Die Wunde an Ca'pa otas Wade sah übel aus, und er hatte eine Menge Blut verloren, so dass Cabe gezwungen war, den Verband noch einmal zu erneuern. Auf jeden Fall konnte er vorerst damit nicht laufen. Ein bedrückender Gedanke. Und Mad Buffalo musste an das wärmende Feuer in der behaglichen Hütte von Smoky Voice Caleb denken. Doch die schien in der jetzigen Situation so weit entfernt zu sein wie die Sterne da oben über den Wolken.

Dann hockten sie im Schutze der Felsen und einiger verkrüppelter Kiefern dicht beieinander am Feuer und lauschten der eintönigen Stimme des Windes, bis ihnen die Nacht einen unruhigen Schlaf brachte.

Der Morgen überraschte sie mit einem kalten, eisblauen Himmel. Das Feuer war während der Nacht ausgegangen, und Cabe musste es mit dem Rest des Holzes, der noch übrig war, von neuem anfachen. So etwas wie Kaffee oder Whiskey kannte er nur noch vom Hörensagen. So röstete er etwas von dem „Hirschbraten". Hörte sich verdammt gut an, doch ohne Salz und Gewürze hatte es das meiste von seinem guten Klang verloren. Zudem mussten sie, anstatt trinken zu können, zusammen mit einem Bissen heißen Fleisches eine Handvoll Schnee im Mund schmelzen lassen.

Das alles reichte wenigstens, um zu überleben, doch nicht einmal der Teufel schien zu wissen, wie sie beide von hier fortkommen sollten. Viele Biber jedenfalls war so geschwächt, dass er kaum aufstehen konnte, und Cabe beschlich der Verdacht, er könnte Fieber haben. Aber wenn er auch einen Notverband um ein Bein wickeln konnte, so war er, verdammt noch mal, kein Arzt.

Sie saßen jedenfalls übel in der Klemme. Wie zum Hohn hatte sich auch noch in der klaren Luft ein bewundernswertes Panorama vor ihnen ausgebreitet, das sie in dem gestrigen Schneetreiben gar nicht bemerkt hatten. Bizarre Felsen wuchsen aus einem verschneiten Waldstreifen heraus und reckten sich gegen den blassen Himmel. Verkrüppelte Kiefern krallten sich hartnäckig in allen Spalten fest, in denen sich etwas mehr als eine Handvoll Erde angesammelt hatte. Ein dünner Wasserfall rauschte silbern schimmernd von der Anhöhe herab, den selbst die lausige Kälte nicht erstarren lassen konnte.

Mad Buffalo fluchte leise vor sich hin, riss seinen Blick von dem malerischen Bild los und richtete ihn auf die Gestalt, die neben dem Feuer in ihre Büffelrobe gehüllt dalag. Etwas ratlos zog er seine Decke etwas fester um die Schultern und hockte sich mit dem Rücken an eine Felswand gelehnt hin. In seinem Kopf purzelten die Gedanken durcheinander und trieben seltsam böse Blüten, während sich seine Augen noch immer mit der daliegenden Gestalt beschäftigten.

Er könnte ihn einfach hier liegenlassen und abhauen. Was war er dieser Rothaut schuldig? Viele Biber hätte ihn umgebracht, wenn er ihn nicht besiegt hätte. Er könnte jetzt bereits in Smoky Voices Hütte sein und zusammen mit diesem Whiskey trinken.

Aber er brachte es nicht fertig. Dieser Indianer ist und war nicht sein Feind. Er konnte ihn nicht einfach im Stich lassen ...

Verdammt, Mad Buffalo, was ist aus dir geworden? Der andere oder du – nach diesem Grundsatz hast du doch immer gelebt, und dein Selbsterhaltungstrieb hat die Entscheidung getroffen. Jetzt geht es wieder um dich oder ihn. Du warst doch früher nie ein Weichei!

Aber verrückt warst du schon immer – und nie ein Feigling.

Teufel noch mal, dieser Bursche hier – er würde nicht so daliegen, wenn ich nicht wäre. Ich bin schuld daran. Ich bin ihm gefolgt und wollte ihn töten. Er hat es in meinen Augen gelesen ... Scheiße!

Er ist kein gottverdammter Blackfoot! Ich habe einige von denen getötet, die vielleicht genauso wenig an Nancys Tod schuldig waren wie der da. Wie viele werden noch dafür sterben? Wie viele Tote ist Nancy wert?

Zur Hölle, was denke ich da! Mehr als alles in dieser Welt war sie mir wert. Aber ich kann sie damit nicht ins Leben zurückholen.

Also richte nicht noch mehr Unheil an!

Mad Buffalo musste eine Entscheidung treffen – jetzt! Und es gab nur eine: Sie mussten endlich das rettende Ziel erreichen – egal wie.

Langsam, aber nicht zögerlich erhob er sich.

„Wir müssen weiter“, sagte er zu Viele Biber.

Der hob die müden Lider und sah Mad Buffalo mit einem Blick an, den dieser nicht zu deuten verstand.

„Nakun tóketu hwo?“, formten seine Lippen, wobei sie sich kaum bewegten.

Ja, und wie? Das fragte Cabe sich nun auch. Er wusste, dass Viele Biber nicht in der Lage war, zu laufen – und er könnte ihn nicht tragen, ihn und all das andere. Aber hierbleiben, bis er wieder so weit war, konnten sie auch nicht. Er brauchte in seinem Zustand ein Dach über dem Kopf und ein wärmendes Feuer.

Mad Buffalo schaute sich in der Gegend um und dachte dabei an eine Art Travois. Aber gleichzeitig wurde ihm klar, dass er wohl nicht in der Lage sein würde, so etwas durch den tiefen Schnee zu ziehen. Er war ein verrückter Bison, aber kein Gaul.

Da lag er nun, in seine Robe gehüllt, mit der Fellseite nach innen …

Vielleicht nicht gerade die beste, aber doch die einzige Möglichkeit, dachte Cabe und sagte: „Hier liegenbleiben ist zwar im Moment bequemer, aber eventuell auch todbringend. Und deshalb musst du darauf verzichten."

Entschlossen warf er seine Decke ab und rollte sie um das Gewehr herum zusammen. Dann packte er die Bisonrobe am Kopfende und zerrte sie mit Inhalt ein Stück durch den Schnee. Schönes Stück Arbeit --, aber wie sonst?

Eine Strecke weit ging es gut, und er dachte bei sich: Es wird schon gehen, solange sie keinen Berg bezwingen mussten. Doch dann ging die Robe auseinander, und Viele Biber rollte herunter und blieb hinter ihm im Schnee liegen.

So würde es auch nicht funktionieren. Mad Buffalo kam nicht umhin, den Rest der Plane auch noch in Streifen schneiden. Das tat er dann auch, bohrte mit seinem Messer mehrere kleine Schlitze in die Ränder der Robe. Durch diese fädelte er die Streifen und band sie zusammen, wobei Viele Biber ihn wenig interessiert beobachtete und dann resigniert die Augen schloss.

Weiter ging es. Cabe zerrte dieses Bündel hinter sich durch den Schnee, musste mancher Verwehung ausweichen, wo er zu tief einsank, und suchte mit immer müder werdendem Blick die Stellen aus, die etwas ebener aussahen als andere. Es war eine teuflische Schinderei. Seine Lunge arbeitete wie ein Blasebalg, und auf die ziehenden Schmerzen in seinem Oberschenkel achtete er gar nicht mehr.

Er wusste nicht, wie weit sie auf diese Weise gekommen waren, bis ihm die Kraft ausging. Als er eine Gruppe dicht zusammenstehender großer Kiefern mit weit ausladendem Geäst entdeckte, beschloss er, dort Halt zu machen. Nicht weit zu seiner Linken zog sich eine ebene Schneise durch das unwegsame Land, doch das interessierte ihn im Moment nicht weiter, denn er fürchtete, auf der nächsten Meile zusammenzubrechen. Mit buchstäblich letzter Kraft zerrte er dieses halb lebendige Bündel, das sich die ganze Zeit über kaum bewegt hatte, zwischen die Stämme dieser Bäume, wo nur wenig Schnee lag, und ließ sich erschöpft zu Boden sinken. Bis hierher für heute und nicht weiter, dachte er dabei, und blieb so lange untätig auf dem Rücken liegen, bis er glaubte, genügend Energie angesammelt zu haben, um sich wieder bewegen zu können.

Schließlich mühte er sich ab, eine Stelle unter den Bäumen so weit wie möglich schneefrei zu bekommen, und machte sich dann auf die Suche nach Brennholz, wobei ihm die unteren, abgestorbenen Äste der Bäume, die sich ohne Mühe abbrechen ließen, sehr willkommen waren. Auf diese Weise musste er sich nicht ständig bücken und irgendwas unter dem Schnee hervorzerren.

Als das Feuer endlich in Gang gebracht war, löste er die Verschnürung von Ca'pa otas Robe, damit dieser sich besser bewegen konnte, wozu ihm allerdings nicht zumute schien. Dann machte Cabe sich daran, einige Stücke Fleisch zu braten. Viele Biber aß nur wenig davon – und das auch noch ziemlich appetitlos. Kein Wunder, so dachte Cabe – konnte er doch die ganze Zeit über faul in seiner Bisonhaut liegen, während er selbst sich abgeschunden hatte.

Danach war der Tag für ihn gelaufen, und das Einzige, was er noch tun musste, war, das Feuer am Ausgehen zu hindern, ehe der Schlaf ihn irgendwann übermannte.

***

50.

Ca'pa ota quälte sich aus einem bösen Traum heraus in eine scheinbare Wirklichkeit. Es war stockdunkel um ihn herum. Nur irgendwo in der Ferne schimmerte ein Hauch von Licht, dessen Ursprung er sich nicht erklären konnte. Es gab überhaupt nichts, was ihm klar erschien. Ein seltsames Feuer brannte in ihm – eine Hitze, wie er sie noch nie erlebt hatte und die ihn zu verzehren drohte.

War das Feuer, an das er sich dunkel erinnerte, wie es neben ihm flackerte, in seinen Körper eingedrungen und brannte in ihm weiter?

Er kroch mit unsicher-fahrigen Bewegungen aus dem schweren Büffelfell heraus, das ihn mit muffiger Hitze umhüllte, und sog unbewusst die klare, kalte Luft in seine Lunge.

Er wusste weder, wo er sich befand, noch weshalb er irgendwo war – nicht einmal, wer er war. Mit einer unbegreiflichen Energie, die plötzlich in ihm brodelte, erhob er sich und schwankte auf seinen eigenen Beinen. Aus der Dunkelheit, die ihn umgab, lösten sich noch dunklere Schatten, die ihn umkreisten und ihn umzustoßen drohten. Ein dünner, weißer Schimmer stieg vom Boden auf und schien sich mit dem Lichthauch aus der Ferne zu vereinen.

Etwas Unbewusstes in ihm trieb ihn diesem Schimmer entgegen, als schöbe ihn eine unsichtbare Kraft nach vorn. Eine Kraft, die nicht aus seinem Körper kam, denn dort war nur noch Schwäche, und er taumelte mit unsicheren Bewegungen auf eine helle, ebene Fläche zu, von der er meinte, sie riefe nach ihm. Dort sah alles eben aus – ohne Hindernisse, die seine Schritte behindern konnten. Dort konnte er weiterlaufen – wohin, das wusste er nicht; es interessierte ihn auch nicht. Alles, was er tat, entsprang einem unerklärlichen inneren Zwang. Die Hitze war noch immer in ihm, obwohl er die Kälte von außen auf seinem Gesicht spürte.

Der Boden senkte sich etwas und erleichterte das Laufen. Dann erreichte er diese ebene Fläche, die wie ein verheißungsvolles weißes Band in eine schimmernde Ferne wies, die ihn unwiderstehlich anzog. Er musste sie erreichen, diese Ferne. Dort konnte er laufen, immer weiter und weiter.

Der Untergrund war weiß und weich, und seine Füße schienen in etwas einzusinken, als wandelte er auf Wolken dahin.

Plötzlich jedoch vernahm er ein scharfes Knacken, so, als breche der Boden unter ihm weg. Er spürte eine eisige Kälte, die seine Beine umschlang, als wollte sie ihn nicht mehr loslassen. Der Schock raubte ihm fast den Atem. Alles Traumwandlerische war wie weggeblasen, und er versuchte verzweifelt, irgendwo Halt zu finden …

***

51.

Mad Buffalo fiel einen Hang hinunter und überschlug sich einige Male, dann rannte er durch hohen Schnee, in dem er kaum weiterkam. Hinter ihm her war eine Horde Blackfeet, die ständig näher kam. Da war auch Nancy, die ihm die Hand reichte, aber er konnte sie nicht erlangen, so sehr er sich auch anstrengte. Der verdammte Schnee wollte seine Füße nicht freigeben. Dann wirbelte alles wie ein zerfetztes Puzzle durcheinander, und er verlor jegliche Orientierung.

Er schrie. Jedenfalls hörte er einen Schrei – aber war er das wirklich? Der Zweifel zwang ihn, die Augen zu öffnen. Fast glaubte er Nancys Gesicht zu sehen, aber sie hatte nicht geschrien. Natürlich war sie nicht da.

Hatte er geträumt? Er hatte einen Moment lang keine Ahnung, ob es Tag oder Nacht war, erinnerte sich nur, dass er irgendwann bei Tageslicht eingeschlafen sein musste. Jetzt war es dunkel, und er konnte nichts weiter wahrnehmen als die schwarzen Zweige der Bäume über ihm.

Da war wieder dieser Schrei. Es hörte sich an wie Ca'pa otas Stimme, aber der war in seinen Träumen nicht vorgekommen …

Mit erschreckender Klarheit wurde ihm bewusst, dass seine Träume zu Ende waren. Von irgendwo kam ein zögernder Lichtschein des erwachenden Tages. Sein Kopf ruckte herum, und sein Blick sprang dorthin, wo Viele Biber liegen musste. Im selben Moment, als er begriff, dass dort nur ein leeres Bisonfell lag, fuhr er in die Höhe. Beinahe wäre er wieder zurückgefallen, infolge der abrupten Änderung von der liegenden in die senkrechte Körperhaltung. Aber er war schon unterwegs und rannte dorthin, von wo ein verzweifelt japsendes Keuchen zu ihm herüberklang.

Da bemerkte er ein dunkles Etwas auf der weißen Fläche, das wie ein halber Körper aussah. Er warf sich unterhalb der leichten Böschung auf den Bauch und schob sich so weiter wie eine Schlange, bis er den gesunden Arm der Gestalt erreichen konnte, mit dem sie erfolglos Halt suchte, zerrte daran, ohne auf etwaige Schmerzen zu achten, die er vielleicht damit erzeugte. Wie ein Blitz war ihm die Lage klargeworden, auch wenn die Umstände, die dazu geführt hatten, für ihn vollkommen im Dunkeln lagen.

Der Rand des Eises brach mit einem harten Geräusch. Cabe zog weiter, packte das Jagdhemd mit der anderen Hand, und es gelang ihm, den Körper über diese Bruchstelle hinweg an sich zu ziehen. Er bewegte sich – wie auch immer, das konnte er auch später nicht erklären – nach rückwärts und zerrte den zitternden Leib aus dem Wasser heraus zum nahen Ufer hin, wo das Eis etwas dicker war. Dort verhielt er einen Moment, um zu Atem zu kommen und seine Gedanken zu ordnen, die in seinem Kopf ohne jegliche Ordnung herumpurzelten.

Was um alles in der Welt hatte diesen verrückten Kerl hierher auf das Eis getrieben? Er starrte fragend in dessen Gesicht und die seltsam glänzenden Augen. Wahrscheinlich wusste er es selbst nicht und war einfach in seinem Fieberdelirium irgendwohin getaumelt.

Diese ebene Schneise, die Cabe gestern bemerkt hatte, war also ein zugefrorener Fluss, und es konnte sich nur um den Green River handeln. Sein Blick hastete hinüber zum anderen Ufer, über den Wald und die verschneite Bergkette, die sich im Hintergrund durch den letzten Rest der Nacht in den heraufziehenden Tag drängte. Sie befanden sich weiter nördlich der Stelle, wo vor Jahren das letzte Rendezvous der Trapper und Pelzhändler stattgefunden hatte – dort, wo Nancy Blue in sein Leben gestolpert war. Ein Hoffnungsschimmer jagte durch seine wirren Gedanken und Empfindungen. Bis zu Calebs Hütte konnte es nicht mehr allzu weit sein. Einige Meilen stromaufwärts noch, falls er sich nicht irrte.

Diese Erkenntnis heizte seine Energie an, und er zerrte die triefende Gestalt durch den Schnee, zu der Stelle hin, wo sie lagerten. Dort angekommen löste er den oberen Rand der Leggings von Ca'pa otas Gürtel und zerrte sie nach unten, bis unterhalb der Knie, wo er den Rest davon, der seine Waden umschloss, beließ.

Jemand, der klüger war als er, hatte ihm mal gesagt, dass kalte Umschläge Fieber senken konnten. Jetzt, in diesem Moment, erinnerte er sich merkwürdigerweise daran. Dann entledigte er Viele Biber seines Hemdes, das am unteren Ende ebenfalls nass war. Das kostete ihn einige Mühe, und er bemerkte dabei, dass die Schulterwunde wieder leicht zu bluten begonnen hatte. Das konnte er im Augenblick nicht ändern und hoffte, dass es sich in Ruhestellung wieder bessern würde. Auch die Bisswunde an der Wade ließ er vorerst in Ruhe. Stattdessen hüllte er den fröstelnden Körper in seine Decke ein. Während er ihn dann auf seine Bisonrobe bugsierte und diese um ihn herumwickelte, murmelte Viele Biber undeutliche Worte vor sich hin, von denen Cabe nichts begriff. Seine Kenntnisse der Lakota-Sprache reichten nicht aus, um dieses Gemurmel verstehen zu können.

Das Nächste, was auf ihn wartete, war, das Feuer wieder in Gang zu bringen. Als er das geschafft hatte, holte er noch mehr Holz herbei, denn Viele Biber brauchte jetzt Wärme, um dieses eiskalte Bad zu überstehen. Er platzierte ihn nahe der Feuerstelle, wo die Flammen etwa drei Fuß hochloderten.

Inzwischen hatte sich eine blasse Sonne, die nicht viel Wärme versprach, durch den Morgendunst gequält, und die Berghänge weit jenseits des Flusses glänzten frostig.

Als er später nach Ca'pa ota schaute, war dessen Gesicht noch immer gerötet, was möglicherweise von der Ausstrahlung des Feuers herrühren konnte. Doch er schlief nicht, und seine Augen hatten den fiebrigen Glanz noch nicht verloren. Ziemlich ratlos hockte Cabe sich hin, und allmählich begann er sich ernsthafte Sorgen zu machen. Er stellte sich im Geiste das behagliche Innenleben von Smoky Voices Hütte vor, das wärmende Feuer im Kamin und einen kräftigen Schluck Whiskey, der von innen her die verdammte Kälte aus einem vertrieb. Und sicher kannte Caleb sich auch besser damit aus, einen Kranken zu behandeln als er – Jacob Cabe. Dieser Bursche da in seinem Bisonfell konnte ihm hier draußen unter den Händen wegsterben, und die ganze Schinderei wäre umsonst gewesen.

Inzwischen hatte sich das Wetter aufgehellt. Das verschneite Land ringsum sah aus, als begänne es zu lächeln, und die letzten

Wolkenschleier lösten sich auf und verschwanden in der Luft wie weggezaubert.

Kurzerhand entschloss Cabe sich, wieder aufzubrechen. Je eher sie ein Dach über dem Kopf hatten, desto besser. Das schien ihm die beste Medizin zu sein.

Noch einmal überprüfte er die kalten Umschläge an Ca'pa otas Beinen. Sie waren noch nass, aber er würde aufpassen müssen, dass das Hirschleder unterwegs nicht an seinen Waden festfror. Das wäre wohl nicht wünschenswert. Dann schnappte er seine Waffen und hängte ich seine Tasche um. Das war alles, was er noch zu tragen hatte. Den Rest an Fleisch befestigte er an dem, was er hinter sich herschleifen musste.

Das Feuer ließ er einfach brennen und machte sich mit seiner Last auf den beschwerlichen Weg. Es half alles nichts.

Zunächst bewegte er sich am Flussufer entlang, bis einige Bäume und dichtes Gestrüpp ihn zum Ausweichen zwangen. Aber er behielt den Flusslauf stets im Auge. Die Last, die er hinter sich durch den Schnee schleifen musste, schien immer schwerer zu werden, und er war gezwungen, sich häufiger Pausen zu gönnen.

Der sich nach Nordwesten und dann schließlich in nördlicher Richtung schlängelnde Wasserlauf begleitete seinen Weg geduldig und einladend. Auf der ebenen Fläche des Eises wäre das Fortkommen sicher bedeutend leichter gewesen, aber Cabe wagte den Versuch gar nicht erst. Noch einmal konnte er sich ein solches Desaster nicht leisten.

So mühte er sich weiter ab, seine Last durch teilweise tiefen Schnee und über oder um zahlreiche Hindernisse herum zu bugsieren, wobei er den fiebernden Kranken hinter sich hin und wieder stöhnen hörte. Er konnte sich vorstellen, dass es auch für ihn keine bequeme Art zu reisen war, aber selbst bei aller Vorsicht konnte er nicht verhindern, dass er manchmal wegsackte oder irgendwo dagegen stieß.

Die Sonne schickte sich allmählich an, das Zepter der sich anschleichenden Nacht zu überlassen. Es war, als schlösse sich ein Auge dort drüben zwischen den Bergkämmen jenseits des Flusses. Der Rand eines dunklen Schattens schlich sich an deren Osthang hinauf. Langsam aber sicher stieg er wie das Wasser in einer Schleuse. Die letzte Abendsonne hing wie eine rote Laterne über einem bewaldeten Hügel.

Es dämmerte. Aber der helle Schnee schien den rotgoldenen Sonnenschein in sich einzusaugen und hielt ihn fest.

Allmählich bereitete sich Mad Buffalo schon auf die Katastrophe vor, ein weiteres Mal hier draußen nächtigen zu müssen, und schickte immer wieder besorgte Blicke zum Horizont. Doch schon wenig später erreichten sie die Stelle, wo Calebs Fähre am Ufer lag – beziehungsweise hätte liegen müssen, denn es war keine solche mehr vorhanden. Dann fanden seine suchenden Augen die Hütte, und ihm blieb fast das Herz stehen.

***

52.

Einsam und von tödlichem Schweigen umgeben lag sie da, scheinbar unter der Last des Schnees zusammengebrochen. Doch das war undenkbar. Schon so manche, viel größere Schneelast hatte sie in der Vergangenheit überstanden. Da musste noch etwas anderes geschehen sein. Nur schwarze, skelettartige Bäume hoben sich aus dem wattigen Weiß empor, stumm und anklagend. Nur wenig Schnee hatte sich auf den verstümmelten Resten ihrer verbrannten Zweige halten können.

Mad Buffalo ließ die Last, die er hinter sich her geschleppt hatte, los und richtete sich langsam auf, als könnte er nicht begreifen, was er hier sah. Er atmete tief ein und aus. Dieses Flammeninferno musste sich im vergangenen Sommer abgespielt haben, der sehr trocken gewesen war.

Der aus Steinen erbaute Kamin stand noch. Eine Seite des Daches lag dort auf – bis zur offenstehenden Tür. Dort war eine Bruchstelle, von der ab es eine unter der Schneelast geschwärzte schiefe Ebene bis fast zum Boden bildete. Vom Stall und von der Scheune war nichts übrig geblieben – außer ein paar verkohlten Brettern und Balkenenden, die hier und da aus der unebenen Schneemasse hervorschauten.

Mit schleppenden Schritten näherte sich Mad Buffalo dieser Ruine, um festzustellen, ob sie noch als Unterschlupf genutzt werden konnte, ohne unter ihren Trümmern begraben zu werden.

Die Seite am Kamin machte jedenfalls noch einen stabilen Eindruck, nur die offene Tür saß fest am Boden auf. Hinter ihr war noch eine Axt in den Hackklotz eingeschlagen. Bevor Mad Buffalo es wagte, hineinzugehen, rüttelte er kräftig an der auf teils verbrannten Wandresten aufliegenden Dachkante. Jedoch geschah nichts weiter, als dass etwas Schnee herabrieselte. Dann schlüpfte er hinein und blickte sich in der drinnen herrschenden Dämmerung um. Der kräftige hölzerne Tisch, auf dem noch ein Kerzenständer mit zusammengeschmolzenen Kerzen stand, und zwei Sitzgelegenheiten waren beinahe unversehrt geblieben – letztere achtlos umgestoßen herumliegend. Was die Hütte einst an Pelzen und anderen Handelsgütern beherbergt hatte, war nahezu verschwunden. Nur ein paar Zinnbecher, von der Hitze verformt, standen noch herum, und im offenen Kamin hing noch ein geschwärzter eiserner Kessel am Gestell. Einige weniger wertvolle Felle lagen halb verkohlt und zusammengeschrumpft in den Ecken herum, wo er sie kaum erkennen konnte. Das alles machte den Eindruck, als habe Caleb Turtle in aller Eile zusammengerafft, was mitzunehmen war, und dann die Flucht vor der Feuersbrunst ergriffen. Vermutlich hatte er sich und seine gerettete Habe auf seiner altersschwachen Fähre flussabwärts treiben lassen. Ob er heil irgendwo angekommen war, wusste wohl nur der Teufel.

Noch immer tief enttäuscht kehrte Mad Buffalo zu Ca'pa ota zurück, der mit offenen Augen, aber vollkommen teilnahmslos auf ihn gewartet hatte, und schleifte ihn zur Hütte hinauf und dort hinein. Sie hatten keine andere Wahl, als der Stabilität derselben zu vertrauen. Draußen im Freien konnte er mit seinem fiebernden Gefährten nicht bleiben. Wenn es ihm gelänge, die Tür zu schließen, wären sie hier drinnen vor der Kälte und den Launen des Wetters einigermaßen geschützt. Das Fehlen ihres ehemaligen Besitzers traf sie hart, jedoch mussten sie sich damit abfinden.

Zunächst einmal wollte Mad Buffalo mit dem draußen aufgestapelten Holz, das ebenfalls durch den Brand in Mitleidenschaft gezogen war, ein Feuer in Gang bringen. Als er das fertiggebracht hatte, verabschiedete sich draußen ein Tag, der eine Menge banger Fragen zurückließ.

Indessen versuchte Mad Buffalo mit wenig Erfolg, die aufsitzende Tür freizubekommen, um sie zu schließen. So sehr er sich auch damit abmühte und mit seinem ganzen Gewicht dagegenwarf, sie wollte nicht nachgeben. Schließlich fiel ihm die Axt ein. Er riss sie aus dem Klotz und betrachte kritisch ihr angerostetes Blatt und den angekohlten Stiel. Dann hackte und schürfte er so viel Boden vor der Tür weg, bis es ihm endlich gelang, sie unter massiver Gewaltanwendung zu schließen. Im Schein des Feuers, in dem die brennenden Scheite leise knackten, untersuchte Mad Buffalo die Bisswunde an Ca'pa otas Wade. Sie sah nicht gut aus: rot und geschwollen. Einigermaßen ratlos schaute er sich in der Hütte um, suchte in allen Ecken und Winkeln nach etwas, womit er die Wunde reinigen konnte.

Schließlich fand er in der Ecke neben dem aus Steinen errichteten Kamin die bauchige Korbflasche, in der Caleb Turtle seinen Whiskey aufbewahrte. Auch ihre Umhüllung war morsch und teilweise angekohlt. Er schüttelte sie und stellte fest, dass noch etwas drin sein musste. In freudiger Erwartung zog er mit den Zähnen den leicht geschrumpften Korken heraus und schnüffelte daran. Tatsächlich Whiskey! Er nahm einen ordentlichen Schluck und genoss die wohlige Wärme, die sich in ihm ausbreitete. Dann schickte er einen stummen Dank an Smoky Voice Caleb und wandte sich wieder Ca'pa otas Wunde zu. Er benetzte sie ausgiebig mit dem kostbaren Whiskey, und das Opfer stieß zwischen zusammengepressten Zähnen ein tierisches Knurren aus.

Wenigstens reagiert er wieder, dachte Mad Buffalo halbwegs zufrieden und nahm selbst noch einen, diesmal kleineren Schluck, denn die Flasche würde nicht mehr allzu viel hergeben.

Nachdem er die Wunde notdürftig versorgt hatte, füllte er den Kessel mit Schnee und hängte ihn über das Feuer, um mit etwas Fleisch aus ihren Vorräten für den Fiebernden so etwas wie eine Suppe zu kochen. Das war vorerst alles, was er für ihn tun konnte. Der Teil der Hütte, den Turtle als Schlafraum benutzt hatte, war nicht mehr bewohnbar. So mussten sie sich auf dem Boden vor dem Kamin zur Ruhe betten. Und dort schliefen sie beide so gut wie lange nicht mehr.

***

53.

Der heraufziehende Morgen brachte einen erneuten Wetterwechsel mit sich. Es begann wieder zu schneien. Nicht sehr heftig, doch der mit dem Tag erwachende Wind trieb die leichten Flocken fast waagrecht vor sich her und wirbelte den Schnee in grauen Nebelwolken vom Boden auf.

Eigentlich hatte Mad Buffalo die Absicht gehabt, zu versuchen, irgendwo ein Wild aufzuspüren, um ihren zur Neige gehenden Fleischvorrat zu ergänzen. Doch unter den herrschenden Wetterbedingungen hätte das wohl wenig Aussicht auf Erfolg gehabt.

So fachte er das Feuer im Kamin wieder an und kümmerte sich um seinen Patienten, der ebenfalls aufgewacht war. Die Wunde an dessen Bein sah nicht viel besser aus als am Vortag. Die Zähne des Wolfes mussten irgendetwas zurückgelassen haben, was vermutlich von einem Aas stammte, von dem er zuvor gefressen hatte.

Mad Buffalo schielte mit einem zwiespältigen Blick zu der Whiskeyflasche hin, die auf dem Tisch stand. Ein paar Herzschläge lang zögerte er, doch es half alles nichts; es fiel ihm kein anderes Mittel ein, mit dem er dieser verdammten Entzündung an den Kragen gehen konnte. Er holte die Flasche und riss mit einer unwirschen Bewegung den Korken wieder heraus, schniefte einmal durch die Nase und sagte zu Ca'pa ota: „Beiß die Zähne zusammen, aber es geht nicht anders."

Er glaubte nicht, dass dieser ihn verstanden hatte, doch der Indianer sah die Flasche in Mad Buffalos Hand, und wusste auch so Bescheid. Mad Buffalo Cabe beträufelte die Wunde und stellte dann die Flasche wieder beiseite. Ca'pa ota presste die Lippen zu einem dünnen Strich zusammen und hielt einen Moment lang den Atem an, doch es kam kein Laut aus seiner Kehle. Mad Buffalo verzog das Gesicht zu einem bedauernden Lächeln, das unter seinem Bart verloren ging. „Tut mir fast genauso weh wie dir", murmelte er halblaut und eigentlich nur für sich selbst bestimmt und wickelte den Verband wieder um das Bein. Dann verkorkte er die Flasche und schüttelte sie neben seinem Ohr. Das leise Schwappen der verbliebenen Flüssigkeit nahm er ernüchtert zur Kenntnis und stelle die Flasche wieder weg.

Draußen hatte der Sturm sich zu seiner vollen Kraft aufgeschwungen. Er fuhr mit seinem eisigen Atem zwischen den verkohlten Bäumen hindurch, umtobte dumpf heulend die halb zerfallene Hütte – Einlass begehrend und beängstigend an allem rüttelnd, was nicht ganz fest saß, und pfiff durch jede noch so kleine Ritze herein. Das Feuer im Kamin durfte Mad Buffalo nicht mehr ausgehen lassen. Er hatte Ca'pa ota vorsichtshalber unter dem Tisch in Sicherheit gebracht. Und wenn er nicht gerade das Feuer schürte oder sich um das Essen kümmerte, hockte er auf dem Boden und schickte immer wieder misstrauische Blicke zum Dach über sich.

Das zog sich den ganzen Tag über hin – und auch während des nächsten, bis der Sturm endlich die Geduld verlor und aufgab. Die Stille, die sich danach ausbreitete, erschien so ungewohnt und beinahe bedrohlich wie der Sturm selbst.

Mad Buffalo hatte in dieser Zeit den letzten Rest Whiskey von Caleb Turtles Nachlass über die Wunde an Ca'pa otas Bein geschüttet, und nur der damit erreichte Heilungsprozess konnte ihn über den Verlust desselben hinwegtrösten. Die Entzündung hatte sich tatsächlich zurückgezogen und eine verschorfte Wunde zurückgelassen, die es erlaubte, damit vorsichtig und kurzzeitlich herumzulaufen.

Mad Buffalo öffnete die Tür und schaute sich draußen um. Es begann bereits zu dunkeln, doch er erkannte so viel, dass der Schneefall sich in Grenzen gehalten hatte. Der Sturm war vollständig abgeflaut, nachdem er beinahe den ganzen Schnee von dem verbliebenen Dach herabgefegt hatte.

Über die einsame Wildnis flossen die Tage dahin. Schließlich kam der Morgen, an dem Mad Buffalo sich aufraffen musste, um Fleisch zu machen, wenn sie nicht verhungern wollten.

Er folgte dem zugefrorenen Fluss in südöstlicher Richtung. Es hatte seit Tagen nicht mehr geschneit, und der Schnee war unter den gelegentlichen Strahlen der Sonne verharscht. Das hatte zur Folge, dass Mad Buffalo sich nicht völlig geräuschlos fortbewegen konnte. Mit leisem, aber dennoch hörbarem Knirschen brachen seine dicken Fellmokassins durch die dünne Oberfläche des Schnees.

Er pirschte im Schutze blattloser Büsche nahe dem Flussufer entlang, ein kleiner Wolkenfetzen stand hitzig flammend am Osthimmel, als vor ihm ein Schneehuhn aufflog und geradewegs in die Sonne hinein. Es entschwand, als sei es ein weißer Engel, der direkt in den Himmel flatterte.

Mad Buffalo war kurz stehengeblieben und hatte ihm nachgeschaut, ehe er seinen Weg in Richtung eines bewaldeten Höhenrückens fortsetzte. Er dachte noch immer an das soeben Gesehene. Ein Engel – hatte das etwas zu bedeuten …?

Da hörte er einen Raben krächzen. Sein Blick suchte danach und sah ihn über den Wipfeln der Bäume abstreichen. „Arrp!“, hörte er noch immer seinen Ruf – Arrp! Arrp! Er beobachtete ihn ein Stück weit und überlegte, ob er ihn aufgescheucht haben konnte. Hinter allem, was in der Natur vorging, sah er eine Bedeutung, doch er hatte nicht den Eindruck, als sei der Vogel vor etwas geflohen.

Er ging zu dem Fichtendickicht hin, aus dem der Rabe abgestrichen war. Da war bestimmt etwas unten zwischen den Bäumen. Hin und wieder blieb er kurz stehen und lauschte in die Stille, die dann dem Knarren des verharschten Schnees unter seinen Füßen folgte.

Jäh blieb er stehen. Vor ihm lag, teilweise aus dem Schnee herausragend, das Gerippe eines Hirschkalbs, halb verrottet und beinahe komplett abgenagt. Viel hatte der schwarze Aasfresser nicht mehr herausreißen können.

Wenig später stieß er auf eine Fährte, die von einem Puma stammte, soweit er es erkennen konnte. Sie sah noch ziemlich frisch aus. Er zögerte kurz und entschied sich dann, ihr zu folgen. Eine Großkatze war nicht das, was er sich als Nahrung vorstellte, doch war die Situation nicht dazu angetan, wählerisch zu sein. Außerdem konnte sie ihn möglicherweise zu einem anderen geschlagenen Wild führen. Mad Buffalo folgte der Spur und dem Kamm des Höhenrückens, bis der Baumbestand sich lichtete und dem Blick in die Weite keine Hindernisse mehr entgegenstellte. Und plötzlich durchfuhr es ihn wie ein eisiger Strom.

***

54.

Sind sie doch noch immer hinter mir her? Sechs Reiter. Sie folgten in einigem Abstand dem Lauf des Flusses – sechs Indianer, die ein lediges Pony mit sich führten, auf dem etwas lag, das Mad Buffalo auf diese Entfernung nicht erkennen konnte. Ebenso wenig konnte er ausmachen, ob es sich um Blackfeet oder vielleicht auch Crow handelte. Sie kamen nur langsam voran, da ihre Pferde sich durch den an dieser Stelle tiefen Schnee kämpfen mussten. Aufmerksam beobachteten sie das Land und wiesen mal hier und mal dorthin, so, als suchten sie nach etwas.

Mad Buffalo war stehengeblieben und beobachtete zwischen verengten Augenlidern hindurch. Die Reiter konnten ihn hier nicht sehen. Er stand hinter zwei dicht nebeneinander stehenden Fichten, deren Zweige ihn deckten. Aber wenn sie dem Flusslauf weiter folgten, mussten sie zweifellos die zerstörte Hütte entdecken. Mit Sicherheit würden sie dort nachsehen – was oder wen sie auch immer suchten. Er unterdrückte einen Fluch, der sich stumm in seine Gedanken drängte. Vergessen war die Fährte des Pumas.

Diese Pferde. Das könnte ihre Rettung sein. Aber es waren sechs Krieger. Ein bisschen viel für ihn und Ca'pa ota, der zwar schon einigermaßen auf den Beinen, aber dennoch einem solchen Kampf nicht gewachsen war.

Hol's der Teufel, dachte er und zog sich langsam zurück. Erst als ihm die Bäume mehr Schutz gewährten, beschleunigte er sein Tempo. Er musste unbedingt rechtzeitig vor diesen Rothäuten ihren Unterschlupf erreichen …

Und was dann?

Würde wohl alles auf einen ziemlich aussichtslosen Kampf hinauslaufen.

Bei den Resten von Caleb Turtles Hütte angekommen, war er ziemlich außer Atem. Viele Biber stand in der halb geöffneten Tür und schien nach ihm Ausschau zu halten. Verwunderung schlich sich in seinen Blick, als er Mad Buffalo so hastig und ohne Beute zurückkommen sah. Dieser schob ihn ohne ein Wort vor sich her in das Innere der Hütte und zerrte die Tür, die noch immer auf dem Boden schleifte, hinter sich zu, bis nur noch ein schmaler Spalt offen blieb.

„To'ka ...", versuchte er hastig zu erklären, als er etwas zu Atem gekommen war. „Shákpe", und er hielt Ca'pa ota sechs Finger entgegen. „Sechs. Konnte nicht erkennen, von welchem Volk. Vermutlich To'ka, Feinde."

Viele Biber spähte durch den Türspalt nach draußen – in die Richtung, aus der Mad Buffalo gekommen war. Doch es war noch nichts zu sehen. Er holte seinen Bogen, versuchte ihn zu spannen, und er schaffte es sogar, legte ihn dann griffbereit auf den Tisch, neben den Tomahawk, der bereits dort lag, und hängte sich den Köcher mit den Pfeilen um. Schließlich blickte er Mad Buffalo entschlossen an und wies mit der Hand auf dessen Büchse.

„Noch geladen?"

Mad Buffalo nickte.

„Wir müssen sie so nahe wie möglich kommen lassen und dann schießen", schlug Ca'pa ota vor. „So können wir sie überraschen."

„Sie werden meine Spuren sehen. Außerdem steigt Rauch aus dem Kamin auf."

Ca'pa ota schaute Mad Buffalo einen Moment lang nachdenklich an. Schließlich hob er die Schultern und sagte: „Egal. Müssen es versuchen – was anderes bleibt uns nicht."

Mad Buffalo überzeugte sich davon, dass auch genug Zündkraut auf der Pfanne seiner Flinte war, dann schloss er die Batterie wieder und spähte durch den Türspalt nach draußen.

„Sie kommen." Er zögerte kurz und sagte dann: „Sind aber weder Blackfeet noch Crow, und ich würde sagen ... schau sie dir mal an. Vielleicht kennst du sie."

Er machte Ca'pa ota Platz, der schon seinen Bogen in den Händen hielt und jetzt nach draußen lugte. Einen winzigen Moment verharrte er, ohne sich zu rühren, so, als wäre er zu Stein erstarrt. Dann drückte er plötzlich mit der Schulter die Tür auf, hielt ein wenig inne, wegen des Schmerzes in seiner frisch verheilenden

Wunde, trat dann entschlossen hinaus und stieß einen wilden, markerschütternden Schrei aus, als wollte er Feinde damit einschüchtern.

„Ité tahá! Shungila locin! Shina luta!", murmelte er nach Abbruch dieses Schreis leise – mit einer Stimme, als traute er seinen Augen nicht.

Die Reiter, die sich gerade um die Hütte verteilen wollten, rissen ihre erschreckten Ponys zurück und versuchten, sie wieder unter Kontrolle zu bekommen. Zwei von ihnen sprangen einfach herunter, und die anderen brauchten etwas länger, weil sie ihre Tiere in dem wirren Durcheinander zu beruhigen hatten.

Dann starrten sie Mad Buffalo an, der ebenfalls nach draußen kam und genauso überrascht war, wie die Ankömmlinge. Ca'pa ota hatte seinen Bogen achtlos fallen lassen und breitete die Arme aus, als wollte er die ganze Welt umarmen.

„Wakan Tanka hat euch hierher geleitet, meine Kola. Euer Anblick erfreut mein Herz."

„Wir wussten, wohin Ca'pa ota wollte", erklärte einer der Lakota-Krieger, dessen faltiges Gesicht die Geschichte eines langen Lebens erzählte. „Und wir danken Wakan Tanka, dass wir unseren Kola lebend wiedersehen dürfen. Wir mussten befürchten, dass er in diesem schweren Sturm sein Leben verloren hatte."

Die Ankömmlinge schwiegen eine kurze Zeitspanne, während ihre Augen den weißen, bärtigen Mann teils neugierig, teils misstrauisch musterten.

Viele Biber wies mit der Hand auf Cabe und sagte: „Vielleicht wäre es auch passiert, wenn dieser Washichun nicht gekommen wäre. Wakanshica, ein böser Geist, wollte es, dass wir uns anfangs als Feinde begegneten, weil mein Hemd ...", er strich mit einer flüchtigen Handbewegung erklärend über seine Brust, „... ihn in die Irre führte und er mich für einen Sihasapa hielt. Doch das Schicksal wollte, dass wir beide noch in dieser Welt blieben. So hatte ich nur mein Pony in diesem Schneesturm verloren."

Einer der anderen Lakota wies auf eine Gestalt neben sich, die in ein rotes Blanket gehüllt dastand und bisher noch nichts gesagt hatte. „Unser weiser Freund Shina luta hatte die Eingebung der

Geister, vorsorglich ein zusätzliches Pony mitzunehmen, dass inzwischen unsere Jagdbeute trug." Mit einem wissenden Lächeln, das die Falten um seine Augen herum noch vertiefte, fuhr er fort: „Aber ich glaube, dass diese Idee wohl eher von Anpétu washté, deiner Schwester, stammte, die eine Möglichkeit, dass du nicht mehr in dieser Welt weilen könntest, entschieden ablehnte."

Shina luta, was Rotes Blanket bedeutet, musterte schweigend die unter dem Feuer gelittene Hütte und die ebenso davon betroffenen Bäume ringsum, während ein anderer, den Ca'pa ota als Shungila locin, Hungriger Fuchs, vorgestellt hatte, Mad Buffalo mit distanziert abschätzenden Blicken musterte. Er war in eine Bisonrobe gehüllt, deren nach außen gekehrte Hautseite mit etlichen Symbolen bemalt war, die von seinen Taten erzählten. Zwei gekerbte Adlerfedern standen schräg von der Rückseite seines Kopfes ab, und in seine beiden Zöpfe waren dunkelrote Stoffbänder eingeflochten.

Ein anderer der Lakota-Krieger, dessen Kopfbedeckung aus einer mit Biberfell überzogenen Schirmmütze bestand, an deren linker Seite eine Perlenrosette mit einer Adlerfeder prangte, zog den erlegten Hirsch vom Rücken des Pferdes und warf ihn in den Schnee. Dann zog er sein Messer aus einer mit bunten Perlen verzierten Scheide und machte sich daran, das bereits ausgeweidete Tier abzuhäuten.

„Ich werde Shunkmanitu inyanka helfen", sagte der Ältere mit den tief eingegrabenen Gesichtszügen, dessen Name Ité-tahá, Ledergesicht, war, und wies mit einer flüchtigen Handbewegung auf die traurigen Reste der Behausung. „Ihr anderen könnt dort hineingehen, wo es wärmer ist." Er wandte sich Rennender Wolf zu, der die Haut des Tieres bereits an der Bauchseite durchtrennt hatte, griff zu seinem eigenen Messer und hockte sich auf der anderen Seite nieder.

Inzwischen hatte Shota Iyopteya Iyaya, Der-durch-den-Rauch geht, schon die Ponys an einem dünnen, geschwärzten Baumstamm festgebunden, und folgte den anderen in die Hütte. In der noch bewohnbaren Hälfte wurde es dadurch ziemlich eng, aber auch wärmer. Er faltete seine Robe mehrmals zusammen, setzte sich darauf und schüttelte sich, als wollte er die von draußen mitgebrachte Kälte von sich wegschleudern. Von seinem offen getragenen, wild zerzausten Haar, hingen an den Schläfen Stränge von aufgereihten Röhrenknochen, Perlen und flauschigen Fluffs herab.

„An diesem Ort hat mein Kola Ca'pa ota seine Felle nicht eintauschen können“, sagte er und schaute sich in der Enge um.

„Ich musste sie bei meinem toten Pony zurücklassen“, erklärte Viele Biber. „Aber hier gab es ja auch nichts mehr zu tauschen.“

Indessen schürte Mad Buffalo das Feuer und legte mehr Holz auf. Gleich würde das Fleisch hereinkommen, und ihm knurrte bereits der Magen. Bei dem Gedanken an einen saftigen Braten rann ihm das Wasser im Mund zusammen.

Ein wohltuender Duft breitete sich in der Enge des Raumes aus, während Mad Buffalo das gewaltige Stück brutzelnden Fleisches im Auge behielt, das er langsam auf Caleb Turtles zurückgelassenem Bratspieß über dem Feuer drehte. Inzwischen palaverten die anderen hinter ihm lebhaft, wovon Cabe das Meiste nicht verstand. Nur so viel bekam er mit: dass Ca'pa ota von den Erlebnissen seiner Reise berichtete, auf welche Weise er sein Pony und damit auch seine Pelze verloren hatte. Den Kampf mit ihm, Mad Buffalo Cabe, berührte er dabei nur flüchtig am Rande.

Als es schließlich so weit war, schnitt sich jeder von ihnen an der äußeren gegarten Schicht ein Stück Fleisch herunter, um es zu verzehren. Das wurde so lange wiederholt, bis am Ende nur noch der Knochen übrig blieb. Mad Buffalo musste immer wieder staunend feststellen, was für wölfische Mengen an Fleisch Indianer auf einmal essen konnten, wenn sie lange genug unterwegs gewesen waren.

Am nächsten Morgen waren alle schon zeitig auf den Beinen. Sie wollten aufbrechen und Ca'pa ota nach Hause bringen. Nachdem sie den letzten Rest des Hirschs vertilgt hatten, ließen sie das Feuer ausgehen. Mad Buffalo schlüpfte nach draußen und inspizierte den Himmel. Mit dem ruhigen Wetter schien es wieder mal vorbei zu sein. Ein kalter Wind rüttelte an den blattlosen, teils verkohlten Zweigen der Bäume. Er schaute zu den grauen Wolken am Horizont hin, die sich auf den Rücken des Windes schwangen und mit ihm über die ungenutzte Weite des verschneiten Landes davoneilten.

Hinter ihm kamen die anderen heraus und machten die Pferde fertig zum Abmarsch. Die unsichtbaren Hände einer Windböe spielten mit dem wilden Haarschopf von Shota Iyopteya Iyaya, Der-durch-den-Rauch-geht.

„Wir haben ein Pony zu wenig", stellte Ca'pa ota fest.

Seine Gefährten hielten in ihrer Tätigkeit inne und schauten zuerst ihn an, und dann suchten ihre Blicke nach Mad Buffalo.

„Der Washichun ist stark", sagte Shungila locin, Hungriger Fuchs. „Er wird seinen Weg schon gehen."

Jetzt wandte auch Viele Biber sich Mad Buffalo zu.

„Tatanka witko wird uns begleiten. Er hat mich, als ich schon beinahe nicht mehr in dieser Welt weilte, hierher bis zu dieser Stelle geschleppt. Ohne ihn hätte ich es nie geschafft."

Mad Buffalos Blick begegnete dem von Viele Biber, und er spürte, dass so etwas wie eine aufkeimende Freundschaft zwischen ihm und diesem Lakota-Krieger entstanden war, den er einst beinahe getötet hätte.

Die anderen schwiegen einen Moment etwas ratlos. Schließlich sagte Ledergesicht: „Wir würden uns freuen, diesen tapferen Krieger bei uns zu haben. Aber dann müsst ihr beide auf einem Pony reiten oder euch abwechseln."

Rotes Blanket schaute Mad Buffalo an, als wollte er dessen Gewicht abschätzen und ergründen, ob der Gaul das überstehen würde. Immerhin überragte Mad Buffalo die anderen fast um die Höhe seines Kopfes und hatte auch einiges mehr auf seinen Knochen.

Und dieser Blick ließ auch bei ihm selbst einige Zweifel aufkommen, und er fragte sich, ob es nicht besser sei, das Angebot abzulehnen. Geh lieber deinen eigenen Weg und tue das, was du dir zur Aufgabe gemacht hast, sagte seine innere Stimme. Aber allein und ohne Pferd hier zurückbleiben? Du könntest vorläufig hier in diesem Unterschlupf bleiben und jagen gehen und dich selbst versorgen.

Das stimmte alles, und doch war daran ein Haken. Er suchte mit einem unschlüssigen Blick das Gesicht von Viele Biber, und er wollte diesen nicht brüskieren. Er dachte an die Zeit zurück, die er schon einmal, vor vielen Wintern, bei den Oglala verbracht hatte – eine schöne Zeit. Aber sie war vorbei, und es kam ihm wie ein Verrat an seinem Versprechen vor, das er Nancy Blue an ihrem Grab gegeben hatte.

„Dann lasst uns aufbrechen", sagte Viele Biber wie selbstverständlich und hängte sich seinen Bogenköcher mit Pfeilen um, und Mad Buffalo folgte ihm und den anderen. Es war wohl doch besser, den Winter bei den Hunkpapa zu verbringen. Wer weiß, ob seine Hütte am Yellowstone noch stand, wenn er dorthin käme. Vielleicht hatten die Blackfeet sie schon längst niedergebrannt.

***

55.

Jetzt hockte er hier in einem Tipi, das nicht sein Zuhause war, während draußen die Schneeflocken in der Luft herumwirbelten wie kleine, hastige Schmetterlinge und der Wind an den halb geöffneten Rauchklappen rüttelte. Mad Buffalo Cabe blickte zu den schrägen Zeltwänden hinauf, beobachtete die tanzenden Spiele, die das unsicher flackernde Feuer daran malte, betrachtete die Kleidungsstücke, manchen Zierrat und Vorratsbehälter, die von dem Innenlining herabhingen. Er sah Waffen und Feuerholz und das Lager mit Fellen auf der Seite ihm gegenüber – alles Dinge, die nicht die seinen waren.

Der alte Mann, dem das alles gehörte, war so freundlich gewesen, ihn hier bei sich aufzunehmen. Auf seine weise und mitfühlende Art, mit der er Mad Buffalos innere Zwiespältigkeit aufgespürt hatte, hatte er ihn vorerst alleingelassen – wohl um ihm Zeit zu geben, sich auf seine neue Umgebung einzulassen.

Gestern, als sie hier angekommen waren, hatte Mad Buffalo um diese Tageszeit im Tipi von Pte Win, Bisonfrau, gesessen – der Mutter von Viele Biber – das er selbst und seine Schwester mit ihr zusammen bewohnte. Seine Schwester trug den Namen Anpétu washté, was Schöner Tag bedeutet, und dieser Name war nicht unpassend – wie Mad Buffalo fand. Sie war zierlich und ihre Bewegungen anmutig, auch wenn ihre ausgeprägten Wangenknochen und die leicht geschlitzten Augen ihrem Gesicht eine etwas herbe Note verliehen.

Jetzt tasteten Mad Buffalos Finger gedankenverloren an der dünnen Lederschnur entlang, die seinen Hals umschlang, bis sie die zarte Strähne dünnen blonden Haares fanden. Er war endlich wieder mal allein hier in diesem Zelt, und seine Gedanken flogen wie ein befreiter Vogel zurück bis zu dem Moment, in dem er diese Haarsträhne an sich genommen hatte. Und alles war plötzlich wieder in ihm wach: das Versprechen, das er Nancy gegeben hatte – der toten Nancy – und auf welche Weise sie gestorben war. Und er war nicht bei ihr gewesen! Doch bis jetzt hatte er nichts erreicht, und er fragte sich, wie es weitergehen sollte. Er lebte noch immer, obwohl ihm mit der Zeit klargeworden war, dass damals irgendetwas in ihm mit ihr gestorben war. Er musste diesen Skalp, der Nancy gehörte, bekommen; sonst würde er keine Ruhe finden. Im Moment jedoch war er davon weiter entfernt als je zuvor.

Er ließ seine Hand von der Haarsträhne sinken und blickte zum Zelteingang, sah, wie das davor hängende Bärenfell zur Seite gehoben wurde und der alte Mann hereinschlüpfte. Er ließ sich auf der anderen Seite des Feuers auf seinem Lager nieder und schaute mit einer Intensität zu Mad Buffalo herüber, als wollte er sich dessen Anblick für immer einprägen.

Der Höflichkeit halber einem so viel Älteren gegenüber schwieg Mad Buffalo, bis jener reden würde. Das hatte er schon von den Indianern gelernt.

„Ich hoffe, mein Freund, du hast dich mit deiner neuen Umgebung ein wenig anfreunden können", sagte er schließlich in seinem etwas seltsam betonten Englisch, „und ich hoffe, wir werden miteinander auskommen. Sind doch vom gleichen Geblüt."

Schon bei ihrer ersten Begegnung war er Mad Buffalo seltsam vorgekommen. Etwas war an ihm, das er nicht deuten konnte, und der Name, mit dem Viele Biber ihn vorgestellt hatte, war ihm längst schon wieder entfallen.

„Ich bin nicht anspruchsvoll", sagte er deshalb ein wenig zurückhaltend. „In letzter Zeit habe ich die Nächte meistens im Freien verbringen müssen, und an das Bessere gewöhnt man sich da schnell."

Ein wissender Ausdruck lag in den kleinen grauen Augen des alten Mannes, als könnten sie Dinge sehen, die anderen verborgen blieben.

„Viele Biber hat mir darüber eine interessante Geschichte erzählt", verriet er ihm. „Und ich denke, wir werden schon miteinander auskommen, wenn wir uns näher kennengelernt haben." Er nickte ihm dabei wohlwollend zu.

„Ich bin …"

„Ich weiß", unterbrach er. „Die Lakota nennen dich Tatanka witko." Ein Lächeln vertiefte die zahlreichen Falten in seinem Gesicht: Hieroglyphen eines langen, bewegten Lebens. „Scheint dir gut zu stehen, dieser Name."

Langsam begann Mad Buffalo mit ihm warm zu werden, und es war das erste Mal, dass er ihn genauer in Augenschein nahm. Von seinem schütteren Haar hingen rechts und links zwei Zöpfe wie dünne Bindfäden bis über seine Schlüsselbeine herab – so grau wie Asche über einem längst erloschenen Feuer, an die jetzt der unruhige Schein der Flammen einen gelblichen Hauch zauberte.

„Leider habe ich deinen Namen vergessen. Mein Lakota ist nicht für schnelles Verstehen geeignet."

Das Lächeln in seinem Gesicht verstärkte sich und nahm einen nachsichtigen Ton an.

„Sie nennen mich hier Hanwiyanpa el Wakhuwa. Das bedeutet Jäger im Mondlicht und kommt daher, weil ich früher, als ich jung war, gern nachts im Schein des Mondes auf die Jagd ging, was man hier sehr seltsam fand." Er schwieg einen Moment, während er Mad Buffalo aufmerksam ansah. „Ich weiß, das ist nicht das Einzige, was du an mir seltsam findest. Ich sehe es an deinen Augen."

„Du lebst schon sehr lange hier, nicht wahr?", war das Einzige, was Mad Buffalo darauf zu erwidern wusste.

„Nun", er wiegte den Kopf hin und her, „ich habe die Winter nicht gezählt, die ich hier bei dem Cega hwa Tiyospaye – oder für dich verständlicher ausgedrückt: Schlafender Kessel Clan – gelebt habe, aber mindestens vierzig werden es schon sein."

„Und welchen Namen hattest du früher, bevor du hierher kamst?", wollte Mad Buffalo etwas verunsichert wissen.

Er schien kurz nachzudenken. Dann sagte er: „Meine Eltern gaben mir den Namen Nathaniel, doch meine Mutter nannte mich meistens nur Nat. Das andere hab ich vergessen." Er schloss seine Erklärung mit einer hilflos wirkenden Geste.

Sie plauderten noch eine Weile über dies und das, bis schließlich die Nacht anbrach, und Mad Buffalo erfuhr von ihm, dass er eine Frau aus der hiesigen Gruppe gehabt hatte, die jedoch vor mehr als zehn Wintern schon bei einer kriegerischen Auseinandersetzung mit den Blackfeet ums Leben gekommen war.

Sie schwiegen eine Weile, bis Mad Buffalo schließlich den Kopf hob und unvermittelt sagte: „Auch ich habe einige Winter lang bei den Oglala weiter im Süden gelebt. Aber das ist schon lange her."

Die grauen Augen blickten von der anderen Seite des Feuers fragend zu ihm herüber.

„Und du hast dort nicht gefunden, was du suchtest?"

„Eigentlich hatte ich nichts gesucht. Mir hatte es dort gefallen – jedenfalls eine Zeit lang. Dann war etwas geschehen, was mich weitertrieb, in ein anderes Leben hinein."

Er dachte an Zintkala luta Win, Roter Vogel Frau, die zu ihm gehört und ihn manchen Winter gewärmt hatte. Bis ... Da Nat taktvoll schwieg und offensichtlich nicht weiter in ihn dringen wollte, trugen seine Gedanken ihn weiter zurück. Damals hatte er an Roter Vogel Frau etwas gefunden, was er zwar nicht gesucht, was ihn jedoch dort festgehalten hatte. Sie war klein und etwas rundlich gewesen, doch sie hatten viel Spaß miteinander, und er hatte sie ehrlich gerngehabt. Bis auch sie damals aus seinem Leben gerissen wurde. Das schien wohl die Tragik seines Lebens zu sein.

Sie waren damals mit einer Gruppe Assiniboine zum Tauschhandel zusammengekommen. Die Assiniboine hatten zuvor einen weißen Händler ausgeplündert und brachten ein kleines Fass Whiskey mit. Im Laufe des Abends waren schließlich fast alle betrunken, und es kam zum Streit, als die Assiniboine hinter den Frauen der Lakota her waren. Einige fielen über Roter Vogel Frau her. Mad Buffalo war schon mit einigen anderen in einem hitzigen Gespräch verzettelt, als ihn ihr Geschrei alarmierte. Es waren drei, und er sah rot, als er erkannte, was sie mit seiner Gefährtin anstellten. Einer hatte sie zu Boden gerissen und wollte gerade ihr Kleid nach oben zerren, scheiterte aber an ihrer heftigen Gegenwehr. Roter Vogel Frau war nicht groß, aber ein Energiebündel. Sie wand sich unter ihm und trat mit den Füßen nach ihrem Widersacher. Es gelang ihr, seinen grapschenden Händen zu entkommen. Sie kam auf die Füße und versuchte davonzulaufen, doch ein anderer stellte sich ihr in den Weg. Ihre Hände fuhren dem neuen Gegner überraschend ins Gesicht, und sie stieß ihn zu Boden. Er aber erwischte eines ihrer Fußgelenke und brachte sie abermals zu Fall. Wütend war er über ihr, drehte sie herum und schlug ihr ins Gesicht. Der Schlag betäubte sie fast, und sofort waren drei über ihr, als Mad Buffalo sie erreichte. Es kam zu einem wilden Handgemenge, bei dem er zwei dieser Kerle tötete und den dritten kampfunfähig machte. Unglücklicherweise war Roter Vogel Frau dabei durch einen Messerstich tödlich verletzt worden. Er selbst hatte nur einen Stich in den linken Arm davongetragen, was er über den gefühlsmäßigen Schmerz in sich völlig ignoriert hatte.

Durch diesen Vorfall angestachelt, kam es zu einem Gemetzel, bei dem es keine Sieger, sondern nur Verlierer gab …

„Vielleicht findest du es hier", orakelte der alte Nat, und das listige Augenzwinkern, das seine Worte begleitete, ließ die düsteren Erinnerungen davonfliegen wie ein welkes Blatt, das der Herbststurm von den Bäumen riss. „Du musst dich nur ein wenig umschauen."

Mad Buffalo ahnte, worauf er anspielte, war aber in seiner jetzigen Gefühlslage nicht empfänglich dafür.

„Ich werde wohl nur über diesen Winter hier bleiben", sagte er ausweichend.

Der alte Nat schaute einen Moment lang ins Feuer, legte ein neues Stück Brennholz nach, und sein Blick kehrte zu Mad Buffalo zurück.

„Wo hast du gelebt, bevor dein Weg den von Viele Biber kreuzte?"

„In meiner Hütte – oben am Yellowstone."

Nat nickte, als hätten ihm diese Worte eine ganze Geschichte erzählt. „Eine riskante Gegend für einen einzelnen weißen Mann", murmelte er wie zu sich selbst. „Wie ich hörte, hattest du Ärger mit den Blackfeet, und sie waren hinter dir her. Schon aus diesem Grund wäre es klüger, hierzubleiben."

Er hatte also nicht alles verstanden, was hinter Mad Buffalos Worten steckte. Wie sollte er auch?

„Ich habe ein Gelübde abgelegt – an einem Erdhügel, unter dem etwas lag, was sie mir genommen hatten", erklärte er ihm.

„Verstehe", sagte er. „Aber ein solches Gelübde kann das eigene Todesurteil bedeuten – und das mit ziemlicher Sicherheit." Er schien nun in eigenen Erinnerungen zu kramen, dann fuhr er fort. „Mir war damals ähnlich zumute. Deshalb kann ich dich verstehen. Doch ich habe mich zu jener Zeit letztlich anders entschieden. Du kannst nicht Rache an einem ganzen Indianerstamm nehmen, ohne selbst dabei draufzugehen. Und wiedergutmachen kannst du damit auch nichts. Hast du schon mal daran gedacht?

„Ja, habe ich." Der Ton in Mad Buffalos Stimme hatte ihm wohl klargemacht, dass sich dadurch nichts geändert hatte. Nur Zweifel an seinem Handeln waren ihm gekommen und geblieben.

„Das Leben gibt und nimmt", sagte Nat leise, „und du musst es akzeptieren. Ich habe es getan, und ich bin dadurch alt geworden. Man kann sich für das Leben entscheiden oder fürs Sterben. Du kannst es dir überlegen."

Das Leben hat mir Nancy nicht genommen, dachte er aufsässig; es waren diese verdammten Blackfeet. Aber irgendetwas an Nats Sicht der Dinge brachte ihn dennoch zum Nachdenken. Er ist ein weiser Mann, der mehr von diesen Dingen versteht als ich.

Zwei Tage später geschah es, dass Ca'pa ota Mad Buffalo völlig unerwartet ein großes Geschenk machte. Er führte einen kräftigen Falben durch den Schnee heran und gab ihm dessen Zügel in die Hand, mit den Worten: „Ein Mann ohne Pferd kann kein Krieger sein, aber du bist doch einer – sogar ein großer."

Einen Moment lang war Mad Buffalo sprachlos und forschte im Gesicht seines Freundes, in dem er aufrichtige Freude darüber bemerkte, dass er ihm dieses Tier zum Geschenk machen konnte. Indessen warf das Pferd den Kopf nach hinten, als wollte es sich losreißen, und schnaubte mit bebenden Nüstern. Mad Buffalo musste die Zügel kräftig festhalten und wusste nicht, ob dieses Verhalten als Zustimmung oder Protest gegen die Handlung seines Vorbesitzers zu werten war. So zog er das Tier etwas näher zu sich heran und legte ihm seine freie Hand behutsam über die Nüstern, was es offensichtlich beruhigte. „Ich danke meinem Kola Ca'pa ota", brachte er schließlich noch etwas verunsichert heraus, „aber ich muss leider bekennen, dass ich nichts besitze, was ich dir als Gegenleistung dafür schenken könnte."

„Tatanka witko hat mir bereits ein bedeutend größeres Geschenk gemacht. Er hat mir das Leben zurückgebracht, als ich schon fast in der anderen Welt war. Ich kenne niemand aus unserem Tiyospaye, der die Kraft aufgebracht hätte, mich durch den tiefen Schnee zu schleifen, wie du es getan hast, obwohl wir da noch keine Freunde waren."

Die nächsten Tage verbrachte Mad Buffalo meistens damit, sich seinem neuen vierbeinigen Gefährten zu widmen, der den Namen Iwoblu si trug, was Gelber Sturm bedeutete. Er war ein prächtiges Tier mit fast weißer Mähne und ebensolchem Schweif – und für ein Indianerpony groß und mit einer muskulösen Brust. Sein gelbes Fell, das schon beinahe in ein helles Sandbraun überging, war kurz und glänzend, und man konnte darunter das Spiel der Muskeln erkennen. Er war Viele Biber sehr dankbar für dieses kostbare Geschenk und fühlte sich nun auf irgendeine Weise in dessen Schuld.

Der Winter war im Lager die Zeit der Zusammenkünfte, der Geschichten, Lieder und Spiele, wenn man gemeinsam die Abende verbrachte. Es war auch die Zeit, liegengebliebene Arbeiten zu erledigen, Kleider auszubessern, vielleicht ein Paar neue Mokassins anzufertigen oder die Waffen zu pflegen. Denn darüber hinaus gab es wenig Zerstreuung, wenn die Schneeflocken tanzten oder der schneidende Wind um die Tipis blies, sich Schweigen über das Land legte und sich kaum ein jagdbares Wild in dem tief verschneiten Land zeigte. Die jungen Krieger fieberten dem Ende des Winters entgegen – Pläne schmiedend für Ruhmestaten und vielen erbeuteten Ponys.

An einem grauen Tag, an dem sich kaum ein Sonnenstrahl zeigte, lud Viele Biber Mad Buffalo und den alten Mann Hanwiyanpa el Wakhuwa, den er in seinen Gedanken der Einfachheit halber Nat nannte, in das Tipi seiner Mutter Bisonfrau ein. Ité taha, Ledergesicht, war ebenfalls anwesend und wusste – wer weiß, zum wievielten Mal – viel über die Suche nach Viele Biber zu berichten und wie sie ihn schließlich in den Resten jener verbrannten Hütte gefunden hatten. Während Bisonfrau und Schöner Tag leichte Speisen in hölzernen Schalen herumreichten, wurde viel geplaudert und gelacht.

Mad Buffalo hatte Ca'pa otas Schwester vorher nie richtig zur Kenntnis genommen, doch jetzt – an diesem Abend im unruhigen Schein des Feuers – kam er nicht darum herum. Er schaute sie an – einen Moment nur. Dann sah er sie erneut an, diesmal genauer, und schließlich intensiv. Sie hatte etwas an sich, etwas, das ihn zu interessieren begann. Und sofort verspürte er eine Unsicherheit in sich, weil er nicht wusste, wie er mit diesem Interesse umgehen sollte.

Was würde Viele Biber dazu sagen, wenn er von seinem Interesse für seine Schwester erführe?

Verdammt, es ist nur Interesse, mehr nicht! Es hat nichts weiter zu bedeuten, und es ist besser, ich mache den Deckel darüber gleich wieder zu.

* * *

56.

Anpétu washté, Schöner Tag, lag wach auf ihrem Lager, während die anderen schon schliefen, und dachte an diesen seltsamen weißen Mann, den sie Tatanka witko nannten. Er war größer als alle Männer, die sie bis dahin gesehen hatte, und in seinen Gliedmaßen schien tatsächlich die gewaltige Kraft eines Bisons zu wohnen. Ob er auch verrückt war, wusste sie nicht. Aber etwas an ihm beunruhigte sie. Ihr Bruder Ca'pa ota hatte ihr erzählt, dass er furchtlos und wild im Kampf sei und ihre Feinde, die Sihasapa, hinter ihm her waren und seinen Skalp wollten, weil er so viele von ihnen getötet hatte.

Wenn die Sihasapa nun Wind davon bekämen, dass er hier bei ihnen weilte, würden sie vielleicht wiederkommen und ihr Dorf überfallen. Die schreckliche Erinnerung an das letzte Mal war noch lebendig in ihr. Damals waren viele ihrer Leute gestorben.

Es hatte damit begonnen, dass sich am Rande des Dorfes völlig unvorbereitet ein wildes Geschrei erhoben hatte. Jemand rief etwas und übertönte den Lärm, dann fielen Schüsse. Schöner Tag wurde aus dem Schlaf aufgeschreckt, fuhr in die Höhe und spähte nach draußen. Aus einigen Tipis stieg bereits Rauch von morgendlichen Feuern auf, und hinter dem Horizont zog mit flammendem Rot der neue Tag herauf. Im Lager rannten alle durcheinander und griffen zu den Waffen. Einzelne Schüsse fielen, und Pfeile durchbohrten die Zelthäute, blieben darin hängen.

Ganz in der Nähe schrie jemand auf, und dann hörte sie ein schrecklich gurgelndes Röcheln, wie wenn es dem Tod vorausgeht. Die Verteidiger huschten deckungsuchend umher. Auch Schöner Tag verließ das Tipi und kroch zu der sterbenden Gestalt hin. Einer der Dorfwächter wand sich am Boden, und aus seinem Hals schoss das Blut. Er versuchte mit beiden Händen den Strom aufzuhalten, röchelnd kam sein Atem und unverständlich die Worte, die er noch sagen wollte …

Schöner Tag seufzte unter dieser Erinnerung. Vorsichtig, um niemanden zu wecken, erhob sie sich von ihrem Lager. Sie hob das Fell an, das über dem Eingang hing, und spähte hinaus, so, als befürchtete sie, es könnte noch einmal so kommen wie damals.

Doch draußen war alles ruhig. Am dunklen Samt des Himmels funkelten ein paar Sterne dem ersten zaghaften Schimmer des neuen Tages entgegen, und dort drüben im Tipi des alten Hanwiyanpa el Wakhuwa lag dieser weiße Mann und schlief. Sie hörte sein Schnarchen bis zu sich herüber. Machten alle weißen Männer dieses Geräusch, wenn sie schliefen? Auch von Hanwiyanpa el Wakhuwa hatte sie es manchmal gehört. Was aber hatte diesen weißen Mann, den sie Tatanka witko nannten, in Wahrheit hierher geführt …?

Sie sog den kalten Atem der schwindenden Nacht tief in ihre Lunge, ließ dann das Fell über dem Eingang in seine alte Lage zurücksinken und kroch auf ihr Lager zurück. Dort lag sie mit offenen Augen und starrte in das Dunkel über sich.

Er war ein großer Jäger und gefürchteter Krieger, so hatte ihr Bruder Ca'pa ota ihr erzählt. Eine Frau, die zu ihm gehörte, müsste großes Ansehen genießen. Aber sie hatte noch nicht einmal so richtig sein Gesicht gesehen, das sich hinter dichtem Haar verbarg nur seine Augen, in denen etwas Unruhiges lag, so, als fände er keinen Frieden in dieser Welt. War er …?

Sie erschrak vor ihren Gedanken. Wachträume, die wie schillernde Muscheln auftauchten und wieder verschwanden.

***

57.

Das Feuer in der Mitte des Tipis hatte sich unter eine weißlich- graue Schicht von Asche zurückgezogen, unter der es heimlich hervorschimmerte, als wollte es daran erinnern, dass es noch vorhanden war. Draußen bellte ein Hund vermutlich den Wind an, der um das Zelt strich und an den schwach geöffneten Rauchklappen rüttelte. Die Kälte drängte sich still, aber aufdringlich durch die Außenwand aus Bisonhaut.

Während ihres Gespräches hatte sich niemand um das Feuer gekümmert, und der alte Mann, den sie Jäger im Mondlicht nannten, war unter seinen tiefgreifenden Gedanken schließlich verstummt und hatte eine geraume Weile geschwiegen. Jetzt schien auch er die eindringende Kälte zu spüren. Er hob den Kopf, schaute Mad Buffalo aus der diffusen Dämmerung heraus an, in der er kaum zu erkennen war, als wäre er aus einem tiefen Traum zurückgekehrt. Dann beugte er sich nach vorn und drückte noch immer schweigend ein dünnes Holzscheit in die unter der Asche simmernde Glut, blies sacht hinein und ließ dann noch einige Scheite folgen. Er hüstelte infolge des aufwallenden, mit feinen Aschepartikeln durchsetzten Rauchs und lehnte sich auf seinem Backrest wieder zurück.

„Du warst ziemlich weit weg mit deinen Gedanken“, sagte Mad Buffalo, eigentlich nur, um das Gespräch wieder in Gang zu bringen, denn dieser alte Mann wusste viel von dieser Welt und ihren Geheimnissen.

Das auflodernde Feuer schien ein belebtes Lächeln in sein faltiges Gesicht zu zaubern, und seine kleinen grauen Augen starrten in die tanzenden Flammen.

„Wenn man alt wird und nicht mehr so wie früher an den Aktivitäten des Lebens teilnimmt, gehen die Gedanken umso weitere Wege.“

Mad Buffalo musste zugeben, dass ihn Nats Worte etwas befremdeten, denn seine eigenen Wege waren stets körperlicher Natur gewesen. Aber er war auch noch nicht so alt wie er, und für

Weisheiten dieser Art war es für ihn noch zu früh. „Erzähl mir davon“, bat er. „Du bist hier der Einzige, der meine Sprache spricht und dem ich folglich entspannt zuhören kann.“

Nat schwieg eine Weile, so, als müsste er überlegen, was von seinen Gedanken er preisgeben sollte. Dann ergriff er das Wort: „Ich habe mich aus der Welt der Weißen zurückgezogen und hier das Leben gefunden, das ich gesucht hatte.“

„Aber diese Welt wird nicht ewig Bestand haben. Die Weißen werden immer weiter in sie vordringen.“

Er lächelte über das Feuer hinweg. „Ich weiß. Ich bin alt genug, um darüber nicht mehr zu erschrecken. Nichts ist für die Ewigkeit gemacht, und wenn diese Welt zugrunde geht, werde ich mit ihr sterben, denn in dieser anderen könnte ich nicht mehr leben.“ Er legte ein weiteres Stück Holz ins Feuer, stocherte damit ein wenig in der Glut herum, ehe er es losließ. „Aber das wird nicht mit einem Mal geschehen. Die Welt – unsere Welt – verändert sich stetig, und nicht alle Menschen sind gleich. Etliche werden in der sich verändernden Welt zurechtkommen, andere jedoch nicht. Sie werden einfach verschwinden – und mit ihnen all diese Fähigkeiten, die man heute braucht, um zu überleben. Sie werden in dieser Zivilisation nicht mehr notwendig sein. Der Mensch wird seine Freiheit aufgeben und eine vermeintliche Ordnung in alles bringen, was ihn umgibt. Und mit dem Ende der Freiheit verschwinden auch Leute wie du und ich – wie der Bison, der Wolf, der Puma und alle die, die ohne diese Freiheit nicht existieren können. Diese neuen Menschen wollen die Macht an sich reißen, die Natur nach ihrem Willen verändern und damit zerstören – womit sie schon begonnen haben. Die Menschen sind zum Kämpfen geboren. Und wenn sie in allen Kämpfen siegreich bleiben, wird sich ihre Aggressivität irgendwann gegen sie selber richten, weil sonst niemand anderes mehr da sein wird.“

Die Worte des alten Mannes verwirrten Mad Buffalo, weil er selbst noch nie so weit gedacht hatte.

Nat schwieg nach diesen Erklärungen, so, als gäbe es dazu nichts mehr zu sagen. Und Mad Buffalo schwieg ebenfalls, doch ihn erstaunten die Vorahnungen dieses Mannes und die Selbstverständlichkeit, mit der er damit umging. Anfangs – er musste es eingestehen – verstand er ihn nicht, doch nach und nach glaubte er seine Weissagungen, die darauf hinwiesen, dass das Leben der menschlichen Rasse ein Weg ohne Umkehr sei; denn für ihn war er ein weiser Mann, der viel über die Welt und das Leben in ihr nachgedacht hatte. Mehr als er selbst, ein einfacher Mann der Berge, es jemals tun würde.

***

58.

Der Schnee schmolz allmählich mit jeder neuen Sonne dahin, begleitet von den ersten zaghaften Gesängen der Vögel. Grüne Pastelltöne dehnten sich aus, gleich zerfließenden zarten Pinselstrichen des Frühlings, und verwandelten das Land, brachten es zu neuem Leben. Kinder tollten zusammen mit den Hunden des Lagers umher oder planschten schreiend im noch kalten Wasser des schmalen Flusslaufes herum. Im ersten Frühlingsregen erschallten die Stimmen der Frösche, und manch silbern aufblinkender Fisch schnellte übermütig aus dem rasch fließenden Wasser empor, nach irgendwelchen Insekten haschend. Die Tage wurden zögernd, aber ständig länger, und Bienen summten von einer der bereits geöffneten Blüten zur anderen.

Die Jäger kamen mit frischem Wildfleisch zurück, und die schmale Kost des Winters war vergessen. Die alten Männer hockten vor ihren Tipis in der Sonne und spielten das Pflaumenkernspiel oder fertigten neue Pfeile an.

Längst schon hatte Mad Buffalo sich an das Leben im Lager gewöhnt und fühlte sich wohl unter diesen Menschen. Oft begegnete er Viele Bibers Schwester, und immer wieder ertappte er sich dabei, dass er Schöner Tag mit Nancy Blue verglich. Sie ist nicht so schön wie Nancy, dachte er manches Mal. Anders eben, ganz anders, aber faszinierend und für das Leben in der Wildnis geeignet. Doch immer wieder drängte sich jenes Gesicht mit den blauen Augen und dem blonden Haar vor seine geistigen Augen, wenn er Schöner Tag beobachtete. Zwischen ihnen war nichts Trennendes, aber auch nichts, was sie zusammenhielt. Nur manches Mal dachte er an die düstere Hütte, die am Yellowstone auf ihn wartete, ihn mit ihren trostlosen leeren Wänden umarmen würde … Falls sie überhaupt noch da war und die Blackfeet sie nicht inzwischen abgefackelt hatten.

Etwa fünfhundert Meilen weiter nördlich am Missouri stand Ezra Tucker in der offenen Tür seiner Hütte und schaute mit leicht zusammengezogenen Lidern zum Fluss hinunter. „Da kommen 'n paar Rothäute“, murmelte er mit einer kurzen Drehung des Kopfes über die Schulter und wandte seinen Blick wieder den vier Reitern zu, die auf die Hütte zuhielten. „Blackfeet, soweit ich das erkennen kann.“ Er nahm die Brille ab und putzte deren Gläser mit einem Zipfel seines Halstuches. Dabei sah er, wie sein Sohn Angus nach dem Gewehr langte, das an der Wand lehnte.

„Lass das!“, sagte er. „Wenn die so offen und sichtbar hierher kommen führen sie nichts im Schilde. Wahrscheinlich wollen sie nur was tauschen.“ Er setzte die Brille wieder auf und blinzelte mit dem rechten Auge. Vielleicht haben sie auch 'n paar Neuigkeiten auf Lager, die uns interessieren.“

Angus nahm die Hand von der Waffe und grinste seinen Vater an. „Meinst du, die haben diesen Mistkerl schon erwischt?“

„Zeit genug hatten sie ja dafür.“

„Der Winter war ziemlich lang. Und du weißt doch, dass sie da nicht so gerne auf Menschenjagd gehen.“

„Werden ja sehen.“

Die Reiter hatten inzwischen die Hütte erreicht und glitten von ihren Ponys.

„Kommt rein, meine Freunde“, sagte Ezra mit der Freundlichkeit eines Wunderheilmittelverkäufers. „Habt ihr ein paar gute Felle dabei?“

Der Erste, der hereinkam, hatte ein schmales Gesicht, das mit tiefen Runen durchzogen war, die von seinem fortgeschrittenen Alter zeugten. Ezra kannte ihn. Er war schon einige Male hiergewesen. Er hieß Kleiner Donner und war ein geachteter Krieger. Den Jüngeren hinter ihm hatte er ebenfalls schon gesehen, aber dessen Namen kannte er nicht. Auch die letzten beiden waren ihm unbekannt.

„Whiskey“, verlangte Kleiner Donner kurz angebunden.

Nun, ein Schluck Whiskey wäre immerhin ein guter Anfang für ein Gespräch, dachte Ezra, während Angus ein paar Becher auf den Tresen stellte und eingoss. Er wusste, dass Kleiner Donner etwas Englisch sprach, und er selbst hatte immerhin ein paar Brocken Algonkin auf Lager.

Einer von denen, die zuletzt die Hütte betraten – ein schlanker, aber zäher Bursche – trug eine Mütze aus Dachsfell, die vermutlich einmal eines weißen Mannes Kopf bedeckt hatte. Zwei Zöpfe, die mit Streifen von Otterfell umwickelt waren, hingen rechts und links darunter hervor. Ein Bündel Fuchsfelle und zwei Wölfe landeten auf dem Tresen. Er wirkte wie ein Kerl, der wusste, was er wollte, und es wohl auch bekam.

„Satsóhpats, Uaksopánn", sagte Kleiner Donner, griff nach dem Becher, der vor ihm stand und schüttete den Whiskey in sich hinein.

„Pulver und Flintenkugeln willst du also. Will Inakotsii Kristikummichs auf den Kriegspfad gehen?"

„Sohòh." Kleiner Donner nickte. „Krieg gehen, Kachtumm, … Feind", setzte er auf Englisch nach, „bedeutet Ehre für Krieger."

„Haben eure Krieger diesen weißen Dämon – diesen Feind, der schon viele Siksika getötet hat – noch immer nicht erwischt?"

Die Runzeln im Gesicht von Kleiner Donner verformten dieses zu einem unwilligen Ausdruck.

„Heftiger Schneesturm kam diesem Dämon zu Hilfe. Unsere wachsamen Augen konnten ihn nicht mehr finden."

„Vielleicht hat der Schnee seine Leiche zugedeckt, und ihr konntet ihn deshalb nicht finden", sagte Ezra und beobachtete dabei forschend das Mienenspiel seines Gegenübers. Dieser schüttelte lediglich den Kopf.

„Unsere Verwandten – Blood – wie ihr Weißen sie nennt, wir haben von ihnen gehört, hat sich bei Lakota-Hunden verkrochen, und Blood haben es von Sarcee gehört. Wir werden warten, bis Kachtumm wieder zurückkehrt in sein Moiéh am Fluss, den Weißer Mann Yellowstone nennt. Dort werden wir ihn töten."

Ezra warf seinem Sohn einen raschen Blick zu, dann nahm er das Bündel Füchse auseinander und betrachtet die Pelze kritisch. Er wiegte dabei den Kopf hin und her. „Nicht schlecht."

„Yaahssi", gut, verbesserte der Kerl mit der Dachsmütze, der wohl auch ein wenig Englisch zumindest verstand. Sein unbeteiligter Blick glitt dabei an dem Wandregal entlang, das noch gut zur Hälfte mit Waren gefüllt war, und blieb für einen Moment auf dem gelbhaarigen Skalp haften, der unscheinbar am Ende des Regals hing, sagte jedoch nichts, und seine Aufmerksamkeit kehrte zu Ezra zurück.

Der zögerte noch, dann fragte er: „Habt ihr sonst noch was?"

„Häute von Makóyi", sagte Kleiner Donner, „Präriewolf. Draußen, bei Ponys."

Ezra nickte. „Gut. Jemand soll sie holen. Dann kannst du Pulver und Blei bekommen."

Kleiner Donner gab dem Jüngeren namens Grüner Pfeil neben sich einen Wink. Der verschwand nach draußen, und Ezra sagte: „Zeig mir dein Gewehr, damit ich sehen kann, was für Kugeln du brauchst."

Kleiner Donner griff nach seiner Flinte – einer alten Leman – und legte sie auf den Tresen.

Ezra betrachtete die Mündung der Waffe und prüfte dann mit seinem kleinen Finger, wie weit er ihn hineinstecken konnte. Dann drehte er sich zu dem Regal an der Wand um, nahm ein kleines Fässchen mit Pulver, holte aus einem Fach weiter unten ein Leinensäckchen mit Kugeln vom Kaliber .50 hervor und packte beides auf den Tisch. Indessen kam Grüner Pfeil mit drei Kojotenfellen heran, die Ezra an sich nahm, ohne sie einer weiteren Prüfung zu unterziehen.

Als die Blackfeet wieder abgezogen waren, nachdem jeder von ihnen noch einen Whiskey bekommen hatte, machte Ezra ein zufriedenes Gesicht.

„Siehst du", sagte er zu Angus, „hat sich doch gelohnt, sie etwas auszuhorchen. Jetzt wissen wir, wo dieser Mad Buffalo sich vermutlich aufhält."

„Und was haben wir davon? Warum hast du diesen Rothäuten nicht den gelben Skalp angeboten? Bei ihnen wäre er nützlicher gewesen, als hier herumzuhängen. Der eine von ihnen hat ihn jedenfalls bemerkt. Ich habe gesehen, dass er ihn eine Weile betrachtet hat."

Ezra schaute zu dem hellen Skalp hin, der kaum sichtbar am Ende des Wandregals hing, als wäre er das Unwichtigste auf der Welt. Dann schüttelte er nachdenklich den Kopf.

„Die wissen, dass der Graue Wolf eine Frau mit gelbem Haar haben wollte, und sie könnten vielleicht zwei und zwei zusammenzählen und das Abhandenkommen dieses Kriegers damit in Verbindung bringen. Und das wäre bestimmt nicht gut für uns. Aber wenn einer von ihnen den Skalp gesehen und sich weiter nicht dafür interessiert hat, dann hat man ihn auch nicht damit in Zusammenhang gebracht. Du hast doch gehört, was diese Rothaut erzählt hat. Sie werden ihn sich holen, sobald er nach Hause kommt. Und das geschieht irgendwann. Es läuft also alles so wie geplant. Vielleicht kommen aber auch mal ein paar Lakota vorbei, denen wir diesen Skalp andrehen können. Das würde alles beschleunigen."

„Und was ist, wenn die ihm dann erzählen, woher sie ihn haben?", gab Angus zu bedenken.

Ezra zeigte ein diabolisches Lächeln. „In diesem Fall müssten wir dann die Sache doch noch selbst regeln. Aber ich glaube, wenn dieser Kerl den Skalp sieht, wird er sofort ausrasten – verrückt, wie der ist. Und schließlich ist es egal, ob Blackfeet oder Lakota ihn umbringen. Und jetzt hör auf mit deinem dauernden Wenn und Aber. Das geht mir langsam aufs Gemüt."

***

59.

Die ersten Frühsommertage waren heiß, die Nächte aber noch empfindlich kühl unter dem klaren Sternenhimmel.

Sie hatten eine gute Jagd gehabt, und abends hockten die heimgekehrten Jäger in großer Runde an einem mächtigen, Wärme spendenden Feuer, dessen flackernder Schein sich hoch in die Dunkelheit emporhob. Das gemeinsame Essen war vorbei, und die Pfeife hatte ihre Runde gemacht. Jeder war zufrieden und gab die Erlebnisse der letzten Tage wortreich und mit blumigen Schilderungen aus seiner Sicht zum Besten, immer wieder unterbrochen von dröhnenden Gesängen.

Der volle Mond hatte längst damit begonnen, die Nacht in Frage zu stellen, als Mad Buffalo sich erhob, um sich ein wenig die Beine zu vertreten. Langsam schlenderte er zum Fluss hinunter, während Gesänge und Stimmen aus dem Lager hinter ihm zurückblieben. Vor ihm im Schatten einiger Bäume bemerkte er eine einzelne, zierliche Gestalt. Zuerst wollte er seine Richtung ändern, denn von Gesellschaft hatte er im Moment genug. Doch dann erkannte er sie. Schöner Tag saß dort auf einem langgezogenen Stein, hatte die Hände im Schoß liegen und schaute auf das im Mondlicht schimmernde Wasser.

Sie blickte nicht auf, als er hinter ihr stehen blieb, beobachtete weiter das silbrig schimmernde Spiel des Lichts auf dem vorbeiziehenden Fluss. Oft schon hatte sie hier gesessen, fasziniert vom Aufgang des Mondes und der Stille auf der dunklen Seite der Welt.

Sie trug ein Kleid aus weißgegerbter Hirschhaut, und ihr offenes schwarzes Haar fiel ihr weit über den Rücken. Ihre Fingerfertigkeit drückte sich in den feinen Quillverzierungen auf ihrem Kleidungsstück aus.

Sie waren schon länger vertraut miteinander, und er setzte sich schweigend neben sie. Dennoch war es das erste Mal, dass sie sich allein in der Dunkelheit begegneten. Eine Weile saßen sie nebeneinander und sprachen kein Wort. Schließlich war Schöner

Tag die Erste, die das Wort ergriff: „Ist Tatanka witko gekommen, um gemeinsam mit mir zu schweigen?"

„Ich wollte deine Gedanken nicht stören", sagte er vorsichtig und bemerkte, wie sie ihn von der Seite her ansah. Er drehte ebenfalls den Kopf, und ihre Blicke trafen sich. Ihr Gesicht war schön auf seine ganz eigene Art, glatt und ebenmäßig, und dennoch wirkte es irgendwie leer, denn das Leben hatte noch keine Spuren darin hinterlassen.

„Warum schaust du mich so an?", fragte er. „Ist etwas an mir, was Anpétu Washté noch nicht gesehen hat?"

Ein Lächeln huschte flink über ihr Gesicht.

„Ich kann es sogar beim Licht des Mondes sehen. Tatanka witko hat Augen, die so grau sind wie der Sturmwind. Kannst du damit die gleichen Farben sehen wie ich?"

„Im Moment erkenne ich nur wenige Farben – genau wie du."

„Die Augen von Hanwiyanpa el Wakhuwa sind genauso. Haben alle Washichun solche Augen?"

„Nein. Manche Augen sind braun oder so dunkel wie eure. Und manche sogar blau." Mad Buffalo machte eine winzige Pause und setzte dann hinzu: „Und manche haben Haare, die so leuchten wie Gold." Er wusste selbst nicht, weshalb er das erwähnte, und hätte sich im selben Moment auf die Zunge beißen können.

„So wie die Haarlocke, die Tatanka witko ständig an seinem Hals trägt?"

Unwillkürlich fuhr seine Hand dorthin, und die Finger tasteten nach jener Locke.

„Ja", sagte er mit trockenem Hals.

„Hat Tatanka witko eine weiße Frau?"

„Ich hatte eine. Mit diesem Haar." Er ließ die Locke los, und seine Hand fiel wieder herab. Schöner Tag schaute ihn an, ohne etwas zu sagen, aber ihr Gesicht war ein einziges Fragezeichen.

„Sie ist jetzt in dieser anderen Welt. Verstehst du?"

Ihre Hand griff spontan nach der seinen. „Cantemashice, ich hätte nicht so viel fragen dürfen."

„Es muss dir nicht leidtun. Es ist geschehen und nicht mehr zu ändern." Die Berührung ihrer Hand tat ihm gut. Er machte eine

Pause, und auch Schöner Tag schwieg. Nach einer Weile fragte sie: „War sie Tatanka witko eine gute Frau?"

Mad Buffalo nickte aus der Erinnerung heraus einige Male, bevor er antwortete: „Sie gab sich jedenfalls alle Mühe. Aber sie kam aus einer völlig anderen Welt, und sie hatte es schwer, sich an ihre neue Umgebung mit all ihren Gefahren zu gewöhnen."

„Aus einer anderen Welt?", fragte Schöner Tag naiv und ließ seine Hand wieder los. „Wo hat Tatanka witko sie denn gefunden?"

„Eigentlich hat sie mich gefunden, und ich war damals ..., nun ja, ich hatte eine Menge Whiskey oder M'ni wakan getrunken, wie ihr sagt, und sie war in großen Schwierigkeiten. Aber das ist eine lange Geschichte."

„Tatanka witko hat bei unseren Brüdern, den Oglala, gelebt und dort mit unserer Zunge zu sprechen gelernt, hat mir Ca'pa ota erzählt. Hat er auch dort mit dieser weißen Frau gelebt?"

Auf irgendeine Weise fand Mad Buffalo ihre naive Art drollig.

„Nein. Bei den Oglala war ich viel früher. Viele Winter lang habe ich allein und in Frieden am Yellowstone gelebt. Bis sie, Nancy Blue, in mein Leben trat."

„War das ihr Name?"

„Ja."

„Und dann?", fragte Schöner Tag mit aufrichtigem Interesse.

„Dann war es aus mit dem Frieden."

„War sie eine Kriegerin?"

Jetzt konnte Mad Buffalo doch ein innerliches Lächeln nicht verhindern, obgleich die Erinnerung, die er bei seinen Worten ertragen musste, es eigentlich nicht zuließ.

„Nein. Aber sie war eine besondere Frau – eine, die jeder Mann, der sie sah, besitzen wollte. Und so verfolgte uns das Unglück, bis ..."

„Ja?"

„Bis die Sihasapa sie töteten." Mad Buffalo holte tief Atem. „Bis jetzt habe ich noch mit keinem Menschen darüber gesprochen."

„Und was wird Tatanka witko jetzt tun?"

„Ich weiß es nicht. Die Zeit wird eine Antwort geben."

Als Mad Buffalo später auf seinem Lager in Nats Tipi lag, wollte sich noch lange kein Schlaf einstellen. Er lauschte den leisen Schnarchtönen, die von der anderen Seite des Zeltes zu ihm herüberdrangen, und dachte über seine Antwort nach, die er Schöner Tag gegeben hatte, als sie sich nach seinen weiteren Absichten erkundigte. Er fühlte sich hin- und hergerissen zwischen der Aufgabe, die er sich gestellt hatte und dem Gedanken, einfach hierzubleiben. Schon einmal hätte er sich beinahe verloren und wäre aufgegangen in diesem Volk, in dem Geister regierten – Geister von Tieren, des Windes, der Bäume und aller Pflanzen und des Wassers, Dämonen und mächtige oder ohnmächtige Schutzgeister. Einer Welt, in der er vielleicht seinen Seelenfrieden finden könnte – wie der alte Nat, den sie Jäger im Mondlicht nannten, es getan hatte. Doch dann dachte er wieder an die einsame Hütte am Yellowstone und den kleinen, unscheinbaren Hügel mit dem Stein, dessen vorwurfsvolles Schweigen sein Herz nicht zur Ruhe kommen ließ.

***

60.

Düstere, ahnungsvolle Wolken schoben sich wie böse Geister hinter den Gipfeln der Green Mountains hervor und senkten sich als dichter Nebel auf die Niederung des Flusses herab. Die winzigen Tropfen setzten sich glitzernd an Steinen, Gräsern und Bäumen ab, und die Frauen hatten in den Tipis Feuer angezündet, um die Feuchtigkeit zu vertreiben.

Es war noch früh am Morgen, und die Hoffnung auf einen späteren Sieg der Sonne wurde noch nicht ganz aufgegeben, als sich zwei Halbwüchsige der Gruppe Schlafender Kessel vom Lager entfernten, um in der abenteuerlichen Sichtbegrenzung die Gegend zu erkunden. Sie hatten ihre kleinen Bögen und Pfeile bei sich, denn man konnte ja nicht wissen, ob sie nicht vielleicht überraschend auf ein Wild stoßen würden, das zum Fluss kam, um zu trinken. Der Gedanke an einen solchen möglichen Jagderfolg erzeugte in ihnen ein prickelndes Hochgefühl.

Die Hälfte des frühen Morgens war bereits verstrichen, und der Nebel begann damit, sich auf den Fluss zu konzentrieren, als diese zwei Möchtegernjäger schreiend ins Lager zurückstürmten und etwas von Feinden riefen – von weißen Männern, die sich dem Lager näherten.

Daraufhin stürzten alle zu ihren Waffen, um der Gefahr begegnen zu können. Mütter riefen nach ihren Kindern, und im Lager entstand eine allgemeine Aufregung.

Diese angeblichen Feinde entpuppten sich jedoch bald als zwei Reiter, von denen jeder zwei mit allen möglichen Handelswaren beladene Mulis hinter sich her zog. Der eine von ihnen, der, wie Mad Buffalo später erfuhr, Whiskey Clifton genannt wurde, trug eine Quillrosette mit drei Eulenfedern an seiner Mütze aus Biberfell. Seiner alten, schmutzigen Tweedjacke war anzusehen, dass sie schon eine Menge erlebt haben musste, was mit den hirschledernen Beinkleidern zu konkurrieren schien. Sein Gefährte, der völlig unkompliziert Furry hieß, war mit Ausnahme eines ramponierten Filzhutes komplett in mit Fransen besetztes Hirschleder gehüllt, das vom Rauch unzähliger Feuer gegerbt war und aussah, als wäre es bereits an seinem Körper als zweite Haut angewachsen.

Die Absicht, die sie hierher geführt hatte, war an ihren Mulis deutlich erkennbar, an deren Flanken eiserne Kessel, Töpfe und Pfannen bei jeder Bewegung hin- und herbaumelten. Alle Arten von Säckchen, Beuteln und verschnürten Bündeln, die ihren geheimnisvollen Inhalt nicht preisgaben, erzeugten bei den Lakota neugieriges Interesse. Erleichtert brachten alle ihre Waffen dorthin zurück, wo man sie aufzubewahren pflegte.

Wenn weiße Händler ins Lager kamen, war das stets ein besonderes Ereignis, das Abwechslung in das alltägliche Leben brachte. So wies man ihnen ein leeres Tipi zu, wo sie ihre Waren unterbringen und beaufsichtigen konnten, ohne ihre indianischen Kunden allzu sehr in Versuchung zu führen.

Als dieser Clifton das erste Mal in Mad Buffalos Nähe kam, wurde diesem sofort klar, woher der Beiname „Whiskey“ kam, denn sein Atem drückte sich in einer deutlichen Sprache aus.

„Kommt uns sehr entgegen, dass wir hier auf Weiße treffen, denn wir beide sind im Dialekt der Lakota ziemlich unbeholfen. Würden es begrüßen, wenn du, mein Freund, und dieser Oldtimer, der sich da im Hintergrund hält, uns ein bisschen unter die Arme greifen könntet, wie man so sagt.“

Mad Buffalo forschte in Cliftons mit Ausnahme des Schnurrbartes glatt rasiertem Gesicht und fragte ihn: „Seid ihr oben bei den Blackfeet gewesen?“

Clifton verengte seine Augen, wobei sich in deren Winkeln tiefe Krähenfüße eingruben.

„Um die haben wir lieber 'nen großen Bogen gemacht. Wie wir hörten, sind die zurzeit ziemlich misslaunig.“

Sein Gefährte lüpfte mit einer raschen Bewegung seinen Hut, unter dem ein üppiger Haarwuchs sichtbar wurde, was eigentlich nicht nötig war, denn diese strähnige, augenscheinlich jeden Kamm verachtende Pracht reichte ihm ohnehin bis deutlich über die Ohren herab. „Wie du siehst, Pilger, haben wir unsere Haare noch. Kommen direkt vom Oberlauf des Missouri runter und wollen noch 'n bisschen weiter nach Süden." Sein Blick blieb einen winzigen Moment auf der blonden Haarlocke haften, die Mad Buffalo um den Hals trug und sich in direkter Augenhöhe von Furry befand. Dabei stieß er seinen Gefährten leicht mit dem Ellenbogen an und veranlasste diesen mit einem kurzen Augenwink, seiner Blickrichtung zu folgen. Doch Clifton zuckte nur gleichgültig mit den Schultern und fragte stattdessen: „Ist man hier scharf auf Feuerwasser?"

„Habe ich hier noch nicht gerochen, bevor ihr gekommen seid", sagte Mad Buffalo reserviert.

„Beruhigt mich", erklärte Clifton, von Mad Buffalos Bemerkung unbeeindruckt, und ein verschmitztes Grinsen verzog sein Gesicht. „Haben nämlich nur noch so viel, wie wir selber für uns brauchen." Er klopfte Mad Buffalo kameradschaftlich gegen den Oberarm. „Dann können wir ja gemeinsam etwas davon zu uns nehmen, wenn du uns heute Abend in dem Tipi besuchst, das man uns großzügigerweise überlassen hat. Den Oldtimer kannst du auch mitbringen, wenn er Lust dazu hat."

Die drei Personen hatten kaum Platz zwischen all diesen Sachen, die den größten Teil des Tipis einnahmen. Nat hatte mit der Begründung seine Teilnahme abgelehnt, diese Gesellschaft sei nichts für ihn. Furry und Whiskey Clifton hatten schon in der Mitte ein Feuer angezündet, das lebhaft flackerte, als Mad Buffalo zu ihnen kam.

Jetzt hockten sie um das Feuer herum und hielten kleine Zinnbecher mit Whiskey in den Händen, die aus Cliftons Sammelsurium stammten.

„Na dann, auf gute Geschäfte." Mad Buffalo hob die Hand mit seinem Becher. Als er getrunken hatte, wischte er sich mit dem Handrücken über den Mund und damit die Barthaare zur Seite. Er brummte genüsslich vor sich hin: „O Mann, das habe ich mal wieder gebraucht. Meinen letzten Whiskey, den ich hatte, haben die verdammten Blackfeet gesoffen."

Furry schlug sich auf die hageren Schenkel und lachte aus vollem Hals. „Und das hat ein Kerl wie du zugelassen?"

„Hm", grunzte Mad Buffalo, „war leider nicht dabei. Bin zu spät gekommen, aber diese Kerle haben den Genuss meines Whiskeys nicht lange überlebt."

„Und dafür mögen sie dich nicht so sehr, wie?", fragte Clifton. „Hast vorhin mit so 'nem komischen Unterton gefragt, ob wir bei denen waren."

„Lassen wir das", brummte Mad Buffalo. „Ist 'ne Geschichte, über die ich nicht gern rede."

„Na gut." Clifton nickte verständnisvoll. „Reden wir übers Geschäft. Aber lasst uns erst mal ein bisschen rauchen. Haben ja schließlich den ganzen Abend Zeit."

Er holte unter Mad Buffalos hoffnungsvollen Blicken einen ledernen Beutel hervor, der gut mit Tabak gefüllt war. Er schaute zu Mad Buffalo hinüber. „Gehe mal davon aus, dass du so was nicht mehr hast, wenn du schon so lange hier rumhängst."

„Kann man wohl sagen." Mad Buffalo kramte aus seinem Possible Bag die Pfeife hervor, die er in der Tat schon lange nicht mehr im Mund gehabt hatte, und füllte sie mit dem ihm gespendeten Tabak.

„Wusste gar nicht mehr, wie so was schmeckt", gab er anerkennend von sich und blies genüsslich den Rauch in die Luft.

„Kommen öfters Händler hierher?", wollte Furry wissen.

Mad Buffalo zuckte mit den Schultern. „Kann ich nicht sagen. Seit ich hier bin, waren keine da, aber das sind erst 'n paar Monate." Er bemerkte, wie Furry wieder interessiert zu der Haarlocke schaute, die er stets an dem ledernen Band um den Hals trug und die immer mal unter seinem Bart zum Vorschein kam, wenn er den Kopf hob. Muss wohl was Besonderes sein. Wer hat schon einen solchen Talisman, dachte er mit einiger Bitterkeit im Herzen, die jeglichen Stolz darüber verhinderte.

„Und wo hast du vorher gehaust, ehe es dich hierher verschlagen hat?", fragte Clifton ihn, während Mad Buffalo eine neuerliche Rauchwolke über seine Lippen quellen ließ.

„Weiter oben, am Yellowstone."

Furry lachte meckernd. „Das war, bevor sie deinen Whiskey gesoffen haben, wie?"

„Gibt's was Neues da oben?", fragte Mad Buffalo, ohne darauf einzugehen. „War schon 'ne ganze Weile nicht mehr dort."

„Kann ich mir denken."

Whiskey Clinton sagte: „Könnte dich vielleicht interessieren: Sie bauen ein neues Handelsfort am Oberlauf des Missouri. Fort Lewis soll's heißen. Man erzählt sich, die ersten Boote schaffen es bis dorthin. Wird für unsereinen immer schwieriger, mit den Rothäuten Geschäfte zu machen."

„Wart ihr selbst dort?"

Clifton schüttelte den Kopf. „Die Neuigkeiten haben wir von zwei Figuren, die da oben einen kleinen Posten haben, ziemlich nahe bei diesem neuen Fort. Wollen ihn deshalb auflösen. Dort sind wir auch unsere Pelze losgeworden – gegen all diesen Kram." Er machte eine ausholende Armbewegung über all die Utensilien, die hier durcheinander herumlagen. „Wollten das Zeug billig losschlagen, denn Pelze könnten sie bei dem neuen Fort besser unterbringen, meinten sie. Und wir können damit weiter südlich gute Geschäfte machen, denn das alles war ziemlich billig zu haben."

Mad Buffalo hatte aufgehorcht. „Wie die Burschen heißen, wisst ihr nicht?"

Whiskey Clifton schüttelte erneut den Kopf. „Hat uns nicht weiter interessiert. Waren aber Vater und Sohn, die beiden. Denn der Jüngere redete den Alten immer mit ‚Dad' an."

„Trug der Alte 'ne Brille?"

Clifton schaute hilfesuchend zu seinem Kumpan hin. „Trug er 'ne Brille? Hast du was gesehen?"

„Klar trug er eine – jedenfalls manchmal."

Die Tuckers! Dieser Name brachte eine seltsame Unruhe in Mad Buffalos Gedanken. Lange schon hatten sie dort keinen Platz mehr gehabt. Er entließ eine neue Rauchwolke in die Luft, während Furry die Becher wieder füllte. Nun – war auch nicht nötig, an diese Kerle zu denken.

* * *

61.

Am anderen Morgen war Mad Buffalo schon früh auf den Beinen. Er hatte nicht gut geschlafen. Die Unterredung mit den beiden Händlern hatte wieder unangenehme Erinnerungen zurückgebracht, die ihm die halbe Nacht lang den Schlaf geraubt hatten. Irgendetwas, das fühlte er, verband sich mit den beiden. Etwas, von dem er nichts wusste, was jedoch in seinem Innern eine namenlose Unruhe erzeugte.

Es hatte ihn, nur mit seiner Hose bekleidet, zum Fluss hinuntergetrieben, um sich zu waschen. Und er hoffte, das kalte Wasser würde seinen Kopf klar machen und die unruhigen Gedanken verscheuchen.

Er legte sich auf den Bauch und warf sich mit beiden Händen das erfrischende Wasser ins Gesicht, tauchte dann seinen ganzen Kopf unter, verharrte so eine Weile und schüttelte dann prustend mit heftigen Bewegungen das Wasser aus Bart und Haaren. Er war gerade dabei, sich das Wasser mit den Händen über Brust und Schultern zu werfen, als er jemanden bemerkte, der herankam.

Es war Furry, der mit einem Kessel in der Hand und seiner Pfeife zwischen den Zähnen heranschlenderte. Er nahm selbige aus dem Mund und sagte: „Frühaufsteher treffen sich immer an den gleichen Stellen." Dabei betrachtete er abschätzend Mad Buffalos behaarte Brust, die voller glitzernder Wassertropfen war, und das Spiel seiner Muskeln unter der Haut. Er indessen war vollkommen angezogen und schien in seinen Kleidern geschlafen zu haben.

Mad Buffalo strich sich mit den Händen das noch vorhandene Nass aus dem Bart.

„Brauchst du einen Kessel, um dich zu waschen?"

Ein Grinsen huschte über Furrys Gesicht.

„Mein Kompagnon will sich rasieren. Ist eitler als ich, musst du wissen." Er stellte den Kessel auf jenen Stein, auf dem Mad Buffalo kürzlich zusammen mit Schöner Tag gesessen hatte.

Dann paffte er einige Züge vor sich hin und nahm die Pfeife aus dem Mund, um damit auf die Haarlocke zu deuten, die direkt auf seiner Augenhöhe an Mad Buffalos Halsansatz hing.

„Sieht aus wie die Haarlocke einer Frau“, bemerkte er.

„Sieht nicht nur so aus.“

„Dann hoffe ich für dich, dass sich nur angenehme Erinnerungen damit verbinden.“

Mad Buffalos Finger tasteten nach dem Objekt von Furrys Interesse, und seine Augen verengten sich. Der Blick, der Furry dabei traf, war nicht gerade freundlich.

„Worauf willst du hinaus?“

„Ach, ... nichts weiter ...“ Er wurde unsicher, schien zu bereuen, etwas gesagt zu haben, und zuckte mit den Schultern. „Ist nur ein wenig seltsam, bei einem Kerl wie dir.“

„Komm mir nicht so! Du hast diese Locke schon ein paarmal so komisch angestarrt.“

Der Ton dieser Worte ließ Furry einen halben Schritt zurückweichen. „Jetzt hab dich nicht so. Brauchst deshalb nicht gleich wild zu werden.“

Mad Buffalo sah es diesem Kerl an, dass da noch mehr war.

„Raus mit der Sprache! Was ist es, das dich daran so interessiert hat?“

„Na schön, wenn du's unbedingt wissen willst“, knurrte Furry trotzig ..., aber mach mir hinterher keine Vorwürfe, wenn es dir in den falschen Hals kommt.“

Mad Buffalo holte tief Luft, so dass sein gewaltiger Brustkasten sich drohend wölbte.

„Da war dieser Skalp ...“

„Was für ein Skalp?“ Eine feurige Hitze stieg explosionsartig in ihm hoch.

„Ein blonder Skalp eben. Hab ihn selbst in der Hand gehabt. Und der Teufel soll mich holen, wenn er nicht von der gleichen Farbe war – wie diese Locke da.“

„Wo?“ Mad Buffalo Cabe packte Furry am Revers seiner hirschledernen Hemdjacke mit einem Griff, dass diesem vor Schreck die Pfeife aus der Hand fiel, und zog ihn dabei ein Stück zu sich hoch. „Du hast doch gesagt, ihr wart nicht bei den Blackfeet“, zischte er ihn durch zusammengepresste Zähne hindurch an. Ihre beiden Nasenspitzen waren nur noch drei Fingerbreit voneinander entfernt, und Mad Buffalos Blick traf ihn mit gnadenloser Härte.

„Waren wir auch nicht! Zur Hölle, wir haben einen Bogen um die gemacht – wie ich schon sagte.“

„Wo dann? Wo hast du ihn gesehen?“

Furry versuchte sich loszureißen, was ihm nicht gelang. Und Mad Buffalo griff noch fester zu und schüttelte ihn so, dass ihm fast die Luft wegblieb.

„Bei ... bei diesen Händlern – diesen beiden Figuren, bei denen wir unsere Felle eingetauscht haben, ... zum Teufel noch mal!“

Mad Buffalo hatte plötzlich das Gefühl, als müsste sein Herz stehenbleiben.

Die Tuckers! Das war einfach unmöglich.

Mad Buffalo ließ Furry los. „Bist du dir da sicher?“, hauchte er atemlos.

„Natürlich bin ich das. Wie ich schon sagte – hab ihn doch selbst in der Hand gehabt. Als diese beiden Kerle erfuhren, dass wir weiter nach Süden zu den Lakotas wollten, da holte dieser Ältere plötzlich diesen Skalp von irgendwo hervor und wollte ihn uns andrehen. Aber wir haben uns davor gehütet. Welcher weiße Mann will sich schon mit ’nem blonden Skalp erwischen lassen? Manche reagieren da ziemlich unfreundlich drauf. Genauso wie du.“

Mad Buffalo war so durcheinander, dass er nicht mal wusste, ob er all seine Taten bereute oder nicht. Er glaubte nur, getan zu haben, was er musste.

Dieser Blackfootpfeil? Sein Whiskey, den diese Rothäute getrunken hatten? Diese unleserlichen Hufspuren? Die Hufe waren mit etwas umwickelt gewesen! Weshalb sollten Indianer das getan haben?

Dass alles falsch gewesen war, erboste ihn noch mehr, und es legte sich wie ein schweres Gewicht auf sein Herz. Er was diesen gemeinen Hunden auf den Leim gegangen. Bei dem Gedanken daran, war sein Innerstes so kalt wie das Licht des Mondes in einer eisigen Winternacht.

„Diese Tuckerbande also." Erst jetzt fand Mad Buffalo Cabe seine Stimme wieder. „Und ich war die ganze Zeit hinter den Blackfeet her."

„Sie haben behauptet, den Skalp von einem Blackfoot bekommen zu haben", redete Furry jetzt von allein weiter. „Ich überlasse es dir, Pilger, das zu glauben. Ich tue es nicht. Welche Rothaut gibt schon eine solche Trophäe her – und noch dazu an einen Weißen? Also, jetzt habe ich dir alles erzählt, was ich wusste." Er hob seine Pfeife vom Boden auf. „Wenn ich zwei und zwei zusammenzähle, kann ich schon verstehen, dass du so ausgerastet bist." Er nahm den Kessel an sich, füllte ihn mit Wasser und entfernte sich wieder.

Mad Buffalo stand da und starrte ihm nach, ohne ihn eigentlich noch wahrzunehmen – noch immer fassungslos über das, was er gerade erfahren hatte. Aber er musste los und sich beeilen. Wenn die Tuckers ihren Posten aufgeben wollten, konnte er möglicherweise zu spät kommen. Eine gnadenlose Wut hatte ihn ergriffen.

Er sattelte Gelber Sturm, packte seine wenigen Sachen zusammen und verabschiedete sich, ohne einen Grund für seinen Aufbruch anzugeben. Das würde sich schon herumsprechen. Schöner Tag blickte ihn mit ihren schwarzen Obsidianaugen traurig an und fragte: „Wird Tatanka witko wiederkommen?"

Ein paar Atemzüge lang schaute er fest in ihre dunklen Augen, ehe er kaum merklich den Kopf hin und her bewegte, und sagte: „Ich weiß es nicht. Zu Vieles kann geschehen, um etwas zu versprechen." Dann umschlang er sie mit seinen mächtigen Armen und drückte sie fest an sich wie ein Bär. Einen Moment hielt er sie so fest, dass sie kaum noch atmen konnte; dann ließ er sie los, bestieg sein Pferd und ritt fort, ohne sich noch einmal umzusehen.

* * *

62.

Als Mad Buffalo den kleinen Handelsposten endlich gefunden hatte, lenkte er Gelber Sturm hinter ein paar mannshohe Felsen direkt neben dem Fluss und rutschte von ihm herunter. Dem Himmel sei Dank, endlich wieder mit den Füßen auf der Erde zu stehen, denn sein Hintern hatte auf dem langen Weg in diesem verdammten Indianersattel, den er nicht gewohnt war, gelitten. Er führte den Hengst zum Ufer und ließ ihn saufen. Dann schaute er zu der Hütte hin und schätzte die Entfernung bis dorthin auf etwa fünfzig Pferdelängen. Sie war nicht so groß, wie er erwartet hatte, und duckte sich in Gesellschaft einiger Kiefern vor einer steil dahinter aufragenden Felsschroffe. Hinter der Hütte war ein ziemlich heruntergekommen aussehender Schuppen zur Hälfte sichtbar. Alles war so, wie man es ihm beschrieben hatte, und er war sicher, am richtigen Ort zu sein. Es war niemand zu sehen, doch die Tür stand offen. Also musste jemand anwesend sein.

Als der Falbe seinen Durst gestillt hatte, führte Mad Buffalo ihn am Flussufer zurück, bis er eine Senke erreichte, durch die er unbeobachtet zu einem Waldstück gelangen konnte, wo er das Tier an einem Baum festband. Dort überprüfte er den Ladezustand seiner Pistole, nahm sein langes Gewehr und schlich am Saum des Waldes entlang, um sich dem Anwesen unbemerkt von hinten nähern zu können. Er hatte keinen Plan, nach dem er vorgehen wollte, denn er wusste nicht genau, in was für eine Situation er geraten würde. Sein weiteres Vorgehen konnte er also erst im Moment seines Eintreffens entscheiden.

Während er sich der Hütte näherte, wandelte sich der eiskalte Rachedurst in ihm zunehmend in eine Erregung um, die seinen Pulsschlag beschleunigte. Jetzt würde er endlich auf die wirklichen Mörder seiner Nancy stoßen, und er spürte innerlich, dass es ein markanter Punkt in seinem Leben sein würde, denn das, was er an Nancys Grab geschworen hatte, stand unmittelbar vor seiner Erfüllung.

Er hielt sich so, dass er von keinem der Fenster, die sich beidseitig der Tür befanden, gesehen werden konnte. Bei der Blockhütte angekommen, duckte er sich unter dem einen Fenster hinweg und stand dann direkt neben der offenen Tür. Er holte tief Atem und schlüpfte, das Gewehr schussbereit in den Händen haltend, hinein.

Angus stand über eine Kiste gebeugt da, in der er etwas unterzubringen schien. Als er den Kopf umwandte, starrte er Mad Buffalo eine Sekunde lang an, und dann richtete er seinen Blick auf die Waffe in dessen Händen. Er begriff sofort, was die Stunde geschlagen hatte, und schluckte trocken, aber ohne etwas zu sagen.

Mad Buffalo trat einen Schritt nach links, um die offene Tür nicht mehr im Rücken zu haben.

„Den Revolver weg!"

Angus zog bereitwillig mit zwei Fingern seinen Paterson-Colt aus dem Holster und warf ihn Mad Buffalo vor die Füße. Die Tatsache, dass dieser ihn nicht sofort niederschoss, ließ ihn vermutlich auf etwas hoffen, das Mad Buffalo im Moment nicht ergründen konnte.

„Wo ist dein Alter, dieser Hundesohn?", fragte er, ohne dabei die Zähne auseinanderzubringen.

Angus Tucker starrte sein Gegenüber noch immer an – mit weit geöffneten Augen, in denen es seltsam flackerte.

„Er … er ist nicht hier."

„Ich will nicht wissen, wo er *nicht* ist." Mad Buffalo hob die Mündung seiner langen Flinte ein wenig an und ging auf Angus zu. Er drückte ihm die Mündung gegen die Kehle und sagte: „Also raus mit der Sprache!"

Angus' Adamsapfel glitt hinter der Mündung von Mad Buffalos Waffe in die Höhe und wieder hinab. Dann tat er in seiner Verzweiflung etwas sehr Dummes. Er schlug mit einer schnellen Handbewegung den Lauf des Gewehrs beiseite.

„Den Teufel werde ich …!"

Mad Buffalo feuerte die Waffe nicht ab – noch nicht. Er ließ das Gewehr einfach los, und seine Rechte prallte mit einem Schwinger gegen die linke Seite von Angus' Kopf, noch ehe dieser seinen

Satz beenden konnte. Die Wucht des Schlages warf diesen krachend gegen den Tresen, vor dem er sehr unsanft auf dem Boden landete.

Mad Buffalo zog in aller Ruhe seine Pistole und richtete sie auf den am Boden Liegenden.

„Probier solche Mätzchen nicht noch einmal!"

Angus versuchte, auf seinem Hinterteil ein Stück wegzukriechen.

„Ich sage nichts! Du wirst mich ja doch umbringen."

In Mad Buffalo stieg eine heiße Wut hoch, als er daran dachte, was dieser elende Wurm mit Nancy gemacht hatte.

„Kommt ganz darauf an, auf welche Weise du verrecken willst", sagte er kalt und feuerte seine Pistole ab. Angus schrie auf, als würden seine Stimmbänder zerreißen. Seine beiden Hände krallten sich zwischen seinen Beinen fest, und das Blut sickerte ihm durch die Finger.

„Na, wie fühlt man sich so?", fragte Mad Buffalo knallhart, während das Herz in seiner Brust hämmerte. Er zog sein Messer, stürzte sich auf die sich windende Gestalt und kam rittlings auf ihr zu sitzen. „Fällt dir jetzt was ein?" Er drückte die scharfe Klinge gegen den keuchenden Hals. „Ich hab noch 'ne Menge solcher Dinge auf Lager, die verdammt wehtun."

Angus Tucker begann zu schwitzen. Sein Gesicht war zu einer Fratze verzerrt. „Herrgott", presste er, halbverrückt vor Schmerzen, aus sich heraus. „Er ist da unten … ein Stück flussabwärts, … da, wo sie das neue Fort gebaut haben. Wir … wir haben da 'nen Job." Er stöhnte laut und versuchte, sich unter Mad Buffalo hinwegzuwinden, was ihm aber nicht gelang. „Er muss jeden Moment zurückkommen … o Gott …, mit ein paar Leuten und 'nem Wagen, um unser Zeug hier abzuholen."

„Soso", knurrte Mad Buffalo zweifelnd. Aber zur Hölle, möglich wär's. „Und wo ist dieser Skalp? Wo, zum Henker, habt ihr ihn?"

„Was für'n Skalp? Wir haben keine Skalpe!", jammerte Angus.

„Du weißt genau, was ich meine. Nancys Skalp, den ihr Bestien euch genommen habt."

„Wir haben keinen ...!" Etwas fuhr mit einem schrillen Schmerz in Mad Buffalos linken Oberschenkel. Reflexartig stieß er mit dem Messer zu. Ein gurgelnder Schrei quälte sich aus Angus' weit geöffnetem Mund und erstarb rasch, als die Klinge seine Gurgel durchschnitt. Verdammt, er wusste nicht, wie der Kerl das Messer in die Hand bekommen hatte. Möglicherweise aus dem Schaft seines Stiefels. Mad Buffalo sank zur Seite neben Angus' reglos daliegenden Körper und tastete mit der Hand nach der schmerzenden Stelle, zog das Messer heraus, ließ es fallen und presste die Hand auf die blutende Wunde.

Teufel noch mal, das konnte er jetzt am wenigsten gebrauchen. Er ließ sein eigenes Messer auf den Boden fallen, beugte sich zur Seite und betrachtete sein Bein. Zum Glück hatte er rasch reagiert und Angus' Hals durchtrennt. So war dessen Klinge nur etwa zur Hälfte eingedrungen. Dennoch blutete die Wunde heftig, und er musste sofort etwas dagegen tun. Doch vorerst schrie sein Inneres nach Rache. Seine rechte Hand packte das Messer, das noch neben ihm am Boden lag, und er erhob sich auf das rechte Knie. Dann griff er mit der vom Blut besudelten Linken in Angus' volles Haar. Mit der Klinge seines Messers fuhr er mit kreisender Bewegung drumherum und riss ihm mit einem zornigen Ruck den Skalp vom Schädel.

Tief atmete er ein und aus. Dann entledigte er sich seiner Hose und besah sich noch einmal die Wunde. Nicht so schlimm, wie es anfangs ausgesehen hatte – mehr hinderlich und schmerzhaft als gefährlich. Er kroch zu jener Kiste, mit der sich Angus vorhin beschäftigt hatte, während das Blut an seinem Bein herunterlief. Er wühlte darin herum und zerrte schließlich eine Rolle kräftigen Baumwollstoff heraus, von der er ein Stück abrollte und mit dem Messer den Rand einschnitt, um einen langen Streifen davon abreißen zu können. Damit legte er einen festen Verband um seinen Oberschenkel. Schließlich, nachdem er die Hose wieder angezogen hatte, blieb er eine Weile auf dem Boden sitzen und dachte über seine Lage nach.

Angus war tot. Gut. Aber wo hatten die Kerle den Skalp, den er zu Nancy zurückbringen wollte? ‚Der Kerl hatte ihn von irgendwo hervorgebracht!' So oder ähnlich waren Furrys Worte gewesen. Also musste er ihn griffbereit in der Nähe gehabt haben. Aber wo? Oder besaßen sie ihn gar nicht mehr? Es war kaum anzunehmen, dass sie ihn mitnahmen zu den anderen – dort beim Fort.

Mad Buffalo zog sich an dem Verkaufstresen hoch und sah sich um. Wo sollte er zu suchen anfangen? In der Kiste? Er schüttelte den Kopf. Das würde bedeuten, sie wollten ihn mitnehmen.

Er humpelte hinter den Tresen und schaute in allen Fächern des Wandregals nach, kramte zwischen Bündeln von Fellen, die noch überall herumlagen, zwischen Säcken und leeren wie vollen Kisten. Dann endlich fand er ihn: an der Schmalseite eines der Regale, wo er kaum zu sehen war. Er nahm ihn an sich, legte ihn auf den Tresen und strich mit der blutfreien Hand behutsam über das blonde lange Haar. Dann stopfte er ihn in seine Tasche.

Jetzt hatte er endlich, was er wollte. Nur der alte Ezra fehlte noch. Er würde zurückkommen, hatte Angus preisgegeben – falls er die Wahrheit gesagt hatte. Er konnte hier auf ihn warten. Doch wenn er tatsächlich mit einem Wagen und mehreren Leuten käme …

In seinem jetzigen Zustand konnte er sich auf einen solchen Kampf nicht einlassen. Aber er musste etwas hinterlassen, das unverwechselbar auf ihn hinwies. Dann würde Ezra irgendwann wieder bei ihm auftauchen, denn den Tod seines letzten Sohnes würde er nicht einfach so hinnehmen; dessen war sich Mad Buffalo sicher.

Er nahm die Haarlocke ab, die er um seinen Hals getragen hatte, und legte sie deutlich sichtbar auf die Brust von Angus' Leichnam. Diesen Wink verstünde er bestimmt. Dann trennte er sich von jenem Stoffballen noch ein paar Streife ab, die er später zur Erneuerung des Verbandes gebrauchen konnte. Schließlich hob er den Skalp von Angus und humpelte dorthin zurück, wo er sein Pferd zurückgelassen hatte.

Als er sich bereits ein gutes Stück weit vom Ort seines Kampfes entfernt hatte, hielt er den dunkelhaarigen Skalp noch immer in der Hand. Er starrte ihn an, mit zusammengepressten Lippen.

Noch nie hatte er jemanden skalpiert – und es widerte ihn an. Aber sie hatten das Gleiche mit Nancy gemacht – vielleicht noch ehe sie tot war. Von Ekel gepackt warf der den Skalp in das nächste Gebüsch, an dem er vorbeiritt.

***

63.

Der Frachtwagen, von vier Mulis gezogen, quälte sich durch das weglose Gelände nahe am Fluss entlang. Er wurde von drei Männern begleitet. Zwei davon saßen auf dem Bock. Ein dürrer Kerl namens Glenn Mailer, den sie seiner Gestalt wegen nur Skinny nannten, hatte die Zügel des Gespanns in den Händen, und Peleg Brawny Woodhouse hockte neben ihm und hielt gewohnheitsmäßig seine Büchse über dem Schoß liegend in den Händen. Beide gehörten zur Trappergruppe der American Fur Company, die Fort Lewis erbaut hatte, das etliche Jahre später den Namen Fort Benton erhalten sollte. Ezra Tucker begleitete sie zu Pferde.

Als Tuckers Niederlassung in Sicht kam, beschlich diesen ein seltsames Gefühl – eine Art Vorahnung, deren Grund er sich nicht erklären konnte.

Alles dort schien ruhig zu sein – zu ruhig vielleicht. Die Tür stand weit offen, aber von Angus war nichts zu sehen. Auch das war nicht ungewöhnlich. Aber dennoch …

Ezra stieß einen Pfiff aus, der ohne Reaktion verhallte. Angus erschien auch nicht in der Tür oder von sonstwo, um nachzusehen. Jetzt wurde dieses Gefühl in Ezra zu einer begründeten Unruhe. Er spornte sein Pferd an und ritt dem Fuhrwerk voraus.

„He, Gus, wo steckst du!?“, rief er, als er aus dem Sattel sprang, noch ehe das Tier zum Stehen kam. „Gus …!“, seine Stimme klang aufs Höchste besorgt.

„Der Kerl macht noch die Mulis verrückt mit seinem Geschrei“, brummelte Peleg Woodhouse vor sich hin, den alle nur Brawny nannten wegen seiner bulligen Figur, die es fast mit Mad Buffalo hätte aufnehmen können, wenn er nicht etwas kleiner als dieser gewesen wäre.

Ezra Tucker zerrte seine Pistole hinter dem Gürtel hervor und stürmte durch die Tür nach drinnen. Einen Moment lang war es still dort bis auf das Rumpeln des Wagens und das Getrappel der Mulis, das sich rasch der Hütte näherte, war nichts zu hören. Dann, ganz plötzlich, tönte ein fast tierischer Schrei nach draußen, dem die ebenso laut gebrüllten Worte „Gus …, um Himmels willen, Gus …!“ folgten.

Inzwischen bei der Hütte angekommen, trat Skinny gegen den Bremsholm und zog gleichzeitig mit beiden Händen die Zügel straff und brachte die Mulis zum Stehen.

„Möchte verdammt wissen, was da los ist!“, grollte Brawny während er mit einem Satz vom Bock hinuntersprang. Als er das Innere der Hütte erreichte, sah er den alten Ezra am Boden neben der Leiche seines Sohnes knien, und seine Hände fuhren ungläubig und ziellos tastend auf dessen Körper herum. Dabei murmelte er flehende Worte, die niemand verstand, bis seine Finger etwas erwischten, das er aufhob und anstarrte, als wollten seine Augäpfel aus den Höhlen springen.

„Dieser Misthund! Diese Ausgeburt der Hölle! Verfaulen sollst du bei lebendigem Leib! Gus, mein Junge, mein letzter Sohn, den er mir genommen hat …“, und seine Stimme erstarb in einem heftigen, von Wut durchzogenen Schluchzen.

„Was, zum Teufel, hat sich hier abgespielt?“, wollte Skinny atemlos wissen, der soeben hereingekommen war.

„Das siehst du doch“, sagte Brawny düster. „Jemand hat seinen Jungen abgemurkst.“

Ezras Kopf wandte sich zu den beiden hin, und in seinem Blick lag ein irres Flackern. „Er kann noch nicht lange weg sein. Wir müssen sofort hinter diesem Schwein her. Wir …“

„Nun mal langsam, Mann!“, unterbrach Brawny den erregten Redeschwall. „Wir müssen uns erst einmal darüber klarwerden, was genau sich hier abgespielt hat.“

„Ich weiß genau, was hier los war“, kreischte Ezra schrill. „Er hat ihn ermordet – das seht ihr doch.“

„Wer?“ Diese Frage hing wie ein Donnergrollen in der Luft.

„Dieser Hurensohn, der unten am Yellowstone haust. Mad Buffalo nennen sie ihn.“

„Den Namen habe ich schon mal gehört“, meldete Skinny sich von hinten. „Soll 'n gemütlicher Typ sein, wenn man ihn nicht gerade reizt. Kann mir nicht vorstellen, dass der so was macht.“

„Solange man ihn nicht reizt, hast du gesagt", hielt Brawny dagegen.

Skinny schüttelte den Kopf, bückte sich etwas nach vorn und besah sich den Leichnam von allen Seiten.

„Sieht mir eher nach Rothäuten aus. Blackfeet wahrscheinlich." Er deutete auf das Blut zwischen Angus' Beinen und dann auf die durchschnittene Gurgel. „Und skalpiert haben sie ihn auch ..."

„Das waren keine Blackfeet", fuhr Ezra unbeherrscht dazwischen. „Mit denen bin ich immer gut ausgekommen."

Skinny schickte einen ungläubigen Blick zu seinem Kumpan hin. „Sieh doch mal nach, ob du draußen Spuren findest, die uns was erzählen können."

Brawny schob sich durch die offene Tür nach draußen, um das Gelände nach Spuren abzusuchen. Indessen zeterte Ezra drinnen weiter. Er hob die Hand, mit der er noch immer die blonde Haarlocke festhielt.

„Das hier ... das stammt unzweifelhaft von diesem Kerl. Nur er konnte das besitzen."

„Was ist das? Sieht aus wie 'ne Haarlocke."

„Stammt von einem Weib."

„Was für ein Weib?"

„Ach, spielt jetzt keine Rolle", wich Ezra aus.

„Und die soll er hier verloren haben?", zweifelte Skinny.

„Der hat sie nicht verloren. Hat sie absichtlich hier hinterlassen, damit ich weiß, dass er es war", geiferte Ezra. „Aber das soll diesen Hund teuer zu stehen kommen! Ich werde ihn schlachten wie ein Schwein und ihm das Fell abziehen!"

Brawny kam zurück, hatte wohl Ezras letzte Ankündigung gehört und warf seinem Kumpan einen bezeichnenden Blick zu.

„Eine Fährte hab ich gefunden. Unbeschlagene Hufe."

Skinny nickte. „Dacht ich's mir doch."

Ezras hasserfüllter Blick hastete zwischen den beiden hin und her.

„Ihr glaubt mir nicht, wie?"

„Spricht alles dagegen", bestätige Skinny.

„Ihr müsst mir helfen“, beharrte Ezra stur.

„Den Teufel werden wir“, brummte Brawny. „Glaubst du, wir werden uns wegen dir mit den Blackfeet anlegen – jetzt, wo wir Fort Lewis hier aufgebaut haben und mit ihnen Handel treiben wollen? Der Major würde uns die Köpfe abreißen.“

Ezra nahm eine Haltung ein, als wollte er dem Sprecher an die Gurgel fahren, aber dessen körperliche Beschaffenheit brachte ihn zur Einsicht.

„Ich sage euch doch“, fauchte er ihn indessen an, „das waren keine Rothäute!“

„Wie auch immer“, entgegnete Brawny mit einem verächtlichen Unterton, „wir sind mit dir hierher gekommen, um deinen Kram zu holen, nicht aber, um mit dir auf Menschenjagd zu gehen. Major Culbertson würde uns das verdammt übelnehmen, und das Mindeste, was uns passieren könnte, wäre, unseren Job zu verlieren.“

„Du musst sehen, wie du damit selbst zurechtkommst“, schloss Skinny sich an. Sieh zu, dass du ihn unter die Erde bringst. Vielleicht beruhigt sich dein Gemüt bis dahin, und du siehst die Sache dann anders. Uns jedenfalls geht das nichts mehr an.“

***

64.

Erschöpft und innerlich leer kam Mad Buffalo schließlich zu Hause an. Seine Hütte kam ihm auf seltsame Weise fremd vor. Alt und müde geworden, duckte sie sich ängstlich vor den Bäumen im Hintergrund. Nun, eine Menge Wasser war den Yellowstone hinuntergeflossen, seit er das letzte Mal hiergewesen war. Erst als er näher kam, wurde ihm alles wieder vertrauter. Es war dasselbe Nest, nur noch trostloser. Das Dach musste an einigen Stellen repariert werden, und die Umzäunung des Pferches, in dem sein Pferd gestanden hatte, war zum Teil eingefallen.

Er hielt Gelber Sturm an, ließ sich müde aus dem harten Indianersattel rutschen und schaute sich in seiner alten Heimat um. Der ferne, gezackte Horizont, die mächtigen, starrköpfigen alten Großväter, das bedrückende Gefühl der Eintönigkeit, des Schweigens, das er früher nie gekannt hatte. Schweigen für immer. Die Hütte leer und schweigend. Schweigen überall, und Nancy war da – dort drüben unter diesem Stein in der Erde.

Er ließ das Pferd stehen, näherte sich jenem unscheinbaren Hügel und blickte eine Weile stumm darauf hernieder. Dann holte er aus dem Haus eine Schaufel, kniete sich hin, zog den blonden Skalp aus seiner Tasche und wühlte mit dem Schaufelblatt zwischen dem spärlichen Gras, das dort gewachsen war, ein Loch in die Erde, bis er auf die sterblichen Überreste stieß, die von Nancys Körper geblieben waren. Dort legte er behutsam den Skalp hinein und murmelte mit trockenem Hals: „So wie ich's dir versprochen habe. Nun bist du wieder vollständig und kannst in Frieden …" Seine Stimme versagte, und er brachte das letzte Wort nicht mehr heraus, während der bittere Schmerz sein Herz zusammenkrampfte.

Als er das Loch wieder zugebuddelt hatte, erhob er sich, und nach einem letzten Blick auf den Stein humpelte er mit müden Schritten zum Ufer des Flusses hinunter, hockte sich auf den Boden und schaute auf das gleichgültig vorbeiströmende Wasser, um sein erregtes Innerstes zu beruhigen.

Für ihn war der Yellowstone mehr als nur ein Fluss. Er war wie das Leben, das ständig und ohne Rast davoneilt, seinem Ziel entgegen, das irgendwo in unbekannter Ferne liegt. Er fließt mal schneller und mal langsam und bedächtig, als müsste er sich erst über seinen weiteren Weg klarwerden. Und alles, was an seinen Ufern vorbeigleitet, entschwindet und kehrt niemals wieder.

Nachdem er lange genug dort verweilt hatte, näherte er sich mit einem bangen Gefühl seiner Hütte – unklar, was ihn nach all dieser Zeit dort erwarten mochte – und trat ein. Diese – seine Behausung – kalt, leer und einsam – war zum Museum süßer und zugleich quälender Erinnerungen geworden. Dort war sein Lager, auf dem er mit ihr gelegen hatte. Mit ihr – seiner einzigen wirklich großen Liebe, die er in seinem Leben gehabt hatte. Jetzt war es leer und düster, schien jede Behaglichkeit und jede Wärme verloren zu haben. Der Hocker, auf dem sie oft gesessen hatte, war umgestürzt. Er hob ihn auf und ließ sich selbst darauf nieder – unter der schweren Last seiner Gedanken.

Die Wände und all das andere strahlten Erinnerungen einer schönen, längst vergangenen Zeit aus, die niemals wiederkehren konnte. Irgendetwas schien jedoch von ihr geblieben zu sein – etwas Gegenstandsloses, das nicht in Worte zu fassen war. Er wusste nicht, wie lange er so dagesessen hatte, bis er es spürte. Er lauschte in die tiefe, atemlose Stille hinein. Etwas war hier – sein ganzer Körper spürte es. Mit einem Mal schien die Dämmerung um ihn herum voller Augen zu sein, die ihn anstarrten – böse, drohend, und sie kamen immer näher …

Waren sie wirklich da, oder verlor er langsam den Verstand? Konnte es sein, dass etwas hier war, das es vorher nicht gegeben hatte? War Nancys Geist vielleicht noch anwesend, zwischen diesen alten Balken?

Nein! Nancy lag da draußen unter der Erde, und an Geister wollte er nicht glauben. Oder hatten die Indianer doch recht mit ihrem Geisterglauben?

Er fand keine Antwort darauf, während draußen das Licht des Tages verlöschte, und die Dunkelheit floss lautlos dorthin zurück, von wo sie vertrieben worden war.

Am nächsten Morgen erinnerte ihn ein heißes Gefühl in seinem Magen, dass er von irgendwas leben musste. Er sattelte sein Pferd und ritt zu einer hügeligen Gegend diesseits des Flusses, wo er früher des Öfteren Kaninchen gefangen hatte. Dort legte er einige Schlingen aus und kehrte nach Hause zurück. Dabei umrundete er in einem großen Bogen seine Heimstatt und achtete besonders auf etwaige Fährten, die ihm verraten konnten, ob sich eventuell außer ihm noch jemand hier herumtrieb. Immerhin musste er mit Tuckers Rache rechnen und deshalb auf der Hut sein.

Am Ende des Tages hatten sich zwei Kaninchen in seinen Schlingen verfangen. Das reichte ihm fürs Erste, denn allzu weit wollte er sich nicht von seiner Hütte entfernen, um Ezra keine Gelegenheit zu geben, während seiner Abwesenheit sich in der Hütte zu verstecken und ihn abzuknallen, wenn er zurückkehrte. Nur äußerste Wachsamkeit konnte diese Gefahr lindern. Und jeden Abend, ehe er sich für die Nacht in seinem Haus verbarrikadierte, suchte er mit aufmerksamen Blicken den Horizont und die nähere Umgebung ab, ohne eigentlich damit rechnen zu können, etwas von jemandes Annäherung zu bemerken, der es verstand, sich heimlich anzuschleichen.

Eines Abends jedoch wurde ihm klar, dass er sich in der Vorgehensweise seines Feindes getäuscht hatte. Auf der gegenüberliegenden Seite des Yellowstone bemerkte er einen einzelnen Reiter auf der Kuppe eines Hügels, der es offensichtlich darauf abgesehen hatte, bemerkt zu werden. Er bewegte sich ein Stück hin und her, um ja aufzufallen, und stand danach still wie ein Reiterstandbild und schaute herüber. Es dauerte eine Weile, bis Mad Buffalo sich halbwegs sicher war, dass es sich um Ezra Tucker handeln musste.

Möglicherweise hatte dieser ihn schon länger aus der Deckung heraus beobachtet, um seine Gewohnheiten kennenzulernen, und festgestellt, dass Mad Buffalo stets vor dem Dunkelwerden die Gegend absuchte. Als er schließlich sicher sein konnte, bemerkt worden zu sein, lenkte er sein Pferd langsam von diesem Hügel hinunter und verschwand.

Er würde heute Nacht nicht kommen, sonst hätte er sich nicht sehen lassen. Mad Buffalo durchschaute diesen Plan: Er wollte ihn nervös machen. Vermutlich würde er dieses Manöver jeden Abend wiederholen, um Mad Buffalo zu veranlassen, aus seiner Hütte herauszukommen, um nach ihm zu suchen. Aber den Gefallen wollte Mad Buffalo ihm nicht tun, denn er konnte nicht wissen, ob Tucker wirklich allein war. Wenn nicht, dann könnte das ein tödlicher Fehler werden.

Wer würde die besten Nerven dabei haben? Ezra Tucker in seinem verzehrenden Rachedurst bestimmt nicht, dachte Mad Buffalo.

Tatsächlich wiederholte sich dieses Spielchen Abend für Abend, und am dritten davon beschloss er, seinen Beobachter ebenfalls ein wenig zu verunsichern. So schlich er sich in der Nacht, ehe der Mond aufging, hinaus, suchte sich in seiner ihm wohlbekannten Gegend einen Platz, wo er nicht entdeckt werden konnte, und lauschte dort auf jeden ungewöhnlichen Laut, bis er schließlich einschlief. Ein paarmal wachte er auf, doch wie erwartet geschah nichts. Ein schüchterner Sichelmond mühte sich ab, der Erde ein wenig Licht zu spenden. Der lautlose Flug einer Eule fing einmal Mad Buffalos Aufmerksamkeit ein, doch sonst rührte sich nichts.

Mad Buffalo wartete, bis es taghell war, und kehrte dann – für etwaige Beobachter sichtbar – in seine Hütte zurück. Mochte sich Tucker doch darüber den Kopf zerbrechen, was das zu bedeuten hatte. Ihn, Mad Buffalo belustigte der Gedanke, und er fand beinahe Gefallen an diesem Spiel, das die Eintönigkeit etwas belebte. Gefahr war etwas, was zu seinem Leben gehörte und ihn deshalb nicht besonders aufregte.

Irgendwann kam der Abend, an dem das Erscheinen dieses mysteriösen Reiters ausblieb, und Mad Buffalo dachte sich, dass Tucker jetzt die Aussichtslosigkeit seines Plans eingesehen haben mochte – und nun konnte es möglicherweise ernst werden. Um seinen Gegner weiter zu verunsichern, blieb Mad Buffalo den ganzen nächsten Tag hinter verschlossener Tür und ebensolchem Fenster in seiner Behausung und schlief.

Am Abend wartete er die Dunkelheit ab und nahm den Querbalken von der Tür weg, spähte vorsichtig hinaus und ließ die Tür angelehnt. Mit Gewehr und Pistole griffbereit neben sich, ließ er sich an der Wand gegenüber nieder und lehnte sich mit dem Rücken dagegen.

Die Nacht verrann, und es passierte nichts. So schnell würde wohl selbst Tucker die Geduld nicht verlieren. Auch tagsüber ließ Mad Buffalo sich nicht blicken, und Tür und Fenster blieben geschlossen. Mochte Tucker doch denken, er hätte sich unbemerkt aus dem Staub gemacht oder suchte in der Umgebung nach ihm.

Während der nächsten Nacht, ließ er die Tür verrammelt und versuchte, die erste Hälfte zu verschlafen, um ausgeruht zu sein, falls etwas geschah. In der zweiten Hälfte öffnete er vorsichtig und geräuschlos die Tür und ließ sie angelehnt. Wenn Tucker käme, würde er es kurz vor dem Morgengrauen tun, weil dann die Wachsamkeit am meisten nachlässt.

Irgendwann ertappte er sich dabei, trotz allem eingeschlafen zu sein, und er riss erschrocken die Augen auf. Natürlich sah er nichts, obwohl seine Augen an die Dunkelheit, die ihn umgab, gewöhnt waren. Er lauschte in die nächtliche Stille hinein, ohne etwas wahrzunehmen. Trotzdem beschlich ihn das seltsame Gefühl, dass da draußen etwas vorginge – eine Gefahr, die sich durch nichts bemerkbar machte.

Schlich Ezra Tucker da draußen herum? Oder war es nur der Gedanke, er könnte durch sein Einschlafen etwas verpasst haben?

Vorsichtig wollte er sich erheben, wobei seine Kniegelenke diesen ungewohnten Vorgang mit einem leisen Knacken quittierten. Er hielt sofort inne und konzentrierte sich erneut auf sein Gehör. Dann entschied er sich dafür, lieber auf allen vieren zur Tür zu krabbeln.

Er öffnete sie einen winzigen Spalt breit und hielt das Ohr dagegen. Als er nichts hörte außer dem leisen Wispern des Windes, vergrößerte er den Spalt und streckte langsam, aufs Äußerste gespannt, den Kopf hinaus. So verharrte er eine Weile, bis er sich einen Narren nannte, der auf eine ebenso närrische Ahnung hereingefallen war.

Er ließ die Tür so, wie sie war, und zog sich wieder auf seinen Platz zurück. Mochte da draußen herumschleichen, wer wollte. Sobald sich die Tür bewegte, würde er es merken und ihm eine Kugel aufbrennen. Jedenfalls befand er sich hier drinnen in einer sicheren Position. Doch er hatte nicht mit der einschläfernden Wirkung gerechnet, die vergebliches Warten auf etwas, was nicht passierte, in sich barg.

Immer wieder musste er sich anstrengen, seine schweren Augenlider zu heben, und irgendwann erlag er diesem Bemühen und nickte gänzlich ein.

Ein dumpfer Schlag, mit dem die Tür aufflog, schreckte ihn irgendwann auf. Der Versuch, seine Pistole in die Finger zu bekommen, fiel seiner Benommenheit in dieser Schrecksekunde zum Opfer, und es blieb ihm nicht anderes übrig, als schnell auf die Füße zu kommen und sich diesem dunklen Schatten entgegenzuwerfen, der aus dem hinter diesem einströmenden Schimmer des heraufziehenden Morgens, auf ihn zuflog. Doch das misslang durch den Mangel an Bewegung, den der lange, tatenlose Aufenthalt in seiner Behausung zur Folge hatte.

Etwas traf dabei seinen Kopf und rutschte seitlich an ihm ab. Im selben Moment bekam Mad Buffalo seinen Gegner zu fassen und schleuderte ihn wie eine Puppe von sich. Er hörte, wie dessen Körper gegen den Schemel prallte und mit ihm zu Boden polterte. Aber Mad Buffalo hatte seine Reaktionsschnelligkeit – im Gegensatz zu seinem Gegner – noch immer nicht ganz zurückgewonnen, und er sah im letzten Augenblick diesen verdammten Hocker auf sich zufliegen. Er hatte gerade noch Zeit, um mit seinen Armen das Gesicht zu schützen, und unmittelbar danach prallte auch schon sein durchaus flinker Gegenspieler wieder gegen ihn und warf ihn nach hinten. Dabei prallte Mad Buffalo hart mit dem Kopf gegen die Kante der massiven Tischplatte.

Der blasse Schimmer des frühen Morgens erlosch hinter seltsam flackernden Blitzen, und eine betäubende Dunkelheit umgab ihn für einen Moment, dessen Dauer er nicht einzuschätzen vermochte. Als er seine Umgebung wieder wahrnehmen konnte, befand er sich halb unter dem Tisch liegend, und zwei Schritte von ihm entfernt stand Ezra Tucker und zielte mit seinem Paterson-Revolver auf ihn.

„Hast du geglaubt, davonzukommen, nachdem du auch meinen letzten Sohn ermordet hast?", sagte er mit einer Stimme, die wie brechendes Eis klang. „Wohin willst du die erste Kugel haben? So, wie du es mit Gus gemacht hast – oder fällt dir was Besseres ein?"

Während Mad Buffalo vergeblich nach einem Ausweg aus dieser vertrackten Lage suchte, fuhr Tucker urplötzlich mit einer Schreckreaktion herum und feuerte auf eine Gestalt, die in diesem Moment die noch offen stehende Tür verdunkelte. Der Indianer, mit einem Tomahawk in der Rechten, prallte zurück und verschwand aus Mad Buffalos Blickfeld. Doch der winzige Augenblick hatte genügt, um in ihm einen Krieger zu erkennen, den er schon einmal gesehen hatte.

Tucker huschte mit einem hastig herausgepressten Fluch zur Tür und warf sie krachend zu. Noch während er den Querbalken in seine Verankerung bugsierte, krachten draußen mehrere Flintenschüsse, deren Kugeln in die dicken Bohlen der Tür oder der Hüttenwand einschlugen.

Das Adrenalin, das durch Mad Buffalos Adern raste und sein Herz durchbrandete, trieb ihn augenblicklich auf die Füße und ließ ihn nach seinen Waffen greifen. „Blackfeet!", keuchte er und hastete auf noch etwas unsicheren Beinen zum Fenster. Er riss mit zitternden Fingern den Fensterladen auf und spähte vorsichtig nach draußen. „Die ganze Bande!" Er hob sein langes Gewehr und feuerte. Ob er getroffen hatte, konnte er nicht feststellen, lehnte rasch die Waffe an die Wand neben sich und griff zur Pistole.

Draußen trieben mit lautem Geschrei die Blackfeetkrieger ihre Ponys an. Sie umrundeten in vollem Galopp die Hütte und feuerten dabei ihre Gewehre ab oder schossen mit Pfeilen. Eine Kugel schlug dicht neben dem Fenster in das Holz, wurde davon abgelenkt und riss eine Wunde in Mad Buffalos linken Oberarm. Ein Pfeil zischte dich an seinem Kopf vorbei ins Innere und bohrte sich in die gegenüberliegende Wand. Mad Buffalo zielte auf das Pferd. Es war bei diesem Tempo leichter zu treffen als der Reiter. Das Tier stolperte und warf im Fallen seinen Reiter ab, der sich vom Sturz benommen aufrappelte und zu Fuß versuchte, die Hütte zu erreichen.

Mad Buffalo wich zur Seite aus. „Jetzt du!", rief er dabei Ezra Tucker zu, der sofort seinen Platz einnahm und das Feuer fortsetzte. Der Krieger zu Fuß wurde getroffen und stürzte hin, ohne wieder hochzukommen. Tucker schoss gezielt weiter und traf gut, während Mad Buffalo hastig seine Waffen wieder nachlud. Als der andere leergeschossen hatte, übernahm Mad Buffalo wieder. So wechselten sie einander weiter ab und erschwerten den Angreifern, die ohne Deckung waren, ihr Vorhaben erheblich. Das funktionierte so lange, bis Mad Buffalo in dem Moment getroffen wurde, als er sich kurz erhob, um Tucker seinen Platz zu überlassen. Er taumelte im Schock nach rückwärts, versuchte sich am Tisch zu halten und lud mit bebenden Händen seine Pistole nach, die das Einzige war, was er noch in der Hand hielt. Schließlich konnte er sich auch dort nicht mehr halten, wich weiter nach hinten zurück und landete mit dem Rücken letztlich an der Wand, an der er herabrutschte, als seine Knie endgültig nachgaben.

Der Pfeil hatte sich zwischen den Rippen in seine Brust gebohrt und erschwerte ihm das Atmen. Das Herz schlug noch – aber schwer und langsam. Aber er konnte im Moment nur noch zuschauen, wie Tucker weiterfeuerte und dann aufs Neue in aller Hast nachlud. Es dauerte aufregend lange, bis er die fünf Kammern in der Trommel seines Vorderlader-Revolvers mit Pulver und Kugeln gefüllt hatte. In der Eile war ihm dabei sogar einmal die externe Ladepresse aus der Hand gefallen.

Als er endlich fertig war, bemerkte er erst, dass es draußen inzwischen ruhig geworden war. Kein Kampfgeschrei mehr, kein Trommeln von Pferdehufen …

Er spähte aufmerksam nach draußen, wandte sich dann zu Mad Buffalo um und fragte unsicher: „Was, zum Henker, hat das zu bedeuten? Glaubst du, dass sie aufgegeben haben?"

Mad Buffalo konnte nur den Kopf schütteln. Die Pistole noch

immer in der Hand, versuchte er, sich an der Wand hochzustemmen. Das gelang ihm nicht, und er sackte wieder zurück. Ein Fluch erstickte in seinem Hals.

Indessen machte Tucker sich an der Tür zu schaffen, entfernte die Balkenverriegelung, öffnete die Tür einen Spalt breit und schaute vorsichtig hinaus. Dann verbreiterte er die Öffnung und schob den Kopf ein wenig hindurch. Schließlich warf er wieder einen Blick zurück auf Mad Buffalos Gestalt.

„Ich glaube, sie sind weg", sagte er überrascht. Mad Buffalo atmete kurz und flach und sah mit Entsetzen, wie Tucker die Tür vollständig öffnete und hinaustrat.

„Sie sind weg", murmelte er – und dann laut und triumphierend: „Sie sind weg!" Er fuhr herum, und der Blick seiner kleinen, stahlgrauen Augen, der Mad Buffalo traf, war kalt und seelenlos. Daran konnte auch das boshafte Grinsen nichts ändern, das über sein Gesicht kroch, als er Mad Buffalo, halb an die Wand gelehnt liegen sah, das Blut an dessen Arm und den befiederten Pfeil in der Brust.

Er hob die Hand mit der Waffe in Richtung auf Mad Buffalo, und das Grinsen vertiefte sich.

Im selben Moment feuerte Mad Buffalo seine Pistole ab. Tucker wurde von der Wucht der Kugel nach hinten gerissen und stolperte rückwärts durch die offene Tür direkt in einen Pfeil hinein, der ihn seitlich in den Rücken traf. Er bog das Kreuz durch, und sein Mund öffnete sich weit, ohne dass ein Laut über seine Lippen kam. Und er fiel zur Seite.

Ein paar Augenblicke verstrichen, während Mad Buffalo noch immer seine rauchende Pistole auf die leere Türöffnung gerichtet hielt. Dann erfassten seine müden Augen die dunkle Gestalt, die jetzt an Tuckers Stelle die Sicht nach draußen versperrte. Sie stand stumm und reglos zwischen den Türpfosten und sah ihn stumm an. Nur der sachte Wind spielte mit dem Federschmuck an seinem Kopf.

Die Pistole in Mad Buffalos Hand war leergeschossen, und das Gewehr lehnte ebenso leer an der Wand neben dem Fenster. Egal

– er hatte ohnehin nicht mehr genug Lebenskraft in sich, um es erreichen zu können.

Die Gestalt rührte sich noch immer nicht, stand nur da und schaute ihn an. Mad Buffalos Lippen bewegten sich, als wollten sie irgendwelche Worte formen. Ein guter Tag um zu sterben, wollte er nach alter Indianerweisheit sagen, doch er konnte selbst nichts hören. Und langsam wurde es dunkel, ohne dass er die Augen schloss. Oder tat er es doch und merkte nichts davon? Die Finsternis umschlang ihn erbarmungslos. Er versuchte, sich dagegen zu wehren, sie zu verdrängen – und verlor. Die Finger seiner Hand lösten sich, und die Waffe fiel dumpf zu Boden. Und da war ein Weg, der geradeaus vor ihm lag und sich in dieser Dunkelheit verlor – jener Weg, von dem es keine Wiederkehr gibt …

Als der Hufschlag der abziehenden Reiter verklungen war, trat tiefe Stille ein. Der Wind bewegte spielerisch wie mit sanfter Hand das dünne Gras, das auf dem seichten Hügel mit dem einsamen Stein gewachsen war. Und etwa hundert Schritte weit entfernt floss das Wasser des Yellowstone rastlos dahin. Und die Gipfel der alten Großväter sahen aus der Ferne zu – ruhig und teilnahmslos, als wäre nichts geschehen.

ENDE

WEITERE ROMANE

Comanchen Mond Teil I

In den Plains

Historischer Roman
von G.D. Brademann

16,90 € ISBN 978-3-941485-77-8

Comanchen Mond Teil II

Der letzte Sommer
in den Plains

Historischer Roman
von G.D. Brademann

16,90 € ISBN 978-3-941485-87-7

Comanchen Mond Teil III

Verwehte Spuren
in den Plains

Historischer Roman
von G.D. Brademann

16,90 € ISBN 978-3-941485-88-4

WEITERE ROMANE

Die Tränen der Rocky Mountain Eiche

Historischer Roman
von Charles M. Shawin

16,90 € ISBN 978-3-941485-72-3

Donnergrollen im Land der grünen Wasser

Historischer Roman
von Kerstin Groeper

14,90 € ISBN 978-3-941485-55-6

Als der Mond zu sprechen begann

Rückkehr zu den Ojibwe

Historischer Roman
von Tanja Mikschi

16,90 € ISBN 978-3-941485-78-5

Besuchen Sie unsere Homepage:
www.traumfaenger-verlag.de